十朝

首部曲 隱龍

卷二 見龍在田

高容 GAO RONG 作品

莫爲危時便愴神
前程往往有期因

遼
皇都
燕
渤海
幽州
前晉
太原
岐
汴州
鳳翔
長安
後梁
揚州
前蜀
南平
成都
荊州
吳
錢塘
吳越
潭州
楚
福州
閩
大理
大長和
番禺
交趾
南漢
大羅
後梁勢力圖 公元 907-922 年

唐末勢力圖 公元902-903年

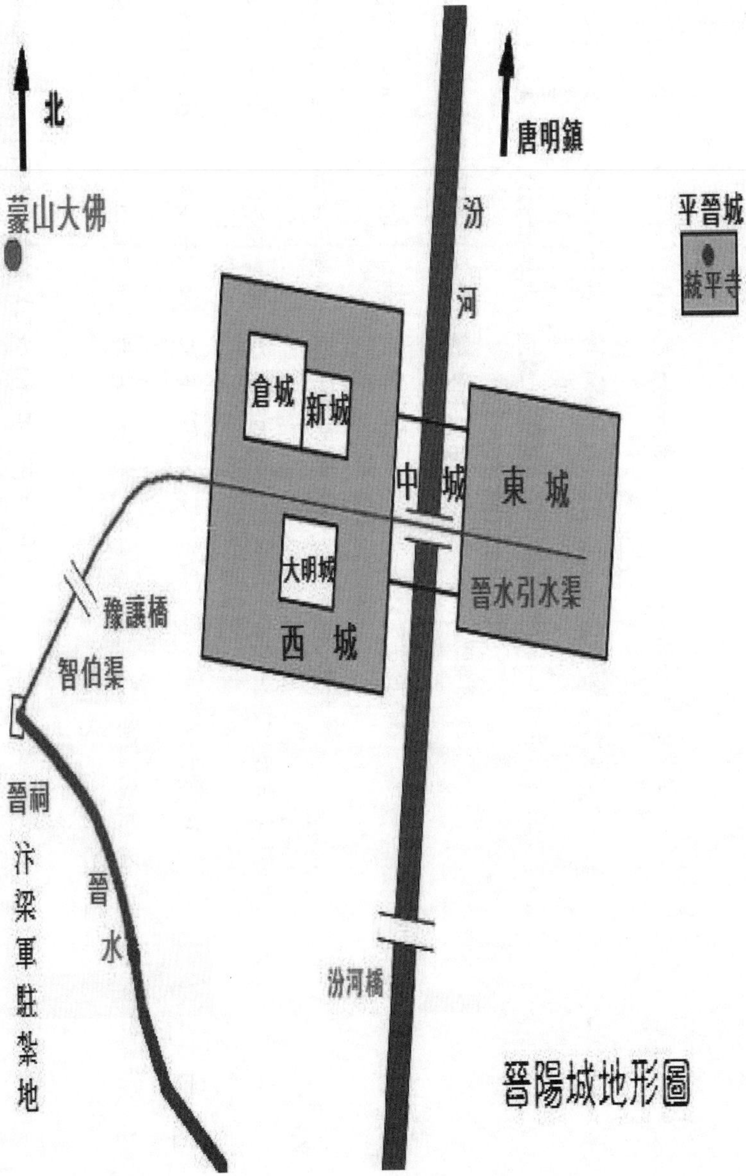
北
唐明鎮
蒙山大佛
汾河
平晉城
統平寺
倉城
新城
中城
東城
大明城
西城
晉水引水渠
豫讓橋
智伯渠
晉祠
汴梁軍駐紮地
晉水
汾河橋

晉陽城地形圖

本書目錄以公元年為序號，章回名稱取自《杜甫詩選》

九〇二・一　健兒寧鬥死・壯士恥為儒

蒲縣高坡上，絕世雙雄正展開一場驚天地、泣鬼神，不死不休的激戰。

朱全忠傾盡全力擋下李克用的千萬槍光，倏然間，李克用將全部內力一收，四面八方的烏影寒氣急速匯聚，竟成了一條巨大墨龍衝奔向朱全忠，這一擊乃是畢數十年功力於一役，他相信朱全忠怎麼也避不過這致命絕招！

朱全忠不意李克用會突施奇招，散諸四方的力道還來不及收回，汪洋巨浪般的氣勁已撲湧過來，不由得心膽一寒，向後疾掠，卻仍慢了一步，眼看墨龍就要衝破胸口，朱全忠急抓起腰間一個包袱抵在胸前，「剎！」一聲輕響，包布碎開，竟露出一顆血淋淋的人頭！

「啊！」李克用竟不偏不倚地戳中李廷鸞的眼洞，乍見愛兒血目相瞪、死不瞑目的慘烈模樣，不禁悲吼一聲，槍尖霎然頓止，原本該一往無前的磅礡巨力瞬間反撲自身，令他倒飛數丈，跌坐在地，吐出一大口鮮血，而李廷鸞的頭骨也同時爆烈成粉！

朱全忠用心惡毒，故意讓李克用親手破碎兒子的頭顱，為的就是混亂他的心神，爭取一著先機，剎那間，整個人已化成飛石雨瀑般暴轟而去。

李克用豁盡全力的一擊，被朱全忠以惡計破去，此招過後，不只內力大耗、再度重創，絕招更是用罄，一時之間震驚、傷慟、沮喪紛湧上心頭，只瘋狂撲去，悲慟大叫：「你這個狗賊，我殺了你！」手中長槍舞得有如千道墨龍騰飛、萬隻寒鴉刺啄，每一招都是兩敗俱亡的打法。

朱全忠面對這看似凌厲、實則混亂的攻擊，不懼反笑，心知形勢已開始逆轉，雙臂連連催勁，猶如千百砲彈不斷發射，這樣連續轟砸，就算是銅牆鐵壁也會崩垮，更何況是骨肉之軀，李克用槍法再精妙，即使抵擋住每一拳，氣力也漸漸虛弱。

隆隆聲中，李克用的槍氣漸被逼散，朱全忠的重拳倏然穿過槍網直轟而去。

李克用陡然見到對方拳眼已近胸口，心中震驚：「怎麼可能？」忙迴槍格擋，「碰！」雖精準地擋住重拳，卻不由自主地退了數步，他武功原本高上一籌，怎麼也不相信自己會轉為輸家，憤恨之餘，立刻再撲衝過去。

經過大半日的纏鬥，李克用已耗盡七成功力，估算對方至少也損耗八成，想不到朱全忠內力依舊磅礡，似乎只消耗三成，李克用頓時焦躁起來：「難道不老神功真的無解無破？」

他不像李茂貞那樣知所進退，越是挫敗，越拿命去拼，但他受傷在先、耗損在後，兼之心情激盪，出槍的準度越來越差，常常空刺，再回槍已險象環生，到最後手上所使已趕不上心中所想，臂骨更痛得似要斷折，忍不住開始敗退，每接十拳，即後退一步。

朱全忠見李克用已然疲憊，再支撐不了多久，更步步進逼，得意地哈哈大笑：「今日你一死，你那寶貝兒子必會親自出征，到時候，本王定會毫不客氣地將他轟爆，讓你們父子地下團圓！」

李克用心中一凜：「他說得不錯，倘若我死在這裡，亞子一定會為我報仇……」想到愛兒難以抵擋不老神功，河東將被屠盡，更覺得自己不能棄戰而走。

朱全忠趁他心志軟弱的剎那，立刻飽提內力，兩拳疊合，驟然發出驚天一擊，李克用長槍雖精準地朝他拳眼刺去，卻被震得飛退數丈，憑著長槍疾刺入地裡，才勉強站住。

朱全忠一心要殺李克用，自是不會放過這大好良機，一個蹤躍，如大鷹般凌空撲落，重拳對準李克用天靈猛轟而下！

李克用被強大的氣場當頭籠罩，眼看就要骨碎身亡，槍尾一撐，猛力平飛出去，以避過破腦之禍，「碰！」朱全忠落拳處，轟然大響，土石塌陷成一個徑半丈、深陷半尺的凹窟。

李克用稍喘口氣，還來不及站穩，朱全忠雙拳已如山崩海嘯般連連轟下，李克用被壓迫得只能在地上東滾西閃，始終無法起身，情狀狼狽得不像高手，朱全忠大笑道：「我真是高估你了，天下英雄只朱某一人而已！」

李克用一邊閃躲，一邊氣吼道：「你使卑鄙伎倆，算什麼英雄？」

朱全忠笑道：「等本王將來權掌天下，就能定義誰是英雄、誰是奸雄，又有哪個人敢說一個錯字？」這番話已將稱帝的野心表露無遺，李克用想到他一旦稱帝，必以史官之筆極力醜化自己，一時急怒攻心，又吐出鮮血。

鴉軍見李克用情況危急，想衝過去解救，手中長槍瘋狂刺向汴梁軍，卻怎麼也衝不破層層包圍，只急得聲聲大喊：「大王！大王！」

這一次，朱全忠故意將他們引誘到這座高坡上，又憑著大軍優勢將鴉軍阻隔在外，為的就是要狠狠羞辱李克用，挫折河東軍的士氣。

這座高坡的位置十分顯眼，兩雄在坡頂打鬥，不只坡下的鴉軍能看見，就連晉陽城頭的河東軍也能望見，當他們眼睜睜看著敬若天神的主帥一分分受盡屈辱，慘敗至死，卻無力挽救，不只士兵會心生懼意，李存勖更會心神大亂，做出錯誤決定，就算明知有死無生，仍要親自領兵出城，為父報仇。

朱全忠拳轟不止，口裡也不停嘲笑：「難道像你這般在地上打滾，才算是英雄？這樣吧！你教晉陽開城投降，本王不只放了這幫小烏鴉，還追謚你一個『滾地狗熊公』的封號，如何？」他將聲音遠遠傳了出去，汴梁軍聞言，都哈哈大笑。

李克用生性高傲，如何受得了這羞辱？瞥眼看去，見子弟兵正浴血奮戰，眼中有激憤、有驚惶，他知道再多的敵人，沙陀軍也不怕，他們怕的是仰望的英雄倒下，再沒有人帶領他們打勝仗、拼活路、生還回家。

聽著子弟兵的悲吼，李克用心中激憤難忍：「這狗賊存心辱我，我今日就算殺不了他，也要多殺幾隻狗崽子，殺一個是一個！」拼著後背露出空門的危險，右手舞槍抵擋對方拳勁，左掌朝地上一按，衝天飛起，一個扭身，從朱全忠的拳隙之間脫飛出去。

「找死！」朱全忠拳勢一轉，以電光之速連出十多拳，轟向李克用背心，李克用身在半空，難以閃避，只以內力聚於後背抵擋，借力拋飛出去，但朱全忠拳力豈是一般，李克用被震得內息翻湧，全身骨頭都快碎了，他強忍劇痛，長槍掃落前排汴梁軍，飛上其中一匹駿馬，策騎衝向萬軍之中，與鴉軍會合，大喝道：「你們忠心耿耿追隨本王數十載，今日我要痛痛快快宰殺狗崽子，為我的忠勇子弟殺開血路！」長槍旋轉在身周，左刺右挑汴梁軍，為鴉軍拼命殺開一條血路。

汴梁軍見李克用如此勇猛，嚇得紛紛退散，就算有汴梁勇士想往前衝，馬兒也懼於飛虎子的強大氣勢，盡聲聲嘶叫、鐵蹄亂奔，就是不肯靠近半步，剎那間，前方自動讓出一片空路。

李克用飛馳在前，鴉軍匯聚在他身周，拼命衝殺出去，千百支長槍揮轉如風，激盪成「呀呀——」的群鴉厲叫聲，直響徹雲霄，汴梁軍被這股聲勢驚得慌了手腳，頓時死傷成片。

就在鴉軍要全力突衝而出，朱全忠卻已越過眾軍頭頂，一個空中翻身，落到了李克用前方，冷笑道：「不自量力的莽夫，確實不配和本王論交！」飽提內力，再度人拳合一，彷彿化為一座高山般衝撞過去！

李克用原本受了重傷，又來回沖陣，一場快意廝殺之後，幾近虛脫，實在無力與朱全忠正面硬撼，只能借力倒飛數丈，躲去朱全忠驚天一擊，這一退，卻重新落入萬軍之中，他隨手斬殺一梁將，大喝道：「你們快走！我斷後！」

沙陀族征戰百多年來，一直是福禍同享、休戚與共，鴉軍更是一路追隨李克用打遍天下，此時怎肯離去，都嘶聲大吼：「大王，我們與你同生死、共進退！」

李克用長槍一掃，又掃殺近百人，洪聲喝道：「你們回去幫助亞子，走一個是一個！別浪費在這兒！」

鴉軍一咬牙，就要突衝出去，汴梁軍卻已合圍過來，好不容易開出的血路，瞬間又被逼了回去。

朱全忠勝券在握，並不急著殺死李克用，他很樂意多折磨一會兒，因為李克用每受創一次，河東軍的意志就摧折一次，將來攻城也就輕易幾分，沉喝道：「本王再給個機會，只要你教晉陽開城投降，我便放他們一條生路！你一條命換你四千忠義兄弟、河東數十萬性命，很划算！」

李克用心想：「這狗賊奸惡無比，說話像放屁，毫無信用！一旦我身死，他一定會屠城，我就算要死，也要與他同歸於盡，為我沙陀除一大害，將來亞子對上汴梁軍，也能多幾分勝算！」槍尖一點，再度撲了過去。

朱全忠面對這強敵的最後反撲，也不敢小覷，雙臂疾如閃電，一道道拳氣暴炸而出，李克用不願再受滾地之辱，只強忍劇痛，拼命挺槍抵擋，每一槍都耗損大量內力，即使雙足都已陷入地裡數寸，仍不肯後退半步示弱。

「投降！」朱全忠面對這個寧死不屈的宿敵，憤恨難已，拳勁越來越狠。

李克用血汗涔涔，真氣急速流失，身子開始顫抖搖晃，到後來，全身麻木、神志渙散，目光所及，全是朱全忠哈哈大笑的扭曲幻影；耳畔迴蕩，盡是鴉軍的悲聲吶喊，長槍只憑本能狂揮亂舞，每一槍，都是猛虎垂死的慘烈掙扎。

鴉軍看著大王如此拼命，長年累積的血仇爆發成無比力量，即使身子已經肢離骨碎、殘破不堪，胸中卻是熱血沸騰，更奮不顧身的殺敵。

朱全忠原想折辱敵軍意志，卻見對方鬥志更盛，不禁怒火沖燒，大喝道：「投降！」火力全開地一拳轟去！

即使李克用飽提內力，以槍屏護在前方，仍被震得飛退數丈，吐出一大口鮮血，跌坐在地，他看著子弟兵傷痕累累、血霧飛濺，告訴自己絕不能倒下，否則他們的心志就潰散了，只能等著被屠殺，只有自己堅挺住，他們才能堅持住，只有自己寧死不屈，即使戰死，也要昂立著，才能激起他們驕傲的鬥志，他槍尖一撐，勉強站起。

朱全忠再發一拳，李克用再次倒落，卻又站起，就這麼鮮血飛噴，七起七落！

烏雲蔽月，陰風怒吼，黑霧越來越濃，淒涼慘厲的鴉啼聲驚破天地，映照著鴉軍的滄涼末路，高坡的土地飽浸著鮮血，鴉軍一個一個傷重倒落，殘存者不足三千，他們已不像人，而是一群爭相搶食，誓要將敵人啄食殆盡的寒鴉，縱然血滿身、淚如泉，手中長槍迴蕩著肅殺嗚咽，並沒有一人退怯求饒，只有戰到最後一口氣的昂揚鬥志。

夕陽餘暉灑落下來，將這片慘烈戰場映染成一幅英雄末路的血色殘篇。

終於，李克用油盡燈枯，軟軟倒落！

他身上的護甲已經破裂，眼中的精光也已渙散，熱烈的鬥志、僅存的生氣都為子弟兵耗盡了，整個人像化成了灰白，大字橫躺、空門大開。

「本王此後再無對手！」朱全忠心中交織著興奮與寂寞，將畢生功力提至極處，臉上厲氣大盛，雙臂也硬如剛鐵，就要徹底解決李克用！

李克用受創太重，連起身的力氣也沒有，只能眼睜睜看著對方一步步接近，血汗交織的臉沒有悲痛之情，反而舉起長槍哈哈大笑：「來世我李鴉兒一定再率領弟兄橫掃天下！」

這一番訣別之言，鴉軍沒有一絲哀慽，只眉容肅斂，齊聲高呼：「我沙陀兒郎百戰沙場、英魂不死！來生再追隨大王！追隨李鴉兒！」

染血的槍尖在夕陽照耀下，發出殉義的光芒。

周遭一切已然模糊，李克用的眼中，只餘一股排山倒海的罡勁衝撞過來！

「大王！」鴉軍喊聲震天、血淚滿面。

李存勖和幾位太保在晉陽城頭上觀戰，遠遠見到鴉軍落入汴梁大軍包圍，十分震驚，李存勖心想氏叔琮不是父親對手，鴉軍又是沙陀軍中最精銳的部隊，就算一時中埋伏，只要立刻派大軍出去，應來得及救援，他正要發號施令，城樓下忽傳來一聲尖叫：「晉王危險了！」

眾太保心中一震，紛紛喝問：「怎麼危險了？」「中什麼埋伏？」「誰能教義父吃虧？」

張承業如一道銀光似地飄上了城樓，急呼呼地將朱全忠偷襲、李克用苦撐的情形快速說了，李存勖想不到情況如此惡劣，激動道：「我去救人！」

張承業急忙拉住他，勸阻道：「這一仗要面對朱全忠，還有十萬大軍，若沒設想周全，只會白白犧牲！」

李存勖雙眼火紅，大吼道：「我要去救父王！就算死，我也要救他回來！」話未說完，已火速衝下城樓，卻與慢了幾步回來的馮道幾乎撞個正著。

「嗤！」一道槍光毫釐不差地刺向馮道咽喉，正是李存勖氣憤出手，速度之快，令任何人都來不及救援。

馮道吃驚之餘，連忙腳踩節義步法，一個側身閃避，頸邊長髮仍被削下幾縷，他暗呼僥倖，豈料李存勖一個收槍動作，槍尖彎掃回來，便打中他胸口，令他噗咚飛跌出去。

李存勖早認定馮道居心不良，只恨父親不聽勸告，這段時日他眼睜睜看著河東軍一步步踏入圈套，已是鬱悶難舒，如今父親更遇死劫，教他如何不氣憤，當下身影一閃，槍尖再度刺向馮道，他心中悲忿，下手毫不留情，此時幾位太保趕了過來，心中都恨極了馮道，並無人攔阻，李嗣源雖想救援，卻被隔在最後頭，來不及出手。

馮道被打得口鼻嗆血，說不出話來，眼見李存勖怒火沖燒，槍尖對準自己面門疾刺過來，心中驚呼：「我命休矣！」

「唰！」一道白光圈繞過來，卻是張承業飄近李存勖身後，玉白的雙掌施了「軟玉綿功」，以陰柔圓滑的力道圈鎖住槍尾，令槍尖硬生生頓在馮道眉心前，寸進不得。

兩人僵持，空氣一時凍凝，張承業急呼：「他是聖上使臣，殺不得！」

李存勖目光如電，怒吼道：「他故意陷害父親，是聖上派來平藩的！」全身散發的殺氣幾乎是不惜一切，也要殺了馮道！

此話一出，眾太保心中震驚，更露殺光，馮道不禁額上冒汗，心念急轉：「我讓晉王落入險境，飽受重創，不管結果如何，我肯定小命不保，得設法脫身才是……」偏偏口鼻被血水嗆得吐不出半個字，只連連咳嗽。

幸好李嗣源已穿過眾人，上前抓住槍桿，道：「亞子冷靜！晉陽需有人守城，你守城，我去救義父回來。」

幾位太保知道李存勖是義父的愛子、河東的希望，紛紛道：「對，我們都去救人，你守城！」

馮道好容易咳出了瘀血，終於能開口說話，趕緊道：「請七位太保各領一千兵馬，共七千精英去救人回來。」

李存勖氣極，手上幾乎要再催勁，只恨被張承業和李嗣源合力阻住，怒吼道：「蒲縣有五萬汴梁軍，你卻要七位太保只領七千軍兵去救人？你安得什麼心！」

眾太保也紛紛罵道：「不錯！賊心眼的小子！你害了義父還不夠，還想誘騙我們落入陷阱！」「你竟想一口氣挑了十三太保，枉費義父這般信你！」「那皇帝就是個賊心眼的！」

張承業趕緊緩頰：「大家別誤會！馮使君真的在聖上面前說了晉王許多好話，絕不是來平藩的。朱全忠會出現，真是個意外！」

馮道忿然道：「你們要為父報仇，殺我這豬頭軍師，也得等晉王死了再說，倘若晉王活著回來，你們不是觸他霉頭嚒？」

李嗣源勸道：「亞子，馮使君這麼說，肯定有法子救義父，你殺了他，事情就真的無法挽回了。」

張承業忙道：「不錯！不錯！他真有法子救回晉王，亞子，你先聽聽！」向馮道連連擠眉弄眼，教他快說，別再惹事。

李存勖憤然收回長槍，喝道：「說！」

李嗣源心想馮道未打過仗，不明白戰場險惡，道：「殺敵可以七千敵五萬，打不過，撤退便是。但救人不行，要深入敵陣，還要駝負傷兵，至少要與敵軍人數相同才行，我晉陽城中還有十萬兵馬，至少也該調撥一半。」

馮道抹了口唇血漬，起身道：「朱全忠在蒲縣已勝券在握，頂多留下二萬兵馬防守，其餘的八萬兵馬必會急攻這裡，晉陽是最後的防線，絕不能失守，派出七千精兵組成六花陣，已足夠救人，這樣一來，晉陽城仍有九萬守兵可對付汴梁大軍的進攻。」

這些沙陀猛漢打仗從來都是死命拼搏，臨時要他們組陣，只會手忙腳亂，減弱戰力，眾人聽完，更是怒火中燒，恨不能一拳轟死這瘦不啦嘰、亂出主意的小子。李嗣本再按捺不住，急怒道：「我沙陀兒郎橫掃天下，憑的是鋼拳鐵骨、真刀真槍，來一個、斬十個，不必使什麼繡花陣！」

馮道耐心解釋：「是六花陣，不是繡花陣！這戰陣是李靖大將軍所創，能以一敵十，楊行密橫掃南方的利器是三十六英雄陣，那只不過是六花陣的簡形，其威力可想而知。」

李存勖讀書甚多，比其他人見多識廣，心想：「他說得有理，那六花陣確實威力非凡，以我軍之勇猛，再加上陣法，還有殘餘的鴉軍，如此一萬對二萬，雖是以一敵二，仍有可為。」冷聲問道：「但兵陣組成不易，需要練習嫻熟，才能發揮作用，匆促間，大家如何能配合？」

馮道心想：「橫豎是個死，只能拼一把！」說道：「請大太保率領一千橫沖都軍做為花心，我會跟在陣心中央揮舞旗幟，以指揮各軍；另六位太保各領千兵在外圍，形成六花瓣，聽令攻擊。我以六面不同色旗代表六支隊伍，大家需記住自己的色旗，一旦我高舉旗織，便代表那支隊伍往前衝，向後甩去是退後，平舉是橫陣抵擋，左揮、右揮各代表了左迴右迴。」他又說幾個手勢，教大家都用心記住。

李存勖心想父親每一分都命在旦夕，沉聲道：「六花陣雖然厲害，也只能對付汴梁大軍，朱賊武功絕頂，誰都無法從他手底下救人。」

眾太保紛紛道：「我們會深入敵軍中心，齊力對付那狗賊，拼了七條性命，也要救回義父！」

馮道忙問道：「你們一人可抵擋朱全忠幾拳？」

眾太保道：「一人擋個七、八十拳，不成問題。」

馮道說道：「好！我救晉王時，你們每個人負責挨他百拳。另外，請三太保準備好拋石車，三顆徑長七尺的大皮球，球皮盡量撐開，越薄越好，裡面灌滿紫膠油，待我發出烟火報出朱全忠的位置，就以拋石車對準他發射油膠球。」

這紫膠油乃是紫膠蟲吸取樹液所提煉出的膠油，黏著力極強，為波斯、昆崙國盛產，沙陀族常與他們交易貨物，其中便有大量的紫膠油。

李嗣源道：「但蒲縣高坡太遠，拋石車恐怕射不到。」

馮道眺望高坡，拿出隨身的紙筆計算距離，又掐指算了時辰，道：「我會發出烟火訊號，三太保務必配合時機，不可太早也不可太晚。」

李存勖雖然氣極了馮道，更不知油膠球能對朱全忠造成什麼殺傷力，但想馮道願意進入敵陣，倘若這法子失靈，他也會跟著陪葬，一揮手道：「罷了！請各位義兄暫聽馮使君吩咐！」

眾太保齊聲道：「亞子放心，我們一定救回義父。」

短短一刻間，眾太保已集結兵力出發。李存勖則依馮道指示，教士兵快速縫好三顆徑長七尺、灌滿紫膠油的大皮球，安放在拋石車上，待一切完備之後，他便登上城樓，只等火花訊號一沖射，就要發射出油膠球。

眾軍在李嗣源率領下，快馬衝往蒲縣，準備直搗敵軍中心，馮道緊跟在李嗣源身邊，能不能救回李克用，他其實一點把握也沒有，心中萬分忐忑：「師父、師祖、師叔祖……姜太公、諸葛公……還有一堆相識不相識的前輩仙道，你們各留下奇招傳給徒子徒孫我，這一回可萬萬不能失靈，否則就慘了，這天上地下唯一的隱龍傳人肯定會嗚呼哀哉！」

眾軍行到一半，馮道聽見前方馬蹄隆隆，連忙道：「快繞到左邊山丘！」

李嗣源心急如焚，豈肯繞路，道：「這一來，要拖慢一刻時間。」

「快！」馮道一馬當先地轉向，喊道：「汴梁大軍來了！一旦正面衝突，拖延可不只一刻了！」話剛說完，李嗣源才聽見馬蹄聲，心中驚異：「他聽力竟如此厲害？」大喝一聲：「全軍繞向左山丘！」

沙陀軍才躲到山丘後方，便見到汴梁大軍騰騰而過，往晉陽城方向而去。李嗣源瞧這聲勢將近三萬兵馬，心想：「三弟推算得一點也不錯，蒲縣原有五萬汴梁軍，如今調了三萬去圍攻晉陽，便只餘二萬防守。我們七千打二萬，雖然困難，仍有可為。而晉陽城外圍原本有五萬汴梁軍，加上這三萬，可有八萬了，以亞子的本事，領九萬軍兵守城，應綽綽有餘。」

馮道等人趕到蒲縣，見四周已是一片血紅焦土，遍地都是斷刃殘肢，心中不禁升起一股不祥的預感，前方高坡是黑壓壓一片的汴梁軍，歡呼聲中夾著怒嚎聲，李嗣源長臂高舉，命眾軍噤聲，悄悄潛近，大手一揮，「唰！」河東軍千箭齊發！

汴梁軍以二萬軍力圍剿二千殘軍，原是十拿九穩，就算李存勖派出軍兵援救，也會與前往圍城的三萬汴梁軍撞個正著，所以高坡上的汴梁軍根本不擔心有敵軍接近，只得意揚揚地圍觀場中廝殺，忽遇大批飛箭射來，似炸開了鍋般，嚇得四處竄逃，一陣慌亂之後，已死傷一片。

鴉軍見援軍來到，立刻振起精神，奮力突圍，無奈傷勢慘重，有如風中殘燭，難以接應；汴梁軍原本驍勇善戰，只不過一時輕心才受了損傷，片刻之後，便已整好隊伍，狠狠地還以顏色，他們以二敵一，原本仍佔優勢，但沙陀軍組成六花陣，以李嗣源的橫沖都軍作為花心，保護馮道在中央，不斷高舉色旗指揮軍隊，六位太保領兵排在花心外，形成六朵花瓣，個個擎起長槍對外殺敵，整個軍隊形成帶著鋼刺的花朵，像陀螺般不停旋轉掃殺，所經之處，無堅不摧、當者披靡。

這次要衝入敵陣救人，被挑中的軍士都是最凶狠勇猛的精銳，他們雖是匆促成陣，沙場經驗卻十分豐富，時常生死扶持、互相掩護，因此默契絕佳，一陣磨合之後，已成了可怕利陣，有時花心向左旋，左瓣刺出長槍，右瓣就射發飛箭；有時花心向右旋，右瓣刺出長槍，左瓣就射發飛箭，任憑汴梁軍如何衝殺，始終維持陣形不亂，不到一刻間，六花陣已旋轉上了高坡，原本頹喪的鴉軍見援軍如此厲害，也被激勵得士氣大振，立刻裡應外合，一時打得汴梁軍陣腳大亂，或死或傷地倒了下來。

「義父在那裡！」眾太保一發現李克用的身影，不由得齊聲大叫，再不顧一切地往前突衝。汴梁軍驚懼之下，立刻吹起號角，聚集兵力抵抗，仍擋不下對方凌厲的攻勢，朱全忠眼看情況丕變，再不遲疑，大掌全力轟去！

「碰！」李克用在眾目睽睽下爆炸開來，化為一團血粉漫天四散，淒厲的吼聲在眾人的驚呼聲中逐漸低落。

馮道無法相信只差數丈距離，竟功虧一簣，腦中一陣暈眩：「晉王死了！我小命也休矣！」

「晚了！」河東軍見一切成了飛灰，心中如受重鍾，都驚得目瞪口呆，悲痛萬分。

在一片煙塵血灰中，目已不能視，四周充斥著怒吼喊殺聲，馮道心想：「我得趁亂逃走！」連忙功運雙耳，聽音辨勢，想尋找活路退出去，忽然間，在萬聲吵雜中，他的「聞達」雙耳竟聽到一絲熟悉的喘息聲，不由得驚喜大叫：「晉王沒死，在那裡！」揚臂指向東南方。

原來千鈞一髮之際，李克用聽見援軍來到，奮起長槍一掃，將身旁的汴梁軍掃到了前方，阻擋朱全忠的重擊，他雖避過殺身之禍，仍被餘勁震得向後拋跌數丈，倒地不起。

李嗣源知道馮道身賦奇能，聽他喊叫，來不及多問，一馬當先地飛衝過去，馮道緊跟在他身旁，兩人穿梭在飛矢間，幾次與驚險擦身而過，若不是李嗣源武功絕頂，為馮道化去幾次危機，他早已連人帶馬被射成刺蝟。馮道一路心驚膽跳，連連驚呼：「小心！左！左！右！咱們先等等，不如等他們會合再過去，太危險了！」

李嗣源急想救李克用，全不理會，只一意往前衝，「唰！」十數把長刀劈砍過來，李嗣源長槍一捲，敵人刀柄盡數脫飛，但這一延遲，其他汴梁軍已密密麻麻湧上，李嗣源眼看義父危急，下手毫不留情，剎那間連斃十多名敵人。

汴梁軍衝湧過來，似無止無盡，就算李嗣源武功絕頂，自己無妨，馮道卻是驚險連連，終於肩上被一利箭斜擦而過，痛得他哇哇大叫，身子一個不穩，從馬上翻滾落地！

李嗣源知道在千軍萬馬之中，跌落地面，不是被刺死就是被踩死，實在太危險了，他若不回身相救，馮道必死無疑，但李克用就在前方，也是命在旦夕，他一時陷入兩難，一咬牙，雙腿一挾，催馬回頭，直衝向馮道，長臂一探，正要將他撈起，前方卻出現令人悔恨交加的情景！

朱全忠在一片血粉煙霧之中，也辨出李克用的氣息，直衝過去，大掌舉起，就要轟斃這個宿敵！

「拋我出去！」馮道大叫，李嗣源心思敏捷，立刻明白他的意思，原本要抓馮道背心，瞬間改成一股柔勁，將人揮送出去。

馮道雙臂護住頭臉，將「交結」之氣佈在頸背，全身蜷縮如一顆人球般凌空飛去，朱全忠在煙塵迷漫中，一時看不清那是什麼怪東西，打向李克用的掌力微微一滯，只這麼剎那，一道足以破山裂甲的箭光穿越眾軍，直射向朱全忠眉心要害！

如此石破天驚的一箭，自是李嗣源所發，同時間，另外六道箭光分從六個方位射向朱全忠的六處要害，朱全忠不得不放過李克用，迴掌對付，瞬間連出七掌，「啪啪啪啪！」將七支厲箭掃成倒轉，分別對準七位太保所在，分毫不差地激射回去！

眾太保知道朱全忠武功深不可測，不敢大意，都奮力揮弓震開厲箭，他們武功高強、臂力驚人，自信能擋下朱全忠七分之一的力道，卻想不到箭上蘊含的後勁十分霸道，震得眾人倒飛丈許，摔下馬來，跌落萬軍之中，成了擊殺的目標。

眾太保雖被汴梁軍包圍住，但部屬立刻衝過來援救，沙陀軍從前橫掃天下，汴梁軍卻是今日霸主，兩強相遇，雙方都殺心熾烈，下手極盡凶狠。

七箭交擊的瞬間，馮道已滾落到李克用身邊，快手快腳地馱起他，飛上馬背，就要趁亂離去，朱全忠怎容兩人逃脫，足尖一蹬，飛撲向馮道背心，李嗣源見狀，再度挽弓搭箭，颼颼颼連射三箭，沖破煙塵，擦過馮道耳際，直射朱全忠面門！

朱全忠正往前飛撲，乍見厲箭逼至，竟不閃躲，只巨拳轟去，第一支箭矢頓成齏粉，待見還有兩支厲箭接連而至，雖以雙拳轟開，終是被阻了一點速度。

趁這一剎那，馮道帶著李克用向李嗣源狂奔而去，李嗣源也施展輕功，點點越過眾軍頭頂，搶近馮道身邊，左右兩手各挾住馮道和李克用，一個全力登騰，飛向前方的馬匹，脫離了朱全忠的掌氣範圍！

李嗣源落下時，雙腿分劈，踢下兩名騎兵，將馮道和李克用送上一匹空馬，自己騎了另一匹，長槍左掃右挑地在前方開路，關切道：「義父如何了？還支撐得住嚒？」

李克用軟軟地伏在馮道背後，勉強想說些什麼，才一開口就嘔出血來，馮道聞到後方沖來一陣血腥氣，暗叫不妙，喊道：「晉王受傷太重了，得盡快帶他回去！」

李嗣源寒鴉槍一個旋轉，將擋路的汴梁軍震倒一片，繼續前衝，馮道緊跟在後，忽聽見後方聲音有異，回首看去，見混亂的戰場上有一氣團衝破眾軍、快速逼近，驚叫：「朱全忠追上來了！」李嗣源大喊：「放箭！」頓時亂箭激射如雨。

朱全忠隨擋隨掃，即使敵箭紛飛，也能盡數震散，李嗣源眼見強敵越迫越近，喊道：「快放烟花通知亞子！」馮道卻道：「不行！時間未到、距離太長！」李嗣源大聲喝道：「你們斷後！」

眾太保聽得命令，分從六個地方縱身一躍，空中一個翻滾，落在朱全忠周圍，九太保李存審呼喝道：「世人都說這朱賊是天下第一猛，今日咱們兄弟就一舉斃了他，好證明誰才是天下第一勇士！」

朱全忠冷笑道：「李存勖龜縮在城裡，卻教你們幾個傻子來送死？」

李存審宏聲道：「義父待我們恩大如天，我們兄弟更是情義比金堅，狗賊不必枉費唇舌，挑撥離間！」

朱全忠「嘿」地一笑：「好個情義比金堅，那就一起滾下地獄，做生死兄弟吧！」話未說完，重拳已轟了過去。

「上！」六位太保大喝一聲，長槍齊出，槍尖點點，有如群鴉瘋狂啄食，將朱全忠包裹得有如黑繭，這招「寒鴉劫」李克用一人便能使出，但眾太保功力不足，需六人合力才能完成。

朱全忠喝道：「『寒鴉劫』嚒？你們火侯還差得遠！」身子急轉如陀螺，雙臂揮揚得有如千臂如來，剎那間就對每人發出上百拳，抵擋四面八方攻來的槍尖。

眾太保各據一方，只負責接下眼前的重拳，才能承受朱全忠風狂雨驟的攻擊。

朱全忠見李克用要逃得遠了，再無耐心與六人糾纏，遂改變戰略，無論是袍袖掃盪、硬臂揮舞，還是指掌變幻，全身每一點都飽含渾厚氣勁，宛如千百顆大大小小的硬石突飛猛撞、橫行四射，這樣變化莫測的招式，眾太保不知如何抵擋，片刻間便中了無數拳勁，一時方寸大亂，紛紛呼喝：「撐不住了！」「快放烟花！」

馮道揹著李克用一邊策馬往前奔，一邊叫道：「還不行！撐著點！」

下一剎那，「碰碰碰碰！」五位太保被震飛出去，只餘巨大的十太保李存賢還勉強支撐住，朱全忠大喝一聲：「納命來！」重掌一出，就要轟斃李存賢。李嗣源見兄弟危險，急策馬回頭，連人帶槍往朱全忠飛撲過去，豈料朱全忠只是虛晃一招，身影反而一退，飄穿過二人之間，宛如大鷹撲下，急抓向李克用。

「啊！」馮道不由得大叫一聲，反手將李克用護在懷裡，往地下滾去，眾太保心想馮道功力淺薄，李克用又身受重傷，如此滾入萬蹄之下，豈能活命？都驚得大呼出聲，卻見馮道抱著李克用輕巧落地，手舞足蹈地穿梭在千軍萬馬之中，雖然命懸一線，卻屢屢驚險而過，身法甚是奇妙。

眾太保一邊飛奔來救，一邊取弓搭箭對準朱全忠射去，前方千軍阻隔，眾太保一口氣連射十餘箭，每一箭都能穿破山河，直射向朱全忠四面八方，朱全忠旋轉雙拳，將密密麻麻的箭矢都掃蕩開去。

李嗣源急趕回頭，將馮道二人抓起，又往前衝了一陣，但三人一馬，速度不快，朱全忠搶了一匹快馬，一路掌劈拳轟，突破千軍，宛如死神索命而來。

馮道叫道：「大哥，你帶我盡量貼近朱全忠！」

李嗣源將李克用護在胸前，又一把抓了馮道坐騎到自己肩上，喝道：「坐穩了！」冒險催馬往朱全忠靠去，直到雙方幾乎併肩而馳，中間相距不過半丈，馮道將烟花擲到朱全忠頭頂上方，「碰！」一聲，烟花當空綻放。

遠在城樓的李存勖終於等到訊號，立即下令射發油膠球！

朱全忠以為馮道發訊號求援，並不在意，反倒是見李克用近在咫尺，立刻發掌打去。李嗣源早有防範，硬生生接了這掌力，同時雙腿一挾，帶著馮道和李克用急速退離，朱全忠飛身撲上，正想趕盡殺絕，忽聽得「咻！」一聲，空中有一物襲來！

朱全忠方才見馮道如圓球撲來，不敢去擋，才錯過殺李克用的時機，此刻又見上空接連飛來三顆圓球，哼道：「又耍什麼詭計？」再不遲疑地向天空猛力轟去，「碰碰碰！」空中皮球爆破，大把紫膠油瞬間當頭淋下，朱全忠心中驚愕：「這是什麼？莫非是毒物？」他不敢過分運功，當即停步。

李嗣源趁朱全忠驚疑的剎那，將自己原本的馬留給馮道，抱著李克用撲向另一匹高頭大馬，領路往向北方突圍。

這油膠球原本距離甚遠，無法到達蒲縣高坡，只因朱全忠急於追殺李克用，不自覺地追近晉陽城樓，馮道又把距離、方位算得分毫不差，終於把紫膠油淋在朱全忠身上。

不過一會兒，朱全忠便發覺除了全身黏膩之外，並無異狀，見李克用逃得遠了，倏地一個縱躍，落入河東軍中，轟轟兩拳，砸爆十多名士兵，此時六位太保也追了過來，數枝長槍一口氣交叉刺了過來，朱全忠縱躍而起，避開眾人的槍尖，落下時足尖在眾長槍交會處用力一點，將勁力傳蕩出去，震退眾太保，但他們毫不氣餒，立刻再度湧上。

朱全忠只差一步就能殺了李克用，氣得大喝：「不知死活的狗崽子！」雙拳齊出，火力全開，「碰碰碰碰碰！」連發一十八掌震退六人，眾太保都已受創吐血，仍不肯退，只死命纏住朱全忠，但不知還能支撐多久，盡呼喝道：「只要我義兒軍還有一口氣在，絕不讓你危害義父！」

「既然急著送死，本王便成全你們！」朱全忠雙臂一迴，飽提功力，依著習慣一口氣連出十多拳，六位太保心中大罵：「又被賊小子騙了，我們已擋了上百拳，還不能救義父脫離險境，難道真要死在這裡？」眼看就要命喪當場，忽然間，朱全忠感到回收的力氣竟不足半成，甚至無法傳至雙臂，不由得吃了一驚：「怎會這樣？」

六位太保不畏生死，長槍疾刺過來，朱全忠趕緊再提功力抵擋，豈料力道越來越弱、速度越來越慢。

從前他出拳又快又重，是因為知道自己能不斷回補真氣，不怕耗損，所以每一拳都是豁盡全力，未曾停頓，此刻他內力已盡數散出，全身氣孔卻被膠油封住，無法回補，頓時間，激戰一整日的疲累驀地發作，滿身傷口沒有真氣壓制，劇痛難當，雙臂更是酸軟地使不上力氣，心中大是震駭。

馮道耳聽風聲氣流有異，回頭一看，知道紫膠油發揮了作用，連忙大喊：「快殺了他！」六位太保六槍齊出，對準朱全忠全要害狠狠刺去，李嗣源也回首再射發一支強箭！

朱全忠聽馮道喊聲，震驚無比：「他如何知道我神功已弱，難道他已看穿不老神功的祕密？」極目望去，見是一個年輕小子，心念急閃：「此人年紀輕輕，卻一直在指揮沙陀軍，難道惠娘說的便是他？」瞬間身影已向後疾掠，躲過眾太保的刺擊，同時大掌一拍，將李嗣源的飛箭倒轉，對準馮道射去！

「啊！」馮道想不到朱全忠在這逼命時刻，還能向自己突下殺手，不由得驚叫出聲，李嗣源回頭看去，已來不及搶救，但他反應極快，立刻搭弓挽箭，對準那箭頭直直射去，朱全忠的飛箭因力道不足，被這麼一撞，自是破碎成屑。

李嗣源見朱全忠內力大失，驚喜之餘，對準他再射一箭，朱全忠卻已沒入萬軍之中，宏聲喝道：「退！」殘餘的五千汴梁軍原本已心驚膽顫，聽得號令，急如潮水般湧退。

河東軍歡聲雷動，馮道卻是臉色蒼白，心中惶然不安：「方才朱全忠已命在旦夕，為何還執意殺我？殺十三太保任何一人，都好過殺一個瘦不啦嘰的小馮子，難道……他識破了什麼？」

九〇二・二

安邊敵何有・反正計始遂

城中兵未集，叔琮攻城甚急，每行圍，褒衣博帶，以示閒暇。克用晝夜乘城，不得寢食。召諸將議走保雲州，李嗣昭、李嗣源、周德威曰：「兒輩在此，必能固守。王勿為此謀搖人心！」李存信曰：「關東、河北皆受制于朱溫，我兵寡地蹙，守此孤城，彼築壘穿塹環之，以積久制我，我飛走無路，坐待困斃耳。今事勢已急，不若且入北虜，徐圖進取。」嗣昭力爭之，克用不能決。劉夫人言于克用曰：「存信，北川牧羊兒耳，安知遠慮！王常笑王行瑜輕去其城，死于人手，今日反效之邪！且王昔居達靼，幾不自免。賴朝廷多事，乃得複歸。今一足出城，則禍變不測，塞外可得至邪！」克用乃止。居數日，潰兵複集，軍府浸安。克用弟克寧為忻州刺史，聞汴寇至，中途複還晉陽，曰：「此城吾死所也，去將何之！」眾心乃定。《資治通鑑．卷二六三》

李嗣源率軍回返時，李存勖派出五萬大軍與城外汴梁軍激戰，總算把李克用和傷重的鴉軍接應入城。這一場蒲縣之戰，河東軍憑著六花陣救援，平安返回九千人，反而是汴梁軍最後只餘五千軍退走，雙方都棋差一著，沒殺了對方主將，心中甚是憾恨，便各自展開作戰計劃。

時值初春三月，細雪紛飛、寒風凜冽，汴梁大軍駐紮在太原南方十里的「晉祠」，隔著晉水與河東軍遙遙對望。

朱全忠盤坐在山頂上閉目調息，徐徐吸納天地之氣，他自練成不老神功後，從未受過如此重的傷，張惠陪伴在側，青衫儒裙在寒風中微微飄揚，堅毅的美眸專注著晉水北岸高巍的城樓，隱隱流露一縷愁思。

「我見到他了，」朱全忠雙目緩緩睜開，閃過一抹沉厲殺光：「一個乳臭未乾的小子！」

原以為蒲縣一戰能殺了李克用，想不到竟功虧一簣，朱全忠還受了重傷，張惠不禁輕輕一嘆：「他比我想得還聰明！」從前即使戰情失利，她也不心慌，今日會秀眉深鎖，實在是因為情況超出了掌握，如果對方真覷破不老神功的奧秘，便意謂著朱全忠將來的每一戰都是艱難！

朱全忠自是明白妻子的心思，安慰道：「我這身子銅牆鐵骨，打不死的，休養幾日便回來了，小子想要我的命，沒那麼容易！這一次咱們是不知對手，才會中了毒計，下一回知己知彼了，還怕那小子！」他越想越怒，又緊握雙拳，忿恨道：「本王定要親自率領大軍踏破晉陽城闕，將那臭小子碎屍萬段，教他後悔今日的算計！」

張惠柔聲道：「你傷得不輕，還是先好好歇息，破城之事我自會設法。」

朱全忠還要再說，卻見朱友寧登上山頂，趨前稟報：「啟稟大王，鳳翔傳來緊急軍情，李茂貞已連勝數戰。」

朱全忠怒道：「這一次為了殺李克用，調集大軍至蒲縣，才讓李茂貞猖狂，待我收拾了老烏鴉，再回頭對付那隻賊鳳凰！」

張惠早預料到鳳翔情況，示意朱友寧退下，婉言勸道：「鳳翔那兒雖有敬翔和李振籌謀，但只有楊師厚領軍，仍是空虛了點，你回去坐鎮，才能穩定軍心。」

朱全忠勢力能迅速擴張，成為一方之霸，除了他本身驚人的藝業外，手下三位軍師功不可沒，排位第三的是李振，字興緒，自謙「落第士子」，他本是名門之後，是大唐中興名臣李抱真的曾孫，但因家道沒落，自小孤貧受欺，他苦讀自勵，只盼能金榜題名，偏偏科舉多次不中，好容易到了中年，終於得個僻舉縣令，卻因遠在浙江樂清，擔心時局混亂、道途凶險，而不敢赴任。在歷經人世偽惡、顛沛流離之後，他滿懷抱負成了憤世嫉俗，最痛恨的莫過於壟斷官場的世族分子，便毅然決然地投入汴梁軍，他目光犀利、心思狡細，能洞悉人心，精擅權謀，常出奇計。

排位第二的是號稱「刀筆春秋」的敬翔，字子振，先祖乃是「神龍政變」名臣敬暉，父祖輩也多任刺史，因此他家學淵博、才傾八斗，不只明春秋、熟兵法，還能製器械、掌政務，詩文醫農無一不精，他因躲避黃巢之亂而投入汴梁軍，是除了張惠之外，朱全忠最信賴的人。

至於頭號軍師自是張惠，不只上通天文、下知地理，能縱觀古今、明辨大局，更能運用陰陽奇術推測未知，制敵機先，助梁軍趨吉避凶，戰無不勝，猶如女諸葛。

朱全忠炯炯精光盯著前方城闕，冷聲道：「我若不能手刃李克用，此生有憾！」

張惠道：「鳳翔軍情緊急，你不回去，難道要放任李茂貞胡來麼？」輕輕一握他的手，柔聲道：「李克用就算逃回去，也是性命垂危，你已勝過他了！這兒交予我，你先回『河中』養傷，就近指揮鳳翔。」

朱全忠雙目一閉，悵然道：「聽妳的！」想了想，又不甘心：「難道這便放過他們？」

張惠遙指那座萬燈閃爍、巍巍凜立的晉陽城，輕聲吟道：「『天王三京，北都居一，襟四塞之要衝，控五原之都邑，雄藩劇鎮，非賢莫居。』李白這幾句話道盡了晉陽的重要與堅強，但最關鍵的卻是『雄藩劇鎮，非賢莫居』這八個字！」

朱全忠哈哈一笑：「太白小子果然有見地，說得好極！自古以來，能穩居晉陽者，莫不是英雄豪傑，李克用既沒本事，就該拱手讓出！」

「不只如此，」張惠深邃的眸底緩緩浮現一縷亮光，道：「自太祖起兵太原直到現在，甚至是往後百年，晉陽龍氣始終不滅，唯有賢者，方可居之！」

朱全忠一聽到龍氣，渾身都熱了起來，豪氣道：「放眼當今天下，唯我朱溫才有資格坐擁這座龍氣之城！」

張惠道：「你命中註定是真命天龍，的確有資格入主晉陽。這一次也是千載難逢的良機，絕不能錯失，所以你回防鳳翔時，我會留在這兒繼續行事。」

朱全忠英眉一蹙，不放心道：「晉陽城堅，舉世第一，從前我們打了幾次都未成功，只留妳一人，恐怕不易應付。」

張惠仰望星空，眸光迷離，幽幽說道：「從前失敗，是因時機未到，如今李克用垂危，軍心浮動，只要憑著三道計策，靜待時機，便能破城。」

朱全忠虎目一湛，喜道：「真的？究竟是哪三道計策？」

張惠微微一笑：「六軍圍城、逼虎出山、水淹晉陽！」

卻說晉陽城裡，眾太保正忙著為李克用療傷，趁這空暇，馮道拉著張承業一起登上大明宮頂，舉目眺望晉水南岸敵人的動靜，但見軍營壘壘千萬，旌旗飄拂，陣容鼎盛，張承業憂心道：「晉王人是救回來了，但生死未卜，朱全忠若趁機狠攻，只怕會軍心渙散。」嘆了口氣，又道：「這晉陽城與京畿相表裡，一旦城破，京師危矣，聖上雖暫避鳳翔，也不能久安，你小子乃是隱龍傳人，快想想辦法！」

馮道嘆道：「公公逼我也沒用，此刻敵強我弱，驅敵不易，需靜待時機等他自行退去。」

張承業尖聲斥道：「等朱全忠自行退去，還不如拿草繩勒死自己！」

馮道安慰道：「公公莫擔心，李白曾形容晉陽『天王三京，北都居一，襟四塞之要衝，控五原之都邑，雄藩劇鎮，非賢莫居。』最後這兩句話已點出玄機，朱全忠既非賢者，豈有福氣佔據這座龍氣之城？」

張承業連連點頭：「不錯！不錯！太祖自太原起兵，晉陽龍氣原本就屬於大唐，豈容逆賊染指？再說這幫藩鎮個個凶神惡煞，哪個會比聖上賢德？這『賢者居之』四字，說得一點也不錯！」想了想，猶不放心道：「倘若晉陽失守，晉王又有個萬一，亞子不但會衝動地與汴梁軍同歸於盡，更不會放過你！」

馮道當然知道李存勗只是暫抑怒火，一旦稍有閃失，便會拿自己開刀，唯有李克用恢復生氣，又退去汴梁軍，自己才有活命希望，道：「公公放心吧，但憑三道計策，這一戰，我們只會勝、不會敗！」

張承業見他胸有成竹，稍稍安心，卻揮掌拍了他腦袋，罵道：「小子既有三道詭計，還賣什麼關子？快快說來！」

馮道彎腰閃過，叫道：「公公別打，我實話說了！那三計便是——」嘻嘻一笑：「六軍守城、調虎離山、水淹晉陽！」

朱全忠聽了張惠攻晉三計，立刻飛鴿傳書、快馬傳令，召集六方大軍會師晉陽，以氏叔琮為主帥、朱友寧為副帥，聽從軍師張惠之令，準備一舉攻破晉陽城，待一切交咐完畢，他便返回河中養傷，並指揮鳳翔戰役。

晉陽城裡，眾太保原本擔心朱全忠會猛烈攻城，一聽到他轉去河中，知道他受傷甚重，歡欣之餘都鬆了口氣：「這一回沒殺死狗賊，算他好運！」「狗賊知道咱們的厲害，夾著尾巴逃走，不敢再來了！」

張承業也興高采烈地趕回府邸通知馮道：「小子，天大的好消息！朱全忠返回河中了！」

此事早在馮道意料之中，見事情成功，甚是得意：「我早說朱全忠會自行退去，公公卻不信，當初我讓寒依妹妹帶書信去鳳翔，便是通知李茂貞配合時機出兵，如今他連打幾次勝仗，不只寒依妹妹討取解藥會順利些，也是將朱全忠這隻猛虎調去鳳翔，讓河東稍喘口氣。」

張承業想到李茂貞曾欺辱皇帝，如今要挨不老神功痛揍，不由得竊竊歡喜，哼哼一笑：「這回晉王被打得渾身是傷，也該換李茂貞嚐嚐滋味，兩方分擔著，才算公平！」拍拍馮道肩膀，讚許道：「小子幹得不錯，將來咱家必會稟奏聖上，說你幫他出了好大一口氣，賞你個小官做做！」

馮道深深一揖，笑道：「多謝公公提拔！」心中暈乎乎想道：「我小馮公子不愧是隱龍傳人，一出手便制敵先機，這招調虎離山計使得好極！」自得之餘，忍不住拿起桌上摺扇，擺出臥龍諸葛輕搖羽扇的姿態，搖頭晃腦道：「接下來仍不可鬆懈，需調六軍守城，以策安全。」

半個月後，汴梁各軍已整備妥當，分從六地出發，氏叔琮率領五萬軍兵深入太行山，由天井關向潞州以北挺進昂車關；魏博都將張文恭率軍由磁州新口向西進擊；昭義留後葛從周率兗、鄆二州軍兵會同成德軍，自土門西進；洺州刺史張歸厚率軍由馬嶺西進；義武節度使王處直率軍由飛孤西進；晉州權知侯言率慈、隰、晉、絳四州軍兵，由陰地關北進，數十萬汴梁軍分進合擊，一步步逼關而來。

一時間，惡耗如雪片飛向晉陽，人人惶恐不安，盡籠罩在愁雲慘霧裡。

「報！沁州刺史蔡訓開城投降，太原都將蓋璋向汴梁侯言投降！」

「氏叔琮攻取澤州，八太保李存璋兵敗不敵，率殘兵回來了！」

「氏叔琮進攻潞州，太原屯將李審建、王周率步兵四萬，騎兵二千投降！」

「汴梁張歸厚由馬嶺東進，進抵遼州，遼州刺史張鄂投降！」

「氏叔琮率軍出石會關，在洞渦驛安營，別將白奉國攻取承天軍後，會合成德軍，與氏叔琮大軍烽火相呼應，由井陘西進。」

雖然李存勖已緊急召回散諸各地的軍隊，想集中火力防守晉陽，卻想不到每一路都在半途遭遇汴梁軍截殺，河東將領不是棄城逃走，就是開城投降。

這一日，李存勖和張承業、眾太保聚集在氈帳裡商議軍情，人人面色凝重，相顧無言，五太保李存進嘆了口氣，道：「如今各路皆破，只能指望叔叔的忻州軍了！」

忻州刺史李克寧是李克用的親弟，重兵在握，他手上的忻州軍正是河東主力部隊之一。

李嗣本最是急躁，拍桌喝道：「不錯！只要忻州軍一到，咱們兵力大增，便出城與狗賊大幹一場，分出死活！」

李存勖問道：「忻州軍到了何處？」

李存進正要回答，在城樓督戰的大將周德威快步闖入，蹙眉道：「急報！氏叔琮再攻陷澤州，昭義節度使孟遷投降，如今大軍已直逼晉陽！」

汴梁軍一路勢如破竹，銳不可擋，眾人已是苦思無策，如今聽到對方將抵晉陽的消息，無不駭然：「難道連忻州軍也覆沒了？」

張承業與眾太保會議至深夜，才兩眼昏黑地奔回府邸，急呼：「小子慘了！慘了！咱們的調虎離山計雖然成功調走朱全忠這隻大猛虎，卻引來六隻小猛虎！」

此時戰情不利，馮道怕眾太保見了自己礙眼，謊稱受傷未癒，一直躲在監軍府中，不敢外出，所有軍機全憑張承業傳遞。馮道正專注研究軍情，一聽張承業聲音，連穿鞋也來不及，即三步並兩步地迎上，問道：「情況究竟如何？」

張承業原本白玉的臉變得一片慘白：「咱們六軍守城之計可謂敗得一塌糊塗，甭說六路大軍，連半支軍隊、半個人影也沒見回來，倒是汴梁數十萬大軍就快到了！」

馮道萬萬想不到百戰百勝的河東軍竟如此不堪，心中唉嘆：「小馮子真命苦，原想憑靠沙陀猛虎庇護，怎知他們全變成一腳貓、二腳貓？」

待聽張承業細說各路情況，馮道思索道：「這河東軍每一路都是先遭遇伏襲，再逢正面對戰……太原都將蓋璋的絕招是烈火神掌，對陣的汴梁權知侯言使的是寒冰刀，這寒冰剋烈火，蓋璋當然不敵。遼州刺史張鄂的獨門兵器是陰陽子母環，而汴梁張歸厚卻是龍鳳雙鞭，雙環對雙鞭，短不及長，張鄂又是不如了……」忽然靈光一閃：「這每一路都是安排好的！汴梁將領的武功恰恰剋制住河東守將，再配合奇襲詭計，難怪河東軍會敗得如此之慘！」

待細細思索之後，恍然明白：「這事並非一蹴可及，汴梁軍中那自命諸葛之人，早在多年前就佈下這個局，先觀察河東將領的武功，再四處收集各方高手專門對付，為的就是今日這個時機！如此細膩長遠的心思，豈是李克用這幫猛夫所能為？我只專注眼前形勢，人家卻是目光遠大，布局多年，小馮子實在青嫩了些，敗得一點也不冤枉！」他對汴梁軍師既驚愕且佩服，不只開闊了眼界，也生出一股較量到底的志氣。

汴梁大軍壓境，攻勢如火如荼，李存勖晝夜登城，督令嚴加守備，不敢稍有鬆懈，氏叔琮卻是寬袍大帶，一派悠然閒逸、談笑用兵的姿態，雙方高下立見。

這日晚間，李克用心中掛念戰事，翻來覆去，始終睡不著，便勉強起身，在僕衛的抬扶下登上城樓，見自己的軍兵七橫八豎，隨地躺倒，連回營歇息的時間都沒有，對岸營火卻是多如繁星，夜幕深處，軍陣不見盡頭，遠方尚有數條火龍緩緩移入，可見汴梁援軍仍不斷加增，心中不禁黯然：「原來朱賊勢力已經這麼大了，我從前無知得很，還以為可一爭雄長。」又見被他視為三腳貓的氏叔琮態度囂張，更覺煩躁，一時牽動傷勢，便劇咳起來。

李存勖見狀，立刻過去為他輸氣緩息，道：「父親為何過來？」

李克用劇咳不止，無法回答，只神色蕭索。李存勖怕他加重病情，且影響士氣，朗聲道：「我晉陽城牆堅厚，糧草充足，氏叔琮想破城比登天還難，這裡交給孩兒，父親安心養傷便是！」他雖是對李克用說話，但聲音極大，要讓身旁的軍兵都聽見。

李克用暗想：「雖我糧草充足，不怕圍城，但氏叔琮統領數十萬大軍，利用車輪戰術日夜進攻，我軍不過十餘萬人，累也累死，這該如何是好？」問道：「你叔叔到何處了？」

忻州軍遲遲不見蹤影，恐怕已凶多吉少，但李存勖吩咐眾將領封鎖消息，不得讓軍兵知道，聽父親當面問起，便大聲回答：「忻州軍再兩日就要到了！」

旁邊的軍兵一聽，都大聲歡呼：「忻州軍快到了！忻州軍快到了！咱們定能堅持住！」聲聲傳了出去，河東軍都振起精神奮戰。李存勖見穩住軍心，便吩咐侍衛將父親扶下去休息。

河東軍苦熬二日二夜，遲遲等不到忻州軍，漸漸心浮氣躁，李存勖表面指揮若定，內心卻焦急如焚，即使希望渺茫，仍不時眺看遠方，期盼奇蹟能出現，四周卻只一片漆黑，宛如河東毫無光明的未來。

到了第三日，雙方打到深夜才休兵，河東軍好容易歇息半個時辰，遠方汴梁營火再度勃勃閃爍，吹起嗚嗚號角，不多時，更傳來萬馬奔騰、兵刃交擊的喧鬧聲，河東軍已經十分疲憊，聽見敵軍號角，只能勉強打起精神應戰，口中喝罵連連：「媽的！賊兵當真無止無盡！日也攻、夜也攻，給不給人喘息！」他們許多人已三天三夜沒有闔眼，身上血汗交織，兩眼佈滿紅絲，氣力幾乎耗盡，連拿弓箭的手都微微顫抖，全憑一股意志苦苦撐持。

暗霧之中，千軍萬馬向城樓衝殺過來，河東軍積累許久的情緒再忍不住爆發開來，有人嘶聲吶喊，有人咬牙抽泣，卻是人人不自覺地落下淚來，李存勖心中震駭，怕這氣氛一旦傳染出去，會兵敗如山倒：「倘若援軍再不來，我父子一旦威信掃地，恐怕會引起倒戈之禍！」

忽然間，一道希微曙光射入夜霧之中，映出那些衝過來的軍隊兵慌馬亂，旗幟東倒西歪，後面卻有大批汴梁軍隊追趕。李存勖但覺奇怪，連忙仔細看去，這才看清前方倒落的軍旗寫了「忻」字，呼喝道：「是我們的人！快開城門接應！」

曙光初亮，蒸散朦朧夜色，眾軍終於看清了情況，都大聲歡呼：「來了！是忻州援軍來了！」

李存勖想不到忻州軍真的趕到了，吊著的心終於放下，激動大喝：「快開城門！誰領軍去接應？」

驀地裡鼓聲大起，李嗣源率橫沖都軍衝了出去，與汴梁軍大肆交戰，護著李克寧軍隊逐步退入城中，李克寧自己留在軍隊最尾端，一夫當關抵住四方，好讓子弟兵安全入城，雙方激戰半晌，所有軍兵都已退入城中，李嗣源喊道：「城門快關了，叔叔快進來！」

李克寧聞言，倒身一縱，就要飛入門縫，驀地裡飛來兩道劍光，左右夾攻，刺向李克寧，卻是氏叔琮親自出手，他有意在雙方大軍面前斬殺李克寧，好激勵汴梁軍，並打擊敵軍士氣，因此出手極狠，招招盡朝李克寧要害刺去。

李克寧武功原本不輸氏叔琮，但他一路激戰過來，氣虛力空、傷勢不輕，如今已是強弩之末，卻遇上鬥志正盛的氏叔琮，雙方不過接戰數招，李克寧已險象環生，忍不住破口大罵：「趁人之危，勝之不武！」

氏叔琮冷笑道：「成王敗寇，有何好說？」右劍如電直刺，李克寧長槍急向右抵擋，氏叔琮失衡劍變化實在巧妙，左劍猛然一旋，往他心口刺去，李克寧再回槍去擋左劍，已來不及，眼見城門就在一步之距，卻要斃命於此，如何甘心，他悲憤之下，不由得大叫一聲！

李嗣源已入城門，忙策馬回頭，往李克寧衝去，仍不及相救，李存勖在城樓上看見氏叔琮出手，怒從心起，舉起弓箭，一口氣射出十箭，箭箭對準氏叔琮要害，他箭術奇佳，在千軍萬馬中、兩人激戰間，準頭竟半分不差。

氏叔琮正得意斬殺對方一名大將，想不到會天外飛來厲箭，不得不放過李克寧，失衡劍左揮右掃，又飛身疾退，才堪堪避去連串厲箭。

李克寧逃過一劫，反應也快，見李嗣源趕馬來到，連忙飛身跳上，兩人直衝入城門縫隙，城門就此關上，氏叔琮憾恨之餘，便收兵回去。

此時李克用聽見奏報，也起身來探看，李克寧剛從虎口逃脫，便急奔上城樓，見了大哥形容憔悴，忍不住大力相擁一起，眼中浮了淚水，激動道：「克寧來遲了，以至大哥受了重傷，我無法殺退敵軍，替大哥報仇，實在慚愧得很，請大王責罰。」

李克用見他滿身傷痕，知道他一路艱辛，拍了拍他的背，哽咽道：「來了就好！來了就好！」

李克寧扶著李克用對眾軍大聲道：「兄弟同心，其利斷金，我河東二十萬兄弟今天齊聚晉陽，併肩作戰，定能殺退汴梁賊兵！」

河東軍聞言，軍心大振，盡歡聲雷動，唯獨李克用卻是愁眉深鎖，更加擔憂，他是沙場老將，方才見到祈州軍回城時被汴梁軍追殺，便知情況比想像得還糟，李克寧的到來，不過是讓這垂死的局面再苟延殘喘一段時日罷了。

他回頭望向李存勖，見這個少年天驕的兒子滿面塵沙，目光望向遠處，倔強的神情中流露一絲落寞與不甘心，想來兒子也看出形勢了，不由得輕輕一嘆。

李存勖聽見父親嘆息，回過神來，道：「這兒還請叔叔指揮，我先扶父親回去歇息。」

李克寧道：「放心吧！交給我！大哥先養好身子，咱們再併肩作戰！」

李克用點點頭，便在李存勖的攙扶下，慢慢走回氈帳，李存勖將他安頓在床席上，又默默拉好蓋被。李克用道：「你教他們都進來。」

李存勖知道父親指的是眾太保，便去傳喚，不多時，眾人都進到氈帳，李克用見他們個個臉色疲憊、滿身傷痕，不由得雙目一閉，嘆道：「勢已不可為，不如大家乘夜逃往北方，回去雲州也好，去匈奴之地也好，總好過留在這兒被屠殺。」

李嗣源安慰道：「此刻若退去，會動搖人心，我義兒軍必當堅守城池，不讓任何賊敵逾越一步，父王請安心靜養，切勿過度煩憂，以至傷了身子。」

二太保李嗣昭平日雖少言，性情卻十分堅毅，值此存亡之際，也不再沉默：「我十三太保願為父王死戰到底。」

李克用望了周德威道：「你也是這個意思？」

周德威點點頭，道：「是。」

四太保李存信性情最是膽小，見眾人都主張守城，立刻道：「父王明見萬里！如今關東、河北皆受制於朱賊，我兵寡地蹙，只餘這座孤城，形勢已經很緊急了，此刻若不走，再過幾天，等對方築好土壘、挖好溝塹，採取全面包圍的策略，我們飛走無路，就只能坐以待斃了！不如趁現在軍兵還有力氣，進入北虜，休養生息，徐圖復興。」

周德威、李嗣源、李嗣昭三人雖想堅辭力爭，卻不像李存信飽讀經書，能口若懸河地講出一篇道理，見李克用心意越加動搖，都十分著急。

「不能回去！」李存勖毅然道：「四哥這幾年只知讀死書，早就把武將忠魂、烈血長河拋得一乾二淨了！」

「你……」李存信想不到李存勖會當面給自己難堪，一時又窘又氣，竟說不出話來。

李存勖毫不客氣，精光炯炯地盯著他，冷聲道：「可四哥再怎麼讀書，也不過是北川牧羊的小兒，終究是目光如豆，只顧及眼前危險，卻看不見長遠之事。」

李存信先前幾番怯戰，因而害死李廷鸞，又險些害了周德威，早已引得眾將心中不滿，李存勖更是一見李存信就滿肚子火氣，此刻見他又因為害怕，要將河東軍推入死地，忍不住便砲火直開。李存信只被轟得滿臉通紅，眾將見狀，心中都大呼痛快。

李存信礙於李存勖的身分，無法大力反擊，只能拉著李克用一起，為自己的怯懦辯解：「難道你說父王想退回北方，也是目光如豆？那北方可是我們的故地！」

李存勖道：「父王曾取笑邠寧節度使王行瑜輕易棄城逃走，這才一敗塗地，死於敵人之手，又怎會與你的想法一樣？」

李克用此時若是健全，自會堅守城池，但奄奄病體實在消磨了意志，他不由得嘆了口氣：「亞子，你有什麼想法？」

李存勖道：「晉陽城牆堅固，只要我們耐心持守，也算有個屏障，我們若是一踏出城門，就是禍變難測！大家別忘了，塞外還有契丹那頭大豺狼正虎視眈眈，如今我們虛弱得有如小羊，一旦被他們追上，肯定會被吞吃到連骨頭都不剩！」

李克用聞言，呆了半晌，再忍不住掩面落淚：「當初我若聽進你的勸告，何至於此？我本想為族人幹一番轟轟烈烈的大事業，留給子孫富貴榮華，誰知卻害了大家……」

眾太保都跪倒床前，垂首哭泣：「義父！」

李存勖知道父親何等豪勇，即使敗戰身亡，也是痛痛快快，今日實在是看見了滅族之禍，痛恨自己親手將沙陀全族推入死坑，才會如此消沉，他緊握住父親微微顫抖的手，安慰道：「大丈夫能屈能伸，今日戰陣不利，不過一時失敗，父親只要靜心休息，遵養時晦，等待日後東山再起，為何輕易沮喪？」

眾太保紛紛道：「亞子說得不錯，義父只需好好休養，孩兒會齊力保住晉陽！」

李克用傷心道：「萬一城破，我沙陀族便要血脈斷盡！」

李存勖道：「真有萬一，孩兒也會拼死保您出去，到時父親便帶領族人離開，先找一處地方安居，再重新招兵買馬，我沙陀絕不會滅亡的。」

李克用悵然道：「我身子殘破，逃亡之路艱難，也不知能不能活，還談什麼再興？但你不一樣，亞子，你是我沙陀的希望，必要保住性命，帶領族人重新站起！到那時候，你們全向北方退去，我這條老命就留下來跟他們拼了！」

李存勖慨然道：「父親有難，孩兒豈有貪生怕死、先行逃走之理？父王走一里路，孩兒便走一里路，父王走二里路，孩兒便走二里路，總之父王到哪裡，孩兒必護衛左右。」

眾太保皆大聲附和：「不錯！我們誓死追隨義父！」

李克用熱淚盈眶，握住李存勖雙手說道：「好孩兒，多虧你們了。」

待李克用安睡之後，李存勖偕眾人走出氈帳，說道：「如今禍在旦夕，是逃是戰是守，已不容猶疑，明日正午大家再聚會，做一決斷！」又對張承業道：「請馮使君也參與，他一向足智多謀，我想聽聽他的高見。」

張承業見李存勖目光森寒，語氣不善，心知他並非真想聽意見，而是要藉機殺了馮道，推辭道：「馮使君身子有傷，還不便下床……」

李嗣本罵道：「不過擦得一點箭傷，就十天半月下不了床？」

李存勖冷聲道：「就算他是一具死屍，抬也要抬過來！」

張承業見情況不妙，便趕緊回府去找馮道，沿路急呼：「小子，不好了！亞子要你明日一起商討軍議！」

馮道正排算卦象，一聽張承業聲音，指尖一顫，手中蓍草不經意落了幾支，卻也顧不得，即趕緊迎上，問道：「忻州軍到了，應可再支撐一段時日，不是噓？為何要我參與會議？」

張承業一邊拉著他又回到書房，一邊解釋：「晉王煩憂戰事，病情始終不見好轉，便起心動念想帶族人回北方避禍，但亞子不同意，他口裡沒說，但我知道他其實想出城決一死戰。」

馮道望向窗外天空，出了一會兒神，道：「其實晉陽的糧草兵馬都不虞匱乏，再加上忻州軍的助力，只要緊守住城門，拖上幾年都不成問題，只不過李克用身子虛弱，意志消沉，便想要避禍。李存勖卻是受了晉王影響，急了心思，想趁著援軍剛到，鬥志旺盛，出城決一死戰，倘若他這麼衝動，可要壞事了！」

張承業嘆道：「亞子這麼決定也不算錯，忻州軍雖然來了，卻被打得七零八落，簡直是一路逃亡來的，哪還有什麼戰力？亞子怕時間一久，軍兵們看出真相，到那時士氣潰散，可就真的一瀉千里了。」

馮道不同意道：「忻州軍雖有損傷，休養幾日也就回來了，小李子更不用苦守幾年，只需再半個月，戰局就會逆轉了！」

張承業步來踱去，道：「既然如此，該怎麼勸說他呢？」想了想，又道：「對了！小子不是還有一計，怎不快快用上？」

馮道回到桌案前，望著意外灑出的卦象，沉吟道：「震上坎下，雷水解，這卦辭意思是：『天地解，而雷雨作，雷雨作，而百果草木皆甲坼，解之時義大矣哉』……」

張承業斥道：「別嘰哩咕嚕的唸咒，念得咱家頭都疼了，這到底什麼意思？」

馮道無奈道：「意思是水淹晉陽需等雷雨相助，不可提早端上，否則半點用處也沒有！」

情況惡劣至此，張承業也不知該不該繼續相信他，納悶道：「『水淹晉陽』豈不是大水沖龍王宮，沖向咱們自家了，怎能退敵？」

馮道仰首望向窗外朗朗晴空，道：「自古以來，晉陽之戰，莫不以洪水為器，只要覷準天時、運用地利，一切便能水到渠成！」

張承業急問：「那天時究竟是幾時？」

馮道堅定道：「五月！」

汴梁軍營中，張惠正對照著太原地圖，細細思索桌上的卦象：「接下來的戰況……果然是四十卦雷水解！」

氏叔琮對膠著的戰況感到不耐，便入帳求見，張惠目光仍望著卦象，問道：「將軍有何事？」

氏叔琮道：「啟稟軍師，晉陽銅牆鐵壁、糧草豐足，圍城並不管用，如今他們又添了忻州軍，只怕連車輪戰術也無用了，接下來該當如何，還請軍師示下。」

張惠停下手邊卜算，抬起玉首，微笑讚許：「將軍很有見識，如今圍城也好、車輪戰術也罷，都已無用，唯一的法子是水攻！」

氏叔琮愕然道：「水淹晉陽？」

張惠仰觀藍天白雲，幽幽說道：「昔年韓趙魏三家能成功瓜分晉國，用的便是『水淹晉陽』一計，從此時局不變，自春秋五霸走入了戰國七雄，如今又到了改朝換代的時刻，只要覷準天時、運用地利，令『水淹晉陽』一局重演，自能水到渠成！」

氏叔琮想到自己即將立下曠世奇功，名垂千古，大是興奮，道：「敢問軍師，這天時是什麼時候？」

張惠微微一笑：「五月！」

晉陽監軍府中，馮道指著桌上攤開地圖，道：「這晉水、汾河恰恰位於兩軍交界處，我們能想到水攻，對方也能想到，所以咱們得防止對方引水灌城。」指向大明宮城牆，道：「當初趙简子以藤蔓纏牆，阻擋水患，實有見地，咱們依樣畫葫蘆，也在城牆上多加藤蔓。」

張承業道：「這個容易！我一定派人將藤蔓纏得密不透風，連隻螞蟻也鑽不過。」

「其次是盡量挖掘地道！」馮道提筆在地圖上劃了幾條地道路徑、形態，道：「這地道需斜下十五度，通往對岸這些地方，一旦軍情緊急，就沿地道出城去偷襲敵軍，以拖延時間。」

張承業俯掌讚道：「好計！」

馮道指著圖上的「呂梁山」道：「這幾日我反覆研究《天相》書中的『天象』、『地理』兩篇，想了一個法子，請公公在呂梁山插置大批的銅槍管，這些槍管越長越好，槍管底處埋藏煙火硝石，記得要用油布包住，免得被水氣侵濕了。」又鄭重叮囑：「這件事最是重要，成敗在此一舉，公公務必親自監督，小心進行，盡量不要引人注意。」

張承業難以置信地問道：「在遙遠的山頂插幾根銅槍管，就能翻轉戰局麼？」

馮道把計劃詳細解說一遍，兩人又徹夜商討一陣，直到清晨，才稍稍歇息一下。

翌日晌午，張承業準備帶馮道與眾人商討軍事，馮道卻不肯去，只提筆寫了一封信交給張承業，道：「今日會議我不去了，請公公將這封信轉交給小李子。」

張承業問道：「這是什麼？」馮道答道：「求和信。」「求和？」張承業愕然道：「跟誰？」馮道嘆道：「打不過誰，就求誰了。」

張承業急搖頭道：「這苦差事別讓咱家去做！晉王乃至十三太保都心高氣傲，雙方又仇深似海，怎肯低聲下氣去求和？」

馮道提起手刀往自己頸子一斬，吐了舌頭扮冤死鬼的表情，道：「小馮子一提出求和，話未說盡，肯定就被李克用砍下腦袋。但公公的腦袋可比我的腦袋珍貴多了，相信晉王不敢隨意砍之，所以只好請公公代勞了！」

張承業伸掌拍去，斥道：「臭小子，連咱家的腦袋都敢算計，信不信我先擰下你腦袋！」

馮道彎身閃過，叫道：「公公也不想晉陽全軍覆沒吧？」

張承業摸了摸腦門，道：「罷了罷了！為了你這臭小子，咱家也只有硬著頭皮上了，但願晉王怒火轟來，咱家的老臉皮還頂得住。」拿過信柬，即匆匆趕去聚會。

李存勖特意等在氈帳門口相迎，未見馮道前來，臉色一沉，問道：「馮使君還生病嘜？」

張承業卻是好整以暇，微笑道：「亞子別著急，且聽咱家勸一句。」

李存勖心想不管他說什麼，一聽完廢話，便派侍衛去監軍府逮人過來，面上只帶著冷笑，不吭一聲。張承業拍拍他的肩，道：「馮使君賤命一條，他生病、傷重、甚至死去，有什麼關係？但晉王可不一樣了，他身繫數十萬人命，肩扛沙陀族存亡，如今傷勢沉重，應該好好休息，何必讓一個糊塗小人出現，教他看了礙眼，惹他心煩，萬一激動了傷勢，有什麼好處？」

李存勖心意鬆動：「都監說得不無道理，我暫且放過那傢伙，日後再設法處置。」

張承業見他眉色稍緩，又道：「咱家也不是空手而來，雖沒帶著人，卻帶來一招妙計，豈不比那個討人厭的傢伙好多了？」

李存勖心想眾將領已在營帳中等候許久，也無謂再糾纏下去，微微一笑，道：「待會兒，亞子便恭聆都監的高招了！」

張承業笑道：「好說！好說！」背心卻不禁冒了冷汗，暗想：「待會兒你父子不發火就好！」

兩人走進氈帳，眾將領已各自就座，李克用躺臥一旁歇息，心知今日就要決定沙陀全族的命運，又如何睡得著，只閉目聆聽。

李存勖走到正前方，深吸一口氣，沉聲道：「這段時日，各路援軍皆斷，士兵已筋疲力盡，敵軍卻是氣勢正盛，就算我們打退了氏叔琮，朱全忠也隨時可能回來，大王想要退往北方，大家有什麼想法？」

這番話赤裸裸地挑出河東軍內心真正的恐懼，氏叔琮的圍城只不過是個開始，朱全忠才真正讓人喪膽，眾太保面面相覷，竟答不上一句話，沉默許久，李嗣源問道：「義父想回北方，亞子有何打算？」

李存勖精光一湛，道：「我想突圍！」

沙陀從來不示弱，李存勖堅定的語氣燃起眾人的意志，目光同時一亮，周德威道：「我贊成！這麼日夜打下去，鐵打的士兵也熬不住，還不如趁援軍剛到，一鼓作氣突圍而出。」

李嗣本性情急躁好鬥，興奮地大聲附和：「既然都得死，衝出去殺一個是一個！」

張承業插口問道：「三太保對突圍有幾分把握？」

李存勖心中毫無把握，但不直接回答，只道：「死有重於泰山、輕於鴻毛，為了沙陀全族，總得拼命一試！」眾將均為這慷慨豪情激起了鬥志，紛紛大聲附和。

張承業待歡呼稍止，好聲勸道：「晉陽糧草充足，守上一年半載都不是問題，棄城出走，無險可據，眾軍只會流離失所，成了任人趕殺的流浪狗，沙陀好容易有一方立足之地，難道要輕易放棄？」

李嗣本忿然道：「此時不奮勇殺敵，難道要任人宰殺，抱憾死去？」

張承業嘆道：「既然如此，咱家就先為各位立碑立塚了！你們這幫熱血戰士死了不打緊，卻要滿城老弱婦孺如何安生？」

李嗣昭性情沉穩，道：「我以為都監說得不錯，我們突圍之後，拖著一幫老弱婦孺，能到哪裡去？」

張承業聽二太保附和，有了底氣，道：「除了突圍、回北方，總有不傷人命的法子，只不過……」目光一掃眾人，道：「得傷點臉皮！」

李嗣源聽出玄機，道：「都監有什麼高見？還請直言。」

張承業暗吞一口唾沫，道：「送禮求和。」

李克用聞言，陡地睜開銅鈴大眼，怒道：「朱溫是什麼狗東西，竟要我送厚禮給他？」

李存勖冷嘲道：「難道這就是都監的高招妙計？」

張承業婉言道：「晉王休怒，這只是拖延時間罷了……」

李克用仍火冒三丈，倘若提議之人不是張承業，腦袋早已不在了，怒道：「就算是拖延，又能拖得幾時？本王若向狗賊低頭，徒讓他笑掉滿嘴狗牙罷了！」

張承業好聲好氣道：「晉王，咱們交往多年，一向誠心相待，難道我會教你吃虧噓？倘若傷你一張臉皮能挽救河東數十萬條性命，你肯不肯？難道真要將全族子弟送入死地，好成就你一人意氣？」

李克用心中掙扎萬分，只鐵了一張臉，氣喘吁吁，無法答話，張承業又道：「願以一人之顏面承擔全族之命脈，才是大仁大勇大義之人，也不枉咱家一向敬佩你！」

李克用聽了這話，臉色終於慢慢緩和下來，張承業續道：「送禮只是鬆懈敵人戒心，爭取時間讓軍兵們歇息，但最重要的是——」將地圖攤開在桌上，指了幾處，道：「我們趕緊開挖數條地道，通向汴梁軍營各地要塞。」

李存勖原本最是反對，聽到這裡已明白箇中奧妙，心中大讚高明，他雖性情剛烈，卻非糊塗剛愎，此刻河東已到生死關頭，如何能堅持一己傲氣？便轉而勸說父親：「孩兒以為都監說得有理，做大事者不拘泥小節，父親暫時忍辱，一旦地道完成，孩兒定為您討回一口氣！」

李克用對當初不聽他勸告，十分懊悔，如今是言聽計從，嘆道：「亞子怎麼說，便怎麼辦吧！」

眾太保見義父和李存勖都同意，自無異議，李嗣源和李嗣昭更自告奮勇率軍去開挖地道。

汴梁軍營中，氏叔琮看了李克用送來的錢禮和書信，得意地哈哈大笑：「想不到那頭沙陀猛虎也有向我低聲下氣的一日，全憑了軍師的神機妙算！」

張惠心知河東求和，並非誠心，不過是為軍兵爭取歇息時間，淡淡道：「既有人自投羅網，咱們便順勢『逼虎出山』了！」

氏叔琮精光一湛，道：「敢問軍師，逼的是哪隻虎？李克用、李存勖還是十三太保？」

張惠道：「李克用父子情深，十三太保兄弟義氣，誰也不會被捨棄丟出山谷送死，唯有一隻身處猛虎群中的羊崽子，始終不肯安份，」微微一笑：「只好被當成替罪羔羊了！」

晉陽城中，張承業、李存勖和眾將領聚集在氈帳裡，面色凝重地等待汴梁回覆，李克用躺臥一旁，雙眼雖閉，心思卻不安寧，馮道則縮坐在角落裡，垂首噤語，盡量不惹人注意。

過了許久，送禮的差使終於回來了，眾人見所有禮物都被退回，已知不妙，差使臉色慘然，雙手顫抖地奉上信柬：「啟稟大王，汴梁已回覆。」李嗣本接過書信，呈給李克用。

李克用見信中寫道：「河東本維藩鎮，蓋以山川險固，城壘高深，致使奸臣賊子貢高自慢，違天抗命，犯上悖逆，詿誤軍民，本王承天子之命，起兵討伐，當極力蕩平逆賊，永保眾庶安寧，豈可為區區財禮罔顧聖命？爾父子等人罪孽深重，唯有面對南方跪拜三叩，開城投降，顯足懺悔誠意，方可恕罪……」這意思是李克用父子需向汴梁軍營甚至是氏叔琮跪拜，才可談和，李克用如何吞得下這恥辱，只氣得幾欲吐血，用力將書信碎成粉片，怒吼道：「我飛虎子可以戰死，絕不受辱而死！」

眾將領呼喝：「義父！咱們和他決一死戰，絕不受半點屈辱！」

那差使支支吾吾道：「氏叔琮說……晉王不肯跪也可以，如果真要送禮，全晉陽城只有……一顆人頭可當禮物……」

李克用怒吼道：「賊子想要我的人頭？」

眾將領紛紛拍桌喝道：「欺人太甚！」

那差使連連搖手：「不是！不是！他知道咱們絕不會給大王的人頭，」瞄了馮道一眼，又低下頭去，道：「是指揮六花陣的那個人的頭顱！」

馮道見十數道精光射來，心中「哎喲」一聲，臉色已然蒼白：「李存勖正愁找不到藉口殺我，我卻想出這鬼主意，將自己套上吊死索了！」

當日朱全忠臨危一箭，他就感到不妙，只盼是一場誤會，如今看來汴梁軍師是鐵了心要置自己於死地，不禁更加驚顫：「我的腦袋雖然長得不錯，但這裡每顆腦袋都比我值錢，那汴梁軍師為何那麼喜愛我的？」急道：「慢著！我……我是宣諭使，不能死！」

李嗣本怒道：「除了拿皇帝當擋箭盾牌，你還有什麼本事？」

「你一向能言善道，倘若能說出一個理由，救我全城全族性命，就不必死！」李存勖口氣淡然，目光卻是森寒。

張承業知道李存勖真動了殺心，絕不會放過馮道，急插口道：「亞子，他有奇計可退敵，他……他……那個安……」他怕馮道真被殺了，猶豫該不該透露安天下之祕，一時支吾難言，馮道怕安天下之祕為自己招來更多禍事，只猛搖頭。

李存勖喝問：「安什麼？」

「安……安……」馮道靈思急轉，衝口道：「俺娘可捨不得我啊！」

眾人頓時哄笑出聲，李嗣本冷嘲道：「這小子出了事，不只找皇帝，還會喊爺叫娘！」

馮道吁了口氣：「我想和三太保打個賭！倘若十五日後，此戰不勝，我便任憑處置。」

李存勖劍眉一蹙，冷喝道：「看在皇帝面子上，把他下到牢裡，十五日後城樓示斬！」

張承業連忙起身，阻止道：「亞子！」

李存勖卻道：「請都監也歇息歇息！」此話一出，李克用和李嗣源都變了臉色，李嗣本、李存審卻已走到張承業兩側，道：「都監，請！」

張承業看這形勢，心知李存勖預謀已久，難道真為了保住馮道與李存勖決裂，逼河東叛出嚒？想到皇帝處境艱難，忍痛望了馮道一眼，長長一嘆，垂頭喪氣地往外走去。

李存勖拱手道：「都監得罪了，一旦斬了這小子，亞子會親自向您奉酒賠罪。」待張承業被「請」走，馮道隨即被押下，李存勖見父親神色沮喪，朗聲道：「我家族三代都盡忠王室，直到勢窮力屈，也無愧於心，今日朱賊攻逼乘輿，窺伺神器，陷害良善，誣詆神祇，看似囂張至極，然而天地之間，盛衰有常理，禍福系神道，物不極則不反，惡不極則不亡，孩兒相信，朱賊逆君作惡，絕不會長久興盛，必定要走向敗亡。」

李克用看兒子如此爭氣，心中十分安慰，眾將領聽了這一番慷慨陳詞，也激起鬥志，紛紛道：「亞子說得不錯！邪不勝正、惡極必亡，老天定會收拾那逆賊！」

李存勖大聲道：「梁軍既不願談和，我父子便要與賊寇決一死戰，各位兄弟同意否？」

河東軍向來勇猛，寧可戰死，也不願作縮頭烏龜，都大聲喝道：「我們寧死不屈，誓死追隨大王！」

李存勖大聲道：「好！大家養精蓄銳，十五日後開城決一死戰！」眾將齊聲歡呼，李存勖又大聲道：「來人！咱們今夜要痛快暢飲、盡情狂歡！明日再痛快殺敵！」

李克用和眾將領受了激勵，雖知前路有死無生，但都拋下煩愁，一起奉觴作樂，飲酒高歌。

九〇二・三

五原空壁壘・八水散風濤

李嗣昭、李嗣源數將敢死士夜入氐叔琮營，斬首捕虜，汴軍驚擾，備禦不暇。會大疫，丁卯，叔琮引兵還。嗣昭與周德威將兵追之，及石會關，叔琮留數馬及旌旗于高岡之巔。嗣昭等以為有伏兵，乃引去，複取慈、隰、汾三州。自是克用不敢與全忠爭者累年。《資治通鑑．卷二六三》

馮道被丟進一座陰暗潮濕的小牢籠，等著十五日後被處決，這偌大的牢房只有幾座小牢籠，裡頭卻空無一人，似許久沒使用，馮道心知肚明：「他們抓了人便殺，免得浪費食糧，自然用不著囚牢。」見這牢籠十分堅固，難以逃脫，不禁望向窗外一方藍天，羡慕雲空上飛翔的小鳥：「就算我學李茂貞一樣插上兩支翅膀，也是插翅難飛！」

但既來之則安之，他索性雙臂枕頭，就地躺下，蹺腿想道：「小馮公子不知被囚禁多少回，乃是蹲苦牢高手，小李子這點花樣豈能嚇倒我？」左右無事，便點評起曾蹲過的牢籠：「李茂貞的牢籠雖大，卻得受酷刑，還是這小牢籠好，自在清靜多了！這裡雖好，卻不如青史如鏡有書可看，不免無聊了些！」

他回想這幾年迭遭驚險奇遇，也不知是幸還是不幸：「我還未建立功名，回鄉給阿爺臉上添光，倘若莫名奇妙地死在這裡，豈不太冤枉？」又反省自己為何會敗得如此淒慘，想著想著，忽覺得該小解了，但見這囚牢不過六尺見方，吃喝拉撒全在一處，這一泡屎尿下去，恐怕會臭氣沖天，心嘆：「一文錢逼死英雄漢，一泡屎卻臭死窮儒酸了！」

他一邊脫衣解褲，一邊自顧吟道：「山不在高，有仙則名；水不在深，有龍則靈……吔——這句子應改成『牢不在小，有龍則靈』才合景合意，這『龍』字自然是我這條小隱龍了！斯是陋室，惟吾德馨，這座小牢籠被隱龍傳人到此一拉，自是德馨滿室、靈氣沖天了！」他自覺改得甚妙，哈哈一笑，又想：「但不知隱龍的第三計靈不靈？」正想暢快一番，後方忽然響起一道森冷聲音：「你早知我軍會損傷慘重，當時才教我反對出兵吧？」

馮道嚇得幾乎跳了起來：「隱龍傳人的光屁股可不能讓人瞧見，那是有辱斯文，敗壞師父、師叔祖、眾仙道的名聲！」一時洩意全消，連忙拉緊腰帶回轉身來，驚道：「大哥，你……你……你怎來了？」

李嗣源面色凝重，目光精深地望著他，道：「想不到你真是皇帝派來平藩的！」

馮道忽然聽懂了他的話，急解釋道：「不！不是！大哥你聽我說……」望著李嗣源失望的神情、滿身的傷痕，想到河東落得如此慘烈，自己又有什麼可辯解的？一時滿面通紅、羞愧垂首，半晌才低聲道：「大哥，你怪我嚒？」

李嗣源目光移向窗外藍天，怔然許久，才嘆了口氣：「這些年來，朱賊日益坐大，無論我們怎麼勇猛，亞子、監軍如何精明，都爭鬥不過，今日死戰勢所難免，只是早一步、晚一步而已！你已盡力為我周全，我還怪你什麼？」

馮道抬起頭，目光直視李嗣源，堅定道：「大哥，你相信我，河東一定會勝利的！」

李嗣源但覺今日局面惡劣至極，大羅神仙也難挽救，搖搖頭道：「我自幼受義父大恩，無論情勢多麼艱難，都要以命相報，但你還年輕，又不是河東軍，不該死在這裡，你走吧！」說著便打開牢籠鎖鑰。

馮道見他並不相信會勝戰，卻寧可違背李存勖放走自己，心中萬分感動，道：「大哥非但不責怪我，還冒險相救，我豈能不顧信義一走了之？這樣定會連累了你和公公，我相信自己的判斷，倘若我賭輸了，真賠上全城性命，我……」他自從設下守晉三計以來，已連輸兩場，不但日日見到軍兵死傷慘烈，良心飽受煎熬，更被對手逼到小命不保，連累張承業的地步，他原本還能強顏歡笑、自我安慰，今日見了李嗣源的面，壓抑許久的愧疚沖湧了出來，忍不住紅了眼眶，哽咽道：「我就算保住性命，這輩子也要不安心！」

李嗣源不擅言詞，見他不肯走，不知如何相勸，心想他還是有幾分義氣的，婉言道：「大哥能做的就是這樣了，亞子性情剛硬，又心急父親傷重，手段才激烈了點，他肩上擔子太重，你莫要怪他。」

馮道慘然一笑：「我怎敢怪他？」

兩人一時沉默，無言以對，馮道望向鐵窗外的雲空，心想：「第三計是『水淹晉陽』，但天空這麼藍，真會落雨麼？」

「滴！」窗外一顆晶瑩雨珠無聲落下，細不可見，在馮道眼中，卻如暗夜裡燃起希望火光，又如瀕臨渴死之人忽然見到了甘霖，望著一絲絲落下的雨滴，他心底一陣陣顫慄：「雨！真是雨！」呆看一會兒，確認真是落雨，不禁指著窗外歡喜得又叫又跳：「下雨了！大哥，你看下雨了！真下雨了！」一回頭，卻見李嗣源英眉微鎖、目光悲憫，彷彿自己是個瘋子。

馮道回過身來，雙手緊抓欄杆激動道：「大哥，你相信我，只要再支撐十五日，一定會勝利的！」見李嗣源不肯相信，反而激起一股意氣，伸袖抹去淚水，堅定道：「我不走！我要親眼看到勝戰，證明我沒有辜負大哥的情義。」

李嗣源微然苦笑：「傻小子！這又何必？既然不肯走，那便同生共死吧！」

馮道聽到「同生共死」四字，知道李嗣源又把自己當兄弟了，心中舒坦了些，咧嘴一笑：

「大哥放心吧，咱倆只會同生，不會共死的！」又問道：「對了！那隧道開挖得如何了？」

李嗣源道：「再兩日便能完成。」

馮道蹲在地下以指尖畫了地道，點了幾個出口處，道：「還請大哥盡力攻擊這些地方，一點都不能有誤！」

過了兩日，十多條的地道終於挖通，李嗣源、李嗣昭興奮之餘，便決定乘夜大展身手，奇襲氏叔琮的營壘。

子夜時分，夜雨迷濛，兩人各帶一隊人馬，換上汴梁軍服，選了一條地道悄悄潛出，這出口隱藏在晉水河畔的密林裡，距離汴梁軍營不到百丈，他們藉著樹叢掩蔽，來到馮道指定的地點，原想潛入對方營壘大殺一通，卻見前方一片燈火通明，傳來叮叮咚咚的敲打聲和軍兵呼喝聲，河東軍見狀，暗罵：「這幫汴梁鬼半夜也不睡，難道真是鐵打的？」

李嗣源和李嗣昭互望一眼，心中都想：「他們在做什麼？難道有什麼詭計？」

李嗣源示意眾人噤聲，自己潛身靠近，仔細觀察一陣，赫然發現一批汴梁軍沿著晉水南岸修堤防、壘石牆，以防日漸高漲的河水氾濫到汴梁軍營，另一批軍兵卻在挖渠道，李嗣源思索半晌，恍然明白一旦南岸堤防建好，晉水便只能向北岸宣洩，這些渠道是幫助雨水更快速流回晉水，再全數沖向北岸的晉陽城樓！

這堤防已建好七成，再過兩日就要完工，連日的豪雨使河水幾乎要淹過地面，李嗣源暗呼僥倖：「幸好三弟早一步識破詭計，將地道出口通往這裡，讓我們來破壞堤防，否則再晚個兩日，河水便會淹向晉陽城了！」便回頭與李嗣昭商量對策，分配好任務。

李嗣源率橫沖都軍埋伏在樹林裡，彎弓拉箭，「咻咻咻！」一陣急響過後，汴梁軍正專心築堤，未料有人偷襲，登時陣腳大亂，死傷成片，倖存的汴梁軍不知敵人從哪裡冒了出來，只嚇得四散奔逃，想回去報訊，橫沖都軍立刻衝出去圍擋，汴梁軍見他們穿著己方軍服，以為來了援手，一時鬆了戒心，來不及反抗，就被掃殺殆盡。

另一方面，李嗣昭指揮部屬以巨石將堤防砸破好幾個大洞，兩隊人馬都身手俐落，迅速完成任務，等遠處的汴梁軍聞聲趕到，他們早已神不知鬼不覺的退回地道，此番大捷，眾人十分振奮，都相約明夜再來。

氏叔琮聞訊，驚怒之餘，立刻派兵修復堤防，又派重兵在外圍防守，李嗣源和李嗣昭幾次率敢死隊乘夜欺近堤防處，都無法得手，便改道襲擊汴梁軍營，有時斬殺敵兵，有時放火燒糧。那地道有十多個出口，河東軍夜夜換不同的地方襲擊，神出鬼沒、來去如風，汴梁軍防了這頭，防不了那頭，一時飽受驚擾，無法休息。

氏叔琮雖算不準敵人從何處冒出，卻始終牢牢守住堤防，河東軍眼看堤防一步步重建完成，心中萬分著急，卻無計可施，只能加強藤蔓纏牆，並祈禱大雨快快停歇。

雙方如此較勁了一段時日，李存勖表面上卻裝做無事，仍派人回信給氏叔琮，說五月初一，將於城樓頂處送上人頭大禮，做為求和，請他前來收禮，暗地裡則積極規劃突圍路線，河東軍都懷著視死如歸的意志，磨槍擦戟，準備迎接即將到來的死戰！

一連下了十數日豪雨，小牢籠濕氣悶熱、濁味交雜，馮道宛如身處瘴沼中，只感到神志迷茫、腹痛欲嘔，昏昏沉沉想道：「別的隱龍是鞠躬盡瘁、報效真龍而死，我小馮公子卻是被自己的屎尿薰死，這也太窩囊了！後世隱龍若是知道有一代隱龍是如此死法，豈不笑歪了下巴？唉！我若這麼死去，隱龍祕密將石沉大海，又怎能傳諸後世？」他以為自己水土不服，卻忘了是「六寸斷腸丹」毒效發作，才令他如此難受。

「小子，死期到了！」牢外忽然傳來一聲呼喝：卻是李嗣本前來，要提馮道出去受死。

馮道微微睜開雙眼，見窗外濤濤白雲，綿延千里，竟不再下雨，心中微微一震：「天水都倒盡了，今日反而無雨可下？難道我真的卜算錯誤？這下可糟了！」

晉陽城樓上，李存勖眼看對岸梁軍旗幟飄揚如海，要搶道突圍，談何容易，他將心中沉重壓下，埋到自己也不能察覺的深處，轉身對城內排列整齊、蓄勢待發的士卒喊話：「眾軍聽令，一旦我發箭射爆那小子的頭顱，敵軍以為我們要談和，必會鬆懈防備，到那時，大家便奮勇而出！今日這一戰，是為家人、為族脈、為君國，就算拋頭顱、灑熱血，戰到最後一兵一卒，也要殺盡敵兵、報仇雪恨！」

眾軍兵大喝：「咱們定將賊兵殺得片甲不留！」

李存勖見軍兵鬥志高昂，心中稍定，便派人在城樓上豎起一根長旗桿，將馮道緩緩吊了上去，又走到城樓邊，面向敵方，飽提內力將聲音遠遠傳了出去：「氏將軍，城頭上那小子便是你們要的人，可有膽子上來驗一驗？」這話是想刺激氏叔琮單槍匹馬前來，待大門一開，便有傷勢恢復大半的李克寧招呼他。

氏叔琮自信武藝高強，心想若策馬往前，一旦城門打開，便能一馬當先衝進去，控制住城門狀況，倒也不壞，微微一笑，道：「也好，三太保雖是一言九鼎，但事關重大，本將軍還是查個仔細，證明你們確有誠意求饒！哈哈！是求和！」河東軍聽他故意口誤，存心羞辱，只氣得咬牙切齒，恨不能立刻衝出去殺敵。

氏叔琮趾高氣昂地率領五百親兵策馬前行，登上臨近一座高坡，準備驗收禮物，他凝目望去，見旗桿上有一個人影被五花大綁，慢慢吊升上去，居然是害自己被電殛的臭小子，不由得哈哈大笑：「原來軍師要的人就是他！這回看他還怎麼作怪？」得意之餘，也不忘眼觀八方，見城樓上眾太保威風凜凜地一字排開，宛如凶神惡煞擋關，絲毫不現半點疲態，他是沙場老將，對戰場氣氛十分敏銳，心想河東軍看似來送禮求和，擺出的姿態卻像要拼個你死我活，便回首對副帥朱友寧道：「事有蹊蹺。」

朱友寧冷笑道：「軍師真是神機妙算，猜測得一點也不錯！人家打算開門相迎，咱們怎好辜負？」

氏叔琮仰首望天，哈哈大笑：「今日天清氣朗，果然是攻城的好日子！你還不快去準備？」

「是！」朱友寧大聲領令，便快速策馬離開，暗暗傳下軍令，一旦晉陽城門開啟，便全力攻殺。

這一瞬間，城上城下千萬雙眼睛都緊盯著馮道，看著他一寸寸升上高空，人人心口也越提越高，手中兵刃越握越緊，只待這顆人頭被射爆，河東、汴梁兩軍都會全力衝殺，宛如水火相撞，激烈爆炸，直到一方被徹底殲滅為止！

馮道被綁上城樓高高吊起，在空中晃來晃去，晃得頭昏腦脹、幾欲嘔吐，不由得唉嘆：

「老天爺連一滴雨也不下，我的『水淹晉陽』之計失靈，這一回真是在劫難逃了！」不知是昏是冷還是怕，但覺陣陣寒意襲來，忍不住渾身顫抖：「春夏時分，已近暑熱，怎會冷得這般厲害？」

忽然一片白羽鵝毛輕輕飄落，落在他鼻尖，他心中納悶：「我已在天空最高處，還有人在上頭向我灑羽毛？」那白羽毛在鼻尖緩緩消融不見，他不禁苦笑：「我一定是嚇糊塗了，產生幻覺，才以為有人灑羽毛！」

卻不想一片、二片羽毛輕輕飄下，灑了他滿頭都是，他驀地震醒過來：「不是鵝毛，是雪！這春夏時分，怎會下雪？傳說六月飛雪乃是天地奇冤，這五月飛雪，難道是老天爺也瞧見我的冤情了？」不由得心中悲憤吶喊：「小馮子一生安份守己、克勤克儉、正人君子、敬老尊賢、愛睦鄉鄰、從不欺侮老弱婦孺……實在不該死於非命啊！」他向天申冤，神奇的是，蒼天竟也作了回應，呼呼下起鵝毛大雪。

這場雪下得又急又古怪，最怪得是雪花尚未飄落地面，就在半空中被熱氣蒸散，形成霧濛濛一片。

馮道身在高空，見到這奇景，被吸引得忘了申冤，只目瞪口呆、嘆為觀止，腦海中更浮現一行行《天相．天象篇》裡的文字：「春夏季節，濕氣暖熱，朔風南吹，暖濕交撞，將成雷暴大雨，寒風越冽，雷雨越強……」他心中一震，全然清醒過來：「雨不是停了，是被北風凍成了雪！這上下冷暖交會的情景，就跟書裡說的一模一樣！書中還說寒風越冽，雷雨就越強，今日上空飄雪，可見這道北風寒冷至極，一旦與下方的熱氣交撞……」他暗吸一口氣，卻壓不下內心深處的震顫：「這一場雷雨肯定要驚天動地！」

他連忙提起僅有的力氣，功聚雙目眺看，只見雲空深處隱有電光閃閃，雷聲隆隆，再過一會兒，鵝毛大雪已然停止，天上卻是厚雲密佈，再往下看去，遠方江水被寒風吹得怒濤洶湧，下方還有一點金火摺熠閃爍，閃了他的雙眼，竟是李存勖搭起弓箭，厲厲對準他的頭顱！

馮道見識過李存勖的箭術，知道他手指一個鬆脫，自己就要嗚呼哀哉，急得大喊：「下雪了！別射！別射！」

那雪花在半空便蒸成霧氣，城下軍兵但覺濕熱難當，並不知道下了雪，就算知道，也不會在意，聽馮道鬼吼鬼叫，都心生輕蔑：「五月天怎會下雪？膽小鬼嚇傻了，盡胡說八道！」

馮道喊了一陣，見無人理會，萬分著急，急思該怎麼脫身，他仔細往下看去，見滿山遍野都是軍兵，城內是河東軍，城外山頭卻埋伏著汴梁軍，不由得吃了一驚：「李存勖想突圍，氏叔琮卻早有預備，只要城門一開，汴梁大軍就要衝入！」暗罵自己：「我真是嚇傻了，他們不明白天象玄機，我說下雪有什麼用？」便改口大叫：「不能開城門，下方有……」

忽然間，一物射入馮道口裡，咕嚕一聲，那藥丸直接滾入他肚裡，他不禁目瞪口呆，嚥了嚥口水，心想：「糟了！誰又餵我吃毒藥？想殺人滅口麼？真不用這麼麻煩了！」念頭還未轉完，身子竟然咻地往下掉，「唉喲！小李子的箭術幾時變得這麼差，一箭穿腦也就罷了，至少還圖個痛快，這一來，小馮子豈不摔個稀巴爛……啊啊啊！」他腦中胡思亂想，口裡亂呼亂叫，手腳亂揮亂舞，卻抓不到半點東西，「碰！」一聲，他以為自己要跌個粉身碎骨，跌落處卻是個軟綿綿的懷抱，他張眼望去，卻是一張俏生生的小臉！

原來褚寒依假扮成河東軍，悄悄潛伏在城頭，當所有人目光都專注在李存勖和氏叔琮對峙時，她搶先一步射斷吊繩，一手接抱住墜落的馮道，另一手向外邊射了一圈銀針，逼退上前搶人的河東軍，嬌喝道：「誰敢上前一步，莫怪我毒針殺人！」

城上守軍害怕毒針，不敢太過靠近，只隔了數尺之距包圍住兩人。突變猝起，兩軍都驚詫萬分，氏叔琮想道：「軍師非殺這小子不可，如今情況生變，我且瞧瞧他們玩什麼把戲。」便暫時按兵不動。

河東軍心中卻想：「三太保沒射破他腦袋，他便掉了下來，我們還開不開門、突不突圍？」

馮道又喜又驚，喜的是褚寒依冒死前來相救，肯定愛己甚深了，驚的是她一個小姑娘如何力抗千軍萬馬，急道：「妹妹放下我快走，妳打不過他們的。」

褚寒依見他臉色泛黑，顯然毒氣發作，關心道：「你身子還撐得住麼？」

馮道咧嘴一笑：「妹妹一來，我便生龍活虎了！」

褚寒依啐道：「死到臨頭還貧嘴！」便將他放了下來，馮道剛吃解藥，身子還虛弱無力，一個踉蹌不穩，又摔倒在褚寒依懷裡，褚寒依趕緊扶抱住他，低聲道：「李茂貞的解藥只給了半顆，他限你三個月內回到鳳翔。」

馮道樂得挨著她，悄然道：「待會兒會有大亂，趁亂便走！」

褚寒依不明白他說的大亂是什麼，心想：「眼下還不夠亂麼？」還來不及再問，李存勖已回過身來，箭簇森寒地對準他們，打算一箭貫穿兩人！

眾人都睜大眼睛盯著李存勖的動作，只待他鬆手的剎那，就要發動攻勢，馮道知道此刻說什麼都無用，急喊道：「不能開城門，氏叔琮埋伏了大軍準備攻城！」

李存勖心中一凜，忙收了弓箭，施展輕功飛上旗桿頂，極目眺望，只見遠方山林、河谷、街巷都藏有汴梁伏軍，將他們可能突圍的道路都封死了！

他恍然明白無論馮道死不死，一旦打開城門突圍，汴梁軍便會大舉殺入，不禁想道：「氏叔琮早就準備大舉攻城，既是如此，他為何執意要殺一個名不見經傳的小子？難道真是怕了那傢伙？」又想：「我軍寡不敵眾，若是逞強突圍，肯定會全軍覆沒，看來我得另外設法送走父親。」

驟然間，暴雷轟隆隆大響，閃電如萬丈光芒，天地彷彿一瞬間劇烈撕裂，無論哪一方軍兵都被這天色激變嚇了一跳，才仰頭望天，便被瘋狂大雨淋得全身濕透。

「砰砰砰！」遠方山谷似乎也在回應天威，數百面皮鼓蓬蓬大響，數萬名騎兵喊聲震天，藏於各山丘的汴梁軍如潮水湧出！

原來張惠計劃讓李存勖殺死馮道，挑起皇帝對李克用的不滿，另方面也算準了李存勖會開城突圍，汴梁大軍便能趁機馳入，她交代好一切，心想已萬無一失，便轉去鳳翔助戰。此時只有氏叔琮一人獨掌大局，他見城門遲遲不開，李存勖似乎已識破玄機，便當機立斷，高舉令旗，教士兵一鼓作氣地衝出，打算強力攻城。

河東軍原本有死戰的決心，見敵軍滿山滿谷，望不到盡頭，雙方差距實在懸殊，不由得心驚氣餒，李存勖也自震撼：「今日之事，萬無僥倖，唯有決一死戰。」英眉一揚，向李嗣昭道：「緊閉城門，結寨射箭！」

李嗣昭其實不贊成突圍，聽到命令，暗自鬆了一口氣，應道：「是！」便趕緊傳下號令，片刻間，城樓前排的軍兵已在城垛上架好木樁，以一片片皮網聯結成排，千名弓箭手隱身在皮網之後，絞緊弓弦。

河東軍的木寨皮網才結好不久，汴梁前鋒軍已到城下，李存勖令旗大力一揮，喝道：「放箭！」河東軍猛力拉弓，數萬枝羽箭同時射了出去，打前鋒的汴梁軍頭戴盾帽，阻擋飛箭，宛如螞蟻雄兵般攀雲梯而上。

河東軍見敵人早有防備，箭雨失效，不禁起了怯意，李存勖心想：「天下大雨，火攻不易。」便長聲大喝：「倒油！」

河東軍往雲梯倒下一桶桶油水，汴梁軍在大雨中攀爬雲梯，腳步濕滑，紛紛跌落，抬頭仰望，大雨又落入眼裡，實在看不清前路，攻勢稍緩，氏叔琮為激勵士氣，大聲傳令：「眾軍奮勇向前，破城之後，梁王必有重賞！」汴梁軍原本凶悍，一旦受到鼓舞，登時勇氣大振，仗著人多，前仆後繼地蜂湧而上。

河東軍初時憂心忡忡，一到接戰，草原民族的凶性立刻被激發出來，大聲呼喝：「殺殺殺！」手持長槍猛力向外屠戮，緊守住城樓，不讓敵人越雷池一步，霎時間羽箭長槍在天空中飛舞來去，殺聲震天，血肉横飛，雙方都想將長久的血仇徹底了斷！

天際雷轟電閃，一次次撕裂烏沉沉的雲空，傾下暴雨，彷彿要清洗掉人間一切殺戮罪孽。

汴梁軍攻了一日一夜，雷雨也瘋狂了一日一夜，天上地下都是一片激烈交戰，晉水向兩岸轟轟溢流，氏叔琮見河水已淹至軍兵小腿，進攻越來越困難，雨勢卻還沒有歇止的意思，心想：「軍師果然神算，事先在岸邊修築了堤防，我不如暫且退兵，待大水沖破晉陽城門，便可不費吹灰之力進去！」便下令眾軍暫時退往山坡。

張惠利用堤防圍堵氾濫的洪水，令晉水無法向南方宣洩，只能全數向晉陽城樓淹去，城牆雖以密密藤蔓吸收阻擋，但水勢太大，仍沖進城去，成就了張惠的「水淹晉陽」之計。

城內守兵見大水洶湧灌入，一下子便淹到了腿股，都嚇得大聲驚呼：「淹大水了！快撤！快撤！」守門的軍兵若是撤退，城門被大水沖毀，汴梁軍定會趁虛攻入，李克寧負責防守城門，眼看軍兵慌張四逃，大喊：「不准撤！緊守住城門！」

撤是殺頭、不撤是淹死，城門守軍一時不知該如何是好，就在一片驚叫呼聲中，忽然間，大水不再沖往晉陽城內，停滯了一會兒，竟開始緩緩往後，眾人不可思議地看著水勢消退，這才發現河水湧入了地道，那地道傾斜十五度，由晉陽城牆斜下至汴梁陣營附近，帶著洪水從地下倒灌回去！

汴梁大軍正鳴金收兵，鼓聲咚咚急響，但遠方卻傳來更大的巨響，陣陣「轟隆隆」聲彷彿天崩地裂，淹沒了世間一切聲音。

兩軍皆是悍勇之輩，忽聞這天地之威，不由得心驚膽顫，初時以為是天雷，但響聲不絕，眾人都想：「這是什麼聲音？」

正當兩軍驚慌疑惑，東張西望地找尋聲音來源時，馮道已恢復大半力氣，拉了褚寒依低聲道：「大亂來了，快走！」兩人便悄悄退出，設法逃出混亂的晉陽城。

那巨聲越來越響、越來越急，兩軍越聽越心驚，紛紛循聲望去，只見呂梁山側滾滾泥流衝湧下來，不只衝毀了汴梁軍的堤防，大塊泥石更堵住河道，令河水瞬間暴漲，宛如巨洪般轟隆隆地衝向岸上！

氏叔琮原本要大軍暫退到附近山坡，見情況不妙，急得大喊：「退！快退回軍營！」汴梁大軍正往後退，但人數眾多，又在大雨泥濘之中，實在無法快速撤離，許多軍兵還在雲梯上，來不及落地，泥流已波濤洶湧地過來，數十架雲梯被沖得倒落，一時人馬亂奔，群相踩踏。氏叔琮見情況混亂，已然失控，拼命教傳令兵吹角擂鼓，指揮大軍退往營地，豈料後方竟有大批軍兵慌張逃來，大喊：「將軍，不好了！軍營淹大水了！」

「什麼？」氏叔琮大吃一驚，萬萬想不到洪水會從地道沖湧出來，淹沒軍營，一時間，汴梁大軍落入泥流、洪水夾擊的處境裡，不知該逃往何處，只能狼狽四竄，自找活路。

原來馮道算準這段時間會連日豪雨，造成呂梁山土石鬆動，便測量了地質，算好方位、路徑，在山上設置大片銅桿，有如大片引雷針，引得天雷打下，爆破管中火藥，激裂土石化成泥流滾滾而下，這些土石沖落的路徑正好經過張惠修築的堤防，一舉將其摧毀。

另一方面，晉陽城以藤蔓纏牆，使大塊土石不易進入，而開挖的地道又將水勢疏通到汴梁軍營，令洪水改變方向，朝南岸沖去，汴梁軍盡被捲入洪流裡，天上雷電不止，落河之人不是被溺斃，就是被土石擊死，不過片刻，屍滿江河，幾無倖免！

這場洪水不只淹沒大量汴梁軍兵，更將屍身衝向汴梁軍營，因屍身太多，無法處理，豪雨過後，天氣轉為酷熱，不過幾日，便腐爛得生出大片蚊蟲，蔓延成瘟疫，僥倖逃過洪水的汴梁軍，因此染患瘧疾，無力戰鬥。

李克用見機不可失，立刻派五太保李存進率軍前往「洞渦驛」一帶，截斷汴梁軍的運糧道。

汴梁軍人馬眾多，既遭逢瘟疫，又糧運不濟，實是雪上加霜，支撐了近二十日，再也撐不下去，氏叔琮心中悲憤：「天不助我！」憾然下令退兵，率部眾經上黨南退，撤離晉陽。

河東軍見敵人終於退去，盡歡聲雷動，唯獨李存信落寞自閉，不與人來往，不久之後，便鬱鬱而死。

當初周德威、李嗣昭被汴梁軍攻打得最慘，見對方節節敗退，都想：「窮寇不追，更待何時！」便請令率五千騎兵跟蹤追擊，殺傷俘獲大批汴軍，再次奪回汾州，還誅殺了叛軍將領李瑭。

氏叔琮率領殘眾落荒而逃，一路退至「石會關」，見河東軍猛追不休，心想再不設法，真會全軍覆沒，便帶領隨從勘察地形，一位隨從嘆道：「這石會關的山岡高大，倘若咱們埋有伏軍，就能將追兵打得落花流水！」

氏叔琮心中一亮，決定使個金蟬脫殼之計！他先讓大隊人馬繼續撤退，只留下三十位軍兵故佈疑陣，在高岡上插了一排排整齊的旗幟，釘好一列列木樁，又將一些戰馬繫在木樁上。

李嗣昭、周德威率了大軍氣勢洶洶地追來，見前方高崗地勢兇險，岡上旌旗飄揚、戰馬嘶鳴，似有雄兵埋伏，兩人想起在蒲縣誤中汴梁軍陷阱，心有餘悸：「汴梁軍師奇計百出，這一回莫不是假裝退兵，在這裡設下圈套，想伏殺我們！」他們商討一陣，都不敢貿進，終於決定收兵。

氏叔琮逃過一劫，率兵回轉鳳翔，朱全忠震怒之餘，見機極快，立刻調派河陽節度使丁會死守潞州，這潞州位於太原、汴梁交界，是最重要的門戶。河東軍雖連打幾個勝仗，奪回慈、隰、邡三州，卻失去潞州，李克用但覺芒刺在背，無日不想奪回，但河東經此一役，實在元氣大傷，此後數年，都無力再興兵與朱全忠一爭雄長。

卻說當日馮道帶著褚寒依一口氣逃出太原邊境，才敢稍事歇息。兩人策馬徐徐行走在山林裡，褚寒依細想許久，但覺洪水來得十分古怪，忍不住問道：「你可知道那洪水是怎麼回事？」

馮道雖未親眼見到戰果，但知道河東軍已然獲勝，得意道：「『孔明借東風，火燒連環船』，我也來效法先賢，來個『小馮借春雷，水淹汴梁營』！」

褚寒依嘲笑道：「你胡說什麼？史書記載火燒曹操連環船的人，明明是周瑜的部將黃蓋，博學多聞的小馮公子竟也有出錯的時候！」❶

馮道笑道：「妳怎知史書記載的全是真的？倘若都是真的，坊間為何又有那麼多玄妙傳聞、神奇軼事？」

褚寒依一時答不出話，哼道：「那你又從哪裡道聽塗說？」

馮道神祕一笑，道：「那是隱龍代代相傳的祕史！」

褚寒依聽到「隱龍」兩字，心想：「義父說亂世之中，英雄多、瘋子多，但都比不上真龍傳說多，誰想當皇帝、掌大權，就做個神蹟，散播讖言說自己是真龍。我們行走在外，千萬要小心，不可輕信這些謠言，免得被人迷惑了心志。」心中甚是不屑，啐道：「原來是鄉野奇談！」

馮道也不與之爭辯，只微微一笑：「鄉下小子自然最愛鄉野奇談。」

褚寒依對雷電大雨一事十分好奇，又問：「你剛才說借春雷，怎麼借？難道是升天向老天爺借去？」

馮道笑道：「我被吊在空中，便順道向雷神打個招呼！」

褚寒依哼道：「你又瘋言瘋語地欺騙我！」

馮道好聲安撫道：「老婆對我這麼好，我怎敢胡說騙妳？我只不過依書中所學，加以運用罷了！」

褚寒依好奇道：「什麼書這麼神奇，能向天神借雷雨？」

馮道想到她冒險相救，心中歡喜至極，再不隱瞞：「是《天相》書。」

褚寒依自認讀書不少，卻不曾聽過這書名，愕然道：「天相？那是什麼書？」

馮道將所學所知一股腦兒吐出：「天相書是歷代仙道留下的奇書，記載了天地間各種現象，書中說春夏季節，若有北風南吹，與原本的暖氣交撞，就會形成大雷雨……」

褚寒依聽得一臉茫然，不知所以：「為什麼冷熱交撞就會形成大雷雨？」

馮道笑道：「天上的冷熱之氣撞在一起，就好像你我一陰一陽碰在一起，妳說會怎樣？」

褚寒依好奇道：「會怎樣？」

馮道哈哈大笑：「自然是天雷勾動地火，乒乒乓乓啦！」

褚寒依見馮道笑得可惡，忽然明白他心裡轉著壞主意，倏地俏臉飛紅，心中暗罵：「教你乒乒乓乓，跌個狗吃屎！」氣得舉針刺向馮道的馬屁股，那馬兒吃痛，發了狂似地往前衝，馮道冷不防被帶著飛奔，嚇得驚呼連連：「哇哇哇！救命啊！老婆謀殺老公啊！」褚寒依抿嘴一笑，策馬追上。

（註❶：《三國志‧吳書‧周瑜魯肅呂蒙》記載：「瑜部將黃蓋曰：今寇眾我寡，難與持久。然觀操軍船艦首尾相接，可燒而走之。」可知想出燒船計的是黃蓋，而《三國演義》由此設計出孔明借東風、火燒連環船的情節。因《十朝》只是小說，於正史、演義的情節都會借用，特此說明，之後不再另作解釋。）

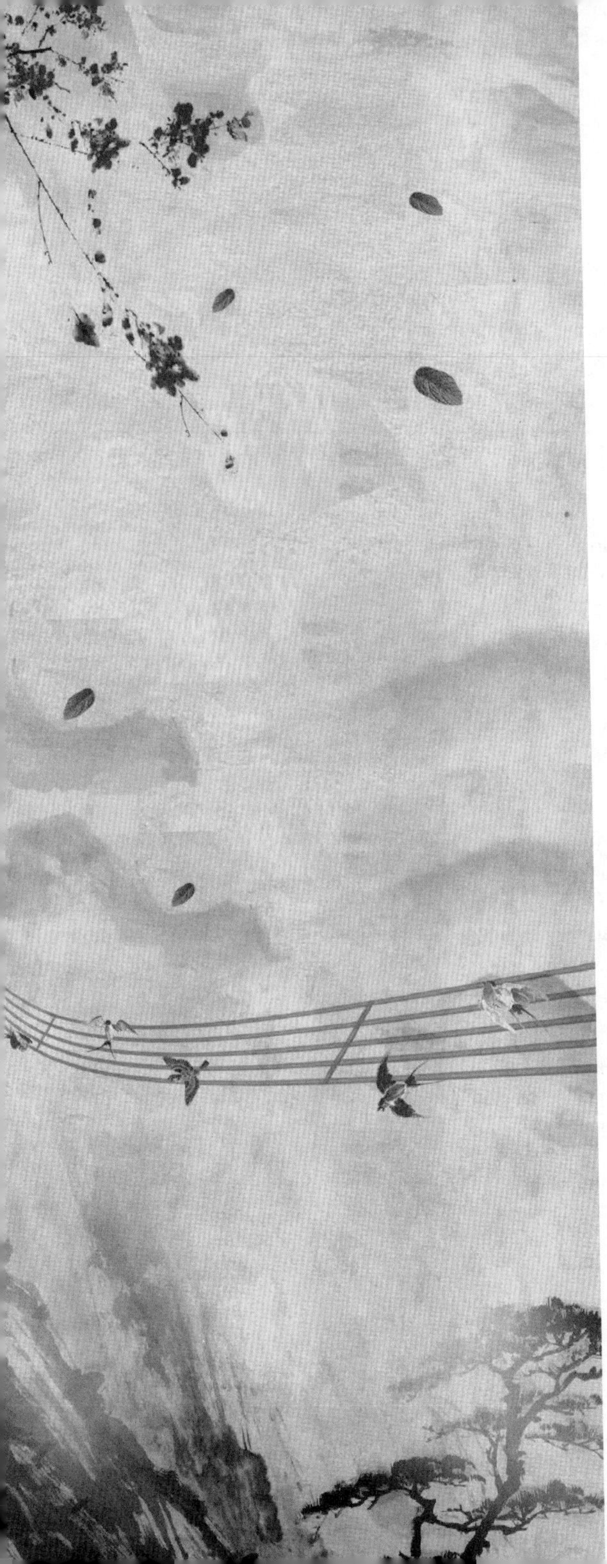

九〇二・四

蓊匌川氣黃・群流會空曲

建外倚好於全忠，罪狀李茂貞，而陰勸茂貞堅守，許之救援；以武信節度使王宗佶、前東川節度使王宗滌等為扈駕指揮使，將兵五萬，聲言迎軍駕，其實襲茂貞山南諸州。《資治通鑑．卷二六二》

鳳翔人聞朱全忠且來，皆懼，癸丑，城外居民皆遷入城……全忠將精兵五萬發河中，至東渭橋，遇霖雨，留旬日。《資治通鑑．卷二六三》

天復二年四月，朱全忠返回河中坐鎮，鳳翔戰況便即逆轉，汴梁將領康懷貞於「莫谷」大破鳳翔李繼昭，朱全忠自己也率了五萬大軍準備進擊，卻因為陰雨連綿，不得不在「東渭橋」停駐十多日，直到五月初，張惠前來會合，才還軍退守河中。

汴梁軍營中，張惠正苦思該如何攻城，她將一支支小旗子依序插在地圖上的各座城池，每支旗面上都寫了一個字，代表著相應的對策，朱全忠則坐在她身側，聚精會神地觀看。

帳外忽傳來一聲急報：「氏將軍兵敗晉陽，正率著殘眾前來會合！」

張惠玉臉霎白，指尖微顫，掉落了一枚旗子，攪亂了圖上排佈的局面。

探子急奔入帳，詳稟晉陽戰況，朱全忠氣得拍桌站起，怒道：「氏叔琮該死，那小子更該死！」語氣中透著千刀萬剮的殺意。

張惠揮手讓探子退下，美眸一閉，沉嘆道：「我原以為那個人只懂些軍事謀略，想不到他還識得天機卜算！」

她口氣雖平淡，但多年的夫妻相知，朱全忠已敏銳地察覺到妻子內心的顫慄，他從未見過張惠如此不安，即使當年要叛出黃巢這大魔頭，張惠也是果敢鎮定、談笑用兵，朱全忠知道此事絕不尋常，他雄健的雙臂環抱了妻子纖瘦的身軀，貼近她冰冷的臉頰，沉聲道：「放心吧！我會宰了那小子！」

張惠感受到丈夫強大的力量，漸漸平復了心情，婉言勸道：「晉陽戰敗，是妾失算，你莫要斬殺氏將軍，此刻正是用人之際，你讓他將功補過，他必為你死忠到底。」

朱全忠道：「我讓氏老戴罪立功便是！但那小子——」握拳恨聲道：「就算他會飛天遁地，我也要把人揪出來！」

張惠輕握了朱全忠的手，柔聲道：「我已經越來越明白他的底細，也算好事。」

朱全忠問道：「看來夫人已有對策？」

張惠道：「這兩個月陰雨連綿，疫病橫生，我們不忙攻打主城……」

朱全忠恨不能立刻派大軍剷平鳳翔，插口道：「兵貴神速，我們應該趁勝追擊！」

張惠道：「我們在晉陽折損不少兵馬，倘若多等候一些時間，可以多保些軍力，都是值得。」

朱全忠心中不肯，又道：「十數萬兵馬難道就這麼乾耗著？」

張惠道：「這段時間，一方面讓主力軍休養生息，另方面教外圍軍隊收取鳳翔四周腹地，以『地方包圍中央』逐步逼近，只要取下山南和關中，鳳翔便會成為一座孤城。」

朱全忠沉吟道：「李茂貞有許多狐群狗黨駐守在四周，若是各州互相奧援，戰事確實會遷延很久，是該清除清除！」雖知妻子計策高明，但怒火正盛，忍不住又道：「但屯兵圍城，曠日費時，消耗極大，到時糧草不濟，只怕會出問題。」

張惠柳眉一軒，道：「無糧便借糧。」

朱全忠道：「跟誰借？」

張惠微微一笑：「當然是就近跟李茂貞借了！」她拾起小旗，重新安置，旗面上是一個「斷」字！

「斷？」朱全忠精光一湛，道：「什麼意思？是將那小子碎屍萬段？」

張惠搖頭道：「晉陽一戰，我們雖然無功而退，但河東也受了重創，無力再出兵。李茂貞已失去最強大的外援，鳳翔又不似晉陽糧草豐足，只要施以三道斷糧計，再派大軍圍城，便可勝戰。」

朱全忠問道：「哪三道斷糧計？」

張惠沉聲道：「那人既擅用天時地利，我們便斷天、斷地、斷人和！」

朱全忠喜道：「斷天、斷地、斷人和？如何斷法，快說給為夫聽聽！」

張惠指著鳳翔外圍，道：「孔明草船借箭，朱溫耳語借糧！」

朱全忠心領神會，大讚道：「妙計！我立刻派人去散播謠言，說汴梁大軍不日便要全力攻城，屠殺四野。到那時，外圍百姓急著躲進鳳翔城，咱們便可輕易收取他們的糧作，而鳳翔反因人口驟增，糧耗變快。」

張惠道：「這就是人和斷糧之計！」

朱全忠但覺不夠痛快，又道：「就算我們收了外圍的糧草，鳳翔城裡也有農田，兩個月後就可收割了，倘若能潛入城中燒糧，就能更快破城，但李茂貞那老狐狸一定會嚴守糧倉，要潛入燒糧，難如登天！」

張惠道：「我們無法燒糧，就逼他們自己燒！」她從桌邊一個瓦罐裡取出一隻螢螢發光的小蟲，放在纖白的手背上，道：「大王瞧這是什麼？」

朱全忠雙目放光，道：「是毒蟲嚒？」

張惠眸光微沉，道：「是也不是，毒蟲只能傷人一陣，就會被察覺破解，這『絕命陰螟』卻十分厲害，能代代延續，除非以火燒滅，否則幾年都收不了一粒穀糧。大王只要派人將蟲卵放至城外水源處，讓牠們順流進入鳳翔農田，牠們便能自行滋長。李茂貞若是識破蟲害，就得燒田；若未識破，將來農作也會被螟蟲啃蝕殆盡，察不察覺，都是絕糧！」

朱全忠哈哈大笑：「只有妳這個女諸葛才有法子教那隻老狐狸自己乖乖燒糧！」

張惠語氣一沉，道：「這便是地利斷糧之計！」

朱全忠又問：「燒了糧田，蟲卵便死了，他們一定會立刻重新播種，倘若戰事拖延到明年，豈不是又有新糧草了？」

張惠指著鳳翔最大的河川，道：「鳳翔乃是雨旱交錯季候，五至七月是豐沛雨季，雨水豐沛了雍水，而雍水滋養了農作，使生產的穀糧可應付接下來兩個月的旱季。」她指尖移向雍水的南岸，道：「雍水將鳳翔分割成兩大塊，北部是複雜的紅土丘陵，南部才是肥沃的黃土台原，因為南北兩地高低相差百餘丈，因此所有支流皆從西北向東南傾流，使南平原形成千川交錯的情景，只要派人暗中斷絕雍水上游，南平原便會漸漸乾枯，直到明年春暖，平原已經完全乾涸，他們無水可用，農作皆枯死，如何不降？」

晉陽一戰，汴梁幾十萬大軍被逼到倉惶退走，雖不至於動搖根本，張惠卻體認到對手絕非泛泛，只要一個不慎，極可能全盤皆墨，她不得不痛下決心，使出三道斷糧計這樣極端的手段，想到數月之後，鳳翔將餓殍遍野，不由得心尖一擰，輕輕一嘆：「這就是天時斷糧了！」

朱全忠見這三計環環相扣、招招逼絕，實是萬無一失，不由得哈哈大笑。

薰風和暖、綠波搖浪，一片片青油油的禾田在陽光照耀下，閃爍著勃勃生機。

馮道和褚寒依為避開汴梁軍，一路顛簸山野、躲躲藏藏，花了大半月的時間，才進入李茂貞的領地，兩人終於可鬆口氣，褚寒依看著前方綠意盎然的美景，心情不由得好了起來，微笑道：「再過幾個月，這青翠大地轉成金色麥浪，百姓們便可秋割冬藏了，倘若沒有戰爭，這風景可有多美！」

馮道出身農家，一見綠田，心中更是滿滿感動，想到鳳翔即將面臨大戰，便下馬過去，蹲在田梗中間，輕撫那一株株青綠的禾苗，感嘆道：「春種一粒粟，秋收萬顆子，四海無閒田，農夫猶餓死。」看著看著，忽覺得有些古怪，又細察腳下泥土，越看越不對勁，便折斷幾株禾苗，剖開細看。❶

「你瞧什麼？」褚寒依探頭過去，見每株禾苗中心都有髮絲圓徑大小的螢色蟲卵，頓覺得毛骨悚然：「這是什麼怪東西？」

「螟蟲！」馮道蹙眉道：「《史記・龜策列傳》裡說：『螟蟲歲生，五穀不成。』這螟蟲危害極大，幼蟲可蛀入穀麥莖桿裡，將養分、水分都咬斷，形成枯心苗或白穗。」

褚寒依咋舌道：「這小蟲子竟如此厲害！你是怎麼發現的？」

馮道說道：「我從小在田裡打滾，自然有些眼識。我為了幫鄉親們多些收成，研究了許多典籍，北魏賈思勰的《齊民要術・雜說》裡說：『正月朔旦，四面有黃氣，其歲大豐』，意思是土氣黃均，四方並熟，可有大豐收，土氣若是赤紅，便有大旱；土呈黑氣，將有水澇；土色青氣雜黃，則暗藏螟蟲。我瞧這泥土青氣雜黃，實在不對勁，想不到……」他站起身，握拳怒道：「農民挨盡寒冬酷暑，才等來一點收成，如今不只心血盡毀，百姓也無糧可吃，下蟲之人當真狠毒！」

褚寒依難得見他動怒，愕然道：「你是說有人刻意下蟲？」

馮道咬牙道：「下蟲人肯定是汴梁軍師，是為了斷絕鳳翔糧食，我們來遲一步了！」心中又想：「這汴梁軍師究竟是什麼樣的人？竟使出這等手段！」

遠方山坡有一名高瘦軍漢騎馬過來，高聲喊道：「前方可是馮使君？」

馮道和褚寒依聽得呼喚，便一起奔了過去，馮道拱手道：「在下正是。」

那漢子劍眉星目、俊毅沉穩，年不過三十，卻一身精練之氣，絲毫不因馮道年少而輕看，仍拱手道：「神策軍統軍李繼筠，奉岐王之命特來迎接兩位。」

馮道急道：「稍後再見岐王，請統軍大哥先派人搶救農田。」

李繼筠不解道：「救什麼農田？」

馮道將斷折的禾苗給他看，道：「有人在水源處下了螟蟲卵，需儘快清除田邊枯枝雜草，將沾染蟲卵的穀麥燒成草灰，盡量撤開，勿堆放在田間。另外，還得在水源處築好排水口，灌深水以淹死蟲源，一定要切實做好，此事關係到全年糧收，切莫輕心。」

李繼筠不懂農事，但知道李茂貞十分看重馮道，見禾苗確實有異，又聽馮道說得緊急，也不敢大意，立刻派兵卒前去巡視各地農田，並依法施為，待分派妥當，才領馮道去見李茂貞。

李茂貞聽說馮道來了，立刻親出相迎，熱乎乎地拉了他的手一起走入廳殿，笑道：「馮小兄，你可回來了！本王真是望眼欲穿，生怕一個不小心，你就死在朱全忠和李克用那兩個惡賊手裡！」

馮道笑嘻嘻道：「託岐王鴻福，晚生還留著小命，要跟你討解藥。」

李茂貞拿出一顆藥丸，笑道：「放心吧！本王早準備好了！」馮道正要道謝，李茂貞眼底閃過一抹狡獪，笑道：「這藥丸只是一半，只能再延命三個月。」

褚寒依按捺不住，冷哼道：「三月三月又三月！」

馮道心想多活三個月總是好的，便伸手去拿解藥，恭敬道：「多謝岐王賜藥。」

李茂貞卻無意遞藥過去，褚寒依見他不乾不脆，怒從心起，道：「岐王曾說只要李克用出兵，便給解藥，如今河東已打了先鋒，還損失慘重，請岐王給全了解藥，否則我們實在無法相助。」

李茂貞饒有興味地瞧了她一眼，意思是「妳從前恨不能殺了這小子，曾幾何時變成『我們』，和這小子同一陣線了？」

褚寒依被他嘲笑得發窘，頓時雙頰霞燒，說不出半句話，李茂貞微笑道：「只要馮使君肯誠心相助，本王自會給全解藥。」

馮道嘆道：「岐王該知道晚生是真心相助，倘若你我總是互相提防，無法誠意合作，如何成事？」

李茂貞笑道：「馮小兄，咱倆一場相遇，也算不打不相識。」

馮道苦笑道：「這場不打不相識，全是晚生挨打，我怎敢還手於岐王？」

李茂貞嘿嘿一笑：「無論如何，咱們已是在同一條船上，你若不盡力，大家只好一起翻船！」拍拍馮道的肩，又道：「晉陽一戰，真讓人大開眼界，這一回，你也要拿出安天下的本領，莫要辜負本王的期望！」這才給了解藥。

馮道毒藥威脅暫解，又得褚寒依傾心相待，心情好極，大剌剌坐下，笑道：「朱全忠恨不能置我於死地，李存勖也視我如眼中釘，我不倚靠岐王庇護，還能怎麼？」

李茂貞笑道：「你明白就好，當世除了本王，沒人能保你！」又招喚一名僕衛帶兩人去休息，道：「你們逃難過來，先在王府裡歇息一宿，明日再商討軍情。」

馮道和褚寒依隨王府僕衛前去，三人一路繞過迴廊，來到後花園處，那僕衛安排了房間，教人備上了晚膳，便識趣地告退，讓小倆口獨處。

明月瑩瑩、芳草菲菲，兩人坐在涼亭中，望著滿桌小點，馮道舉了筷箸卻不落下，心中繞了七、八個問題，一時想得出神：「聖上也在鳳翔城裡，只要我略施小計，便能打探到消息，但李茂貞絕對不會讓我面聖，倘若走露了風聲，惹火了李茂貞，不給我解藥，可就麻煩了！聖上應安全無虞，這事只能暫放一邊了。」又想：「汴梁軍實在厲害，即使河東傾盡全力，也不過動搖他半分，鳳翔仍是岌岌可危……朱全忠能壯大到如此地步，全憑那位軍師，那人通曉天地、精擅奇術，又心狠手辣，若不除去他，不只聖上難安，百姓也要受苦。」想到千萬百姓被活活餓死的慘烈情景，這樣的毒計實在激怒了馮道，令他下定決心要對付幕後的主使人：「但我對那人一無所知，又該如何對付他？」

褚寒依見馮道英眉微蹙，若有所思，想是擔憂中毒不解，忍不住罵道：「李茂貞真是無恥小人！」

馮道回過神來，微笑道：「今夜花好月圓、兩心相映，是何等快意，咱們應該吟風弄月、賦詩唱曲，莫讓無謂人擾了興致！」褚寒依無奈點點頭，馮道見她仍愁眉不語，輕執了她的手，道：「詩經說：『妻子好合，如鼓琴瑟』，倘若妹妹能撫琴一曲，我便快活似神仙，就算只活三個月，也好似活了三生三世！」

褚寒依聽到「妻子」兩字，俏臉一紅，羞赧道：「我原本的『繞殿雷』留在長安宮裡，只能用尋常的琴，肯定彈得不順手，不能盡情為你抒懷。」

馮道從前呼喚老婆便要挨罵，今日見她輕聲細語、溫婉柔媚，真是歡喜得魂都要飛了，立刻拍胸脯保證道：「就算赴湯蹈火，老公也會為妳取回『繞殿雷』！」

褚寒依啐道：「不過是回長安取個琴，你說得好似潛入龍潭虎穴！」

馮道理直氣壯道：「可不是嚒？長安皇宮裡，真龍天子養著一窩母老虎，那還不是龍潭虎穴？」

褚寒依噗哧一笑：「我以為你說的龍潭虎穴，是指皇宮裡有朱全忠、崔胤那幫奸臣橫行。」

馮道說道：「非也！非也！他們最多不過是豺狼虎豹，怎配稱『龍』？龍者，唯天子也！」

褚寒依啐道：「什麼歪理被你一說，都成了道理！」便起身去借了一張琴。

趁著難得清閒，兩人撫琴吟詩、品酒小酌，好不快意，唱到一半，馮道忽然拍桌叫道：「有了！」

褚寒依愕然問道：「什麼事？」

馮道哈哈笑道：「妹妹真是我的福星，一曲為我解開千思百愁！這一回若要扭轉危局，非仰賴妹妹的本事不可。」

褚寒依喜道：「我有什麼本事可以助你？」

馮道在她耳畔說了計策，褚寒依微笑道：「你說怎麼辦，我便怎麼行事。」

馮道見她星眸盈盈、笑意燦爛，眼中滿是崇拜之情，更是得意不已，握了她的手道：「咱們夫妻聯手，必能成功，這一計可得取個好名字，討個好兆頭……」想了想，撫掌笑道：「有了！這是鳳翔城，所謂『鳳皇于飛、和鳴鏘鏘』，這一計就叫作『鳳凰和鳴』！妹妹一輩子彈唱好聽的曲兒，小馮子一輩子跟隨左右，婦唱夫隨、鳳凰和鳴！」

翌日，馮道起個大早，趕去見李茂貞，尚未靠近廳殿，老遠便聽見李茂貞的怒吼聲：「朱全忠這奸賊！」

原來李繼筠派人把農田清查過一遍，竟有一半的禾苗沾染了蟲害，就算及時清理，重新播種，新禾苗也來不及成長，因為再過兩個月便要轉成旱季，旱季過後，更是草木不生的冬季。

李茂貞一見馮道到來，收起了怒容，大力一拍他的肩，讚道：「幸好馮小兄一早便識破朱全忠的詭計，否則後果真不堪設想！」

馮道搖頭嘆道：「可惜晚生來得遲了，只保住一半農田。」

李茂貞安排馮道和幾位將領一起用膳，一邊商討軍情。李茂貞道：「對方以螟蟲毀田，必是要派大軍圍城，圍得我們糧草盡絕，首要之務便是解決糧草問題，你們可有什麼法子？」

馮道說道：「當初我曾說西川王建是最好的援軍，如今仍是，岐王能不能說服他送糧？」

李茂貞道：「王建從前只是殺牛偷驢的小賊，一直想與我聯姻，這回我讓侄兒繼崇娶他女

兒普慈，教他用糧餉當嫁妝，那賊王八高攀親事，歡喜都來不及，哪敢不答應？」❷

馮道說道：「汴梁大軍正逐步圍攏，堵住鳳翔的各個路道，王建要運糧進來，必需有妥善的途徑，在下研究了地形，發覺『靈寶峽』山丘林立，其中一線天峽谷易守難攻，是運糧的好路道。附近的千川道溪流縱橫，天清氣爽，乾濕恰好，是存放糧餉的美地。」

李茂貞讚道：「馮小兄考慮得好周到，靈寶峽是隴東通往關中的要道，回中道的咽喉，確實是歷來兵家攻守之地，至於那千川道，也算存糧的好地方。」

馮道又自動請纓，拱手道：「交糧一事至關重大，萬萬馬虎不得，還請岐王指派一位將領主持，晚生願意從旁輔佐。」

李茂貞道：「既然馮小兄如此用心，這事便交由你主持，我讓繼筠輔佐你便是，他手下有五百兵馬，你盡可調度。」

李繼筠性情沉穩幹練，是李茂貞極為信任的義子，從前被派在宮中擔任神策軍統軍，與朱全忠宮中的軍衛勢力抗衡，如今神策軍已徹退至鳳翔，他便跟在李茂貞身邊，暗想：「義父這麼安排，是要我一邊協助運糧，一邊監視馮使君的行動，我日後得緊跟著他，寸步不離。」

馮道心中暗笑：「老狐狸怕我偷偷面聖，便派了義子當跟屁蟲！但神策統軍還得聽我號令，小馮公子也就青雲直上了！」拱手道：「多謝岐王信任。」

李茂貞微微一笑，又道：「事情就這麼定了！你順道代本王寫封信催王建交糧吧！」

馮道文筆佳美，便代李茂貞修書一封，信中說這批糧草並非是鳳翔索取，乃是貢奉城中天子所用，願西川八月秋收之後，盡速送糧前來，以表忠誠之意，朝廷神策軍統軍李繼筠會率領五百軍兵在千川道接收糧草，宣諭使馮道相輔驗證。

李茂貞見信中以皇帝名義索糧，接糧、驗糧都是朝廷軍官，那麼自己就不算欠王建人情，對馮道處事圓熟伶俐，十分高興，便讓使者帶了書信前往西川。

過了十數日，使者從西川回來，說王建欣然答應，並大讚李茂貞是大唐中流砥柱，請他務必堅守城池，保護君上，撥亂反正，莫讓逆賊得逞，等八月秋收，他會派大將王宗滌率領萬名軍兵護糧前來共守長城，李茂貞盡可調度，以示雙方聯姻之好。

這王宗滌本名華洪，乃是王建養子，官任邛州刺史，不只有勇有謀，更深受軍民愛戴，在川蜀一帶威望顯赫，乃是王建手下的頭號大將。

馮道聽到消息，稍稍鬆了口氣，道：「距離秋收只餘一個多月，鳳翔倉稟還有三個月的乾糧存貨，應是綽綽有餘。」

李茂貞哈哈笑道：「馮小兄，我早說你是杞人憂天了，我答允聯姻，王建是求之不得，怎敢拒絕？如今他送糧又送兵，還派了頭號大將過來相助，也算誠意十足！」正當他得意之餘，卻傳來一聲急報：「啟稟大王，城外湧入大量難民！」

「什麼？」李茂貞和馮道同時站起，一起去城頭觀看。

原來各州百姓聽聞朱全忠這殺人魔王快來了，嚇得紛紛拋屋棄田，只收拾細軟，攜家帶眷地入城避禍，這些都是李茂貞領地的百姓，他只能開門派兵安置，這一來，糧餉耗損漸大。

這段時間，汴梁軍行「地方包圍中央」之策，開始奪取鳳翔四周領地，大將孔勍先後攻下成、隴二州，接著與康懷貞聯手，率軍直逼鳳翔。

李茂貞也不甘示弱，召堂弟、保大節度使李茂勳從外部救援，雙方大戰於「三原」，孔勍、康懷貞不敵，戰敗退走。李茂貞趁著勝戰氣勢，親自率軍夜襲「奉天」，把汴將倪章、邵棠俘虜回來。

朱全忠則派了許多部將去拔鳳翔外圍的糧田，表面上攻打鳳翔城池未遂，外圍搶糧卻是大有斬獲，附近幾地被悄悄佔據，強割的小麥不斷運送入梁營，倉稟堆積如山。

雙方你來我往，就這麼僵持到了八月，李茂貞打著如意算盤，想等王建援軍過來，一鼓作氣地反攻，想不到朱全忠先下手為強了！

鳳翔府中，馮道和李茂貞正商討戰情，李繼筠匆匆來報：「啟稟大王，敵軍忽然發動強攻，由朱全忠掛帥，攻勢甚急！」

李茂貞和馮道互望一眼，心中都想：「來了！」

李茂貞道：「我去前頭督戰，王建糧草接應事宜，便交予馮兄弟應變了！」

汴梁數萬大軍衣甲鮮明、陣容鼎盛，把鳳翔圍得水洩不通，飛鳥難渡。李茂貞也率幾萬大軍登上城頭迎戰，老弱婦孺也不得閒，需日夜接力，將矢石、兵械、糧草搬上城樓。

古樹參天的密林裡，西川大將王宗滌奉王建之命，率領萬名軍兵，押解百多箱糧草浩浩蕩蕩地向千川道前進，隊伍前方豎起一列列擎天大旗，威勢赫赫地飄揚著「西川」兩個大字。

忽然間，異聲響動，王宗滌右手一揮，眾軍兵立刻整齊停步，手按兵刃提神戒備。

林處盡頭出現一道魁梧如松的人影，渾身充滿一夫當關的氣勢，正是朱全忠手下頭號猛將氏叔琮！

王宗滌心知來者不善，朗聲道：「閣下為何攔路？」

氏叔琮神態倨傲，冷哼道：「氏某等候在此，是有事指點你！」

王宗滌乃是硬漢，所有戰功全憑自己的雙拳打回來，對汴梁、鳳翔都是不服，只因義父讓自己來輔佐李茂貞，這才從命，此刻見對方出言無狀，怒氣陡生，沉喝道：「本將軍有要務在身，閣下若不讓道，休怪我不客氣！」

氏叔琮往旁一讓，露出身後的一輛金鈿馬車，車帷垂放，簾後傳出一道柔美又堅韌的聲音：「王將軍趕著萬名川蜀弟兄去鳳翔送死，不覺得心痛麼？妾有幾句閒話想與將軍聊聊。」

張惠算準李茂貞會向王建求糧，先派將領孔勍輕騎出散關，取下鳳州，堵住鳳翔出入川蜀的道路，又讓氏叔琮率領五千精兵隨行保護，親自前來攔截王宗滌。

王宗滌聽說話是個溫婉女子，斂了幾分怒氣，道：「夫人有什麼話，請快快說吧！」

張惠道：「梁王乃是救天子的正義之師，天下各師莫不歸附，如今李茂貞孤掌難鳴，不過是垂死之獸，王將軍卻把大好的子弟兵送往死地，白白削弱自身力量，既成全不了結盟之義，也悖離君臣之節，如此損人不利己之事，如何做得？」

王宗滌道：「這是節帥之命，本將軍只知服從。」語氣雖剛硬，卻隱隱流露一絲無奈。

張惠柔聲勸道：「難道將軍不曾想過其他作為？」

王宗滌凜然道：「夫人若想勸我歸順梁王，就不要白費心機了！我絕不會背叛義父，而義父就是不願與梁王同流合污，才與岐王合作！」

張惠微微一笑，道：「將軍不必多慮！將軍有忠義之心，王節帥有鴻鵠之志，妾十分明白，我今日前來，就是要成全你們的志願。」

王宗滌微微一愕：「成全我們的志願？」拱手道：「久聞夫人智計無雙，還請指教。」

張惠道：「此刻李茂貞受到梁王牽制，無暇顧及其他，王將軍何不率領這萬名健兒一舉攻下興元，再往外擴張，取下山南各州，為西川立下不世奇功？」

山南各州是李茂貞的領地，與王建的西川接壤，王建時常擔憂李茂貞勢力南伸，這才委婉求和，送兵送糧。王宗滌卻是有勇有謀之輩，聽張惠這麼一說，立刻明白他若能奪下山南，李茂貞將會腹背受敵，也解除了川蜀長期以來的威脅，良機稍縱即逝，他無暇回去請示，只能立刻做決斷，若是大膽而行，等於是違背軍令，想了想又道：「我軍與鳳翔聯盟，乃是節帥所定，其中牽涉了縣主婚事，本將不能擅自決定。」

張惠微微一笑，道：「普慈縣主貌美無雙，夫君也應是當世的青年豪傑，方才匹配。梁王的幾位親兒都是佼佼人龍，尤其長子友裕更是文武雙全、寬厚仁善，普慈縣主又何必屈就李茂貞那逆賊的遠房侄兒？」當下拿出一封求親書，道：「這是梁王為長兒求親的聯姻書，勞煩將軍交予王節帥。」一名護衛接了書信，轉交王宗滌。

王宗滌耳聞朱友裕自幼跟著朱全忠打仗，武藝高強、屢立戰功，性情仁善果敢、很得軍心，將來必能繼承王位，如今朱全忠軍力正盛，大有一統天下之勢，若西川與之聯姻，普慈嫁予梁王長子，說不定能登上皇后之位，這樁婚事確實比李茂貞的侄兒強太多了。

張惠又道：「王節帥能為愛女結成好親事，又得山南各州，一定很歡喜，怎會怪將軍違令？」

王宗滌一心想為義父打下江山，擴張西川勢力，把心一橫，決定豁出去了，拱手道：「多謝夫人提點，本將這就轉向興元。」

張惠讚許道：「王將軍目光遠大，敢作敢為，果然是真豪傑！王建有子如此，必能取代李茂貞成為一方之雄。」頓了頓又道：「但大功要成，還需將軍配合一事。」

王宗滌道：「夫人請說。」

張惠道：「既然將軍要轉道興元，那就由我軍假扮成西川軍前往交糧！」如此一來，接應的鳳翔軍定會疏於防範，汴梁軍就能深入糧倉之地，攻個出其不意，毀去僅剩的存糧。

王宗滌讚道：「夫人好聰明，難怪梁王能獨霸天下！」遂主動拿出當初李茂貞派使者送來的書信，道：「夫人以此信束為憑據，鳳翔守軍便不會起疑。」

張惠接過書信，道：「有軍無糧，鳳翔守軍仍會起疑。」微微一笑，道：「這百多箱糧草還請將軍留下，就當做西川聯姻的嫁妝了！」

王宗滌聽她寥寥幾句話，就想取走自己百多箱的糧草，心中有些不甘，便拱手道：「既是聯姻，不知梁王打算以什麼做為聘禮？」

張惠微笑道：「一座興元城乃至山南諸州，這聘禮還不夠重麼？」

王宗滌被挑起了野心，心想她說得不錯，這百箱糧草本來也要送出去，如今換得興元城，總比白白送給李茂貞來得好多了，拱手道：「但願梁王言而有信。」便即留下糧草，率軍改道興元，又派人快馬回稟王建，請他再撥四萬兵馬赴興元協助攻城。

待王宗滌走後，氏叔琮忍不住道：「我瞧王宗滌是號人物，軍師把山南諸州拱手讓給王建，不怕養大了西川？」

張惠問道：「將軍這麼本事的人，也覺得王宗滌不簡單麼？」

氏叔琮道：「敢陣前違命，他必有信心拿下興元，如此有膽有識之輩，確實不簡單！末將擔心這拱手一讓，將來咱們要拿下山南就困難多了。」

張惠微微一笑，道：「明珠難埋塵土，將軍能看出王宗滌不簡單，王建會看不出嚒？王宗滌這一去，無論成敗，都是死路一條！敗，是陣前違命、未達任務；成，是擅自專權、功高震主！」

氏叔琮恍然大悟，哈哈大笑：「軍師真是高明！沒有了王宗滌，王建也不過是紙老虎，今日咱們借他的手拿下山南，等王宗滌死了，再跟王建討回來！」

張惠微笑地點點頭，隨手將書信打開，見信中寫著神策統軍李繼筠率領五百軍兵於千川道接糧，宣諭使馮道相輔驗證，微微一愕：「想不到接應糧餉之人竟是他！」

雙方交手數回，其中蘊藏的天機玄妙並非俗人可以理解，她早就對馮道充滿了好奇，雖曾聽朱全忠、氏叔琮描述過此人，卻始終未能正面交鋒，就像絕頂高手一生渴求，唯與齊鼓相當的對手頂峰一戰而已，此刻終於有機會一睹廬山真面目，她如何按捺得住？心中暗暗盤算：「鳳翔已到了兵力疲乏、無將可用的地步，才只挪出五百軍兵接糧。如今大王已然牽制住李茂貞，正是擊殺馮道的大好時機……」

為防意外，她輕輕捻指，預先卜算此行吉凶，算了好一會兒，想不到竟是凶兆！

「馮道不知西川已然背叛，我又有十倍的軍力，此去是以眾凌寡、出其不意，怎會不勝？」她雙目一閉，想著自己二年後會有一個生死大劫，也就是她告訴朱全忠夫妻分離的時間：「前路雖然凶險，但並非死劫，我為何不去瞧瞧？今日若不去，只怕將來再無機會見面了……」莫說己軍大佔上風，就算前面是龍潭虎穴，她也想闖一闖，當下命部屬將西川糧草裝入梁軍車箱，分撥一千名士兵先運回軍營，其餘的四千士兵改穿西川軍服飾，又將弓箭兵刃都裝到空出來的西川糧車裡，假裝是糧草，再浩浩蕩蕩地前往千川道。

氏叔琮對馮道恨之入骨，想今日有軍師指揮，必能一舉殺了那奸詐小鬼，報晉陽兵敗之仇，胸中頓時激起高昂鬥志！

行了半日路程，汴梁軍終於接近千川道，此地丘陵疊立、溪流縱橫，地勢低淺複雜，遠方山崗上聚集著一小撮兵馬，正是鳳翔的接糧軍。

張惠道：「氏將軍看仔細了，前方領軍之人真是馮道？」

氏叔琮立刻功聚雙目遙遙望去，雖看不清山崗上領頭人的五官，但那清瘦身影依稀便是馮道，握拳恨聲道：「確實是那天殺的小子！末將這就過去宰了他！」

張惠對馮道實在好奇，道：「將軍可有把握生擒他？」

氏叔琮聽張惠不願立即殺馮道，想是要好好折磨他，冷笑道：「那小子雖有些狡計，武功卻是馬馬虎虎，末將定能手到擒來，請軍師留在此地，靜候好消息！」他不願張惠涉險，張惠自也明白，叮囑道：「此人詭計多端，將軍務必留意，你多帶些人馬過去吧！」想了想又道：「你曾與他照面，莫要領軍在前，免得被認出。」

氏叔琮吃了馮道幾次虧，也不敢托大，留了一千兵馬保護張惠，帶了三千軍兵前去，又命副將領軍在前，自己扮成小兵藏在隊伍中間，小心翼翼地往前行，一路上丘陵河川密密交織，雖不至翻山越嶺，卻也行走不易，走了一會兒，見前方橫亙一條大河，無論如何，已不能涉水而過，氏叔琮忍不住罵道：「選在這鬼地方運糧，糧車如何能過？」

「啊！」軍隊後方忽傳來尖聲慘叫，氏叔琮回頭望去，竟是兵馬糧車嘩啦啦地掉入河裡，這兩個月大雨不斷，水勢不小，士兵一旦落河，便被水流捲入，底下不知有什麼陷阱，他們竟然只掙扎兩下，便已死去，不過片刻，河水已染紅一片，浮屍處處。

未落河的軍兵見狀，嚇得四處逃竄，豈料步步踏空，原本的實地全破開成河，尖叫聲此起彼落：「箭！河裡有利箭！」

氏叔琮罵道：「這不是沙地嚒？怎變成河流……」一句話還沒喊完，自己也跌落河裡，小腿一陣劇痛，竟是中了利箭，他忍痛要衝出水面，上空竟也飛箭如雨！

原來馮道選了一處谷地來存放糧草，為防止敵人來襲，便依著千川道特殊的形勢，在谷地外圍設置許多陷阱。他在幾條河流底下架起了可移動、升降、開闔的木橋，橋下暗藏無數箭簠，橋面鋪了泥沙，掩飾成沙地，若是自己人行走，這木橋就是通往谷地的便道，若是敵人走入，只要按了機關，那木橋便會斷開，箭匣更會射出大把飛箭，將敵人射斃。

這日，馮道和李繼筠領了五百兵馬，守在山崗上準備接應糧草，馮道為求小心，早以「明鑒」雙眼監看，見西川軍來數遠少於一萬，與當初的回信敘述不合，心中生疑，便策馬繞過丘陵，潛到稍近處，再聚功細看。

馮道見糧車軌跡過於深重，暗想：「車箱裡肯定不是糧草，而是別的東西，難道是……兵刃！」再看一陣，赫然發現氏叔琮藏身其中，因他人高馬大、氣勢不凡，雖藏在小兵之中，天生的將軍風範仍教他昂首挺胸、左顧右盼，以觀察四面八方形勢，本來雙方距離尚遠，一般人也不會認出，偏偏馮道雙眼能細察萬物秋毫，張惠和氏叔琮如何料想得到？

馮道連忙策馬回去，吩咐李繼筠：「李大哥，來人是三千汴梁軍，咱們依計行事！」

李繼筠雙目一亮，道：「大家聽令，各就各位！」五十軍兵奔到按動機關的位置，聽從馮道指揮。

馮道見汴梁軍行往東方，便喊道：「東五！」負責東邊木橋的三名軍兵齊力拉動機關，東邊木橋第五格立刻破開，汴梁軍連人帶車一骨碌跌落，河下水箭紛紛射出。汴梁軍見東方有危險，急往西竄，馮道喊道：「西三！」西邊木橋第三格瞬間破開，射出無數飛箭。他每喊一個方位，那處的木橋便即破開，汴梁軍滾滾跌落，死傷無算。

鳳翔軍見敵人東逃西竄，跌成落水狗的狼狽樣，都覺得出了口惡氣，盡哈哈大笑，李繼筠喜道：「幸好馮兄弟料敵機先，早做下準備，咱們正好拿這幫汴梁狗試試浮橋水箭的威力！」

馮道心中其實沒半點歡喜，如今鳳翔有缺糧危機，救援的糧草被汴梁軍劫走，這意謂著西川已經背叛，鳳翔將會陷入糧盡援絕的危境，百姓更要受饑寒交迫之苦。他聽李繼筠稱讚自己，謙遜道：「多虧李大哥指揮有方，神策軍兄弟不辭勞苦，及時建好機關，才能立下功勞，小弟不過出了張嘴皮子，萬萬不敢居功。」

李繼筠見他臉色微透青白，並無喜意，拍拍他的肩，安慰道：「馮小兄多立些功勞，我會向義父提說，請他早早給出解藥。」

馮道拱手道：「李大哥高義，小弟先謝過了！」心中暗暗思索：「看來只有那個人出現，才可能扭轉局面！」便道：「李大哥，這裡交您主持，我去前方瞧瞧。」

李繼筠道：「馮小兄需要多少兵馬？」

馮道答道：「百人足矣！」

李繼筠撥了百名士兵隨馮道前去，他自己守在河岸上方，教士兵不停地往下射箭，不讓汴梁軍掙扎出水面，如此上下夾攻，汴梁軍如何抵受得住，不一會兒便全然覆沒了！

李繼筠等了半個多時辰，見浮屍滿江、無一活口，心想：「賊子該死淨了，馮兄弟那邊不知如何了，我過去瞧瞧！」便收兵趕去與馮道會合。

氐叔琮卻是未死，他見情況不妙，便躲入水裡的石洞，又折了一根水草空管啣在口中，穿出水面換氣，他內功深厚，可閉氣甚久，待李繼筠走了，才奔出水面，見下屬盡死，當真悲怒交加：「天殺的賊小子！他是有備而來，教我們全中了計！不知軍師如何了？」當日晉陽兵敗，他險些人頭落地，全憑張惠說情，才保住一命，今日無論如何，必要保住軍師，否則千條性命也不夠死，當即忍著腿傷趕去尋找張惠。

卻說張惠率千名士兵等候在山林裡，許久未見氐叔琮發出暗號，正覺得有些不對勁，忽聞陣陣嘯聲從東方山谷傳來，竟似數千軍兵的喊殺聲，張惠心中一凜：「我以為鳳翔軍都在對付圍城，想不到這裡還有伏軍，看來是我疏忽了！」便教眾軍退向西邊，甫下命令，卻聽西方山谷也傳來肅殺聲，張惠柳眉一蹙，正想教軍兵往南突衝，豈料南方也傳出嗡嗡呼嘯，片刻之後，整個天地都充斥著鼙鼓雷鳴、大軍鏖戰的殺伐聲，彷彿不滅盡敵人，絕不罷休。汴梁軍只聽得心驚膽顫：「糟了！我們被包圍了！」萬聲湧至，四面八方盡被包圍，汴梁軍焦急如焚，只想盡快逃出去，偏偏無論逃往哪個方向，都似有兵馬衝湧過來。

張惠臨危不亂，心思急轉：「這附近……只有靈寶峽易守難攻！」遂下令：「全軍轉往東南，退入靈寶峽！」

一行人慌急奔走，終於來到靈寶峽，只見兩岸夾壁逼空、狀如天門，滿山赤土如焰，氣吞日月。峽谷中天開一線，夾壁上佈滿大大小小被風雨侵蝕的孔穴，真如鬼斧神工，谷道狹窄崎嶇，極窄處只能通行一車，實是天險難過，最易防守。

眾軍護著張惠的馬車急急奔入，一路通過奇險的峽道，進入谷地，總算鬆了口氣，便頹然坐倒。

張惠一進入山谷，便發覺不對勁，掀開帷簾一看，見眾軍無聲無息躺倒一片，想下車探看，竟渾身乏力，站也站不起，不由得吃了一驚：「糟！真中計了！」恍然大悟方才的兵馬聲是假的，是對方在山谷石稜之間架了絲絃，借著風切山川谷地的迴音，形成金戈鐵騎的追殺聲，為的就是要逼他們進入靈寶峽。

但峽谷上方的弓弦聲卻是真的，張惠抬眼望去，崖邊已佈滿百名鳳翔軍，滿天箭雨無情射下，千名汴梁軍無力起身反抗，只任憑宰殺！

她隨朱全忠征戰以來，行計佈策，從未一連數敗，今日竟被逼入絕境，即使她性情冷靜，想到要葬身於此、全軍覆沒，也不禁心中驚顫：「要能佈下此音陣，需事先算出這幾日風向、熟悉音律，還能算出我軍的行蹤……此人當真是奇才！」

馮道事先察看了天候、地理，知道這幾日千川道常刮強烈迴風，便在給王建的徵糧信中，故意將交糧的日期、地點約定在此時此地。接著他細算每日每時的風向，再讓褚寒依根據太常律十二音，在四周數座山谷、丘陵之間，架起一道道高低長短不同的絲弦，如此兩人合作，設下鳳皇于飛、和鳴鏘鏘的「鳳凰和鳴陣」，一旦狂風刮動絲絃，讓密密交織的音流迴蕩成激昂的喊殺聲，形成千軍萬馬的假象。

汴梁軍果然中計，聞聲驚惶奔走，一步步被逼入靈寶峽，峽谷中卻已佈滿了馮道和褚寒依聯手研製，可軟人筋骨的「傾國傾城香」。

這百名鳳翔軍一見汴梁軍中計，恨不能盡吐怨氣，不等馮道下令，已千箭齊發。汴梁軍自知必死，心中只有一個念頭，齊聲大喊：「保護軍師！」人人掙扎著以肉身層層圍護在車駕四周，不讓利箭射入，不過片刻，千名汴梁軍兵已死傷一片，實是慘不忍睹。

張惠手持素絹伸出車窗外輕輕搖晃，示意自己有話要說，馮道心中驚詫：「想不到朱全忠的頭號參軍竟是女子！」見汴梁軍捨命相護，知道車中人極為重要，趕緊喊道：「大家快停手！」鳳翔軍心中憤恨，又多射了幾箭才停手。

車內傳出張惠柔潤的聲音：「郎君可願意私下閒聊幾句？」

馮道心想她中了毒，再有武功也施展不出，便差四名軍兵下去把張惠的車駕抬上來，兩人素未謀面，卻神交已久，但覺對方既是宿敵也是知己，此刻終於在靈寶峽頂相會，共同俯瞰這亂世天下！

（註❶：「春種一粒粟……農夫猶餓死。」出自李紳《憫農》。）

（註❷：王建以殺牛、偷驢、販私鹽起家，被鄉里稱做「賊王八」。）

九〇二・五

六合已一家・四夷且孤軍

全忠聞張夫人疾亟，遽自河中東歸。

朱全忠攻邠州。丁丑，靜難節度使李繼徽請降，複姓名楊崇本。全忠質其妻于河中，令崇本仍鎮邠州。《資治通鑑・卷二六二》

張惠雖落了下風，並沒有半點侷促，仍是一派素靜自如的高人風範，微笑讚許道：「郎君能以百人圍殺我千軍，實在是後生可畏，但你如何識破我軍的偽裝？」

馮道拱手道：「晚輩等候的，原本就不是王宗滌，而是前輩！」

張惠愕然道：「你知道我一定會來？」

馮道微笑道：「從宮城解謎到不老神功、晉陽之戰，前輩不想見我嚒？所以我在求糧信裡放入自己為餌，敬邀前輩前來相聚。」

張惠道：「我也未必會看見書信。」

馮道點頭道：「前輩說得不錯，王建不一定會背叛，倘若他依約前來，鳳翔得糧又得兵，並無損失；倘若他背信棄義，將書信傳予汴梁，梁王必會派人來殺我，且人數不下於五百，我以逸待勞，不傷一兵一卒便殲滅敵軍，也算小有斬獲；若前輩有緣觀閱書信，一定會忍不住想見見那個素未謀面的對手，就如同晚生也很想拜見您一樣。」

張惠道：「這一局，你確實勝了，你費盡心機困我於此，是想殺了我嚒？」

馮道說道：「晚生久聞汴梁軍師運籌千里，相助梁王橫掃天下，心中欽仰不勝。」深深一揖，道：「晚輩初為參軍，經驗淺薄，今日有緣相聚，還望前輩多多指點。」兩人交手以來，處處驚險，若非他身具《天相》、《奇道》的本事，早就一敗塗地了，他一向好學，又對張惠神往已久，此番請益之說，確實出自肺腑。

張惠大方受禮，道：「好，你既有心請益，我便好好指點你！」她美眸遙望遠方江山，問道：「郎君博學多聞，應該懂得棋奕之道，可有興趣手談一局？」

馮道說道：「可此間並無棋子、棋秤。」

張惠道：「郎君不妨閉上雙眼，想像天下是一盤棋局。」

馮道依言閉眼，腦海中浮現一張棋面，黑子是朱全忠佔有之地，白子是自己可聯合運用的勢力，只聽張惠柔潤的語音在耳畔響起：「梁王身兼四鎮節度使，關東藩守都是他的將吏，各地官員補授都由他保薦。」

馮道眼前彷彿浮現四只黑子落到棋面東北方，包圍住大片白子，瞬間將白子吞滅，心中不由得一沉，張惠卻立刻在北方連下數子，道：「河北曾是汴梁、河東爭奪之地——」

河北是馮道的故鄉，忽聽張惠提起，他心口一緊，忙豎起耳朵仔細聆聽。

張惠緩緩說道：「當年李克用想染指河北，曾大力扶持盧龍節度使劉仁恭，相贈兵甲士地，後來劉仁恭憑著孫鶴的計謀，接連併吞滄、景各州，更在安塞大破李克用！」

這些事情馮道都已知曉，心中頗為不齒劉仁恭的為人，張惠卻道：「同時間，梁王正與魏博羅紹威、成德王鎔聯姻，招他們的兒子羅廷規、王昭祚為女婿。羅、王二人深明形勢，知道梁王兵強天下，有禪代之志，故獻帛納質、傾心附結。」

馮道暗嘆：「朱全忠心機深重，擅長收攏人心，相反的，李克用識人不明，盡養白眼狼，如何是對手？他在河北原有大好形勢，卻因運籌不當，就這麼一寸寸失去。」但見棋盤北方又染黑一片。

張惠續道：「義武節度使王處直本來也是支持李克用，但看敵人盟友都投靠汴梁，便奉贈十萬布帛予梁王，刻意結交，梁王不但悉數歸還，還以節鉞封賞王處直。」

馮道驚愕地望了張惠一眼，心道：「只有天子才能封賞節鉞！朱全忠這麼做，毫不掩飾稱帝的野心，難道他們真有十足把握了？」

張惠淡淡地瞄了他一眼，問道：「那時候，郎君還在鄉下種田吧？」她說這話並非嘲諷之意，而是讓馮道明白他起步已經太遲。

當時馮道正在青史如鏡修練，自是無法說出實情，只能默然以對，暗想：「她連我出身農家都知道了，果然是知己知彼，我卻是直到今日，方知她是女子！」

張惠續道：「劉仁恭在安塞打敗李克用後，擴地二千里、兵甲三十萬，已成一方之霸，但去年十一月，在南老鴉堤遭遇我大將張存敬，仍是兵敗如山倒，死傷近六萬，從此河北諸鎮皆稱服梁王！」

馮道並不知劉仁恭曾經慘敗，不禁擔憂起雙親的安危。張惠望了他一眼，又問：「那時郎君正力守晉陽吧？李克用還是劉仁恭的手下敗將，你以為單憑沙陀軍的勇猛，真能隻手翻天麼？更何況李存勖並不接受你，不是麼？」

馮道只聽得頭皮發麻：「當時我傾盡全副心思，河東傾盡全部兵力，才終於勝出，汴梁軍卻在攻打河東、圍守鳳翔之際，還有餘力取下河北，打得劉仁恭落花流水，雙方差距真不可以萬里相計！」他一向隨遇而安，尤其出關之後，更覺得天塌下來也有能力對付，此刻第一次動搖了信心，從心底深處湧出陣陣寒意：「孫鶴手中有天相書最終篇，竟還慘敗至此！為什麼？師父留給我的本事，真可能安天下麼？」

張惠柳眉一揚，道：「你曾費盡心機慫恿趙匡凝、王師範背叛梁王，結果又如何？趙匡凝空有忠君之心，卻兵力貧乏，幾度攪擾後方，只屢屢戰敗，起不了什麼作用；王師範雖握有十多萬大軍，卻是個有勇無謀之輩。」

馮道知道張惠批評不假，心頭更加沉重，張惠卻毫不留情地再加一擊：「對了！李茂貞最忠心的盟友韓建也已經投降，不只奉上數萬兩的軍銀相助，還為梁王招撫流散！」

當年馮道曾以「老子」一詞戲弄韓建，韓建氣得咬牙切齒，只因懼怕李茂貞，才沒殺了他，想不到才兩年時間，韓建竟已轉投朱全忠，馮道不禁暗罵：「這傢伙背信棄主，幸虧我沒當他老子，否則肯定是個不肖子！」

「至於你寄望最深的淮南楊行密——」張惠以不怕他耳聞祕密的自信語氣說道：「世人都以為汴梁是北方之霸，殊不知梁王經營江南已有十多年！」

馮道聽聞至此，心中震撼到臉色青白，就算想掩飾也是多餘，張惠以一種近乎憐憫的目光盯著他，緩緩說道：「五年前，江南各藩鎮因懼怕楊行密勢力大肆擴張，江西鐘傳、福建王審知、兩浙錢鏐、湖南馬殷、鄂州杜洪、荊南成汭暗中結成『南方盟』，悄悄依附梁王，一旦楊行密有什麼動靜，南方盟便會齊力對付他，楊行密哪有餘力再參與北方戰事？」❶

馮道彷彿看見天下棋盤滿面皆染黑，京城已成絕境，鳳翔、河東也只苟延殘喘，不禁冷汗涔涔，幾乎說不出一句話來。

張惠心知今日談話已成功摧毀馮道的信心，卻還不鬆手：「再說朝廷，僖宗時候，關隴財政已無力供應禁軍糧餉及百官俸祿，全依靠梁王補授，大小官員駿奔結轍，納賂於門庭，哪一位大臣不曾收過他的好處？就連當朝最大的權臣崔胤也是依靠梁王，才有能力與宦官爭鬥，保住相位！」

馮道不禁倒吸一口涼氣，心生寒顫：「朝廷竟空虛到這等地步！百官俸錄、禁軍糧餉全靠梁王供應……難怪李克用為朝廷打完仗，都拿不到軍餉，並不完全是因為聖上疑忌他。」

張惠步步進逼道：「李茂貞迎帝於鳳翔，自以為可挾天子號令諸侯，卻將滿朝臣子留置華州，這君臣分離，聖上還能行什麼事？李茂貞、韓全誨遂逼迫聖上罷免崔胤，在鳳翔重設百官，可如此一來，新官舊吏相互傾軋，權鬥更凶，天下又豈能安寧？」

馮道不覺萬分沮喪：「李茂貞隔絕了我和聖上的消息，原來都在做這些事！只恨我生不逢時，不能早幾年出仕，為聖上、百姓早一點盡力，或許局面就不是如此了……」

張惠似能洞穿他的心思，道：「郎君才慧兼具，確為奇人，倘若早幾年出道，局面必然不一樣，但這就是天命！天命自有定數，朝代更迭，不過是天道運行的一環，大唐或許曾經輝煌，但終究會如煙花消落，由新朝取而代之。如今，朝臣間都流傳著一句話：『順梁者昌、逆梁者亡』，郎君也是知天命之人，為何看不透這層道理？」

馮道憤然道：「晚生讀聖賢書，只聽過：『順天者昌，逆天者亡』，從未聽聞什麼『順梁者昌，逆梁者亡』！如今天下仍奉大唐為正統，民心仍歸依聖上，這才是天道！」

張惠緩緩說道：「自僖宗、懿宗以來，宦官造逆，盜賊蜂起，黃巢猖亂，藩鎮肆虐，百姓苦不堪言，民心早已思變，天下更到了四分五裂的地步。聖上雖是好人，卻太過軟弱，制不了八方虎狼，唯有狠斷的梟雄，才能迅速結束紛亂的戰爭，還給百姓一個安樂之治。」

馮道不以為然道：「梁王為了一己野心，就要千萬人命作賠，這個手段也太狠、代價也太大了！這樣的梟雄得了天下之後，真會愛民如子嚒？」

張惠道：「郎君以聖賢儒士自居，可曾真正明白孟子所說：『生於憂患而死於安樂』的道理？安樂的盛世往往會生出腐逸軟弱的君王，便是亡朝的開始；憂患苦難的亂世，卻會出現一位救世英主，帶領大家建立新朝代。」

馮道說道：「我並非聖賢儒士，只是一介耕民，薄讀幾本書，知道孟子說：『三代之得天下也，以仁；其失天下也，以不仁』的道理，當今聖上清明仁愛，民心歸依，只因缺乏棟樑才朝綱危傾，倘若臣子們都能放下私心，盡力輔佐聖上，大唐盛世必能再現，又何必改朝換代、徒生禍亂？」

張惠嘆道：「郎君胸懷經緯，為何執意效力無道之君、末路庸才？」

馮道反問：「夫人蘊涵大器，梁王也受盡皇恩，理應匡君輔國，為何違背倫常？」

張惠沉聲道：「帝位原是有能者居之，梁王有天子之命，這是不可改變的事實！」

馮道說道：「前輩此言差矣，帝位並非是『能』者居之，而是『仁』者居之，天理昭彰，我不信奸臣逆賊真有天命！」

張惠道：「歷代開國之君哪個不是奸臣逆賊？太祖難道不是隋朝的逆賊嚒？」

馮道說道：「太祖兵發太原，掃清六合，不曾弒君奪權，而是以仁德吸引萬民來附，此乃天命所歸。」

張惠道：「那麼太宗殺兄弒弟、逼父禪位，可是逆子賊臣？」

馮道侃侃道：「太祖法堯禪舜，讓位太宗，太宗神文聖武，以膺大統，乃是應天合人，之後更是安邦定國，建立不世奇功。梁王殘暴無道，意圖弒君奪位，乃是逆倫大罪，天地不容，豈能與太祖、太宗相提並論？就算以梟雄相比，也差曹操一籌！」

張惠道：「你說梁王殘暴無道，究竟從何聽說？」

馮道在家鄉時，劉仁恭總是向百姓宣揚外邊的藩鎮都是殺人不眨眼的惡魔，其中最凶狠的大魔頭，首推殺人吃人的黃巢大將朱全忠，其次是外邦蠻子李克用，後來馮道遇見張曦一家悲慘的下場，又見朱全忠勾結奸相，時時欺壓皇帝，更是忿怒難已，忍不住大聲道：「世人皆知，誰人不說？」

「是嚒？」張惠微微一笑，道：「李茂貞、李克用哪一個不曾欺君辱上，兵掠京師？你卻一意相助，反倒是梁王一直以來，都苦苦維護君上，將來便會如太宗一般，禪讓得位，郎君卻說梁王是逆賊，這話豈不是忤逆太宗，大不敬？」

馮道至此才明白在這場群雄爭霸戰中，張惠不只為朱全忠謀奪天下，連他的名聲也顧全了，這樣的深謀遠慮、步步為營，莫說李克用、李茂貞難望項背，就連自己也是遠遠不及。

張惠道：「黃巢大亂之後，百姓亟須休養生息，在我輔佐之下，梁王對外慎選將佐、堅固城池，以強兵抵禦蠻夷；對內厲以耕桑，薄以租賦，注重民生。遠近流亡聽聞梁王厚待降者，盡悉數來歸，數年之間，轄治無閒田、戶增五六萬，士雖苦戰，民則樂輸。梁王治下物資豐饒、民富軍贍，即使戰爭曠日持久，汴軍糧餉也從未短缺！」頓了頓，沉聲道：「你用盡心機，不過多保鳳翔幾個月，我卻可以圍城數年，鳳翔的百姓撐得下去嚒？最後李茂貞還是只能請聖駕還京，投降求和！」

馮道心中敬慕張惠，實在不想殺她，但於此劣境，也只能痛下決心，道：「梁王能橫掃各部，是因為有前輩相輔，倘若我今日不肯放您，時日一久，晚生有自信能改變局勢，梁王也未必能贏得天下！」

張惠目光深深地望著馮道，一字一字道：「你殺我，不過一時痛快，卻無法改變天下大勢！你該知道，世間只有我能勸得住梁王，我若有絲毫損傷，便是鳳翔百姓作賠！從此野火無盡、殺戮無盡！」

馮道臉色瞬間蒼白，卻仍逞強道：「就算梁王野心真能得逞，殘暴之君，朝代終不長久，蒼天有眼，斷不會忍心看眾生苦難！」

張惠仰望藍天，幽幽說道：「天地不仁，以萬物為芻狗；聖人不仁，以百姓為芻狗。蒼天真能看見生靈苦難麼？」

馮道英眉一揚，昂首道：「蒼天看不見，可世上千千萬萬的忠義之士能看見，讀聖賢書，但求仰不愧天，俯不怍人，無憾此生而已！」

張惠溫言道：「郎君滿懷忠心義氣、儒士志節，讓人好生欽佩，但好壞之間，往往難以論定，多言數窮，不如守中，就算你改變了局面，又真是好麼？我讓你瞧瞧一道風景，請郎君往前一步，俯瞰東北方。」

馮道往前一步，順著張惠的指示望去，只見東北山腳底下一片荒塚，白幡飄飄、冥紙遍野，草草掩埋之下，點點白骨曝露出來，極為悲慘淒涼。

張惠以為他武功泛泛，問道：「郎君可瞧得多遠？能瞧見東面山坡底下的荒塚麼？」

馮道坦言答道：「能。」

張惠感慨道：「那滿山荒塚便是我汴梁子弟的浩浩白骨，晉陽一戰之後，有多少寡婦夜夜啼哭，又有多少稚兒流離失所，淪為俎上魚肉！」

馮道想不到這片荒骨竟是晉陽之戰的死傷，登時如中雷擊，心痛難言：「長安宮城一役，我見梁軍烈火焚身的慘況，便告誡自己此後用計要盡量減少傷亡，想不到晉陽這一場水戰，死傷更重……」當時戰況危急，他一心為皇帝、鳳翔、河東解圍，只能使出必勝之法，並沒想到洪水之後還有瘟疫，令汴梁軍死傷如此慘重，累及這麼多無辜婦孺，更非他所願。

張惠悵然道：「我原本預計半年內取得天下，了結戰事，百姓的痛苦也就能早日結束，可是因為你的介入，因你的一己之私，打著忠君愛國的旗幟，不肯罷手，令戰火延燒不止，往後還不知有多少無辜傷亡？郎君真要一意孤行嚒？」

面對張惠的責問，馮道緊抿雙唇、渾身顫抖，竟吐不出一句話，心中想道：「朱全忠為了征服天下，殺戮無算，固然是殘暴，可我為了報君恩，救聖上一人，讓成千上萬的將士肝腦塗地、暴屍荒野，讓孤兒寡婦無所依恃，又豈是應該？」

張惠婉言道：「只要你勸說李茂貞以禮來降，我便回去說服梁王，不只放過鳳翔百姓，保住皇帝性命，李茂貞也不失王位。」

馮道不禁陷入萬分掙扎：「我身負皇恩，又得鳳翔軍民信任，若是勸李茂貞投降，豈不成了背信棄義、貪生怕死的小人？哪有顏面再立於天地之間？此後萬夫所指、青史留污，永遠貽羞門楣！若是堅持不降，汴梁軍苦戰越久、怒氣越凶，一旦破城，少不了要大肆發洩，我難道要眼睜睜看著千萬生靈塗炭？」不禁仰首望天：「師父，我究竟該怎麼做？」

他忽然體會了千古以來，守城將領不敵，最終投降的難處，他們開城迎敵，總被罵成不忠不義、無勇無恥，然而身上背負了千萬人命，那等沉重足以壓垮任何一個鐵漢的骨節！倘若犧牲自己的名節，真能保住全城百姓，那麼就是背上千古恥辱，也算值得，萬一敵人出爾反爾，投降之後換來滿城屠殺，那就真的成為千古罪人了！

這降與不降，實是天下間最大的風險、最難的抉擇。

馮道深吸一口氣，道：「如今夫人落入我手中，卻反而勸降我？」

張惠道：「我汴梁兵甲百萬、猛將千員，臣屬的藩鎮遍佈四方，而鳳翔獨據孤城、內外援絕，若堅持相抗，只會全境滅亡！」

馮道問道：「我真不明白夫人既憐惜蒼生，為何一意助紂為虐，難道只為了夫妻之情？」

張惠眸光漸黯，似有萬般惆悵：「世人都說我自私，郎君卻是個明白人，無論我助不助梁王，他野心已成，絕不會罷手。如果大勢不可違，我們唯一可做的，就是設法讓百姓多過些好日子，我待在他身邊，至少可以緩和他的脾性，勸諫他少些殺戮。」

馮道實在想不出這個掌握天下，將各方霸主玩弄於股掌的奇女子，有什麼事能令她憂愁？

張惠沉默許久，才柔聲道：「但我待在他身邊的時間已經不久了，我不知道自己為何會離開他，但既是天命，人力無可違抗，我便需在離開前為他鋪排好一切。」這一剎那，她彷彿只是個對丈夫眷戀不捨的深情女子，只以丈夫的志向為依歸。

馮道又是一陣錯愕，他想不到張惠竟要離開朱全忠，更想不到她會對自己如此坦白，忍不住問道：「夫人能束縛梁王，又已掌握天下各部，唯獨不能掌握自己的命運？」

張惠目光幽然，輕輕一嘆：「天機奧妙，豈是凡人能解？」

馮道想到後續情勢，不由得全身發寒：「難怪她急於相助朱全忠統一天下，倘若我不答應歸順，她必會竭盡全力打下鳳翔，殺了聖上！」

張惠收斂了柔弱的情感，以一種深深期許的目光凝望著他，道：「我很看重你！」

馮道又是一愣：「我？」

張惠微然點頭，道：「除我之外，梁王身邊還有兩名參軍，敬翔能輔治天下，卻無能約束他；至於李振，雖擅奇謀詭計，卻非忠心良臣。只有你，是除了我以外，唯一有本事勸諫梁王之人！」

馮道雖曾暗助河東、鳳翔，但在群雄眼中，始終是沒沒無名的鄉下小子，他萬萬想不到張惠會如此看重自己，只聽張惠以誠懇至極的語氣說道：「梁王治軍雖然嚴苛，卻極重視人才，一旦有賢士規勸，必能成為明君。倘若郎君願與我共輔良主，我定保你位高權重，一展經世治國的抱負，從此天下安康、百姓和樂，這豈不是飽經戰亂的小百姓最渴望的嚒？你是要堅持迂腐的忠君之心，還是要助我早日結束戰爭苦難，還給蒼生一個盛世太平？」

張惠每句話都如暮鼓晨鐘般，沉沉地迴蕩在馮道心中，是如此深重又如此清晰，且悠然不絕，他深吸一口氣，努力平復心中洶湧的波濤，問道：「夫人還有多少時間離開梁王？」

張惠道：「兩年！」

馮道想了想，道：「夫人既已掌握天下，敢不敢與晚生打一個賭？」

張惠道：「什麼賭？」

馮道說道：「請汴梁軍十日內退兵，讓聖上安全還京，百官照舊運行。」

張惠微笑道：「你這個提議很有趣，意思是大家打了半天全不作數，一切重來？」

馮道拱手道：「我放了夫人，也請夫人高抬貴手，放了鳳翔百姓！我以夫人一命換萬民性命，以一小勝局換夫人一大勝局！」

張惠道：「我此刻退去，三個月後，仍可聚兵重來。」

馮道點頭道：「三個月後，鳳翔糧草早已齊備，您要如何行事，我也無力管束，唯有一個條件，就是一年之內請勿為難聖上，一年之後，任憑梁王作為。」又道：「倘若我不能在一年內翻轉局面，那就不是我生不逢時，而是藝不如人，如此我才甘心前往洛陽，供梁王驅使。」

張惠見他方才臉色難堪，似信心全失，想不到才一會兒，就胸有成竹地提出條件，不禁笑嘆：「亂世之中，英雄易折、英才早夭，唯有像郎君這般，泰山崩於前仍處之安然，才是最易生存之人，但有此胸懷者，多歷經風霜而練就，郎君卻是天生瀟灑。」

馮道謙遜道：「夫人謬讚了，晚生不過是相信天道分明，隨境而安罷了。」

張惠微笑道：「好一個『天道分明、隨境而安』，我終於明白你為何能在虎狼之中立身了！」暗想：「此刻原本不是大王登位的良機，我可運用這一年好好收攬人心，安排九錫，先不動皇上也罷！」遂答允道：「就算重新再來，多等一年，局勢也不會改變，梁王始終是天命之人！」

馮道拱手道：「多謝夫人成全！」又道：「夫人所中之毒，並非什麼劇毒，兩個時辰便能恢復。」

張惠微微一笑，道：「郎君心善，必有厚福，望你早日來會。」

馮道說道：「聆君一席話，勝讀十年書，晚輩必謹記在心，好生思量。」

張惠招了倖存的部下一起離去，她來時有五千軍兵隨護，此刻身邊只餘數十人，才走了一里路，眾人已疲累不堪，個個腳步蹣跚，身虛力乏，張惠不禁想道：「如今連氏叔琮都失了蹤，此役可謂慘敗至極，倘若馮道狠心一點，我就難逃劫數了……」思索間，忽然一道龐然身影擋住前路！

李繼筠率兵過來，見靈寶峽裡汴梁軍死傷一片，對馮道更加佩服。馮道一時還沉浸在張惠言語的震撼之中，客氣幾句，便打發李繼筠先行回去，向李茂貞報告西川背叛一事。

馮道獨自策馬在荒野中緩步而行，心中鬱悶難已：「我為報君恩，為救一人，卻害死千萬人，到底該是不該？」張惠的確開闊了他的眼界，也觸發了許多從前未曾深思的問題：「我苦修一身本事，難道只因生不逢時，就要抹滅一切？如果真是這樣，師父為何要選我當隱龍傳人，卻不選一個比我早出生幾年、傑出的官家子弟，如此不是能早早輔佐聖上，挽救大唐麼？百姓也不至水深火熱！」

他苦苦思索，始終不得其解，直到天黑，不由得一嘆：「我只有一年時間，真可能翻轉局面麼？難道蒼天真如此無情，要讓天下百姓淪入朱全忠魔掌裡，再經一場禍劫？」

他抬首仰望星空，見天上繁星爍爍，浩瀚無垠，似隱藏著無窮奧秘，就像今日所聽的棋局般難解，他怔怔望了許久，但覺天上、人間一般迷離，都藏有許多玄機是自己勘不透的，心念忽然一動：「師父未將『星象篇』傳予我，那裡究竟藏了什麼祕密？」如今只能將滿懷希望寄託在遺落篇章裡！

馮道回城之後，見褚寒依關心情切，便坦言說出自己以未來前途、張惠性命為賭注，終於爭取到汴梁退兵。褚寒依愕然道：「你竟然放了她，還賭上自己一生？」

馮道無奈道：「如今援糧被劫，大半天下盡歸梁王，為了鳳翔生計，我也只能賣了自己，總不能眼睜睜看著百姓餓死吧？」

褚寒依柳眉微蹙，道：「倘若張惠反悔，豈不是縱虎歸山？汴梁軍若是強勢來攻，又該怎麼辦？」

馮道堅定道：「放心吧！我相信張惠是守約之人。」

褚寒依問道：「倘若一年之後，你不能翻轉情勢，難道真要投效那魔頭？」

馮道微笑道：「說不定我真能翻轉呢？又或者我投入朱全忠門下，能勸得他改邪歸正，變成忠心良臣呢？」輕點她額心，道：「老公無所不能，妳要有信心！」褚寒依強顏一笑，不再爭辯，內心卻更加不安。

翌日，馮道登上城頭觀看，豈料汴梁軍非但不退，反而變本加厲，攻擊越發猛烈，馮道心中暗怒：「難道張惠真不守約定，我信錯了人？兵不厭詐，我真不該輕信她！」當時他見張惠氣度非凡，應是胸懷寬仁、言行信義之人，否則他不會大膽放人，還立下賭約，他實在想不通汴梁軍為何變得如此，便向李繼筠借了可靠的探子，潛入汴梁軍營打聽，日復一日的焦急等待，竟等來天大的壞消息！

那探子暗查許久，終於回來，稟報說魏國夫人在靈寶峽遇襲，傷勢沉重，垂危不醒，朱全忠震怒欲狂，下令務要將鳳翔夷為平地，殺得雞犬不留！

馮道心中震驚：「我明明放走前輩，是誰傷了她？」又想：「前輩隨身都有大軍、高手保護，若非我設下機關，使她孤立無援又中毒乏力，根本無人傷得了她！我二人會面，只有少數幾人知曉，那凶手能抓到如此準確的時機，絕不是巧合！這事是有人盯著她，還是盯著我？」他無暇查訪真相，只知道朱全忠殺紅了眼，退軍已不可能，為了保全鳳翔百姓，也只能硬起心腸、使盡全力，與汴梁軍對抗到底。

「河中」宮城的後花園，佈滿了朱全忠最忠心強悍的親衛「天興軍」，花園深處的角落裡，矗立著一座素雅石閣，閣門緊閉，通往小閣的長廊上，聚集了朱全忠的幾個兒子：一位是年屆十九、軍妓之子的朱友珪，他五官如刻、身形剛勁，隱藏在沉默的外表下，一雙厲眼時時閃動著狡獪的光芒；另一位是年方十四、張惠的親兒朱友貞，他一身儒雅的淺綠長袍，臉上滿是青春飛揚之氣，卻因為擔心母親病重，清秀俊雅的眉宇間，染了淡淡愁思，這段日子，他帶著幾位年幼的弟弟一直守在石閣外，時時探望，寸步也不離。除此之外，還有大將氏叔琮，負責指揮天興軍保護石閣，眾人均臉色凝重、沉默無言。

氏叔琮回想起千川道那日的情景，仍心有餘悸，當時他從水底竄出，忍著腿傷急急尋找張惠，一路上只見馬蹄雜遝、車跡凌亂，汴梁軍死傷成片，幾番奔波，他終於追到靈寶峽外，卻見到一幕驚人的場景——一名神祕高手發出宏大掌氣轟向張惠！

氏叔琮驚嚇之餘，立刻掣出失衡雙劍飛身搶救，仍慢了一步，張惠身中毒氣，無法提功相抗，只被打得身受重傷、昏迷不醒，那人一招得手，見氏叔琮瘋狂攻來，當即飄然撤退，氏叔琮不敢再追，先餵張惠服下療傷丹藥，又找大夫救治，但張惠始終不醒，他只得快馬加鞭地將人送回河中。

遠方傳來一陣腳步聲，驚醒了沉思中的氏叔琮，他趕緊收回心神，屏住氣息，垂首行禮，眾人也安靜地退往一旁，朱友珪悄悄貼近氏叔琮身邊，低聲道：「氏將軍雖然戰功彪炳，但上回失了晉陽，這回又讓母親受創，父王肯定是懷恨在心，將軍好自為之！」

氏叔琮聞言，心頭一沉，只覺得那腳步聲由遠而近、越來越沉重，壓迫得人喘不過氣來，彷彿每一聲都能輾碎了他。

朱全忠在黑暗中緩緩現身，精眸深深，卻像瞧不見任何人，只大步穿過，逕自推開厚重的石門走了進去。

小小石閣裡，擺放著一座青花崗石台，石台中間微微凹陷，裡面充滿了濃稠的黑色玉膏。膏流裡浸浮著一名秀麗女子，玉容蒼白如雪，幾乎沒有一絲血色，身上九處大穴插滿了銀針。石台下方燃燒著柴火，蒸騰著黑膏化成煙霧冉冉上升，將這小閣薰染得黑霧瀰漫、如魅如幻，十分詭異。

角落裡端坐著一位方巾儒士，手中拿著醫書苦苦思索，正是汴梁第二參軍、號稱「刀筆春秋」的敬翔，他見朱全忠進來，立刻放下書冊，起身行禮。

朱全忠問道：「夫人沒有起色麼？」

敬翔神色悵然，微微搖首，朱全忠大掌提起，幾乎壓至敬翔頭頂，怒吼道：「斷續黑膏、銀華九針、千年雪蔘全都無用？本王留你何用？」

敬翔雙膝一軟，跪下叩首，顫聲道：「斷續黑膏、銀華九針是當年藥王孫思邈留下的寶物，倘若這些東西都無效，只怕……」

朱全忠怒道：「胡說！她明明還有氣息！」

敬翔哽咽道：「夫人一身氣血激散、奇經八脈盡斷……就算大王要殺我，我也無能為力啊！」

自從張惠受了重創，敬翔便大肆搜羅鹿蹄草、祖師麻、血竭、骨碎補等七十二種草藥，熬製成名聞天下的療傷聖藥「太白山斷續黑膏」，將張惠沉浸其中，再以雪蔘為藥引，加入柴火燃燒，使藥氣氤氳透骨、侵入臟腑，希望斷續黑膏能將她碎斷的筋骨血脈接續起來，雪蔘能補回她的精氣活血，銀華九針能刺激她的神志，可時至今日，只勉強維持住一絲氣息。

朱全忠心知敬翔並非禍首，還有許多事需依賴他，終於收了掌氣，雙眼一閉，道：「出去吧！」

敬翔起身向外退去，小心翼翼關上石門，從慢慢闔閉的門縫裡，瞧見朱全忠默默坐到了石台邊，龐然的身影隱在煙霧裡，模糊成一片寂涼，頓覺不勝唏噓，這個強人在外面呼風喚雨，在這方小石室裡卻一籌莫展，他爭盡天下，卻只有張惠身邊這小小位置，才是他唯一的寧靜地，這地方若是消失了，他會變得怎樣？敬翔不敢再往下想去，只怕世間會浩劫無盡！

朱全忠雙眼血紅，癡癡凝望著愛妻蒼白的臉頰，輕撫著她的髮絲，那一年，春風拂簾、杏花微雨，龍元寺前，他被這個溫柔美麗的人兒勾了魂，從此走上爭王血路，殺也為她、止也為她，可如今，她沉眠不醒，一切都變得虛無飄渺，再無意義。

「惠娘，我來看妳了！我剛剛打了勝仗，再過不久，就能依妳的計劃，拿下鳳翔周邊所有的城池，我絕不會辜負妳的苦心，待我直攻鳳翔、奪下帝位，妳便是皇后，是萬人之上的皇后！妳快快醒來，朕要攜著妳的手登上頂峰，一起笑瞰天下江山！」

他握著愛妻虛軟的手，將生息徐徐注入她體內，苦苦撐持住那一絲微弱的氣息，這段日子，只要稍有空閒，他便不惜耗費內力為張惠過氣，幸好不老神功源源不絕，才能支撐這麼久，可無論怎麼費神，張惠始終昏迷，微弱的氣息從來不多一分，就好像他體內熾烈的殺性，也不會少一分。

他輕撫著擱在石台邊的玉簫，深吸一口氣，強壓下內心狂躁：「惠娘，我幾時能再聽聞妳的簫聲？妳總是用它安撫我的心緒，妳是如此善良，總勸我少些殺戮，可天下人不懂妳，老天竟也不垂憐妳……」他越說越憤恨，握著玉簫的手越來越用力，禁錮已久的魔性蠢蠢欲動：「昨天我滅了三千鳳翔軍，為妳報了仇，可是這還不夠，遠遠不夠！那些傷害妳的人，我定要將他們碎屍萬段，一個也不會放過！妳若不醒來，我——」

「劈哩！」脆弱的燭火承受不起強大的戾氣，應聲滅了，四周忽然陷入一片死寂，天地彷彿也沉落了，再看不到一點亮光，他蕭然的身影沒入無邊幽沉裡，只餘滾滾怒火不停地翻騰攪動：「一定會血洗天下！」他豁然起身，向外走去。

迴廊上，長子朱友裕才下了戰場，連甲冑都未及卸下，便匆匆趕來探望張惠，見石閣門緊閉，問道：「父王在裡頭？」

敬翔微然點頭：「在裡面陪著夫人說話。」

朱友裕驚喜道：「母親醒了？」

朱友貞紅了眼，哽咽道：「大哥，已經一個月了，父王耗盡心力，母親半點也沒有起色……」

敬翔長嘆一聲：「這段日子以來，大王以不老神功之力，拼命為夫人留下一縷氣息，但他過分傷心又劇耗內力，還得顧及戰事，時日一久，只怕會損傷身子。」

朱友裕問道：「敬先生您神通廣大，難道一點法子也沒有，只能仰賴父王一直吊著母親的生息？」

敬翔嘆道：「臣不過一介凡人，怎有本事與閻王爭命？只有吸收天地靈氣的神物，才可能救回夫人……」

朱友貞、朱友裕急問道：「什麼天地神物？」

敬翔道：「我曾聽說南方玄幻島上有一種仙草，能起死回生，但不知是真是假？」

氏叔琮目光一亮，道：「請先生說清楚些，我好去採回來！」

敬翔搖頭道：「既為神物，便不是凡人可得、輕易可取，需有機緣巧合才行。」

氏叔琮知道只要張惠活不了，自己也是死路一條，毅然道：「只要能救夫人，就算賠上氏某一條命，我都得試試。」

朱友裕附和道：「再大的困難，我們也去取。」

敬翔鄭重道：「鳳翔戰事已到了關鍵時刻，各方藩鎮虎視眈眈，都等著看結果，大王能不能一舉鎮住天下，這一戰成敗至關重大，你們身為汴梁大將，不可輕易離開。仙草一事，我會稟報大王，再做打算，但那東西百年不可遇，我先前不說，就是怕大王抱大太期望，最後又落了空。」

氏叔琮還想多問仙草之事，忽覺得一縷寒意襲來，不由自主地打了個哆嗦，卻是石門開啟，朱全忠威厲的身影緩緩走出，狠酷的殺意冷冷散發。

敬翔見他大步而去，彷彿看不見眾人，小心翼翼問道：「大王去哪兒？」

「殺人！」朱全忠滄桑的聲音透著一股肅寒殺意。

氏叔琮不禁心膽俱寒，眾子也心生顫慄，只有敬翔還沉得住氣，快步跟上，問道：「大王欲征伐何處？」朱全忠沉默未答，身影漸漸隱沒在黑暗裡，敬翔心中一嘆：「看來這一夜，又有無數冤魂要賠葬了！」

天際烏雷滾滾，剎那間，化成嗚嗚呼嘯的風雨，彷彿是蒼生發出的悲咽……

眾將領默默召了精兵跟隨在朱全忠身後，來到鳳翔城郊的邠州。

邠州節度使李繼徽是李茂貞的義子，年輕熱血、忠勇好強，聽到緊急奏報，連忙派人去鳳翔求援，誰知汴梁軍攻得如此之快，援軍未到，邠州已城破牆毀、屍橫遍野。

「投降！」朱全忠大喝一聲，幽沉的迴音傳蕩四方，厲厲精光環視一圈，每個邠州兵一接觸到他的眼神，就彷彿被利刃刺中了心口，全身瞬間寒涼。

李繼徽領著殘軍頑強抵抗，心知毫無生機，仍大聲道：「今日就算戰至一兵一卒，我也不降……」一句話未說完，忽然「碰！」一聲巨響，朱全忠隨手一掌，打得李繼徽身旁的副將爆成血粉，濺得李繼徽滿身滿血，一句話哽在喉口，再也吐不出。

四周彷彿只剩下骨節打顫聲、低低抽泣聲、血汗落地聲，在寂靜如死的夜裡，這細微的響聲卻清晰可聞，一聲聲交織如潮浪，將邠州軍的勇氣全然淹沒……

李繼徽心知雙方差距太遠，任何的奮戰都是徒勞無功，不由得深吸一口氣，閉上眼睛，道：「你殺了我吧！我受義父深恩，絕不會背叛他！」

朱全忠淡淡道：「本王最看重忠誠勇士，你今日能說出這番話，已足夠讓我饒你一命——」他逕自向前走去，只丟下一句命令：「從今以後，你恢復本名，全族遷入河中，你還擔任靜難軍節度使！」

李繼徽本名楊崇本，這一改回原名，就是昭告天下要與李茂貞切斷父子情誼，而全族遷入河中，自是做人質，若是李繼徽膽敢叛變，就是全族性命作賠！

李繼徽陡地睜開大眼，怒吼道：「你殺我兄弟，還要我跟隨你，與義父反目為敵？」

朱全忠冷冷道：「李茂貞死期不遠了，你一個大好男兒，難道要跟著一個死人？」

「你還要我把全族扣押給你？」李繼徽緊緊握住兵刃，擺出生死相拼的姿態，氣吼道：「我沒答應投降！」

「你很有勇氣，可惜沒有能力！」朱全忠無視他的怒氣，緩緩走向殘破的城池，李繼徽雙拳緊握、牙關緊咬，鼓起全身勇氣，幾乎要衝過去一刀刺入朱全忠的背心，卻聽對方傳來一道冷冽的聲音：「亂世之中，誰能保住父母妻兒？誰又憐惜無辜弱小？唯有強者才有資格！」

剎那間，李繼徽想起新婚燕爾、濃情蜜意的美麗妻子和滿城老弱婦孺，全身意氣盡消，冷汗涔涔而下，見朱全忠走得遠了，自己實在無力阻止，只好快步跟上，大喊道：「你得饒了全城百姓……」

（註❶：《資治通鑑》記載乾寧三年，南方多數藩鎮都依附朱溫，以牽制淮南楊行密集團：「錢鏐、鐘傳、杜洪畏楊行密之強，皆求援于朱全忠」。）

九〇二・六

玉繩回斷絕・鐵鳳森翱翔

西川兵請假道于興元，山南西道節度使李繼密遣兵戍三泉以拒之。西川軍乘勝至城下，王宗滌帥眾先登，遂克之，繼密請降，遷于成都；得兵三萬，騎五千，宗滌入屯漢中。王建曰：「繼密殘賊三輔，以其降，不忍殺。」復其姓名曰王萬弘，不時召見。諸將陵易之；萬弘終日縱酒，俳優輩亦加戲誚；萬弘不勝憂憤，醉投池水而卒。朱全忠至鳳翔，軍於城東。李茂貞登城謂曰：「天子避災，非臣下無禮，讒人誤公至此。」全忠報曰：「韓全誨劫遷天子，今來問罪，迎扈還宮。岐王苟不預謀，何煩陳諭！」《資治通鑑．卷二六三》

邠州是鳳翔最重要的門戶，李繼徽更是李茂貞最熱血忠勇的義子，否則李茂貞不會將這麼重要的地方交予他。邠州投降的消息徹底震撼了鳳翔，一時間耳語紛飛：「朱全忠只差一步就進來了，這惡魔肯定會屠殺全城！」

正當百姓人心惶惶時，又傳來一道惡耗：王宗滌率領一萬軍兵，以勤王為藉口，要假道興元。興元守將山南西道節度使李繼密也是李茂貞的義子，他十分警覺，怕一旦答應王宗滌的要求，山南門戶會大開，因此嚴詞拒絕，雙方僵持間，王建派了王宗佶率領四萬軍兵急赴興元，歸王宗滌節制，王宗滌果然不負期望，力克興元，得兵三萬，入屯漢中。

李繼密不敵投降，王建強迫他改名王萬弘，宣佈與李茂貞絕交，王建手下將領卻以投降一事，爭相羞辱李繼密是個叛節小人，李繼密不勝憂憤，自殺而死。

原本的援軍變成了敵人，李繼密又被羞辱至死，李茂貞氣得大發雷霆：「王建這賊王八竟敢奪我領地、殺我義子，待我收拾了朱賊，定要教他血債血還！」眼看戰況越來越惡劣，他又緊急召集馮道和眾將領一起商量對策，眾人正你一言我一語地發言時，城門守衛匆匆奔來，呈上一封信柬道：「啟稟大王，汴梁陣營送來一封書信。」

「朱全忠送信來？」李茂貞夾手奪過，一看之下，氣得臉色青白，將信柬碎成齏粉，氣吼道：「欺人太甚！狗賊限我們一個月送出皇帝，開城投降，否則轟平鳳翔，寸草不留！」

眾將領聞言紛紛咒罵：「遭豬瘟的狗賊！」「要殺便殺，絕不送出皇帝！」

馮道思索道：「一個月能做什麼？」

李茂貞的侄子李繼崇性情原本火暴，王建的背叛使他失去普慈這美麗的妻子，更是火上加油，他一口惡氣無處發洩，見馮道不識相，破口罵道：「那豬瘟不是說要轟平鳳翔？你是聾子還是傻子？」

馮道不理會他，對李茂貞道：「晚生去城樓瞧瞧！」

李茂貞道：「一起去！」便率領眾人一起登上城樓，俯瞰下方形勢。

馮道以「明鑒」雙眼遠眺，忽然發現對面山坡上，有一位身穿青袍的中年男子雙手不停揮舞，正指揮數百名汴梁士兵大興土木，有人賣力地清剷土石，有人搬動圓木、鐵索等器具，有人則忙著在地上鋪設木條軌道。

馮道心想：「他們肯定是在製造攻城的武器，但鳳翔城池高厚，一般的拋石車並無用處，否則朱全忠早就攻進來了……」

李茂貞問道：「你瞧出什麼了？」

馮道踱來踱去，思索了好一會兒，驚道：「莫非他們要架設將軍砲轟破城牆？」

李繼崇聽到「將軍砲」三字，大聲道：「我鳳翔城高牆厚，不必怕他！」

李茂貞也同意：「他們若能拋石上來，那石彈定然輕巧，毀壞不了城牆；能毀牆的石彈必定笨重，根本拋不上來。」

「不對！」馮道搖頭道：「萬一他們用的是『巨龍砲』就糟了！」

眾將領面面相覷，問道：「什麼是巨龍砲？」

馮道解釋道：「本朝的將軍砲分成輕、中、重三型，輕砲車由兩人施放，石彈重半斤，因為機動性強，常用於沙場殺敵；中砲車需百人合力才能拉動砲索，可發二十五斤重的石彈，射程只達百步……」

李繼崇搶話道：「小子顯擺嚒？這些誰人不知？最厲害的是重砲車，需二百人拉索，可發百斤重的石彈，但射程僅五十步。安史之亂時，李光弼就是用重砲車擊退史思明，可偏偏沒聽過什麼巨龍砲！」

馮道說道：「當年太宗攻打西域、中亞諸國時，以我朝的工藝結合西域的輪軸技術，研製出一種巨無霸將軍砲，可同時發射十三梢石彈，每顆重達百斤，射程能逾百步，所至皆毀，號稱『巨龍砲』。」

李茂貞沉沉地望了他一眼，道：「聽小子這麼一說，本王倒也想起，是有這個傳說！但巨龍砲需五百人加上百餘匹牛馬同時拉索，才能運作，且製造困難，一向只聞其名，不見其物，本王打了無數場戰役，從沒見過，那東西早就失傳了。」❶

馮道說道：「晚生曾在古書上看到記載，朱全忠手下奇才無數，或許有人知曉。」

李茂貞道：「整座巨龍砲重達數十萬斤，根本沒有土臺可以承受重力，他們只能由下往上發射，百多斤的石彈如何拋上城樓？」

馮道指著汴梁兵所在的高坡，道：「那山坡距離最近，地勢平坦，可以架設巨龍砲，架好之後，砲口會比鳳翔城頭高，一旦變成由上往下丟擊，就不需要那麼大的力道了。」

李茂貞猶不相信：「但巨龍砲龐大笨重，運送困難，如何弄上高坡？」

馮道蹲在地上計算一陣，又畫出圖形，解釋道：「只要在山側劃出一條平坦坡道，架設輪軌，令數百軍兵運用輪軸、鐵索之力，將砲身、砲座等東西分別運上高坡，再做最後組裝，便大功告成了！」

李茂貞極目望去，果然看見梁軍在大興土木，想到巨龍砲橫掃西域的可怕，心中微生懼意，怒道：「他們真要架設巨龍砲了，你們快想想法子！」

李繼崇氣呼呼道：「我現在就率軍過去抄了他們，令豬瘟詭計不能得逞！」

李茂貞皺眉道：「城外有數萬敵軍，就算今日我們佔了山頭，明日他大軍一來，仍會搶回去，我們兵少，不能這樣蠻幹！」

眾將領你一言我一語，盡說些無用的話，李茂貞聽得煩躁，英眉緊鎖，面色越見陰沉，李繼筠道：「義父，馮使君在千川道設下機關，不傷一兵一卒便大破三千汴梁軍，想來他對機關器械頗為精通，或有辦法破這巨龍砲！」他原是善意，想讓馮道多立戰功，好討取解藥，馮道卻是暗呼：「糟了！」果然李茂貞凌厲的目光已然射了過來：「你最詭計多端，有什麼法子？」

馮道無奈道：「巨龍砲是天下之霸、不世傳說，晚生哪有什麼法子？」

李茂貞見眾將領眉頭苦皺，恐怕是想破了頭，也想不出什麼，揮手嘆道：「罷了！罷了！你們先下去想想，明日早膳再行討論。」

眾將領告辭退去，馮道正想腳底抹油，也隨之溜去，李茂貞沉喝道：「你站住！」

馮道微微一驚，卻只能止了步、回過身，勉強擠出一抹笑容：「岐王有何吩咐？」

李茂貞雙目閃過一抹厲光，道：「巨龍砲早就失傳，就連身經百戰的節度使也無人知曉，你如何聽說？」

馮道被他沉厲的氣勢一壓迫，不得不實話盡吐：「岐王猜測不錯，我確實是在安天下的祕卷裡見到巨龍砲。」

李茂貞嘿嘿一笑：「和聰明人說話真是省力！」拍了拍馮道的肩，道：「既是如此，你該有對策吧？」

馮道說道：「那安天下不過薄薄幾十頁文字，如何能寫盡世間奇巧？岐王太高看了，倘若它真有通天徹地之能，晚生又怎會像過街老鼠般，被朱全忠四處追殺，還得倚靠岐王庇護？」

李茂貞卻不相信，暗想：「小子詭計多端，他故意這麼說，是怕我搶奪那祕卷。」道：「只要你能解決巨龍砲，我便會給全解藥。」

馮道搖頭道：「岐王三番兩次不守信用，我如何相信你？」

李茂貞露出一抹奸詐壞笑：「你不過是一隻小螻蟻，還想跟本王談條件？」

馮道也回以一抹小壞笑容：「既然晚生小如螻蟻，逃不出您的手掌心，岐王何不大方拿出解藥，換小螻蟻誠心相助？」

李茂貞英眉一挑，笑道：「你想要另一半解藥，就拿有價值的寶物來換！」

馮道暗罵：「這老狐狸對安天下祕卷就是不肯放手！」卻只能裝迷糊道：「晚生回去後定會好好研究，卻實在沒有把握……」

李茂貞道：「總之限你明日早膳提出對策，否則……」他舉起手刀在頸間作勢一劃。

馮道吃了一驚，想辯解幾句，李茂貞冷笑道：「小子儘管多費唇舌，時間就這麼過去了！」

馮道拍了自己腦袋，暗罵：「我真個多嘴，沒事提什麼巨龍砲！師父曾說我若是不肯收斂，便會小命不保，師父金言，我卻拋諸腦後，打你這個愛顯擺的小子！」他原以為再過兩個月毒藥發作才有性命之憂，想不到一朝禍起，見李茂貞賊惡惡地盯著自己，也只能無奈告退。

馮道回到住處，與褚寒依在小亭中共用晚膳，坦言說出明日難題，褚寒依忍不住嗔罵：「李茂貞真是無恥小人！你可有法子？」馮道搖搖頭，褚寒依想了想，道：「不如我們趁夜逃走吧？」

馮道嘆道：「莫說我中毒未解，鳳翔此刻圍得銅牆鐵壁似的，若沒有萬全準備，怎逃得出去？更何況外面還有朱全忠那隻大老虎，與其面對老虎，咱們還是待在這兒面對狐狸，更容易些！」

褚寒依望著滿桌佳餚，半點胃口也沒有，索性放下筷箸，氣惱道：「只一個晚上，如何能想出法子？」

馮道想道：「老狐狸也不是真要殺我，只不過想逼我吐露安天下的祕密罷了，明日糊弄個幾句，說不定能過關，既然如此，又何必辜負這良辰美景，還累得妹妹連飯也吃不好？」便為褚寒依舀了一塊豆花泡饃，又斟了兩杯西鳳酒，微笑道：「妹妹妳瞧，今夜星月燦爛、初荷新綻，多麼美麗，最適合彈琴唱曲、品酒小酌，莫再想那些煩人事！這西鳳酒有『酒中鳳凰』之稱，千萬別浪費！」

褚寒依恍然不聞，只一心思索對付巨龍砲的方法，馮道見她愁眉不展，握了她的手，道：「我懷念妹妹的琴聲了！」

褚寒依回過神來，輕輕一嘆：「岐王分明是強人所難！」

馮道安慰道：「上次妹妹彈曲，我便想出『鳳凰和鳴』的好計策，說不定今晚妹妹一彈曲，我又靈思泉湧，想出對策了！」

「好！」褚寒依這才展露笑顏，拿出早已準備好的琵琶，柔聲道：「當年秦穆公的女兒弄玉與夫君蕭史居住在這裡，他們共乘鳳凰飛翔，恩愛不離，這城池才取名鳳翔，我便彈一首鳳凰曲兒。」

馮道撫掌叫好，褚寒依纖指撥弦，幽幽唱道：「昨夜星辰昨夜風，畫樓西畔桂堂東。身無彩鳳雙飛翼，心有靈犀一點通。隔座送鉤春酒暖，分曹射覆蠟燈紅。嗟余聽鼓應官去，走馬蘭台類轉蓬。」

這首李商隱的《無題》，意指兩人深夜歡飲春酒、射覆猜謎，心中相知相惜，但晨鼓一旦響起，自己就必須趕赴蘭臺應付公事，不知將來命運如何，實是身如飄蓬，半點不由己。

馮道被琴聲觸動了情思，回憶起兩人初相逢時，也是船上飲宴、猜謎打賭，結下緣分，只可惜前路波折，明日若不能過了李茂貞那一關，自己就要人頭落地，與佳人永遠分離了，此情此景正與詩意相合，頓時明白褚寒依是藉曲寄情、殷殷傾訴。

馮道心中感動：「妹妹待我情真意摯，我萬萬不可辜負她。」一旦有所牽掛，忍不住又擔心起來：「唉！我雖不想負她，說不定明早便掉腦袋了！」想到死關難解，索性放聲高唱、開懷應和，一連唱了好幾回，唱得心花怒放，忍不住撫掌笑道：「鳳凰于飛、翽翽其羽，說得可不是咱倆嚒？好曲、好名、好應景！」忽然間靈光一閃，呼道：「有了！」

褚寒依愕然道：「什麼有了？」

馮道哈哈笑道：「妹妹果然是我的福星！」

褚寒依喜道：「你真想到對策了？」

馮道握了她的手，笑道：「上一回，咱們夫妻同心，使出『鳳凰和鳴』之計，果然鏗鏗鏘鏘，大獲全勝！這一回，咱們再攜手合作，使出『鳳凰于飛』。」

褚寒依興奮道：「怎麼攜手合作？」

馮道說道：「妳來研墨我畫畫，咱倆這對小鳳凰畫出一對大鳳凰送給岐王那隻老鳳凰！」

褚寒依眨著燦燦晶眸，奇道：「小鳳凰送老鳳凰一對大鳳凰？豈不是大小鳳凰滿天飛了？」

翌日一早，馮道依約去軍營見李茂貞，眾將領已圍坐等候，見馮道姍姍來遲，都抬首望向他，有人好奇、有人懷疑、有人同情，也有人等著看好戲，顯然大家都已知道他的限時令。

李繼崇嘲笑道：「馮使君沒逃走嚒？」

馮道微微一笑：「繼崇大哥真是說笑了！蒙岐王賜予機會，在下得以施展長才，歡喜都來不及，怎可辜負岐王厚愛，逃之夭夭？」

李茂貞本來擔心自己會不會逼得太過了，見馮道一派胸有成竹，心中大石落了一半，歡喜道：「看來你是有法子了，快說來聽聽！」

「這法子便是……唉喲！」馮道忽然捧著肚子唉叫起來：「唉喲！我快死了！」

李茂貞皺眉道：「小子又耍什麼花樣？」

馮道苦著臉道：「我毒藥未解，肚子快痛死了，唉喲、唉喲！好容易想到一個法子毀去巨龍砲，唉喲！這一肚痛，可什麼都忘了……」

李茂貞斥道：「你若不說出法子，便痛死好了！」

馮道嘆道：「晚生不過賤命一條，死了也是命數，岐王損失的卻是大片基業！」

李茂貞心想：「這小子雖然狡猾，卻也是血性之人，只要皇上在我手中，何愁他不乖乖獻策？」便擲出一罐小藥瓶，道：「全拿去吧！」

馮道雙手小心接過，笑道：「倘若這不是真正的解藥……」

李茂貞揮手不耐道：「是了！是了！本王知道你詭計多端、本事不小，日後還有許多事合作，不會再為難你了。」

馮道歡喜吞下解藥，拱手謝道：「晚生為求自保才出此下策，岐王莫怪。」

李茂貞笑罵：「小子真是囉嗦，還不快說！」

馮道說道：「依晚生淺見，任何兵械都破不了這麼可怕的巨砲，只有以強破強、以暴制暴，用更強的石彈對付。」

李繼崇第一個耐不住性子，拍桌大聲道：「你說得容易，那巨龍砲既是世間之霸，怎麼以強破強？」

眾將領盡皆搖頭，紛紛道：「此計不可行！」

李茂貞也覺得行不通，沉吟道：「巨龍砲威力太大，才會世間不容，成為傳說，怎可能有更強大的武器？又有誰造得出來？」精光一沉，怒道：「小子竟敢耍弄本王，騙取解藥，分明是找死！」

馮道苦笑道：「晚生只不過是服了解藥，又不是服了豹子膽，怎敢耍弄岐王和諸位將軍？」

李茂貞怒火稍熄，道：「你明白就好，就算沒有毒藥，本王要殺你仍是舉手之間。」

馮道卻是不懼，反而嘻嘻一笑：「岐王真捨得殺我嚒？」

李茂貞哼道：「有用便留、沒用便殺！若是只會耍弄口舌，本王便拔掉你的舌頭，教你一輩子咿咿啊啊！」

馮道想到一輩子不能說話，憋也憋死了，忙把滿口嘻笑吞回肚去，板起臉認真道：「諸位將軍可知本朝常用的弩器有哪些？」

李繼筠道：「《通典兵二》裡記載是擘張弩、角弓弩、木單弩、大木單弩、竹竿弩、大竹竿弩、伏遠弩七種。」

馮道接口道：「但最厲害者卻是絞車弩！《太白陰經·教弩圖篇》裡說絞車弩威力巨大，專門用來攻城拔壘：『爭山奪水、守隘塞口，破驍陷陣，果非弩不利也。』李靖大將軍在《衛公兵法下卷·攻守戰具》也說：『其牙一發，諸箭齊起，及七百步。所中城壘，無不摧隕，樓櫓亦顛墜。』」

李繼崇哼道：「絞車弩厲害，誰人不知？鳳翔城頭就有三座，但射程不夠遠，打不到那山坡，如何對付巨龍砲？」

馮道說道：「尋常的絞車弩自然不行，轉動不夠靈活，射程不夠遠，力道更不足以摧毀巨龍砲。」從懷中拿出一幅圖卷呈上，道：「這是晚生連夜趕出的圖畫，還請岐王品鑑看看。」

李茂貞接過後，展圖一觀，乍看之下，好似一對展翼鳳凰，愕然道：「這是什麼？」

馮道說道：「三國時，諸葛亮設計出連弩，南北朝時，將多張連弩聯合一體，成了強弩之王——床弩，可惜後代失傳了！幸好晚生在古書上也看過床弩圖式！」

李茂貞仔細瞧去，見一座巨弩設有七個弩糟，每槽可裝設半丈長的巨箭，每支箭矢以鐵葉為羽、堅石為柱，做成巨大標槍，發射時需百頭牯牛一起施力，才能拉動弓弦。射下時因重力加速，每支巨矢力道都逾百斤，足以撞毀拋石車、雲梯車、撞車等攻城器械。圖中不只詳述床弩樣式，還附帶說明如何搭配火杏、燕尾炬、游火等武器做運用。

馮道解釋道：「晚生根據《通典》所述，畫了絞車弩樣式，做了些改進，成為一次可打出七支巨矢的床弩，再利用絞索與車軸的鉤連，使它能上下左右轉動，射程可超過四百丈，就算是移動的大象，也能貫穿胸腹。」❷

眾人聽到射程遠達四百丈，還可打穿移動的巨物，不由得張大了眼，發出驚呼，馮道續道：「我細算過了，城樓加上這座巨弩高達十丈，已超過他們的山坡加上巨龍砲，我們仍是由上往下射擊，佔了便宜。」

李茂貞乃是百戰老將，見了這圖式也不禁心中震撼，嘖嘖讚嘆：「這好東西叫什麼名字？」

馮道微笑道：「鳳翔城自該由鳳凰弩來守衛，這一對鳳凰兒像不像岐王展開雙翼護衛整城百姓？」

李茂貞哈哈大笑：「好一對鳳凰弩，取得好！他們有巨龍砲，本王有鳳凰弩！這一場龍鳳之爭，勝負猶未可知！只不過，你多久能造好？」

馮道答道：「朱全忠既給一個月時間，晚生盡力完成便是。」

李茂貞又問：「你需要多少兵匠？」

馮道說道：「上次製造機關，繼筠大哥幫忙甚多，只要他續領五百兵匠相助即可。」

李茂貞大方道：「我給你七百兵匠，你盡快完成！」

馮道最憂慮的始終是缺糧問題，一旦爆發災情，百姓將陷入地獄般的苦境，問道：「有了鳳凰弩，破城之危暫解，但圍城之局還在，眼下最大的危機是缺糧，岐王不想搶回糧草嚒？」

李茂貞心中咯登一聲，他不是不想劫糧，而是自知打不過朱全忠，但這事怎能在眾將領面前說出，臉色一沉，道：「朱全忠快打到虢縣了，那裡是個大糧倉，虢軍絕對守不住，我們就算派人前去相助，也無法長久佔據，你有什麼計策？」

馮道眼底閃過一抹狡黠，微笑道：「倘若我有不老神功的奧祕，岐王有什麼寶物可交換？」

李茂貞聽到不老神功的奧祕，登時雙目放光，驚詫地幾乎站了起來，他微一握拳，壓下心中激動，沉聲道：「你要什麼？」

馮道說道：「無論晚生身上有什麼書卷，從今爾後，岐王都不能以任何手段奪取，也不能逼迫我做不願意的事。」

李茂貞心中盤算安天下祕卷雖然傳揚沸沸，但究竟有多神奇，是不是誇大其辭，根本無人知曉，反倒是不老神功的厲害，他是親身領教過的，是明擺在眼前的生死威脅，遂答應道：「准允你了！」

馮道望了眾將領一眼，道：「岐王一言九鼎，這裡人人都聽見了，相信您不會跟我這小螻蟻耍賴吧！」

李茂貞聽到不老神功的奧祕，滿心歡喜，笑罵道：「小子總是囉嗦不休，快快說吧！」

馮道微笑道：「不老神功如此霸氣，是因為它能源源不絕地回收真氣。」

李茂貞原本信心十足，以為只要掌握不老神功的罩門，便能一舉打敗朱全忠，聞言驚詫之餘，實在想不出對策，不由得眉頭深鎖：「這真氣無形無影，如何能阻止他回收？」

馮道笑道：「晚生做生意最是公道，解方不會只給一半又一半，當媒人肯定包生小孩，整套奉送，包君滿意。」

李茂貞被他譏刺一頓，當真又好氣又好笑：「你再多說一句廢話，信不信我打死你？」卻見馮道微笑地吐出兩個字！

李茂貞一方面吩咐李繼筠日夜趕工，製造鳳凰弩，一方面派李繼崇率精騎出城，破壞對方的工程。汴梁大將楊師厚早已率領銀槍效節都軍守衛在山坡下，雙方殊死血戰，殺聲震天，如此僵持十數日，李繼崇始終突破不了楊師厚的防備，一個月後，巨龍砲終於架好，砲口離地足有七丈，已高過鳳翔牆頭。

朱全忠親自站上營寨將台，身穿朝服面向鳳翔城，雙手高舉奏書，昂聲長唸：「韓賊全誨劫遷天子出逃京城，囚禁於鳳翔，本王深受皇恩，豈能放任逆賊橫行？今日特意率萬民前來問罪，並迎扈還宮。」他雄渾的聲音以一種萬軍壓境的氣勢迴蕩在鳳翔城上空，聞者莫不驚顫。

李茂貞和韓全誨一起登上城樓，見軍心惶惶，李茂貞遂飽提功力，傳聲回應：「天子受崔賊迫害，這才移駕鳳翔避災休養，並非是臣下無禮，梁王恐怕是聽信讒言，才生出誤會。」

韓全誨又代皇帝宣旨：「朕避難鳳翔，非宦官所劫，這一切誤會皆是奸佞詭計，梁卿宜斂兵東歸，速速退去，莫攪擾聖安。」

朱全忠宏聲道：「岐王苟不預謀，何煩陳諭！臣上表請修宮闕，欲迎聖駕還宮耳，臣不與岐王角勝也。」這意思是告訴皇帝，今日是李茂貞不肯放人，他為救聖駕，不得已才發動戰爭。等了半刻，見李茂貞不肯投降，便下令擊鼓，待戰鼓擂過三通，鳳翔仍無回應，朱全忠遂下令急擂戰鼓激動士氣，準備大舉攻城。

朱全忠退入營寨內，換敬翔登上高臺，指揮軍兵準備好巨龍砲，令旗一下，一顆上百斤的巨石轟轟飛去，「碰！」鳳翔城垛瞬間被砸破一個大洞，站在附近的士兵遭到土石波及，或死或傷、或驚或逃，引起好大一陣騷動，李茂貞連連呼喝，才把情勢穩定下來，眾兵雖害怕，仍堅守城樓崗位。

巨龍砲一次可發十三梢石彈，方才那一砲不過是牛刀小試，是用來測試距離和力道，待一切確認之後，敬翔便命人把十三顆石彈都搬到砲口上，準備發揮巨龍砲真正的威力，一口氣轟垮這座如山高城。

另一方面，楊師厚率領五千名銀槍效節都軍作為先鋒，帶領數百匹鐵甲戰馬拖拽著數座撞車、十數架雲梯車，氣勢壯盛地逼近鳳翔城下，只待這一擊之後，城牆破毀，便要大舉進攻。

汴梁軍士氣如虹，每雙眼睛都緊盯著前方城池，準備狠狠撕吞這肥美的獵物，卻見城頭架起兩座絞車弩，其形之巨大，宛如兩隻展翼翱翔、俯瞰天下的鳳凰。

「那是什麼？」站在砲臺附近的汴梁軍還看不清城樓上的東西，十四支重逾百斤的石矢已劃過長空，以驚天力道呼呼射下，其中七支衝向巨龍砲，敬翔看得目瞪口呆、全身震駭：「這是失傳已久的床弩！想不到今日竟然重現！究竟是誰造出這神器……是他！一定是那小子！」心念及此，他急向旁邊一名士兵叫道：「快去稟報大王，傷害夫人的小子……」話未說完，四周轟聲隆隆，雄壯威武的巨龍砲竟被撞得破碎，砲身、石彈四射，敬翔被幾個士兵冒死搶救，安全退出危地，只受了些輕傷，護衛的士兵卻盡數死去。

另外七支巨矢則是對準城下的撞車和雲梯車，楊師厚見狀，大聲疾呼：「快退！」卻已來不及，轟鳴聲掩去他的吶喊，撞車、雲梯車盡被砸碎，許多銀槍效節都軍來不及閃躲，也被飛石擊中身亡，未被砸中者，只嚇得四處逃竄。

楊師厚見軍陣大亂，縱身而出，以深厚的內力揚起銀槍效節棍，化成一條條銀白巨龍穿梭飛舞，將碎石、木架大力揮開，搶救下不少士兵。

楊師厚乃是沙場老將，見石矢巨大，便知它們過於沉重，裝填不易，趁鳳翔軍換弩的片刻，大喊道：「攻城！」銀槍效節都軍聽見主帥號令，立刻鎮定下來，正要重整再攻，卻見一陣陣燃火箭矢，如火雨暴射而下！

石矢磨製確實不易，又需數名士兵同時肩扛，才能填入箭匣，難以連續發射，因此李茂貞先利用石矢砸碎撞車、雲梯車，令對方無法攀城、破城，第二輪便換上了火矢。

這火矢是以沃油浸布，包覆在鐵箭桿外，不只箭簇可殺敵，沃油一旦點燃，立刻就會燃成狂烈火焰，漫燒持久。一次射發千百火矢，頃刻間便如天下火雨，雲梯架盡數燃燒起來，攀爬在架上的士兵無法閃躲，一個個烈火焚身，哀嚎滾落。城下數百匹戰馬也被滿天火苗嚇得橫衝直撞，汴梁軍不是被烈焰燒中，就是被亂蹄踩得血肉模糊，倖存者驚慌奔逃，又自相踐踏，不過片刻，已死傷無數。

楊師厚藝高膽大，見情況混亂，仍不肯退，策馬奔馳在亂軍之中，連聲號令，企圖穩住陣勢，卻見數道火矢對準自己，急如電光射來，楊師厚一扯韁繩，連人帶馬地從漫天火雨中竄了出去，鳳翔軍知道他是攻城主帥，豈會輕易放過？連忙對準他射發火矢。

楊師厚冷哼一聲，騰身飛起，閃過一劫，他跨下坐騎卻慘嘶一聲，瞬間被燃成火球，鳳翔軍見楊師厚身子凌空，難以躲避，再發火矢，楊師厚卻將銀槍效節棍揮舞成數道銀圈，護在身周，「唰唰唰！」數十支火矢一遇上他的節棍，爆如團團煙花，在煙塵迷漫中，楊師厚已翩然落在另一匹馬背上，隨即高聲呼喝，教汴梁軍依序向後撤退。

馮道看得嘖嘖稱奇：「汴梁軍龍虎輩出，除了朱全忠、氏叔琮外，竟還有如此猛將！」

這段日子鳳翔軍連連敗仗，被汴梁軍逼得快喘不過氣，此刻見敵人愴惶退去，士氣大振，李茂貞見機不可失，高喊：「別讓賊兵逃出去！」親率五千精騎出城追殺，兒子李繼侃、侄子李繼崇也各領一隊精兵追上，三翼人馬一出城門，便分散開來，形成包圍之勢，要將銀槍效節都軍趕回弩箭的射殺範圍內。

銀槍效節都軍雖然潰敗，又遭敵軍圍逼，楊師厚卻能一眼看出李繼崇那方最虛弱，當機立斷地率軍衝殺過去，李繼崇果然抵擋不住，瞬間被衝出破口。

馮道心想：「這位汴梁將領不只武功高強，領軍作戰的本事更在氏叔琮之上，日後相遇，必是個勁敵！」眼看鳳翔軍追得太遠，漸漸脫出射程範圍，趕緊教人鼓吹號角，催促李茂貞快快回轉。

楊師厚是汴梁軍中除朱全忠外最勇猛難纏的大將，難得潰敗，李茂貞豈能放他離去？雙方你追我逐一陣，偏偏楊師厚精熟軍陣，總能找到突破口，李茂貞就這麼追了一段又一段，雖聽到號角聲，也不肯回轉，心想只不過脫出一點兒距離，就算真遇上危險，也能立刻掉頭回返，忽然間，銀槍效節都軍一個彎繞，躲到一座山崗後，李茂貞心急到手的獵物飛了，再不顧一切率兵追上！

馮道見鳳翔軍繞過山崗之後，驟然消失蹤影，怎麼催促也不見回轉，心中頓生不祥，對李繼筠道：「糟了！岐王恐怕出事了！」

李繼筠驚道：「我率軍去救義父！」

馮道拉住他道：「朱全忠肯定有埋伏，現在就算是天兵天將下凡，也救不了岐王，李大哥莫要平白送死。」

李繼筠急道：「難道看著義父危險也不救？」

（註❶：將軍砲是古代大型拋石車的統稱，唐朝時技藝達到鼎盛，李世民在征戰遼東、西域中亞諸國時，結合中西技術，製作出巨無霸將軍砲，小說中所述的「巨龍砲」即是指巨無霸將軍砲，因製作困難，唐初之後就失傳了，直到元朝才又出現。「巨龍砲」一詞則是小說取名。）

（註❷：唐代的絞車弩射程七百步，可安裝十二石強弩，以絞車張弦開弓，弩臂上有七條矢道，居中矢道擱置巨箭，左右還可放置三支小箭。在壯士敲擊機括後，諸箭齊發，可無堅不摧，專門用來攻城拔壘；而宋太祖曾以巨型床弩貫穿象腹，擊破南唐的戰象陣，是當時最強大的武器，射程可達一千五百米，砲彈重達五公斤，也可使用三棱穿甲箭頭的大型箭鏃。由於五代十國是介於唐、宋之間的朝代，因此小說中虛構的「鳳凰弩」是由唐代的絞車弩改進，成為宋代巨型床弩的原形。至於馮道設計一事，自是虛構。）

九〇二・七

鑾輿駐鳳翔・同穀為咽喉

李茂貞大出兵，自將之，與朱全忠戰于虢縣之北，大敗而還，死者萬餘人。茂貞自是喪氣，始議與全忠連和，奉車駕還京，不復以詔書勒全忠還鎮矣。全忠進軍鳳翔城下。全忠朝服嚮城而泣，曰：「臣但欲迎車駕還宮耳，不與岐王角勝也。」遂為五寨環之……汴軍每夜鳴鼓角，城中地如動。攻城者詬城上人云「劫天子賊」，乘城者詬城下人云「奪天子賊」。

詔以王宗滌為山南西道節度使。宗滌有勇略，得眾心，王建忌之……王宗佶等疾其功，復構以飛語。建召宗滌至成都，詰責之，宗滌曰：「三蜀略平，大王聽讒，殺功臣可矣。」建命親隨馬軍都指揮使唐道襲夜飲之酒，縊殺之，成都為之罷市，連營涕泣，如喪親戚。《資治通鑑．卷二六三》

銀槍效節都軍一路潰逃至二里外的山崗，楊師厚忽然勒馬停步，大聲喝令：「列陣！」眾軍聽見號令，一起勒馬回頭，整整齊齊排列，形成堵截之勢。

李茂貞見他們剛剛還潰不成軍，才一轉眼就變成驕兵悍將，心中一凜：「有詐！」

「城樓為何不射箭了？」李繼崇這才發覺追得太過忘情，已脫出矢箭保護範圍，叫道：「怎會這樣？」

「快退！」李茂貞一聲大喝，率軍回頭，卻見山崗後緩緩轉出一道巨大黑影，擋住鳳翔軍的退路，肅殺的氣勢籠罩了天地，彷彿地獄魔王出來索命！

朱全忠負手而立，雙眸黑沉得可怕，也亮得令人心驚，身後黑壓壓一片，是當年攻滅朱瑾勢力、最威猛的「落雁都軍」！

場中千萬軍兵，只寂靜如死。

「一起上！」李茂貞怒吼一聲，鳳翼大張，暴起一片紅光，向朱全忠瘋狂射去，鳳翔軍大喊一聲：「殺！」拿著兵刃緊跟著衝上。

朱全忠恍若不覺，只緩緩前行，一字一句說道：「今日我只殺一個人，你們讓開，莫要自尋死路！」每一字都似有千斤重力，沉沉地落在李茂貞身上，他散發的雄渾殺氣，將一切攻擊力道都震開，首當其衝的鳳翔軍連人帶馬盡爆裂成血粉，其他被氣勁、赤翎波及的軍兵也斷手折足，倒臥在血泊中哀嚎打滾。

血粉爆炸聲、痛苦慘叫聲、馬兒悲嘶聲，一聲聲迴蕩在濃濃的血腥氣中，看著這可怖的情景，李茂貞臉色不禁蒼白了幾分，他怎麼也想不到朱全忠受了愛妻傷危的刺激，嗜血狂性爆發，功力大幅提昇，已遠勝去年的宮城之戰。鳳翔軍更是嚇得瑟瑟發抖，不敢再往前一步，甚至無法喘氣，彷佛多呼吸一下，就會吸入死亡之氣。

朱全忠一步步往前，殺意鋪天蓋地湧了過來，淹沒了所有的勇氣，鳳翔軍不由自主地一退再退，幾乎要轉身逃跑，卻不知哪裡有生路？朱全忠眼中可怕的殺光，死死盯住每一個人，彷佛逃到天涯海角，也逃不出他的魔掌心。

忽然間，鳳翔軍中爆出一聲大喊：「不……不要殺我……我……我降了！」一名被馬兒摔落的士兵受不了恐懼，跪伏在地不停磕頭。

朱全忠微笑道：「你過來，我不殺你。」那士兵如獲大赦，踉踉蹌蹌地站起，往前奔了幾步，「嗤！」背後卻噴出一道鮮血，緩緩倒落。

李茂貞以赤翎射殺了叛徒，卻激發鳳翔軍更深的恐懼，眾兵一看，有如炸開了鍋，盡四散奔逃，到最後，只餘圍在李茂貞身周寥寥數十名親衛，苦苦撐持。李茂貞不由得心中一沉：「難道今日我真要斃命於此……」眼見朱全忠精光冷冷盯著自己，只能飽提功力準備決一死戰。

「梁王住手！聖旨到！」遠方傳來一道尖聲長喝。

原來馮道見李茂貞久不回轉，教李繼筠趕緊去找韓全誨，請皇帝出詔書救人。李繼筠和韓全誨率了五千精騎來到，韓全誨見情況危急，老遠便連聲呼喝：「聖上有旨，梁王接詔！」一邊奔馳一邊展開詔書宣唸：「門下：梁王、岐王同為國之棟樑，帝之肱股良臣，莫為小事生起爭端。朕為表揚梁王赤膽忠誠，特賜國姓『李』，從此與岐王結為兄弟，即日起勒軍還鎮，兩造永相安好，齊心輔治我大唐王朝。天復二年六月，中書舍人臣韓渥，制書如右，請奉，制付外施行，謹言，天復二年六月，制可。」

楊師厚打仗雖然悍猛，行事卻沉穩精練，見韓全誨請出皇帝詔書，悄聲勸道：「皇上出面，咱們不宜強攻，免得落人口實。」

朱全忠精光一沉，冷盯著韓全誨道：「韓賊半途而死，什麼皇帝詔書，本王從沒見過！」他心中懷恨殺妻之仇，好不容易見到李茂貞、韓全誨出城，豈肯放過？飽提內力就要一舉毀詔殺人。

李茂貞、韓全誨見他連皇上都不顧了，心中越發驚寒，卻也只能提功戒備。

雙方血戰一觸即發，後方忽傳來氏叔琮喊叫：「大王！大事不好！夫人被劫了！」

朱全忠心中大震，瞬間轉過幾個念頭：「李茂貞在這裡拖延我，卻派大軍去攻佔河中，還劫持惠娘做人質，好逼我退兵？」再不管三七二十一，大喝：「快回河中！」瞬間策馬回頭，如電馳去。汴梁軍一聽號令，也趕緊跟上。

朱全忠奔衝了大半里路，並未見氏叔琮出現，這才猛然醒轉：「上當了！」急策馬回轉，山崗上已無半點人影，他氣得不顧一切，單槍匹馬地追近敵城，只見鳳翔軍幾乎都進了城，李茂貞在隊伍最後方，也快要入城。朱全忠足尖一點，猶如猛虎撲羊般撲向李茂貞，運勁於臂，全力轟去一拳！

李茂貞耳聽後方風動，右翼向後迎擋，一個回身，左翼尖劃向朱全忠雙眼，朱全忠被逼得稍稍頓止，李茂貞絕不能讓這個大魔頭搶進城裡，疾喝道：「快關城門！」鳳翔軍趁兩大高手對決的片刻快速入城，關上城門，卻把李茂貞一人隔絕在城外，朱全忠豈能放過這大好機會，當下雙拳連出，「碰碰碰碰！」拳勁猶如巨石暴轟而至。

城樓上的守兵怕誤傷李茂貞，不敢射發箭矢，見兩人鬥得激烈，只能乾著急。李茂貞抵擋一陣，心知不敵，足下一蹬，飛撲入前方的護城河裡，朱全忠想不到他會遁水而逃，一個沖天飛起，如飛矢疾追而下，同時雙拳連出，一道道拳勁宛如砲彈般，轟隆隆地打入水裡，打得浪花飛濺如高瀑，李茂貞身影卻化成一道優美弧度竄了出去，脫離了朱全忠的掌氣範圍！

朱全忠一入水裡，便連出百拳，原本平靜的護城河水激盪如巨浪，一波波地沖奔過去，李茂貞雖然有些心驚，卻是胸有成竹，雙翼微張，擺動如魚鰭，身子順著水流之勢，巧妙地上下浮游，卸去水浪的衝擊。

朱全忠見他身形滑溜，屢屢逃脫，氣得火力全開，李茂貞雙翼左刺右劃，身子左旋右轉，有如背鰭相助魚身，幾度在波濤洶湧中，有驚無險地閃過，雙翼也時時切水為刀，發出凌厲殺招，終於和這個強大宿敵鬥了旗鼓相當。當初馮道奉送的兩個字就是「水戰」，為今日這一戰，李茂貞已足足練了一個月的水功，不只長練氣息，更想出鳳翼結合水流的各種戰法。

朱全忠從前仗著源源不絕的真氣，總全力快速出擊，這習慣一時改不過來，再加上怒火狂燒，執意要殺死李茂貞，便忽略了周遭形勢，幾百拳後，內力陡然不繼，才驚覺事有蹊蹺：「中計了！老狐狸知道我的罩門，故意引我入水！這肯定是那小子的主意！」

不老神功全憑氣息回收，才能有巨大威力，今日四方都被水濤包覆，不但阻絕了拳勁，更令真氣無法回收，每打一分，便弱一分，眼看情勢急轉直下，他當機立斷，打算先竄出水面，換氣再戰，雙腿一蹬，正要沖飛而出，忽然間，一張牛筋大網猛地落下，將他全然籠罩住，牛筋之力極其堅韌，朱全忠一時掙脫不開，河道兩邊卻已萬箭齊發！

朱全忠萬萬想不到水中設有機關，震驚之餘，已來不及脫網而出，索性拖著大網往前衝，好避開兩邊射來的箭矢，前方卻還有李茂貞射來的大把赤翎！

千鈞一髮間，朱全忠用力絞住大網，身子一陣急旋，周遭水流被帶得快速旋繞，猶如水龍捲，將箭矢都沖開去，那大網也隨著旋轉，密密包覆住他的身子，為他擋去許多箭矢，但受限於護城河道的範圍，水龍捲無法捲得太大，力道並不強烈，仍有箭矢刺入網縫、扎進他身子，他強提殘餘的內力硬是抵擋住，箭矢入肉三分，便刺不進去。

朱全忠雖未中致命傷，但全身傷痕累累，氣血消失更快，李茂貞怎能放過這大好機會，飽提全身內力貫入鳳翼，對準他心口，一舉刺去！

朱全忠使盡全身力氣想要脫出羅網，但歷經方才一番激烈打鬥，胸中氣息已然稀薄，他連呼吸都感到困難，無法回補真氣之下，內力更消散大半，最糟的是他為了抵擋飛箭，方才一個急旋，以牛筋大網將自己綑縛如繭，此刻要再掙脫，簡直是難如登天，眼看鳳翼狠狠刺來，實是悔恨難當，腦中只一片轟然：「我當真是作繭自縛，咎由自取了！」

「噹！」就在鳳翼刺近他胸口三分處，一道銀龍竄了進來，硬是震開鳳翼！

原來楊師厚見朱全忠衝回鳳翔，也立刻策馬回頭，一到城下，不見朱全忠身影，心想這裡是鳳翔軍守備範圍，不宜久留，轉身想到別處尋找，卻聽見護城河傳來激浪聲，又見河水汩汩冒出鮮血，他心知有異，便大著膽子潛入水中探看，幸好他聰敏機警，若再晚一步，朱全忠必死無疑。

李茂貞萬萬想不到楊師厚會闖了進來，「唰唰唰！」鳳翼左刺右劃，瞬間逼去十數道紅光，同時間再射發一把赤翎，楊師厚擋在朱全忠身前，以銀槍效節棍護住兩人，將李茂貞的殺招盡數擋開！

李茂貞的修為高過楊師厚，大有勝機，立刻再發猛攻，雙方一陣激烈交戰，一開始楊師厚必須全力以赴，才能完全抵擋對方，漸漸地，他抵擋五招，可空出手去取腰間配刀，到後來，趁著打鬥空隙，竟然「唰唰唰！」一口氣在牛筋大網割開數道長口子！

李茂貞豁盡全力卻拿不下對方，心知自己在水中打鬥太久，胸中氣息已不如剛入水的楊師厚，再打下去，情況只會更糟，明明是萬般設計，到頭來卻功虧一簣：「再沒有下次機會了！我明知不老神功的奧祕，卻殺不了他，難道老天真不助我？」眼看朱全忠就要脫困，自己絕對無法以一敵二，他心中雖遺憾，卻能知所進退，趁著楊師厚為朱全忠脫身的剎那，身如游魚，一下子鑽入細水道裡，再將閘門緊緊關上，順著河道潛游回鳳翔城內。

朱全忠悶氣太久、耗盡內力，全身又有無數箭傷，已幾近虛脫，楊師厚將他負在背上，一個輕功飛蹤，回到岸上，腳步卻不敢稍停，鳳翔軍果然從城樓上射下大把箭雨，幸好落雁都軍也趕了回來，立刻以盾牌陣湧上，層層護衛住兩人，又迅速撤退至弩箭射不到的地方。

朱全忠這才坐下來調息，遠方卻又傳來一聲飛馬急報：「大王，不好了！鳳翔軍偷襲虢縣糧倉！」

朱全忠連番中計，氣得嘔出一大口血來，卻只能大掌抹去血漬，飛身上馬，恨聲大喊：「快回去虢縣！」

當初朱全忠和敬翔擬定戰略，先以巨龍砲破城，楊師厚作前鋒，自己再領大軍隨後，滿心以為此戰必能一舉踏平鳳翔。豈料才一開戰，對方就以驚天巨弩把巨龍砲轟垮了，甚至將銀槍效節都軍打得潰不成軍，這實在是大出意料之外。鳳翔城牆不破，任憑朱全忠有通天神功，也無法率大軍進入，如果就此退戰，更會落成天下笑柄，傷了軍兵士氣，朱全忠只得臨時改換策略，放出烟花暗號，教楊師厚撤退至二里外的山崗後，引誘李茂貞出城。

李茂貞則是聽從馮道之計，在城下親自出戰朱全忠，拖延時間，好讓堂弟李茂勳率大軍去虢縣搶糧，並設法引誘朱全忠進入護城河。為防萬一，馮道還在水下設了機關，豈料李茂貞好大喜功，中了對方的誘敵計，險些讓全軍陷入絕境，幸好馮道請來皇帝詔書，又以「謗言」玄功學氏叔琮聲音，大喊張惠遇劫，才騙得朱全忠退去。李茂貞僥倖逃過一劫，卻萬分不甘心，決定以身為餌，在城門口等候朱全忠回來，重新引誘他進入水中決一死戰。

此戰之凶險，步步驚心，任誰有一步之差，都可能當場斃命，天下大局也會在一瞬間翻轉，只可惜雙方都功虧一簣，戰局依然僵持不下！

李茂貞回城之後，即召開晚宴，邀請馮道和一干將領前來慶功，道：「幸好馮小兄妙計連連，終於搶到糧餉，再加上城中存糧、三個月後的秋收，應能支撐一段時日，等到新撥種的秧苗也長成，糧草危機就解除了！」

馮道敬酒道：「晚生哪敢居功？這全是岐王展開雙翼護衛鳳翔呢！」

李繼筠笑道：「恭喜義父，只要有鳳凰弩在，任朱賊再惡霸，也難越城池一步！」

李茂貞哈哈笑道：「不錯！只要不開城門，就萬事無虞，這也是馮小兄的功勞。」向馮道回酒道：「你不會怪本王從前給你苦頭吃吧？」

馮道微笑道：「岐王不是說了，咱們是不打不相識！」

正當鳳翔軍吃下定心丸，歡喜慶功之餘，惡耗卻再度傳來。

王建既和李茂貞撕破了臉，索性一不做二不休，趁著鳳翔與汴梁拼戰之際，率兵進攻洋州，逼迫武定節度使李思敬投降，又派王宗浩攻拔興州，王宗播掠奪鳳翔外圍四寨，從此山南十四州盡歸西川所有。

王建連拔數地，李茂貞只氣得暴跳如雷：「王建這賊王八，本王定要教他好看！你們快想想法子！」

眾將領面面相覷，無計可施，都道：「此刻我方腹背受敵，只能專心對付汴梁軍，無暇他顧，請大王暫忍一時之辱。」

李茂貞怒道：「此仇不報，不需朱全忠攻進來，我先活活氣死了！」

眾將領見李茂貞如此生氣，一片噤聲，不敢吭氣。馮道心想李茂貞手下無強將，連王建都打不贏，只會欺侮朝廷，卻見李繼筠拱手道：「孩兒願領一隊敢死軍，深入西川割取王建首級，以解義父心頭恨！」

李茂貞感動地望著他，讚道：「好孩兒！你若能為義父雪恥，我必上稟天子，為你加官封爵。」

馮道心想：「繼筠大哥這一去肯定有死無回，要一紙封書何用？李茂貞真是氣昏了頭，為爭一口氣，竟想犧牲忠勇的義子，於公於私，我都不能讓他這麼做。」阻止道：「此事萬萬不行！」

李茂貞恨火正盛，怒道：「如何不行？」

馮道勸道：「此刻是用人之際，絕不能再損兵折將，岐王要報仇，何必動刀？」

李茂貞喜道：「難道你有好法子？」

馮道說道：「只要造成西川分裂，事情便成功一半了。」

「造成西川分裂？」李茂貞聽他說得有理，點頭道：「如何行事，你說來聽聽。」

馮道問道：「王建手下最驍勇的將領是誰？」

李茂貞恨聲道：「西川哪有什麼勇將？王建不過是個賊王八，全憑無恥詭計才僥倖得逞！可恨我要對付汴梁狗，才讓他如此囂張！」

李繼崇插口道：「現在軍力吃緊，不能派人去西川攪局！」

馮道說道：「既然無法分力，便集中火力對付最厲害的那個！」

李茂貞憤恨道：「最可惡的便是王宗滌，但他比王建還難對付，你若能除去他，我死也瞑目！」

馮道說道：「倘若晚生能兵不血刃地除去王宗滌，岐王要如何回報？」

李茂貞哼道：「人說我是老狐狸，你年紀輕輕，卻是一隻不折不扣的狐狸精，逮著機會就想討好處！說吧！你又要什麼條件？」

馮道肅容道：「岐王既然以忠臣之名接迎聖駕，就該以天子之禮侍候君上，更何況這次是皇帝下了詔書，才及時阻止朱全忠，救了岐王性命，於公於私，岐王都應該禮敬聖上，晚生只求聖上在鳳翔一日，便有一日天子尊嚴！」

李茂貞臉色一沉，道：「本王一向以禮事君，不敢有半點怠慢，你說這些話是什麼意思？」

馮道說道：「如今鳳翔亟需外援，外面傳揚岐王仗勢壓迫聖上，怎不教人擔心？」

李茂貞怒道：「究竟是誰在挑撥我們君臣關係？這等胡話若是傳揚出去，豈不惹來全天下的敵人？」

馮道說道：「岐王也知道此事十分嚴重，但只要岐王一直以禮事君，大家的眼睛都瞧見了，謠言也就不攻自破了！」

李茂貞恨極了王建，也知道鳳翔處境十分危難，一咬牙道：「本王一定會事君以禮、忠君以義，此生絕不稱帝，否則便被亂箭射死、五馬分屍，行了吧！」

馮道曾聽張惠說李茂貞時時欺壓聖上，想藉這機會逼迫李茂貞承諾無論將來戰事如何，都會善待皇上，保全李曄性命，想不到他竟一口氣答應永不稱帝，真是意外收穫！馮道歡喜之餘，連忙起身深深一揖，道：「晚生謝過岐王！」

李茂貞被逼著當眾將領之面，許下「永不稱帝」的承諾，心中十分不痛快。馮道見他臉色陰沉，心想他日後恐怕要修理自己：「我得讓他消消氣才行……讓你修理，不如我自己修理，下手也有個輕重。」便拱手道：「晚生誤信人言，說了過分的話，真是該打！」說著輕輕摑了自己一耳光。

李茂貞原本氣悶，見馮道動作可笑，怒氣頓時消了許多，馮道隨即笑咪咪地敬上一杯酒水，道：「大唐有岐王這等忠義之臣，真是聖上之福，蒼生之幸。」

李茂貞呸道：「小子別油嘴滑舌了，你有什麼主意治那賊王八，快快說吧！」口中雖斥罵，臉色卻已緩和許多，拿了酒杯一口灌入，算是接受了馮道的歉意。

馮道微微一笑，道：「方才晚生已說出建議了！」

李茂貞愕然道：「你說了？」

馮道微笑道：「聖上幾番迴護岐王，岐王也一片丹心，像王宗滌這樣的人才，可以向聖上舉薦，若是能拉攏王宗滌效忠聖上，就再好不過了！」

李茂貞又是一愣：「向聖上舉薦王宗滌？」

馮道說道：「王建言行反覆，既無英雄襟懷，亦無梟雄氣概，這等無本事之人，最害怕手下武將勝過自己。但岐王不一樣，岐王功蓋天下，憑的全是自己的本事，哪裡會怕提拔人才？若能說服王宗滌效忠聖上是最好，再不然，也能造成西川分裂。」

李茂貞也是狡猾之人，心中轉了幾轉，已然改了想法：「那王宗滌奪我興元、害死繼密，今日一切局面皆是由他而起，我不親手將他大卸八塊，已是可恨，還舉薦給聖上？小子未免天真了！」笑道：「小子說得不錯，興元一戰，王宗滌擅自作主，立下奇功，那賊王八肯定十分不安，只要皇上一紙詔書，便能教他自斷右臂！」說罷不由得哈哈大笑！

馮道原本希望拉攏王宗滌這猛將，想不到為他招來殺禍，但知道此計一出，李茂貞必殺王宗滌而後快，自己是阻止不了了，一時沉默暗嘆。

宴會之後，李茂貞立刻派探子打聽西川軍的情況，得知另一將領王宗佶與王宗滌在攻打興元時，爭功不和，便派人假意與王宗佶交遊，透露消息說皇帝要下詔提拔王宗滌為山南西道節度使，王宗佶嫉恨之餘，果然火速回報給王建。

王建聞訊，立刻以慶功為由，急召王宗滌回西川。王宗滌是機敏之人，心知義父大勢底定後，可能要殺了自己，但念及義父提拔之恩，寧願相信雙方仍有情義，便不聽下屬勸阻，毅然奉召回去。王建在慶功夜宴上，故意灌醉王宗滌，再下手縊殺這個助他成為一方之霸的義子。西川軍民聽聞王宗滌無故被殺，如喪親人，連營涕泣，王建遂改派王宗賀權任興元留後。

朱全忠取下關中，王建盡拔山南，鳳翔雖靠鳳凰弩暫保一時，卻已成了孤城。朱全忠索性派大軍直接開進鳳翔城下，修築五座大營寨，互為犄角，緊緊環繞鳳翔，每夜五路進發，鳴鼓攻城，聲聲罵道：「劫天子賊！」鳳翔守軍也不甘示弱，一邊迎戰一邊還口回罵：「奪天子賊！」

朱全忠有如地獄魔頭降臨，極盡殺戮，鳳翔軍日夜抵抗，一刻也不敢鬆懈，這黑暗悲苦的世間彷彿再看不到一點亮光。

面對強敵壓境，勢若瘋虎的攻擊，李茂貞意識到自己確實不如朱全忠，不禁越打越害怕，只緊閉城門，倚靠鳳凰弩的守衛，任敵軍怎麼辱罵「縮頭烏龜」、「鳳翔城改名烏龜城」，也不開門應戰。時日愈久，李茂貞愈加不安，又召來眾將領商討對策：「我們緊閉城門，雖暫時無礙，終非長久之計，朱全忠早晚有一天會攻進來！你們有什麼法子？」

眾將領紛紛出言，卻沒一句管用，李茂貞知道他們腹中深淺，也無法要求，急道：「馮小兄，咱們和皇上是坐同一條船上，你快想想辦法！」

馮道說道：「鳳翔已成孤城，當務之急還是尋求援軍，外邊聯絡得如何了？」

李繼筠答道：「當初韓公公讓一批使者帶了詔書，分赴各地求援，除了馮小兄聯絡的王師範、楊行密、趙匡凝、李克用之外，南方各藩皆託辭推搪，河北諸鎮為求自保，也不肯發一兵一卒，還有一些使者經過武昌，都被武昌節度使杜洪暗殺了。」

李茂貞憤慨道：「時至今日，除了我堂弟李茂勳外，再無援軍！」

馮道早從張惠口中得知情況，如今聽李茂貞親口證實，心中更加沮喪：「朱全忠透過南方盟掌握了江南，河北諸藩也已歸順，又怎會出兵？」問道：「這段時日，楊行密、王師範和趙匡凝可有什麼動作？」

李繼筠嘆道：「趙匡凝兵少，只能給予零星打擊，起不了什麼作用，王師範手中明明有十多萬軍兵，卻屢戰屢敗，可惜他不是個將才，徒然浪費了！」

馮道問道：「倘若我們為王師範制定戰略，他可會聽從？」

李茂貞道：「你有什麼法子儘管說出，我會傳訊給他。」

馮道說道：「十萬大軍太過顯眼，王師範只要將軍兵分成小隊，假扮成商旅、小販，如此『大軍化小、小軍化無』，就能分批混入朱全忠所領各州，暗中破壞，與我們裡應外合！」

李茂貞微一思索，道：「此法可行，明日我便派人去一趟平盧，讓王師範依計行事！」

馮道又問：「楊行密那方如何了？」

李茂貞道：「他曾發兵討伐朱全忠，行軍至宿州，因運河太過淺窄，大船無法駛入，他手下的都知兵馬使徐溫見泥土有饑色，認為將來還會陰雨不斷，怕泥沙淤積，不利大船前行，建議改用小艇前進，果然使行軍順利。」

馮道讚道：「這徐溫很有見識！」

李茂貞道：「當年楊行密以三十六英雄起義，徐溫便是其中一員，號稱能仰稽天象、俯察地利，一直是楊行密的心腹謀臣。」

馮道聽見徐溫能「仰稽天象、俯察地利」，心中一凜，問道：「此人如此厲害？」

李茂貞卻冷冷一笑：「但最後還不是因為糧運不濟，無功而返！」

馮道愕然道：「難道是個夸夸之輩？」

李茂貞道：「那倒不盡然，楊行密能有今日局面，他功不可沒，只不過這人隱身南方，實力究竟如何，卻是有些撲朔迷離。」不由得一嘆：「倘若我手下也有通曉天地的謀士，也不致坐困愁城，讓朱全忠欺壓至此了！」

馮道見李茂貞眉目間流露一絲沮喪，再不是從前自信拔扈的模樣，心中有些不安：「如果連老狐狸都失了鬥志，鳳翔還如何戰下去？」說道：「無論如何，我們總得做點什麼。」

李茂貞又是一嘆：「朱全忠已坐擁大半江山，即使李克用、王師範曾經出兵，造成一些威脅，卻從未真正翻轉局面，還能如何？」

馮道說道：「如今北方援軍盡絕，只有去一趟南方試試。」

李茂貞道：「除此之外，似乎也沒有其他法子了。」想了想，道：「我讓韓全誨選派二十人隨你去江南求援，你多久可回來？」

馮道答道：「鳳凰弩暫無敵手，糧草一事又已解決，鳳翔再支撐個一年半載，絕對沒有問題，無論此行成功與否，我都會盡快回來。」想了想，道：「至多三個月吧！」

李茂貞想到和朱全忠的功力差距，不由得心中一寒，沉吟道：「好吧！你快去快回，若是鳳凰弩支撐不住……」

馮道見他真是怕了朱全忠，道：「皇帝已下詔要你們結為兄弟，岐王可以拿這詔書與梁王談和，拖延一點時間。」

李茂貞雖然驕狂，卻很識時務，並不像李克用那樣暴躁好強，聽馮道要自己向朱全忠低頭求和，一點也不生氣，道：「這是個好主意！倒是本王有好些事情要請教褚姑娘，她就不去江南了。」

馮道心知他是要扣著褚寒依當人質，但想：「此去前途艱險，妹妹留在鳳翔還是安全些，徐知誥是楊行密的愛將，又與妹妹相熟，可見煙雨樓與楊行密關係匪淺。老狐狸看在楊行密的面子上，應不敢虧待妹妹才是。」

談定之後，馮道便去向褚寒依告別，先將情況約略說了，又叮囑道：「我這趟出去大約三個月時間，汴梁軍攻城甚急，妳千萬要小心，若真有什麼禍事，保全自己為先。」

褚寒依微笑道：「放心吧，看在韓公公的面子上，李茂貞不敢對我胡來。」

「我不是說李茂貞，而是……」馮道微微蹙眉，道：「我一直擔心一件事！」

褚寒依見他難得有愁色，道：「你擔心朱全忠會攻進來？」

馮道搖搖頭道：「我有自信鳳凰弩擋得住任何攻城器械，缺糧的問題也解決了，可是我心裡一直不安，總覺得有什麼事沒想到，我思來想去，只有一件事……鳳翔城裡有細作！」

褚寒依臉色霎白，顫聲道：「你……你怎知道？」

馮道解釋道：「我設計張惠一事十分隱密，為何會走漏消息，以至她受了重傷？」

褚寒依一抿朱唇，道：「或許她有自己的仇人，早已盯著她。」

馮道搖搖頭道：「時間太巧了！」想了想又道：「如果張惠醒著，雙方還有機會和談，如今她昏迷不醒，鳳翔只有死戰到底了！萬一有細作，那人還會做出什麼事危害鳳翔？我心裡實在不安，無論如何，都得揪出那個人！」見褚寒依臉色凝重、微微顫抖，連忙握了她的手安慰道：「妹妹不必擔心我，倒是鳳翔有細作，妳得小心留意，莫要中了那人的暗招。」

褚寒依緊抿雙唇，許久才低低吐出一句：「你心中可有疑犯？」

馮道蹙眉道：「李茂貞或韓全誨身邊的人，甚至是皇上身邊的近臣都有可能……」輕聲一嘆：「但願不是繼筠大哥！」

褚寒依愕然道：「你懷疑李繼筠？」

馮道無奈道：「當日去千川道的將領只有他，可我真盼不是他！」

褚寒依道：「你打算怎麼做？」

馮道搖搖頭道：「我什麼也不能做，我必須趕去江南一趟，所以妹妹妳留在這兒，千萬要小心，也幫忙留意一下可疑人物。」

褚寒依輕輕點頭，握了他的手，臉上一紅，羞聲道：「小馮子，我等你回來。」

馮道歡喜地將她擁在懷裡，笑道：「我去江南，倘若有緣遇上煙雨樓主，就順道向他提親了！」褚寒依嬌軀微微一顫，低了玉首，沉默無言，心中真不知是喜是愁。

韓全誨選派二十名身手矯健的神策軍，攜帶皇帝敕旨，隨馮道一起前往江南徵調諸軍；另方面，李茂貞也派人送信給王師範，教他施行「大軍化小」之計，王師範得到書信後，立刻派人聯絡李克用，希望他能共襄盛舉，但經過晉陽一戰，李克用實在有心無力，僅回信大力贊揚王師範的義舉。王師範只好單獨行動，經過兩個月的準備，將十萬大軍扮成商旅、小販，以小車載人、包束兵仗的方式，分批潛入朱全忠所領汴、徐、兗、鄆、齊、沂、河南、孟、滑、河中、陝、華各州，準備偷襲。

最後，李茂貞還派了使者前去汴營傳話，要朱全忠遵行皇帝詔書，雙方結為兄弟，朱全忠自然不肯答應，反而派李振前去招降。

李振當年科舉屢屢不中，氣恨朝廷辱沒自己的才華，自號「落第士子」，別人以為他是謙遜，卻不知他心胸狹隘，是以此稱號提醒自己莫忘當年受人輕賤之仇。

李振奉命招降，一路前行一路思索：「我絕不能讓鳳翔投降，定要將狗皇帝還有那幫瞧不起人的賊臣誅殺殆盡！」又想：「那幫狗賊怎麼也想不到會有今日，生死全操在我手裡！」他越想越得意，到了鳳翔城下，態度極其囂張，鳳翔守軍氣憤之下，以亂箭回敬。

李振受到軍兵保護，並沒有受傷，卻使出苦肉計，暗中撿了一支利箭狠狠插入肩膀，帶傷回去，向朱全忠稟報：「李茂貞乃是假意投降，暗中有詭計，大王萬萬不能上當，定要將鳳翔屠殺殆盡，免得野火重生！」此次招降不成，隨行的護衛也忿忿不平，便順著李振的話加油添醋，說鳳翔並非誠心談和，他們一到城下，便遭亂箭射殺。

朱全忠原本懷恨，一聽此言，更是怒火沖燒，汴梁軍兵久攻鳳翔不下，累仇甚深，聽聞對方假意求和，暗施詭計，都激憤難已，恨不能大殺一通好發洩胸中惡氣，雙方於是交戰更激烈！

九〇二・八

豫章深出地・滄海闊無津

朱全忠之入關也，戎昭節度使馮行襲遣副使魯崇矩聽命於全忠。韓全誨遣中使二十餘人分道徵江、淮兵屯金州，以脅全忠，行襲盡殺中使，收其詔敕送全忠。《資治通鑑．卷二六二》

馮道率領李儼等二十名中使、近百名神策軍乘著海鶻船，循著長江一路浩浩蕩蕩地往南方而去。

這日時近黃昏，眾人已進入江西水域，遠方夕陽瑰豔如火，彩霓潑染長空，與點點白鷗、粼粼江水交織成一幅絕美圖畫，馮道倚著船桿眺望霞天，輕快地哼著小曲，享受難得的悠閒時光，忽然間，他「聞達」雙耳辨出有弓弦響聲，不由得吃了一驚，急喝道：「小心，有伏兵！」話聲甫畢，江彎邊忽然駛出一艘走舸快艇，向他們疾速衝來，數十名武士列於船側，個個挽拉長弓，二話不說就射出飛箭！

「唰！」百多支利箭如雨灑來，神策軍一時不及反應，有人慌亂地舉盾抵擋，有人滾躲入船艙裡，一陣混亂之後，箭雨才停下來。

「朝廷軍船在此，何方鼠輩前來搗亂？還不速速退去！」神策軍領李儼見對方來勢洶洶，心中驚顫，只好搬出朝廷大旗，看能不能嚇退對方。

敵船一聲長笑，聲若鴟梟：「馮某是來收詔書的！」

馮道一愣：「這劫匪也姓馮？真是大水沖了龍王廟，自家人打自家人！」見此人身形高瘦、五官凶戾，最可怖的是臉上有塊大大的青色胎記，說話獰笑間，那青記不停跳動，彷彿是一股煞氣隨時會竄了出來，令對手一望見他的臉，便先膽寒三分，望得久了，更會生出顫慄，不敢再與之對視。

李儼失聲道：「是昭信節度使馮行襲，江湖人稱『馮青面』！朱全忠的爪牙！」

馮道心想：「我們向南方求援之事，出發時間、行程都十分隱密，只有幾人知曉，朱全忠怎會這麼快就得到消息？難道又是鳳翔的細作洩露了風聲？」

神策軍聽到馮青面的名頭，一陣驚慌：「馮使君，這馮青面十分凶狠，咱們該怎麼辦？」

李儼見馮道不知道厲害，又顫聲道：「他臉上的印記是練『青獰魔劍』造成的，青印越大越深，魔氣越厲害！如今他青印已佔了半邊臉，可見有多厲害了！」

馮道不怎麼相信，道：「光天化日、朗朗乾坤，哪來的妖魔之氣？子不語怪力亂神！」

李儼見他一個渾渾書呆子，不知死劫降臨，氣惱道：「那魔氣就是毒氣，他每一劍都能發出毒氣！」馮道一愣：「毒氣？這可怎麼對付？」

談話間，對方的海鶻已衝到近前，馮行襲大喝一聲：「奪船！」縱身而起，似青鳥般飛撲向神策軍船，十幾名身手矯健的昭信軍立刻跟上。神策軍見狀，紛紛揚起弓箭射向飛來的敵人，昭信軍也不甘示弱，一手以盾牌抵擋，一手拿長劍揮砍。

馮行襲落定之後，身影如一道青光鬼魅，飛梭在神策軍之間，神策軍紛紛舉劍相擋，但馮行襲劍招詭譎難測，神策軍實在不是對手，就算有人及時擋住他的劍，也會被劍氣毒傷，倒地身亡，那傷口泛了青氣，冒泡潰爛，十分可怖。

不一會兒，馮行襲已殺盡神策軍，又將他們懷裡的詔書逐一搜索出來，收入布袋裡，交給身旁的一名小將，道：「快送去給梁王！」那小將收好詔書後，便帶領一班士兵乘坐原本的走舸離去。

時值初冬，江水已寒，一旦落河，不到半刻就會凍死，馮道實在無法遁水逃走，只好趁著雙方交戰時，一溜煙爬上船帆的桅桿頂。

馮行襲奪下一艘海鶻船，意氣風發地仰天長嘯，卻發現桅桿上有一小小人影：「咦？還有一條漏網小魚？」隨即下令：「來人，給我射箭！」

昭信軍立刻張弓揚箭，尖利的箭簇一齊對準桅桿上的馮道！

馮道眼看小命不保，心中大叫：「這回死定了！」見前方有個大彎道，靈光一閃，叫道：「慢著！」

馮行襲一揮手，止了眾人的箭，問道：「什麼事？」

馮道哪有什麼事，這一喊不過是拖延時間罷了，只好胡說八道：「馮節帥、馮大將軍，你這樣殺人劫貨，違背聖意，可會污了馮家先祖的名聲，我非得好好勸你才是。」

馮行襲道：「這小子在胡說八道什麼，是瘋子嚒？」

馮道又道：「你不顧及祖先名聲，也得顧及咱們同宗之誼！」

馮行襲愕然道：「我和你有什麼同宗之誼？」

馮道大聲喊道：「你姓馮，我也姓馮，說不定我是你大伯的阿爺的小兒子，又或是你叔叔的阿爺的大兒子，你這麼一射，可不是結下血海深仇，鬧了家庭糾紛嚒？咱們既是自家人，有話好好說，這般動刀動槍的，成何體統？」

「大伯的阿爺的小兒子……叔叔的阿爺的大兒子……」馮行襲腦子一轉，恍然明白他大佔自己便宜，氣吼道：「小鬼找死！竟敢冒充我老子！」又呼喝軍兵：「射！」

「咻咻咻！」昭信軍拉滿長弓，同時間，船身正好轉過彎道，河道豁然開朗，水勢變得湍急，船帆受風面大，吃風飽滿，馮道算準了形勢，抽出腰間佩刀唰地割破船帆，船身頓時失去平衡，「軋」地一聲，猛然一個斜傾，昭信軍瞬間跌成一團，箭不成箭，只射得亂七八糟。

馮道哈哈大笑：「你對老子不尊敬，難怪老天爺要打你屁股，罰你跌個狗吃屎！」

馮行襲並沒跌倒，但自家軍兵跌成一團是事實，氣得大罵：「一群廢物，還不快起來宰了那小子！」

昭信軍快速爬身起來，一方面緊緊倚靠著船桿穩住身子，一方面再度拉弓射箭。這一回，馮道卻改了策略，等飛箭射出的剎那，他算準風向，唰地割破船帆，「呼！」一聲響，狂風從破口吹出，將滿天箭矢吹得倒飛回去，昭信軍萬萬想不到箭矢會倒轉回來，本來還努力定住身子，一時間不及閃躲，許多人因此被亂箭劃傷。

馮道妙法得逞，立刻依樣畫葫蘆，每當昭信軍要射箭，就憑著聞達雙耳和機敏心思，快速算準風向、水流和箭勢，配合時機出手，在大帆上東一割、西一劃，不是令強風吹亂飛箭，就是攪得船身左搖右晃，昭信軍被傾盪的船身甩得東翻西滾，手忙腳亂。

一陣僵持之後，帆布已被割得破爛，馮道再也無法以夾風吹亂箭矢、操控船隻，心中暗呼：「糟了！」眼看昭信軍都爬起身來，咬牙切齒地拉箭射出，馮道靈機一動，猛力割斷帆繩，此時船隻正快速航向廣闊的江面，帆索一斷，本來極度擴張的船帆忽然飛打下來，昭信軍突然眼前一黑，被大帆籠罩得不見天日，馮道險險躲過一劫，聽馮行襲在下方呼喝叱罵，哈哈笑道：「小馮子妙計連連，大馮子嘰哩呱啦！」

昭信軍一陣拉扯，七手八腳地掀開船帆，又爬起身朝空中射去利箭，馮道再改策略，利用船速、風速、箭勢、河道方向等幾個因素，捲著繩索在空中盪來盪去，他耳聰目明、心眼又快，每每毫釐不差地躲過對方利箭。

雙方這麼一折騰，天色已漸漸黑暗，昭信軍更難瞄準目標，再加上晚風愈狂，箭矢射到半空，力道已弱，盡被吹散，昭信軍射了幾回都射不中，心中都叫：「見鬼了！怎會射不中？」

馮道卻是有苦自知，他再靈巧，多用盪幾下，也不過是多活半刻，茫茫江海之中，又有誰會來救自己？不禁嗟嘆：「再過一會兒，就換大馮子得意揚揚，小馮子嗚呼哀哉了！」

馮行襲氣急敗壞，破口大罵：「一群豬狗！連個小鬼也收拾不下！」當即掣出長劍，施展輕功點點飛上桅桿，要親手收拾馮道。他曾以一手鬼魅飄忽、毒辣狠戾的「青獰劍」殺退盜匪孫喜的數千兵馬，因而揚名江南，成為一方之霸，劍法之厲不可小覷。

馮行襲才奔到一半，馮道已感到劍氣颯颯撲來，想到神策軍慘死的情狀，不由得直冒冷汗，趕緊拉著繩索向外一盪，跳到另一支桅桿上。馮行襲足尖一點，施展輕功飛追過去。

馮道見他陰魂不散，叫道：「喂！喂！姓馮的！煮豆燃豆萁、豆在釜中泣，本是同根生，相煎何太急？」說話間又盪到另一支桅桿，馮行襲施展輕功再度追了過去，罵道：「賊小子，要煮豆，下地獄油鍋去煮吧！」

兩人在搖晃劇烈的船帆、桅桿間追逐，馮道勝在耳目靈敏，順風順水地依勢而為，馮行襲則是輕功高上一籌，但兩人功力畢竟相差甚遠，追逐一會兒，馮道已是險象環生，連衣擺都被掃下一塊，眼看對方越追越近，他只能越爬越高，到最後竟縮在桅桿頂，無路可逃。

馮道困在小小的桿頂，雙手雙腳緊緊抱住桅桿大力搖晃，希望阻止馮行襲上來。馮行襲卻絲毫不受影響，眨眼間已然追近，馮道嚇得口裡胡亂大叫：「你這青面獠牙的，才該下去服侍你的閻王主子！」桅桿搖晃得更加用力，馮行襲冷笑一聲：「小子去死吧！」提起長劍就要狠狠刺去，馮道心中大叫：「完了！」緊緊閉了眼，只待一死，卻聽見下方咻咻急響！點點箭光宛如煙火般，從黑漆漆的江面上爆射過來！

昭信軍想不到有人偷襲，趕緊結盾避護，馮道身在桅桿頂，疾箭從下方飛掠過去，一時無礙，但馮行襲身在半空，卻難以躲避，他冷哼一聲，長劍揮舞得如光如魅、青影繽紛，一一擋去飛箭！

正當昭信軍佩服他的劍法高超，馮行襲也揚揚得意時，「呼！」一支巨錨宛如鬼魔般，從漆黑夜霧中忽然竄了出來，「碰！」地一聲大響，衝撞得船身大力傾盪，馮行襲也被震得飛拋在甲板上！

這變故突如其來，昭信軍驚魂甫定之後，都朝巨力來處瞧去，只見幾艘艨艟在黑幕中緩緩現身，船隻雖不大，卻氣勢十足，幾個滑行就形成半圈，圍住昭信軍的船。對方的船桿上飄揚著大大的旌旗，旗面上是一個圓圓的錢幣，形似開元通寶。昭信軍見了旗號，都驚惶大叫：「海龍王！是海龍王來了！」

馮道心想：「我方才還說大水沖龍王廟，想不到海龍王真出現了！這海龍王好大的威風啊，嚇得昭信軍個個臉色青白，變成大青面、小青面了！」

只見對面船頭昂立一名平頭武將，方面大耳，眉目低垂，臉上無喜無悲，胸前掛著一串粗大的金佛珠，在黑夜中金光爍爍，將他暉染得有如神佛降世，彷彿全身都綻放著聖光。

馮道望之不禁肅然起敬：「海龍王真有如神人！」

馮行襲卻是心煩氣躁：「老子真倒了八輩子楣！不只跟一個武功奇差的混小子糾纏這麼久，還遇上海龍王的座船！」他咬牙站起身，正想開口，那武將已高聲大喝：「海龍王裨將顧全武途經此路，閒雜人等快快讓道！」雙手將巨大鐵錨揮舞得虎虎作響，似乎只要馮行襲不肯讓道，便要再次擲打過來。

馮行襲暗哼：「原來不是海龍王，是他手下第一把交椅——不敗將軍顧和尚來了，這廝也是難纏得很！」

馮道暗讚：「海龍王手下一個武將就有如此威勢，難怪能與楊行密並稱南方雙雄！」回想起《藩鎮錄》中記述海龍王乃是鎮東、鎮海軍節度使——越王錢鏐，其勢力以杭州為首，遍及兩浙十三州，領地雖狹小，外面三方環敵，境內還有錢塘江肆虐，他卻有本事把惡水惡地治理得富甲天下，成為南方兩大勢力之一，也是唯一可與楊行密抗衡之人。

錢鏐不只武功高強，擅長射箭舞槊，也飽讀經書，對圖讖緯書十分精通，是知天達命、文武雙全的厲害人物。

他最大的功績是治理錢塘水患和建設蘇杭二州，在治水方面，普造堰閘、疏浚西湖，以抗澇旱之災，又鼓勵墾田，將杭嘉湖平原建設成糧倉，使得歲熟豐稔，有「錢塘富庶盛于東南、近澤知田美」的美名；在治城方面，兩次擴建蘇杭成為人間仙境，使人文薈萃、百姓安居，人人都讚譽「蘇杭邑屋之繁會，江山之雕麗，實江南之勝概」，是亂世難得的繁榮安樂地。

但這些功績都比不上他神人般的傳說，當年他想修築堤防阻擋水患，因潮浪過於洶湧，工程屢屢失敗，百姓都認為是潮神發怒，齊聲反對繼續修堤，錢鏐非但不妥協，還教萬名弓箭手站在江邊待命，那白浪遠遠翻滾而來，潮勢壯盛，彷彿要吞噬了人，錢鏐長聲大喝：「潮神敢再興風作浪，莫怪我下手無情！放箭！」剎那間萬箭齊發，潮浪竟嚇得彎彎曲曲地逃走，最後消失無蹤。

之後錢鏐命人剷平江中羅剎石，修築石塘，終於制住了水患，其威之盛、其功之偉，宛如掌管江潮的龍王，因而博得「海龍王」美名。

兩浙百姓認定他是龍王降世，來解救苦難，因此上書給朝廷，請求為他修建生祠，唐帝李曄因此封賞他為越王，加檢校太尉、中書令，賜鐵券，恕其九死，還將他的畫像掛在淩煙閣裡，並將他的故鄉更名為「廣義鄉」、「勳貴里」、「衣錦城」，褒揚他衣錦還鄉之意。

至於顧全武，乃是海龍王手下第一名將，年輕時做過和尚，後來投效鎮海軍，是個寬裕有謀、智勇雙全的人物，打仗常勝不敗，因此有「不敗將軍」的稱號。

龍王見首不見尾，錢鏐名氣越大，行蹤越飄忽隱秘，這兩年，許多事只見顧全武出面打理，許多人更不識龍王真面目，於是，江湖上漸漸有了傳言，說海龍王早已仙逝，回東海去了，如今兩浙真正的當家是不敗將軍……

顧全武命人將燈火集中照了過去，見是昭信節度使馮行襲，朗聲道：「馮青面，見了海龍王座船，還不速速退去？」

馮行襲性情雖急躁，但還有自知之明，忍了氣拱手道：「馮某奉了梁王之命，前來執行祕密任務，一時不便退去，如有衝撞，在此賠罪了。」

顧全武沉聲問道：「梁王有何密令？」

馮行襲心想誅殺皇帝中使、劫掠詔書一事怎能大聲喧嚷？道：「既是梁王密令，就不是你等可以知曉！」他故意加重「梁王」二字，希望能以朱全忠的威勢鎮懾住對方。

「不說也罷！限你立刻從我眼前消失，否則，」顧全武沉聲道：「莫怪和尚大開殺戒！」

馮行襲心知自己不是對手，決定先把船駛得遠了，再殺馮道，抬眼一看，桅桿頂竟沒了人影，心中一驚：「小子不見了？」又想：「那小子知道我奪詔殺人，若是傳了出去，引起公憤，梁王定會殺我當替罪羔羊，我得找到人才行。」

方才馮道見馮行襲態度收斂，顯然是有些忌憚海龍王，心想眼前是唯一的逃生機會，就算龍船真是龍潭虎穴，也只能冒死躲進去了：「我這條小隱龍遁入龍船，算是躲回老家！海龍王一見小隱龍，就像尋到失散多年的故人，應該會淚眼汪汪地認親，不會殺我才是！」自我安慰一番後，便閉了眼，咬緊牙根猛力往下一跳，此時風聲呼呼、水聲嘯嘯，雙方正專注談判，沒人注意到桿頂上一個小黑點墜落。

顧全武見馮行襲還不離去，冷笑道：「馮青面，明人面前不說假話，什麼梁王密令全是假的，你真正目的是七彩神仙草！」

馮行襲奉朱全忠密令劫殺中使是真，想奪取七彩神仙草也是真，他被顧全武揭開心事，急怒之下，原本的青面倏地變紅，顯得更猙獰詭異，罵道：「臭和尚，我不是怕你，不過是江湖同道，敬你三分，你莫要得寸進尺了！」

顧全武冷冷一笑：「憑你這點微末本事，也想搶當南方盟主？」

馮行襲雖然不如對方，但在下屬面前被人如此嘲笑，怎吞得下這口氣？剎那間，一手捲了船繩，縱身飛出，另一手掣出七尺青獰劍，霎霎刺去，他人劍合一，宛如無數青妖魅影飛掠在顧全武身周，每一劍都是詭厲、每一刺都是毒戾！

顧全武卻如金身大佛，不動如山，只手中金佛珠串長甩出去，「叮叮叮叮！」一顆顆圓大的佛珠飛轉不休，如梵音迴蕩，恰恰抵去馮行襲的劍刺，也震開滿天毒氣，倏然間，一顆金佛珠彈飛出去，正中馮行襲胸口。馮行襲被震得捲著繩索倒飛回自己的船上，氣得臉色一陣青一陣紅，卻沒膽子再攻過去。

兩人這一交手，不過是繩索擺盪一回的時間，馮行襲已然輸了，足見兩人功力差距，他摀著胸口調息，暗想：「詔書已拿到手，還搶到一艘船，收獲也算不少，就暫且饒過那小子！」又想：「剛才那一撞，小子不是落入河裡，就是掉到龍船裡，哼！他要真敢躲進龍肚裡，還能活命嚒？」對顧全武大聲道：「今日且讓你囂張，待盟主大會之後，有你好看！咱們走！」便呼喝舵手調船離去。

馮道聽馮行襲走了，暗吁一口氣，但覺身子沉在一堆沙棉棉的東西裡，唇邊盡是苦鹹味，他悄悄探出半個頭，小心抹去眼眶細沙，才張開眼睛，又吐了吐舌頭，呸了兩口唾沫：「全是海鹽！難道這海龍王是鹽幫老大？」身後忽傳來一聲低讚：「小子，好俊的功夫！」

馮道藏身鹽桶裡，被這突來的聲音嚇得幾乎跳了起來，幸好他是受驚嚇長大的，面對再可怕的事，也能硬生生忍住，他將手指比到唇間，回頭道：「噓！」這一回頭，卻又嚇得幾乎跳起，後方是一顆陰黑醜陋的腦袋，在搖曳森森的漁火映照下，真如鬼魂般恐怖，馮道大吃一驚，一時呆若木雞，連跳起來也忘了。

馮道定了定心神，才瞧清那人和自己一樣，藏身在一個鹽桶裡，只露出一顆頭顱，學著馮道把手指放在唇間，道：「噓！小聲！噓噓！」又傻傻地咧嘴一笑，好像是個聽話的好孩子，但其實他已年近五十，皮膚粗糙黝黑，臉上斑痕點點，應是長年日曬之故，手上筋肌盤根錯節，顯然生活勞苦至極。

馮道心生憐憫，不禁感到歉仄：「我常讀聖賢書，怎可以貌取人？剛才太失禮了！」遂拱手悄聲道：「晚生馮道，敢問老丈大名？」

那人咧嘴一笑：「什麼大名小名，嘿嘿！你是小馮子，咱就是老婆……嗯……老婆子！」

馮道心想：「他一個老頭卻自稱老婆子，難道是個瘋子？」念頭方轉，卻聽老婆子道：「咱是縴夫，就是個拉船繩的，嗬嗨，拖呀，拖、拖拖拖……沒了期，侵早起，抵暮歸；沒了期，春衣才罷又冬衣，嗨，嗨喲喲，拖拖拖……」說到高興處，竟忘情地唱起歌來，馮道暗叫糟糕，還來不及縮身入鹽桶，數條高矮胖瘦的漢子已圍在四周，一對對森寒的眼冷盯著自己。

顧全武冷冷盯著老婆子，沉喝道：「你這老傢伙，又躲鹽桶裡偷懶了？」

老婆子呼地一聲，嚇得跳出桶來，跪在地上拱手求饒道：「顧老大別生氣，小人不敢了！不敢了！」他上身赤膊，下身只圍一條短布褲，兩條腿瘦骨嶙峋，腿上筋肌也是盤根錯結，在寒風中冷得瑟瑟發抖，背上盡是一道道傷疤，顯然是平日拉船時，粗繩在背上磨出的傷痕，又或是偷懶被鞭打的痕跡，馮道見了心中著實不忍，顧全武卻不講情面，怒罵道：「你時時偷懶，今日若不狠狠教訓，其他縴夫也要學著偷懶了！」說著抓起金佛珠串狠狠甩打在老婆子赤裸的背上。

老婆子方才跳出鹽桶，身手雖然矯健，但顯然不會武功，顧全武卻是個高手，這一打下去，只怕老婆子脊骨斷裂，性命不保。馮道忍不住跳出鹽桶，一把抓向金佛珠，顧全武見這陌生小子竟敢來抓自己的成名武器，手腕一轉，施了一把巧勁，「唰！」一聲，那佛珠串瞬間從馮道手中竄了出去，馮道被這巧勁一帶，頓時像滾地陀螺般飛了出去，「碰碰」地轉了兩圈。

老婆子見馮道摔得慘重，趕緊爬了過去，扶起他道：「小子你沒事麼？」

馮道一邊忍痛坐起身，一邊暗罵：「這和尚不吃素，下手這麼狠！幸好我有交結之氣，才沒受重傷。」

老婆子見馮道掌心被金佛珠刷出一道大傷口，鮮血汩汩，嗟呼道：「唉喲！受傷了！」又從身上僅有的布褲撕下一條布帶，一邊為馮道包紮傷口，一邊喃喃唸道：「小子替老婆子仗義出頭，好心必有好報！」

馮道笑笑道：「一點皮肉傷而已，不要緊。」

顧全武原以為馮道受了一擊，沒有半身破碎，至少也該斷骨折臂，想不到他只有皮肉傷，頓生懷疑：「這小子明明身懷絕技，怎會鬥不過馮行襲？」沉喝道：「你是誰？潛到龍船裡有何企圖？是想打探我方祕密，還是覬覦七彩神仙草？說！究竟是誰派你來的？」

馮道心想：「海龍王是南方盟之一，與朱全忠已暗中結交，我可得小心應付！」心中轉思要如何回答才能保住小命，船頭那邊奔來一名小兵，拱手報道：「將軍，又有敵人來了！」

顧全武冷冷瞪了兩人道：「待會兒再收拾你們！」轉問報訊的小兵：「誰來了？」

小兵回道：「嶺南劉隱。」

顧全武沉吟道：「這劉隱前不久因為父親去逝，才繼任封州刺史，聽說性情淡泊，怎麼也來湊熱鬧？」吩咐身旁兩名武將：「你們好好注意後方動靜，小心敵人從尾端偷襲。」便向船頭行去。

這兩名武將是武勇都左指揮使徐綰和右指揮使許再思，他們曾是淮南節度使孫儒的手下，後來楊行密殺了孫儒，取淮南而代之，海龍王則號召孫儒淮西散卒歸順，將他們編為武勇都軍，孫儒的勢力被楊行密、海龍王兩強瓜分，徐綰和許再思害怕楊行密加害，便投靠海龍王，擔任鎮海軍武勇都指揮使。

許再思忍不住悄聲問徐綰：「這神仙草究竟是什麼東西，惹得各方人馬爭逐？」

馮道甚是好奇，忙豎耳傾聽，徐綰得意道：「既然叫神仙草，自然是了不起的寶貝！據說尋常人吃了可延年益壽，但最重要的是——傷重之人吃了，可以起死回生！」

許再思道：「這寶貝既然如此厲害，為何直到今日才人人來搶？」

徐綰嘿嘿笑道：「寶物自有天地守護，哪是那麼容易取得？福澤不夠的人是沒法瞧見的！」許再思不解道：「此話怎說？」

徐綰道：「七彩神仙草生長在極惡之地——玄幻島，傳說這小島只有在天下大亂時才會出現，位於江西彭蠡古澤的西北方，島上美如桃源，就是當年陶淵明筆下的桃花源！」❶

馮道心中一愣：「那地方竟是失蹤的桃花源？」

許再思不解道：「既是桃花源，為何是極惡之地？」

徐綰道：「曾經有人想去那裡躲避戰亂，也有人覬覦神仙草，卻從來沒有人活著回來。」

馮道暗暗一嘆：「戰亂頻仍、百姓苦難，人人都盼望有個與世隔絕的祕境能安居樂業，就算冒著生命危險，也想闖一闖。」

徐綰嘆道：「所以說咱們這一去啊，是九死一生！兄弟，你娶媳婦了沒？」

許再思想到自己光棍一個，心中氣憤，嗆聲道：「咱們什麼仗沒打過，哪回不是九死一生？區區一個小島算什麼，踏也踏平了它！」

徐綰搖搖頭，道：「此話不然，想登桃源仙境，必須經過老爺廟附近的一段狹長水域，那水域有個恐怖的稱號，叫……」壓低了聲音道：「魔鬼峽！」

「魔鬼峽？」許再思蹙眉道：「難不成真有魔鬼吞人？」

徐綰陰森森道：「那水域一年總會消失幾百條船，即使是幾丈高的大樓船，也是一瞬間就被惡鬼吞噬了，連骸骨也不見，就像人間蒸發一般！」

許再思吞了口唾沫，道：「若是真刀真槍的敵人，咱們也不怕，就怕無形的惡鬼吞人！」

徐綰臉色越發陰沉：「最可怕的是那地方平日風平浪靜，忽然……」雙臂一個高舉，做出恐怖的攫人狀，嚇唬道：「魔鬼就出來吞人啦！」

許再思被嚇得倒退半步，隨即恢復了神色，不悅道：「老兄別再嚇人啦！」徐綰見嚇著兄弟，得意地哈哈大笑。

「彭蠡古澤？魔鬼峽？」馮道搜索記憶，回想起《天相．地理篇》記載：「彭蠡古來險，湯湯貫侯衛。源長雲共浮，望極天無際。傳聞五月交，茲時一陰至。颶風生海隅，餘力千裡噎。萬竅爭怒號，驚濤得狂勢。奔雷鳴大車，連鼓聲初厲。」暗想：「那地方確實危險！」[2]

許再思越想越怕，訕訕道：「這麼可怖，咱們還去？那神仙草雖是個寶貝兒，聽起來也只是傷病靈藥，這幫藩鎮個個權大勢大，何必冒生命危險去搶一株小草？似乎有些說不過去。」

徐綰嘿嘿一笑：「這你便有所不知了，誰搶到七彩神仙草，就能成為南方盟主！」

馮道本來一心想逃離龍船，聽到這裡，頓時改了主意：「這可是天大的好機會！我雖然丟失詔書，倘若能取到七彩神仙草，當個什麼盟主，便能召集他們去解救聖上！」但想：「一株小草就能號令南方盟？」

許再思也覺得奇怪：「這是什麼鬼門道？老哥是唬我吧？我許再思再窩囊，也不會聽命於一株小草，更何況那幫殺人不眨眼的節度使，為何要聽一株小草擺佈？」

徐綰壓低了聲音道：「你可曾聽過一個傳說：海龍王有仙人庇佑，才能在險惡之地立足，進而稱霸南方？」許再思搖搖頭，徐綰續道：「當年孫儒敗亡，我放棄楊行密，選擇投靠海龍王，便是想打聽出這仙人祕密，皇天不負苦心人，我終於打聽到一首讖詩……這首祕詩只有海龍王家族才知道，要不是老子機緣湊巧偷聽到了，這一趟打死我也不來，一定要裝病推辭！」

許再思萬分好奇，問道：「究竟是什麼讖詩，讓你干冒大險？」

徐綰將聲音壓到極低，馮道若非有「聞達」雙耳，也無法聽見，但徐綰口中吐出的字語，卻令他大吃一驚，幾乎低呼出聲，洩露了偷聽祕密的馬腳，他趕緊低了頭，不讓徐、許二人發現自己臉色異變，卻忍不住心中微微顫抖：「『七彩神仙現，救世隱龍出，運隨江流轉，順勢安天下』，這首詩竟然牽扯了隱龍和安天下！就算這玄幻島是刀山油鍋，我也非去不可！」

徐綰叮嚀道：「這祕密除了海龍王家族，只你我二人知道，我是把你當生死兄弟，你可別說溜了嘴！」

許再思心中一驚，連忙舉手立誓：「我若說出去，就讓我被鬼魔吞了！」見徐綰眼神一陣閃爍，又問：「大哥這麼叮嚀，難道心中另有打算？」

徐綰哼哼一笑：「這詩我還沒琢磨透，但肯定與唐室的安天下之祕有關，咱們伺機而動……」

「我肚子餓了！」老婆子一聲呼喝，打斷了兩人的交談，徐綰狠狠踢了他一腳，罵道：「老子講話，插什麼嘴？餓死你！」

馮道義氣陡生，怒道：「一碗飯也不給吃，你們還知敬老尊賢麼？」

「敬老尊賢？」徐綰一愣，彷彿聽到天大的笑話般，哈哈大笑道：「老子教你什麼叫敬武尊拳！」隨即重拳狠狠轟去，馮道猛地抓住他的拳頭，徐綰微然一驚，罵道：「小子找死！」

左掌揮起要再打去，許再思見敵船已然靠近，心想兩人若鬧將起來，顧全武恐怕會懲罰他們守備不力，忙拉住徐綰，道：「劉隱來了，咱們快去後方。」又對船艙裡的伙兵喊道：「拿兩碗飯過來塞他們的嘴！」徐綰這才收了手，憤憤然走向船尾去指揮軍兵戒備。

馮道見老婆子的腿被踢得流血，從懷中拿出一包刀傷藥粉為他敷上，又撕下衣帶為他包紮傷口，安慰道：「這藥止血，放心吧！過一會兒便沒事了。」他為老婆子包好傷口後，心想：「劉隱雖初接帥位，但劉家擁有船艦百艘，以打擊海盜揚名於世，因此被朝廷封為廣州牙將，最擅長水戰，可不好對付……」便悄悄地探首望去。

前方江面遼闊，劉隱故意將兩艘巨大的鬥艦併排陳列，分明是要攔阻顧全武的船隊前往玄幻島。那鬥艦船身高達五尺，前後左右樹立一面面牙旗金鼓，旗上飄揚著「清海」二字，船舷上建棚與女牆層層疊立，牆下開掣棹孔，設置弩窗、矛穴，清海軍躲藏在女牆內，船側白光閃閃，數十柄長槍尖刀向外伸出，任何船艇一旦與它們相觸，立刻會被刺得粉碎。

馮道見鬥艦比艨艟龐大許多，武器又厲害，心中擔憂：「這不敗和尚還能不敗嚒？我得想法子幫幫他。」便仔細觀察雙方形勢：「不好！人家的鬥艦順風順水，這邊的艨艟卻是逆風逆水，如今只能善用小船的機動靈巧，快快調頭，才可能逃走，再遲就來不及了……」念頭未轉完，只見劉隱指揮部屬將船身微微側轉，又升上幾片大風帆，轉動角度，使帆面與船身呈「之」字形，使兩船加快速度往前，打算以大欺小，輾撞對方的小船！

馮道驚呼：「好一個劉隱！竟利用船身與帆面的分力和浮升的力道，使大船加快速度……」眼看鬥艦宛如兩座大山快要衝撞過來，不禁高聲呼喊：「快逃！」見沒人理會自己，想起身去警告顧全武，卻被老婆子一把拉住，囉囉嗦嗦地吵鬧：「小馮子，怎麼還沒有飯？你去催催！」

此時一名伙兵正好拿了兩碗粗飯過來，老婆子不管三七二十一，一把搶過，大口大口地吃了起來，那伙兵見馮道想起身，又把他壓回地上，罵道：「小子想逃嚒？安份點！」

「不是！我……」馮道想要分辯，劉隱的鬥艦已衝了過來，一切已來不及！

只見顧全武將鐵錨提到船上，又指揮所有艨艟排成一直線，他自己右手持錨頭，左手持錨鍊尾端，昂立在最前端，士兵則齊力拉住鐵鍊中間，排列在他身後。顧全武一聲令下：「全速衝過去！」

掌舵的士兵果然不避不讓，帶著船隊全速向前衝，打算闖過兩艘鬥艦的中間夾道！

馮道見這行為簡直是自殺，驚詫得眼珠子都快掉出來了，只恨來不及阻止。

「自找死路！」劉隱大聲下令，教兩艘鬥艦盡量靠近，船邊輪刀大隊全力備戰，一旦對方衝入夾道，就以刀葉轉輪絞碎他們的船艇。

雙方越來越近、越來越近，眼看艨艟隊伍就要穿入兩大鬥艦之間，劉隱指揮兩大鬥艦快速夾近，絕不能讓對方完好穿過夾道。兩鬥艦相距不到一丈，忽然間，顧全武力貫右臂，提起錨頭猛然擲將出去，巨錨飛出，砰地一聲響，卡在右邊鬥艦內側的輪刀上，拖得船身不由自主地向內傾斜了幾尺。「嘩！」一聲，顧全武左手將鐵鍊尾端也甩了出去，纏繞在左邊鬥艦的輪刀上，扯得左船也向內傾斜了數尺，接著大喝一聲：「全速後退！」

鎮海軍齊力拉緊鐵鍊中段，換成另一頭的舵夫掌舵，利用艨艟的輕巧自如，借著順水之勢，以最快的速度全力退出夾道。

兩艘鬥艦正快速往前衝，被鐵鍊的巨力一拉，彼此又近了幾尺，顧全武知道小船之力畢竟鬥不過大船，見力道將竭，喝道：「迴轉！」舵夫用盡力氣一個甩尾迴轉，將兩艘鬥艦拉絞得更近，顧全武大喝：「放手！」眾士兵同時放開鐵鍊，免得自己的小船反被鬥艦給拉扯回去。

兩鬥艦原本已靠得極近，被這迴力一絞，不由自主地碰撞一起，「碰碰碰！」船側原本設置了殺敵的突出尖刀，頓時互相穿刺，兩艘船身都被刺破七八個大洞。

劉隱原以為對方要衝入夾道，未料竟是誘敵之計，只在前頭虛晃一下，引得兩鬥艦靠近，即倏然退走，見船身破毀，連忙下令：「快把船分開！」

船夫急著拆下鐵錨，又想把兩船拉開，但長刀已刺進船身，越是拉扯錨鏈，船身破損越加嚴重，到最後喀喇喇聲連響，鬥艦船板碎裂，漸漸傾落，劉隱分開船隻也不是，不分也不是，眼看顧全武的艨艟揚長而去，再也追不上，只氣得暴跳如雷，嶺南軍見江水湧入，都驚呼起來，最後不得不放棄主船，以小舟逃生。

鎮海軍在顧全武的指揮下，揚帆轉舵，幾個靈巧轉彎就繞開破損的鬥艦，輕易航向遠方。從所有艨艟排成一直線往前衝，到顧全武以鐵錨兩端拉扯大船，艨艟順水勢離開，經歷不到半個時辰，宛如輕功高手以小博大、進退自如，馮道不禁暗暗佩服：「這和尚一路逼退馮行襲、劉隱兩幫人馬，不但武功驚人、指揮得宜，更憑著奇謀巧計一口氣砸毀對方兩艘大船，確實厲害！」一回頭，見老婆子舔嘴咂舌，吃得津津有味，對身旁的驚險爭鬥、海船顛簸全不放在心上，好像手中這碗粗糙米飯是天下第一美味，天塌下來也不能阻擋他吃飽。

馮道幼時在劉仁恭的剝削下，曾體會那種餓到前腹貼後背，就連一根小草也美味的感覺，對老婆子更生同情：「活活餓死真不如一刀殺死！都說江南物產豐庶，兩浙更勝江南，這老婆子卻瘦到皮包骨，可見海龍王是沽名釣譽之輩，縱容下屬抓老百姓做苦役，還不給飯吃。」又想：「聖上厚待海龍王，他卻勾結朱全忠，足見是忘恩負義之人，我日後遇見他，倒也不必客氣！」一時心生義氣，顧不得自己也是飢腸漉漉，把手中米飯遞過去道：「老婆子你吃吧。」

老婆子雙目放光，連道謝也來不及，一把搶過大口吃下，馮道在一旁勸道：「您慢慢吃，小心別噎著了，不會有人跟你搶的。」

老婆子這才抬起頭來，朝著他咧開嘴，露出滿口米飯呵呵一笑：「小子，你說不搶我的，說話得算話！」

馮道說道：「孔夫子說人而無信，不知其可也……」還未唸完，老婆子三兩下已扒光了飯，呵呵笑道：「小馮子嘰哩咕嚕地唸，老婆子唏哩呼嚕地吃！哈哈！吃光了！吃光了！」摸摸肚皮，皺眉道：「還沒飽，這可如何是好？」

鎮海軍打了勝仗，個個眉飛色舞，徐綰笑道：「劉隱的手段對付海盜還行，遇上咱們的不敗將軍，只能挾尾巴逃了！」

顧全武一口氣解決兩幫對手，並無半點驕色，仍是從容平靜，只提醒眾人：「如今大家都知道七彩神仙草現世，各方人馬都會出手搶奪，沿路肯定是危機重重，大伙兒警醒些，別讓人給端了！」又吩咐徐綰：「徐軍使，你領人到船頭去放哨。」

徐綰應道：「是！」

（註❶：彭蠡湖即是鄱陽湖，傳說江西彭蠡古澤西北方、廬山大漢陽峰下的康王谷就是隱秘的桃花源。）

（註❷：「彭蠡古來險……連鼓聲初厲。」是借用宋朝余靖的《揚瀾》詩。）

九〇二・九

南風作秋聲・殺氣薄炎熾

鎮海軍船一路順風順水，行駛極快，破曉時分已航近魔鬼峽。馮道極目望去，見東邊江面桅檣高聳，停泊十來艘大船，各色旌旗飄揚，旗面上分別寫著「吳」、「閩」、「楚」等字，馮道一個個依序數去：「江西鍾傳、福建王審知、湖南馬殷、鄂州杜洪、荊南成汭……南方盟的大人物都來了，今日多摸清一點他們的底細，將來才好應付。」

顧全武指揮座船緩緩駛近，「吳」旗下方站著一位英姿倜儻、膽氣彌張，手持九尺長棍的長鬚老漢，朗聲說道：「顧和尚來了！」聲音雖不響亮，卻是氣韻醇厚、綿密悠長。

顧全武見是江西鎮南節度使鍾傳，拱手笑道：「鍾令公，許久不見了，和尚好生想念。聽說令公胸懷壯志，大力獎拔賢才，有不少公卿大臣、孤寒文士不遠千里前去投靠！」

鍾傳呵呵一笑：「什麼胸懷壯志？和尚言重了！如今北方戰亂連年，鍾某不過是能力所及，給予落魄文人、苦難百姓一方遮風蔽雨的地方罷了！」

顧全武微笑道：「江西百姓有你照顧，真是有福了。」

站在「閩」旗下方的白衣男子，笑道：「顧和尚久違了，今日一見，你還是神采奕奕、元氣飽滿，真令人羨慕！」此人生得隆額方口，眉目寬和，身形高大、風姿瀟灑，背上斜插一把丈許長的武庫戟，乃是秦朝名將王翦的後代，人稱「白馬三郎」的福建威武節度使王審知。

顧全武拱手笑道：「三郎也到了，失敬失敬！您背上的武庫戟可是聖上欽賜？寶戟佩英雄，與三郎真是相得益彰！」

長戟是一種十分特別的武器，能刺扎鈎挑，也能砸啄砍剁，乃是集重器、輕器功能於一身的兵刃，因此只有力大卻靈巧、收放能自如的絕頂高手，才能完全發揮長戟的戰鬥力。自古擅使長戟者，如天龍破城戟的項羽、方天畫戟的呂布、青龍雙鐵戟的典韋，無一不是當代最勇猛的高手，顧全武特意提起皇帝欽賜武庫戟，自是稱讚王審知武功超絕，連皇帝也作了證。

王審知哈哈一笑：「王某是憑了天威，才有幾分威風，怎擔得起不敗將軍的讚譽？」

顧全武道：「三郎整頓吏治，禮賢下士，不只清廉的賈鬱、農業專長的黃滔、顏仁鬱等人紛紛來歸，就連宰相王溥之子王淡、楊涉之弟楊沂也被招進幕府參與軍機，真是可喜可賀！」

王審知感慨道：「我是寧為開門節度，不作閉門天子！福建地處偏遠，朝廷福澤難及，有賢士願意定居，我自當倒履相迎。」

顧全武道：「從前福建確實有些荒涼，但三郎接掌之後，在福州大興『四門學』，廣設庠序，整理文獻，教育閩士英才，使福建成了『世外桃園』，我兩浙需跟您多多請益才是。」

王審知微笑道：「人人都讚譽：『上有天堂、下有蘇杭』，王某才應向海龍王、顧和尚見賢思齊！」

顧全武見西邊三艘大船並立，又拱手道：「成兄、杜兄、馬兄也到了。」

左邊船隻較小，旌旗上寫著「楚」字，船頭之人身形肥壯，穿著青色寬袍，正是湖南武安節度使馬殷，他負手而立，身上沒有半點武器，神色沉靜內斂，看不出修為深淺。

老婆子在馮道耳畔悄聲說道：「你莫要小看這胖子，他可不是普通馬，乃是『鐵蹄飛馬』，一雙馬腳厲害無比！容州刺史龐巨昭十分擅長觀星占卜，曾預言說：『三羊五馬，馬自離群，羊子無舍。』」

「三羊五馬？」馮道好奇道：「那是什麼意思？」

老婆子嘿嘿笑道：「意思是湖南國祚會比淮南還長遠！馬殷一脈能傳五位君主，楊行密卻只能傳三位，楊行密聽見這話，怎容得下他？」

馮道笑道：「楊行密倒是執著了！亂世之中，君王傳言何其多，豈能盡信？」移目望去，只見中間那艘船巨如高山、堅如銅城，旗面寫著「荊」字，船頭那人眉目張揚，一副凶神惡煞，隨時要與人打架的模樣，但最特別的是，他腰間懸掛一條形狀奇異，暗紅油亮的長鞭，正是荊南節度使成汭。

成汭早有擴張地盤的野心，大肆勞民傷財，費時三年，終於建造出二百多艘如同府第官署規模的大船，分別取名為「和州載」、「齊山」、「截海」、「劈浪」等，號稱「船高與山齊、船大截斷海」，今日他特意將最厲害的「和州載」巨艦開來，除了對付魔鬼峽詭異的風浪，也想在群雄面前一展威風。

馮道從未見過如此豪華巨大的船艦，只看得目不轉睛、驚嘖連連。老婆子低哼道：「這人不是好東西！他年少時就殺人劫貨，習武之後，更是凶狠得不得了。」

馮道嘆道：「這幫藩鎮哪個不凶狠？全是殺人不眨眼的狠角色。」

老婆子搖頭道：「論起凶狠，誰也狠不過成汭，就連朱全忠也比不上！這人聽信岳父的讒言，將所有兒子都殺死，因此搏得『成瘋子』的名號！」

馮道但覺匪夷所思，咋舌道：「將親兒都殺死？果然夠瘋的！但你一個老縴夫，為何知道這麼多江湖祕事？」

老婆子得意道：「老婆子吃的鹽比你吃的飯多，過的橋也比你走的路多，等有一天你到我這歲數，走萬里船、行萬里路，自然什麼狗屁倒灶的事，都會聽見人家說了！」指了指成汭，道：「你瞧見他腰間的萬毒蜈蚣鞭嚒？那東西可厲害了！是九百九十九隻毒蜈蚣編織而成，被咬上一口，可是乖乖不得了！」

馮道但覺毛骨悚然：「九百九十九隻毒蜈蚣？」

老婆子卻道：「我一直想偷他那條蜈蚣鞭來泡酒，萬毒蜈蚣酒……」舔了舔口舌，笑道：「那可是千年一遇的好東西，強身補體，想想都美味！小子，你有沒法子偷來？」

馮道想不到他竟打這主意，啐道：「你也太貪吃了，連毒蜈蚣都不放過！」

老婆子哼道：「小子呆頭呆腦，不懂享受，人生三美——美酒、美食、美人兒，唉！我這副德性是別想美人在抱了，那毒蜈蚣酒正好是美酒加美食！」

馮道心想：「這美酒美食，我是無福消受，但我也有一美——美人兒妹妹。」一想到褚寒依，心頭便暖洋洋、甜蜜蜜：「老天待我真好，竟讓我得人生一美！」

老婆子打了他後腦勺，啐道：「打你這好色小子，笑得傻呼呼，肯定是想美人兒了！還不快幫老婆子想想怎麼偷蜈蚣鞭，別盡想女人！」

馮道也不生氣，只暗暗嘀咕：「從前公公打我腦袋，我都能躲過，這老婆子打我，我竟然躲不過，肯定是想美人兒妹妹想得太入迷了，才會中了招！」一邊揉著腦袋，一邊問道：「那鞭上的蜈蚣究竟是死是活？」

老婆子慫恿道：「你偷來瞧瞧不就知道了！」

「我不偷！」馮道正色道：「我堂堂一介書生，怎能做偷雞摸狗的事？所謂：『月攘一雞……』」一句話還未說出，老婆子便伸掌摀了他的口，道：「別『子曰、子曰』了！你這咒語比毒蜈蚣還毒，老婆子一聽就頭疼！」

馮道咕噥道：「月攘一雞是孟子說的，不是孔子說的……」

老婆子啐道：「別管孔子、孟子啦！」指了指右邊船頭之人，道：「倒是要小心這個杜戲子！他與馬殷、成汭就在這個彭蠡湖邊插香結盟，號稱是『彭蠡三結義』，無論走到哪兒都是一鼻孔出氣。」

馮道回想起《藩鎮錄》裡記載武昌節度使杜洪是伶官出身，人稱「杜戲子」，曾向楊行密借兵攻打黃州吳討，後來卻投靠了朱全忠，惹得楊行密懷恨在心。杜洪的領地「鄂州」與楊行密接壤，屏障著成汭的「荊南」和馬殷的「南楚」，萬一杜洪身死，淮南大軍就會越過鄂州，直下南楚、左攻荊南，因此成汭、杜洪、馬殷一向結成鐵三角，力抗楊行密的侵略。

杜洪相貌十分特別，眉目清秀勾斜，一雙眼珠滴溜溜地轉，臉上抹著花花粉彩，身上穿著華豔長衫，活脫脫就是一個戲子，馮道暗想：「這人臉上雖然笑咪咪的，但翻臉如翻書，是狡猾的傢伙，不可輕信。」

杜洪笑得一臉邪氣，對顧全武道：「咱們來了好一會兒，遲遲等不到海龍王，還以為你們半路走失，被哪個賊人給宰了！」

顧全武淡淡一笑，道：「路上遇到幾個老相識，耽擱了一點時間。」

成汭問道：「馮青面怎麼還沒到？」

顧全武道：「我和他半途相遇，聊了兩句，他便回家打孩子去了。」

眾人一愣，精光齊射向顧全武，成汭忍不住大聲問道：「劉隱呢？難道也聽你放屁兩句，就嚇得屎尿齊流，滾回嶺南了？」

顧全武道：「那倒不是，顧某是請他回家修船了！」他語氣輕描淡寫，就像說鄰家事一般。群雄臉上笑容不由得一僵，心中驚詫：「劉家最擅長水戰，這和尚卻有本事把人家的船鑿破了？」

馬殷試探問道：「今日這等大事，怎不見海龍王親自過來？」

顧全武道：「這等小事何勞海龍王大駕？和尚出馬已綽綽有餘！難道馬兄認為和尚不夠資格嚒？」

杜洪目光閃爍，嘿嘿一笑：「顧兄說哪兒的話？世人都說兩浙江山有一半是顧和尚籌謀來的，沒有顧和尚，就沒有海龍王！」

顧全武冷哼道：「顧某有自知之明，連海龍王的龍尾巴也比不上！」

杜洪雙袖在面前交叉一揮、飄逸落下，竟換了一張青白顫慄的臉，拔高聲音抖著嗓子唱道：「唉呀——難道傳言是真的？海龍王身亡啦啦啦……」

顧全武臉色一沉，道：「亂世天下，自有流言紛紛，難道杜戲子作戲作久了，已不會分辨真假？」

杜洪雙袖一個花轉，又換回粉臉，笑咪咪道：「杜某不過是關心老朋友罷了，顧和尚何必動怒？」

馮道見杜洪瞬間翻了兩張臉，既新奇又好笑：「我聽說杜戲子翻臉像翻書，想不到是真的！」

老婆子道：「這杜戲子有兩大絕招，一招是『川變萬生相』，另一招是『河湧千流道』。別人要變換容貌，得塗塗抹抹，貼易容臉皮，他只憑內力運氣，就能搞出十多張臉，但一張臉色最多維持一刻時間，就恢復原貌，只能嚇娃娃，沒什麼屁用！」

馮道笑道：「敵人對打時，忽然看到一張怪臉，嚇了一跳，這杜戲子就爭取到一點時機，也不是完全沒用。」

只見杜洪又換了一張形貌剛正的黑臉，好似公正的大判官，沉聲道：「今日咱們聚在這裡，是要選出一位盟主統領大家，齊心對付那偽君子，所以大夥兒再怎麼比試，都要和和氣氣的，千萬別內鬨！」

成汭昂聲道：「杜戲子說得不錯，今日誰先奪得神仙草，就是南方盟主，大家都得遵從他的號令，其餘人絕不能再動手了，誰再動手就是龜孫子！」

馬殷和杜洪附和道：「我們都是這意思。」

三人顯然有了默契，想在奪寶過程合力對付其他人，鍾傳和王審知不由得臉色一沉，暗想：「他們聯成鐵三角，其他人單打獨鬥，如何比得過？」

馮道心想：「成汭是凶殘的瘋子，我絕不能讓神仙草落入他們手中。」

顧全武微笑道：「三位果然是情義深長，『彭蠡三結義』真可媲美劉關張三結義了！」馮道忽然哈哈一笑，那笑聲十分突兀，且有嘲諷之意，顧全武臉色一沉，轉問馮道：「顧某的話有何可笑之處？」馮道微笑道：「顧和尚，我不是笑你。」顧全武臉色稍緩，卻聽馮道運力大聲道：「是笑『彭蟲三結義』！」

群雄見一個無名小卒竟敢嘲笑三大節帥，把「彭蠡」改成「彭蟲」，目光都朝他望去，老婆子連忙拉了馮道衣袖，示意他別鬧事，低聲道：「這三人聯手，連顧和尚也保不住你！」

馮道卻不管不顧，一口氣道：「劉關張三結義是兄弟互相扶持，個個義薄雲天，終於合力搶下一片江山，倒不知這『彭蟲三結義』憑什麼學人家？『結拜』是有的，『義』就未必了！杜戲子很會作戲，先騙楊行密出兵，一個轉身，就投靠朱全忠去對付楊行密，這等背信之徒，有什麼義氣？成瘋子連自己的兒子都殺，更是無情無義！馬節帥，你和一個戲子、一個瘋子結拜，若不想死於非命，必須比他們更無恥無義才行！」

成汭三人臉色一陣難看，杜洪站得最近，猛地回頭，幻變出一張青面獠牙的可怕大臉，眼中殺光炯炯，水袖如靈蛇吐信般，倏地伸長，橫過數丈長空，分毫不差地打向馮道，馮道陡然見到那張獠牙青臉，吃了一驚，一時來不及閃躲，「唰！」幸好顧全武以金佛珠為他擋了回去，道：「這小子是顧某的囚犯，有什麼責罰，不勞外人動手！」

馮道見顧全武為自己出手，暗暗鬆了口氣：「這大和尚是個聰明人！」

杜洪被顧全武一招逼退，原本想要再出手，成汭一股惡氣按捺不住，也打算出手，兩人運力到掌心，瞬間湧上同一個念頭：「顧和尚不好對付，我做個樣子便罷，不必與他真的動手，徒然耗了力氣，讓他二人去打吧！」卻發現馬殷一動也不動，原來馬殷聽了馮道的話，深覺有理：「一個是戲子，一個是瘋子，我怎能相信他們？」

三人你眼看我眼，見沒人真的出手，先是一陣尷尬，隨即更疑心對方，越想越怒、越怒越疑心，杜洪臉上笑咪咪，心中卻已大罵：「好哇！這兩人都想保留力氣，教我一人去拼命！」

成汭更是暗生歹意：「他二人想借顧和尚消耗我力氣，我不可上當，待奪到神仙草後，再殺了他們！」

鍾傳、王審知都是老江湖，看出形勢微妙轉變，心中都暗喜：「小子這麼一鬧，那三人還不各懷鬼胎？只怕對付自己人要比對付我們更凶狠了！」

鍾傳立刻朗聲道：「方才成節帥說誰先搶到神仙草，就是南方盟主，其他人絕不能再動手了，誰再動手就是龜孫子，不知顧和尚和三郎意下如何？」

王審知和顧全武笑道：「我們也是這意思。」

鍾傳摘下船頭一面大旗，道：「既然大家都同意了，不如就在大旗上歃血為誓，鍾某就搶個頭香。」他將自己的指血滴在旗面上，再將旗子大力擲向成汭。

鍾傳年少時曾以木棍打死老虎而名聞鄉里，原本就力大無窮，習武之後，內功既悍且硬，一手「九霄破天棍」有如江西的擎天柱，二十年來無人可撼動。他剛猛的內力灌入旗桿，原本修長的旗桿被厚實的氣圈包圍，頓時成了一根巨柱，以衝天破九霄的氣勢向成汭轟轟射去。

成汭眼中所見，彷彿是一根擎天巨柱破空射來，他再囂狂，也不敢與之硬碰，暗罵：「這老頭當真老而彌堅！」又見鍾傳與王審知、顧全武聯成一氣，將合力對付己方的「彭蠡三結義」，心中頓生歹念：「先下手為強，我乾脆趁這機會先作掉一人！」指尖擠出一滴鮮血射到旗面上，同時間，以蜈蚣鞭掃向旗桿尾，大旗頓時轉了方向，向王審知呼嘯而去，他力道雖不如鍾傳剛猛，卻十分沉厲。

這兩大高手一剛猛一沉厲，兩道力量交疊一起，著實不易對付，王審知卻毫無畏懼，他姿態瀟灑地拔出背後的武庫戟，戟尖朝指尖一劃，鮮血飛射向旗面，戟桿一個大旋轉，以戟桿撞向旗桿，準備將大旗送給杜洪。忽然間，王審知感到手腕一點微然刺痛，瞥眼看去，赫然見到一隻小蜈蚣，他手腕連忙以內力一震，那毒蜈蚣雖被震斃，掉落地面，但他已中了毒。原來成汭以蜈蚣鞭甩動旗桿時，便悄悄放出毒蜈蚣，一旦王審知用武庫戟去碰觸旗桿，毒蜈蚣便會順著旗桿快速爬向戟桿，螫咬他的手。

王審知方才專注應付旗上蘊含的沉雄力道，一不留神，竟遭了成汭的暗算，不由得破口怒罵：「卑鄙小人！」他飽提功力，想找成汭算帳，卻感到到一陣暈眩，前方景象開始恍恍惚惚，他心知自己已無力對付成汭，但要這麼算了，也吞不下一口氣，心念倏轉：「我就算死，也不讓你這卑鄙小人得到神仙草！」他決定宰了杜洪，好破解成汭三人的結盟。

那大旗原本平平穩穩地飛向杜洪，王審知拼命聚起一身內力灌入武庫戟，戟尖衝出一道狂放內力，對準旗桿尾端射去，那大旗被這麼一撞，瞬間夾著驚天神速衝向杜洪。

鍾傳、顧全武不知發生何事，見王審知姿態瀟灑、勁力狂放，心中都暗喝一聲采，想不到這力道才出，王審知便坐倒在地。顧全武、鍾傳驚呼一聲，成汭卻是哈哈一笑：「三郎怎麼啦？接不了我和鍾令公的大旗？」對自已解決一名高強對手，十分得意。王審知氣不過，想起身與他一拼，怎料才一運勁，體內毒氣便發散更快，他只能盤膝坐好，專心一致地運功驅毒。

顧全武、鍾傳這才知道王審知遭了暗算，心中雖不忿，但此時己方只剩二人，對方卻有三人，已是寡不敵眾，無法強出頭去討公道，更何況他們也不算真正盟友，到最後還是有一場你死我活的角力，因此對王審知的遇害，只能默然觀望，小心防範成汭再施暗算。

馮道見顧、鍾二人沒出手，心想：「這彭蟲三兄弟一下子就佔了上風，我得再想想法子。」

杜洪功力原本是六人之中最低弱，又以陰柔見長，眼看大旗上層層堆疊著前三人的力道，每一道都強悍無比，他若伸手去接旗桿，必會震得五臟俱碎，便以指尖射了一滴血到旗面上，同時使出拿手絕招「河湧千流道」，兩條水袖濤濤波動，幻化成洶湧的河道，水袖上滿佈軟綿的支撐點，有如河水浮力，讓大旗漂浮水袖上，順滑向顧全武。

越到後面，大旗上的力量越錯綜複雜，剛猛、沉厲、狂放、陰柔四種內力互相堆疊、糾扯，從旗面至旗桿每一點都交錯不同勁道，顧全武若勉強伸手去接，就算不當場暴斃，也會受重創，若是射出一顆金佛珠，實在推不動這面大旗，多射幾顆，力道雖夠，但在不同勁力交互作用下，旗子肯定不會穩穩朝馬殷方向而去，說不定還會當場暴裂，落成了笑話。

眼看大旗衝了過來，顧全武再高明、再不敗，竟想不出法子解決這複雜的形勢：「難道我今日真要敗在這面旗子上……」此時若認輸退場，雖能保全性命，卻會失去神仙草和盟主之位，以後鎮海軍見人便矮了一截，又如何在藩鎮間立足？正感進退兩難時，忽聽馮道在一旁低聲道：「柔開旗面、東推七分、西旋三分、南沉五分、北墜二分！」

馮道一直功聚雙耳、雙眼，仔細觀察群雄的出招方式，根據旗桿轉動速度、方向，旗桿上下晃動的角度、旗面飄揚的波動，大致判斷出旗子各點的受力程度，憑此給顧全武建議，雖不是萬分精準，也無法完全卸去旗上複雜的力量，卻能平衡各方力道。

顧全武是高手，心知這是唯一解法，但他沒有學過「榮枯鑑」，無法在大旗飛來的短短時間裡，將各點力道分析得如此精準，聽馮道喊第一聲，已知他在幫助自己，便毫不猶豫地射出一顆沾了指血的金佛珠，以柔力打向旗面中央，旗面嘩地一聲撐開，緊接著顧全武再射出四顆金佛珠，分施不同力道打向旗面四個角落：東邊以七分圓潤之力推化鍾傳的剛猛，西面以三分旋轉之力卸去成汭的狠厲，南方以五分沉墜之力鎮住王審知的狂放，北方以二分厚重之力壓住杜洪的輕浮，最後再發一顆佛珠打向旗桿尾端，那大旗便如一面大刀，向馬殷呼呼旋轉而去。

群雄不知是馮道暗中提醒，見旗子居然穩住了，不由得萬分震驚：「我們當中沒人能接下剛才那一面旗子，顧和尚竟然做到了！難道他的修為已勝過海龍王？」

這一來，馬殷雖是最後一個接旗的人，卻輕省許多，因為顧全武已幫他化去不少力道，群雄都等看他如何出手，心裡不免有些酸味，覺得他太幸運。

馬殷自然知道眾人想法，他不聲不響，也沒擺什麼大手式，驀然間，旱地拔葱而起，躍到旗子上方，指尖滴血落在旗面，身子便直線下墜，沉穩的腳力在旗桿尾端重重一點，那大旗驀地一個衝天向上，不停翻飛，最後竟穩穩插入桅桿頂的旗孔裡，這一招看似簡單，但能在一瞬間直上直下，只憑足尖一點，就將大旗送上桅桿，分毫不差地插入小旗孔，腿上功力之精巧，實是展露了大家風範，群雄對這位貌似敦厚的胖子再也不敢小覷。

這場歃血儀式成了群雄第一場較勁，大旗在眾船間來回飛轉，人人各有盤算、各憑本事，最後馬殷將大旗踢到桅桿上，本該塵埃落定，遠方卻緩緩駛來一艘船，徐綰走過來對顧全武低聲道：「淮南軍來了！」

顧全武臉色一沉，道：「今日是我南方盟聚會，淮南軍來做什麼？你去探探情況。」

徐綰施展輕功飛奔上桅桿頂，極目眺去，過一會兒，又奔了下來，向顧全武回報：「不見楊行密，只有他手下三名大將。」

顧全武沉吟道：「楊行密沒來？來人是三十六英雄中的哪三個？田頵、安仁義、徐溫？」

徐綰道：「最後一個不是徐溫，是個年輕小子，面生得很。」

淮南軍船相距尚有數里，號角已嗚嗚吹起，兩側牙旗迎風飛舞，旗上附庸風雅地題了兩行詩，右詩是：「南朝三十六英雄，角逐興亡盡此中；有國有家皆是夢，為龍為虎亦成空。」左詩是：「殘花舊宅悲江令，落日青山吊謝公；止竟霸圖何物在，石麟無主臥秋風。」❶

馮道心中咀嚼此詩，嘆道：「楊行密用此詩作為旗招，固然是詩中提及南朝三十六英雄，更是感嘆朝代興衰、英雄盡逝，他雖有雄心大志，卻難挽國家衰敗。」

老婆子嘿嘿笑道：「小子想錯了！楊行密豈是頹喪之人？那一句『落日青山吊謝公』，意思是南朝在謝公之後再沒有英雄人物，但楊行密自己尚有一句：『謝公之後唯楊公』！」

馮道恍然大悟：「楊行密心志不小啊！」瞄了老婆子一眼，道：「你一個老縴夫竟懂得詩句涵意？」

老婆子搔了搔腦袋，笑道：「什麼三十六英雄詩，嘰哩咕嚕的，老婆子是唸不全的，但那一句『謝公之後唯楊公』，卻是淮南軍人人都掛在嘴邊的，不信你抓一個小兵來問問！」

馮道失笑道：「虧得楊行密想出這些花花招式，來宣揚自己的威名！」

南方盟是為了抵擋淮南軍而密會於此，楊行密卻大剌剌地派人攪局，還用詩句「謝公之後唯楊公」來耀武揚威，群雄心中激起意氣，都想：「等田頵一到，必要好好下馬威！」

田頵和安仁義年少時就跟著楊行密一起打天下，可謂竹馬之交、生死兄弟，尤其田頵十分勇猛，屢立戰功，群雄都以為淮南軍的領隊是田頵，卻見一名斯文儒雅的年輕小子負手昂立船頭，衣袖拂風、神態俊逸，田頵和安仁義兩名老將只隨行左右，後方還有百名淮南軍昂立在船身兩側，個個精神抖擻、目光堅毅。

年輕儒將向群雄拱手道：「淮南指揮使徐知誥，對諸位節度使仰慕已久，今日幸得識荊，不勝榮幸。」

馮道一愕：「這傢伙也來了？真是冤家路窄！」

群雄見徐知誥不過是個毛頭小子，不願回禮，只哼哼兩聲，氣氛頗是尷尬。田頵、安仁義對徐知誥早就不服氣，見群雄對他大擺架子，心中暗暗竊喜。

馮道看了群雄臉色，想道：「徐小子不曉得我藏身在龍船裡，今日這幫英雄、狗熊都想修理他，我就安心瞧好戲。」遂低了頭，不想引起注意，偏偏徐知誥老遠就瞧見馮道被鎮海軍看管著，見群雄不理會自己，決定拿他開刀，好化解尷尬，便故意高聲招呼：「馮道，你怎麼又落在人家手裡？難道是惡性不改，又強擄良家少女？」

眾人聞言，目光都望向馮道，神色甚是鄙夷。馮道不由得暗罵：「這小子真是我的剋星！每回相遇，總是他威風八面，我倒楣落魄！」

顧全武問道：「你二人認識？」

徐知誥道：「這等奸淫之徒，徐某怎會認識？不過是曾經抓了他，又饒過他罷了！想不到他又落到顧將軍手裡，這人罪大惡極，應該早早了結！」

顧全武冷冷掃了馮道一眼，道：「和尚最恨姦淫惡徒，小子最好安份點，別惹我殺你！」

馮道被激起意氣，忍不住哈哈笑道：「厲害！厲害！徐軍使果然是少年英豪，『顛倒是非』、『胡吹黑白』的兩大絕招，真是一招強過一招，在下佩服！佩服！」

徐知誥沉聲道：「北方是蠻夷之地，你胡作非為也就罷了，今日到我南方，若膽敢再犯，我絕饒不了你！」

馮道冷笑道：「就算我真是淫賊，這裡全是殺人不眨眼的惡漢，並沒有半個弱女子，我還能欺侮誰？徐軍使這般吆喝，未免廢話了！」

杜洪變了一個白鼻心的丑臉，啐道：「不錯！今日是我南方盟推舉盟主，關你這小白臉什麼事，要你廢什麼話！」

徐知誥見顧全武沒有殺馮道的意思，不再理會他，一展摺扇，朗聲道：「淮南軍也是南方一員，爭選南方盟主，怎能少了我們一份？」

成汭怒道：「楊行密自己過來，老子還馬馬虎虎賞他一點面子，你算個什麼東西？竟敢與我們平起平坐，共商大事？」

徐知誥輕搖摺扇，一派小楊行密的風流姿態，微笑道：「在下不是來共商大事，而是奉了吳王之命，前來敬告諸位，淮南軍乃是南方第一豪強，吳王更是十國第一人，自該擔任南方盟主之位！」

這番話頓時惹火了眾人，杜洪笑道：「嘿！不知誰封的十國第一人？楊行密自己不敢過來，卻派一個小白臉來放話？」說話間又變了一張奸白臉，眉間、眼角暈了幾道黑紋，一看便知他是在諷刺楊行密陰險奸詐。

成汭脾氣最是火暴，如何耐得住徐知誥的囂張，大罵道：「今日老子就打你這不長眼的小白臉！」

剎那間，二道光影、一紅一白，從兩艘船上倏然飛出，卻是成汭和杜洪同時出手，蜈蚣鞭猛地橫過數丈，向徐知誥的腰身掃去。徐知誥見那蜈蚣鞭形狀可怕、勁力驚人，不敢輕忽，立刻施展煙雨樓的獨門輕功「青鳥探雨」，身影微然一飄，宛如青鳥向上飛去，巧妙地躲開成汭狠厲一擊，杜洪水袖跟著趕到，捲向他雙腿，徐知誥空中一個翻身，再升空數尺，躲過殺招。

兩人原想一招了結徐知誥，不料他輕功如此厲害，心中怒氣更盛，見他身子凌空，手腕一抖，兩條長刃直直竄上，分別捲向他雙腿，一旦被捲住了，以他們的力道和狠勁，必會將人撕裂成兩半。

徐知誥雙腿飛劈，左踢蜈蚣鞭，右踹水袖，借力翻一個斛斗，又化解開去，兩人豈容他逃脫，兵分上下兩路地再度攻來，蜈蚣鞭掃捲雙腿，水袖繞向頭頸，要將他扭成兩段。徐知誥一個翩然旋轉，宛如青鳥啣梅般，輕盈飛上一條船繩，借著繩索盪了出去，又躲過一擊。

兩大節度使合力出手，竟收拾不下一個張狂小子，面子實在有些掛不住，不由得怒火沖燒，手中兵刃越使越快，只見兩條長索上下翻飛，蜈蚣鞭圈圈相連、環環相套，快速無倫；水袖波波洶湧、千川百道，穿梭其中，兩人各展其功，竟交織成天羅地網。

徐知誥武功原本不如他們，只憑一條船繩在空中擺來盪去，即使輕功奇妙，摺扇使得飛揚如花，在兩方夾殺之下，不一會兒就險象環生，他不得不拉下臉面，大聲呼喝：「田將軍！」這一喊是要田頵、安仁義出手攻打成汭和杜洪，逼他們收招自救，偏偏田、安二人心懷鬼胎，根本不管他的死活。

成汭見徐知誥勢孤力單，自己人也不理會他，心中得意：「這下還不抽死你！」猛地揚起長鞭，轉個大彎，從難以預料的方向掃去。

馮道心中一嘆：「南方盟都已勾結朱全忠，只有淮南還尊崇聖上，倘若我得不到神仙草，最好是讓給楊行密……看來得助徐小子一把，讓他更加威風了！」他方才就一直用心研究眾人的武功，見成汭手臂抬起之勢，便算準他長鞭抽回，甩掃一圈，鞭梢最後會落往徐知誥的面門，心想：「我若是警告徐小子，他肯定不會相信……」便轉了話，大喊道：「成節帥，打他的小白臉！」

成汭不疑有他，心想：「不錯！那張小白臉看了就討厭，老子正想砸壞它！」長鞭順勢而去，使得更加用力。

徐知誥聽馮道大聲教唆，以為他嫉妒自己的樣貌，心中冷笑：「我豈能讓你如意？」身子才剛仰倒，鞭梢就從他面門上方掃過，徐知誥暗暗慶幸這一招躲得巧妙。

馮道見徐知誥剛閃過成汭的鞭子，還未回神，水袖已向他雙腿捲去，又喊：「杜節帥，快打斷他狗腿！」

徐知誥聽馮道教杜洪掃自己下盤，心中暗恨：「小子想害我殘廢，沒那麼容易！」身子一個急旋，騰升而起，杜洪的水袖恰好從他足底掃過，徐知誥又躲過一劫，不禁微然得意，卻不知杜洪暗暗驚奇：「小囚犯怎看出我要掃向雙腿？」但雙方交戰中，也無暇細究，只能當做湊巧罷了。

隨著徐知誥再次脫困，成汭、杜洪的怒氣更盛，手中的攻擊也越快，馮道已來不及偽裝句子，只能一口氣呼喝：「打他左臂！斷他右腿！教他做吊死鬼！絞他手指！」中間還不忘夾雜幾句：「打死他！打死他！」

成汭初時以為馮道真是氣憤徐知誥，才在一旁吆喝助陣，幾回之後，發現他每喊每中，徐知誥竟因此一直躲過攻擊，怒喝道：「小賊閉嘴！別惹人心煩！」

馮道才安靜一會兒，見徐知誥又落入陷境，心想：「不行！我得想個法子不讓成汭知曉……」又想：「徐小子恨我入骨，我說什麼，他都不會相信我……有了！」便以極溫和的語氣喊道：「徐軍使小心了！成節帥要打你左背！」假裝好意提醒。

成汭心想：「我明明要打右邊，這小子胡亂喊些什麼？」又想：「他根本看不懂，只是搗亂罷了！」

徐知誥卻想：「小賊幾時變得這麼好心，竟來提醒我？」心念一動，恍然明白：「小賊真是奸詐，方才害我不成，此刻卻想騙我上當，他口中所喊必是反話，那鞭子必是要打我右身……」身子剛竄向左邊，成汭的鞭梢果然從他右側掃過，徐知誥心中得意：「幸好沒上小賊的當！」

馮道見這招奏效，於是把每個警告都反向喊出：「小心了！長鞭套頸子！袖圈足踝！鞭掃左腿！袖斷右臂！」

成汭聽馮道雖繼續喊話，但全然不對，暗笑：「原來是個小瘋子！」也就不理會他了。

徐知誥認定馮道在欺騙自己，每一式都故意往他喊的方向撞去，聽到蜈蚣鞭要套住頸子，便往上升騰，自投圈套；聽見水袖圈足踝，身子便往下一沉，讓足踝投入水袖波浪之中；聽水袖要斷右臂，就刻意揮出右臂；聽蜈蚣鞭掃向自己的左腿，便故意伸左腿踢向長鞭，每一招都像要自殺，卻都剛好閃過攻擊，有時相差不過數寸之距。

到後來，徐知誥眼中已看不到任何飛索，倒是把每一句口令聽得清清楚楚，一意與馮道作對，好證明自己更厲害些，幸好他天性聰穎，心思快、身手快，每個反向動作都做得分毫不差，才能安然脫出許多殺招。他身在局中，乃是當局者迷，並未發覺其中玄機，群雄皆是高手，卻是越看越驚奇，徐知誥表面上似違反馮道號令，其實招招都依言而行，喊口令者喊得精準奇妙，聽口令者依法施為，也是半點不差，兩人彷彿預演了雙簧一般，配合得天衣無縫，卻剛好力抗成汭與杜洪的聯手。

初時群雄注視著場中的徐知誥，都覺得這小子能在天羅地網中支撐這麼久，實是奇蹟，到後來，卻發現喊口令的馮道更不可思議，目光不禁都轉了過來，看著其貌不揚的小囚犯。

馮道為解徐知誥之危，卻惹來關注，心想：「這幫人都想殺了徐知誥，就連顧和尚也是，我可不能再指點下去，得另外想法子……」遂大聲喊道：「徐小子！兩位節帥願意指教你，是你的福氣，你竟敢東躲西藏，讓他們打了一、二、三、四……十二、三十六……七、八十招，都打不中，真是不受教！」

群雄聽見這話，忍不住爆笑出聲，成汭數擊不中，已是意外，聽眾人嘲笑，破口罵道：

「臭小子，你會不會算數，明明只過了十五招！」

馮道喊道：「唉呀！成節帥教訓得是，晚生真是算錯了，是一百五十招了！」

成汭氣得幾欲吐血，忍不住回頭罵道：「現在是第十七招！你再胡說，等我收拾完他，回頭便割你舌頭下蜈蚣酒！」這一分心，手中勁力微微一鬆，徐知誥趁機從鞭圈旁閃過，成汭簡直氣沖牛斗，頓時發起狠來，手上蜈蚣鞭大力旋轉，化為層層風漩，綿密不絕地攻去。杜洪水袖也甩得如洪濤般，浪浪相接，洶湧而出。這一來，任憑馮道怎麼指示，都已無用，徐知誥視線所及盡是圈圈叉叉的交錯，但覺耳目轟鳴、天旋地轉，足尖勾著船繩，竟不知該盪往何方，只能以摺扇護擋在身周，拼命應付。

馮道見徐知誥危在旦夕，再顧不得會得罪成汭和杜洪，大聲喊道：「三百！三百招了！兩大節帥合力教訓小白臉，足足打了三百招！三彭蟲聯手打一小白臉，真是大英雄、大本事！」

成汭和杜洪不由得有些尷尬，手中勁力微然一滯，徐知誥趁這一剎那，一個翻身斛斗，從兩條長刃交錯的縫隙中竄升而出，又逃過一劫。

杜洪心想得拉攏其他人，免得今日欺負弱小之事傳揚出去，大聲道：「他是淮南小子，聯手攻他又怎樣？戰場上成王敗寇，誰不是以多勝少？」

馮道見兩人不要臉面，更高聲說道：「是是是！三彭蟲義薄雲天，一向聯手對付敵人，待會兒搶奪神仙草時，千萬也要和和氣氣，莫生內鬨了！」最後一句話學著杜洪方才勸顧全武的語調，學得唯妙唯肖，眾人聽了，都哈哈大笑。

顧全武像看到稀世寶物般盯著馮道：「你這小子究竟是從哪裡冒出來的？真不怕死啊！」

馮道嘻嘻一笑：「死，肯定是怕的，不過有不敗將軍護著，小賊一時還死不了。」

顧全武正色問道：「你潛到我船上到底有什麼目的？」

馮道解釋道：「我不是潛到你船上，是被馮行襲追殺，不得不逃到你船上。」

顧全武又問：「歃血為盟時，你為什麼幫我？」

馮道微笑道：「你救了我，所以我回報你一次。再者，我瞧你順眼，就幫你了。」

老婆子呸道：「你又不是尼姑，幹嘛瞧和尚順眼？」顧全武也覺得奇怪，馮道微笑道：「亂世之中，誰不搶著當王？海龍王消失許久，你幫他顧著家底，卻沒動過半分歪心思，可見和尚是個有情有義的好漢子。」

老婆子呸道：「和尚怎能有情有義？佛門都不清淨了，尼姑都雞飛狗跳了！」

馮道說道：「無論如何，神仙草落入和尚手裡，總比讓瘋子得到好。」

顧全武想了想，又問：「徐知誥找你麻煩，你為什麼救他？」

馮道聳聳肩道：「一個大好青年這麼死了，我覺得挺可惜的，忍不住就救他了。」

顧全武打量馮道兩眼，像發現什麼趣事：「你這小子還有什麼稀奇本事？」

馮道微笑道：「我打架不行，逃跑還可以，你若不殺我，總會慢慢發現我的好處，說不定你看順眼了，就相信我不是淫賊，還和我交上朋友了。」

顧全武不由得笑了：「我本來就不信！憑你這瘦身板，若是當淫賊，只怕被人一棍打死！」

老婆子也像發現趣事般瞄了顧全武一眼，道：「原來顧和尚也會說笑！真是奇了怪了！」

成汭見馬殷一直作壁上觀，心中有氣，又想再打下去，就真成了馮道口中的大欺小：「小白臉武功不差，不如讓馬殷去對付他。」便收回蜈蚣鞭。杜洪聽馮道學舌，羞惱之餘，一時不知該進該退，見成汭收手，也跟著收回水袖。徐知誥總算鬆了口氣，一個飛身，落回淮南軍船的眺望台上。

成汭指著湖南軍船上那面大旗，喝道：「小子！別說我們欺侮你，只要你有本事將鮮血滴到旗面，就准你上玄幻島去！」

杜洪變了一張青綠龜殼臉，道：「不錯！方才大家已歃血為盟，誰先拿到神仙草，就是南方盟主，不遵守約定的是龜孫子！」

徐知誥仰頭望去，見大旗插在三丈高、五丈遠的地方，旗下馬殷昂然守護，要在旗面上滴血，顯然不是易事，杜洪見他猶豫，又變了一張畏畏縮縮的丑角哭臉，取笑道：「這小白臉若上不去旗桿，會不會回去哭爺爺告娘娘？」眾人見他模樣滑稽，忍不住哈哈大笑，鄂州軍更是連聲附和：「小白臉回去哭鼻子！」

徐知誥見眾人嘲笑，既不生氣也不畏懼，只向下屬要了一把弓箭，揹在背上，對馬殷拱手道：「今日要爭奪的是天地至寶，馬節帥不必留手，在下也當全力以赴，若有得罪處，還望前輩海涵便是。」話一說完，身影如風，已撲飛向大旗。

馬殷見徐知誥竟然真的欺到自己船上，是可忍、孰不可忍，足尖一蹬，直衝上天，雙腿有如萬蹄奔騰，連環踢出，要將他狠狠踢落。

徐知誥見他腿影飄飄、威力霸道，每一踢都發出「呼呼」響聲，不禁有些膽怯：「他內力竟如此深厚，每一踢至少有百斤重，只要被掃中，我便是骨碎身亡！」扇面一抖，宛如利刃劃向馬殷雙腿，兩下相交，卻發出「叮！」一聲響，他臂骨痛得幾欲斷裂，這才發現原來馬殷穿著一雙鐵鞋，方有如此威力，雖不全是內力所致，但一雙百斤重的鐵鞋，馬殷使來流暢如風，腿力也實在可怕。

徐知誥的摺扇奈何不了對方的鐵鞋，內力又比不過，眼看千萬鐵蹄轟轟踏來，身子連忙一個倒仰，足尖連連輕點在對方的小腿、鞋面，他不敢硬拼，只是借力後退，兩人空中過招，馬殷踢出三十六腿，徐知誥便退離七十二尺，一輪接過，只覺得腿骨疼痛欲折。

正當徐知誥慶幸接過這三十六腿時，馬殷忽然翻了一個斛斗，揮拳齊出，宛如馬兒人立，前蹄飛踏頭蓋骨。徐知誥只顧著避開腿踢，卻忘了對方還有雙拳，倘若被擊中頂心，腦骨必當場破碎，生死瞬間，他扇面往上大力一劃，割向馬殷手腕。馬殷雙手可就沒有鐵拳套了，眼看對方扇面如刃，他手腕向外一個下翻，只聽「碰碰！」兩聲，猝不及防下，徐知誥肩頭已中了兩拳，身子急往下墜！

群雄齊聲喝采：「好啊！給臭小子一個厲害，教他懂得尊敬長輩！」「不錯！別讓淮南小子囂張了！」

這一招連馮道也料想不到，不由得暗呼糟糕：「馬殷明明有雙手，可是他雙腿太厲害，以至於世人都忘了他有這麼一雙手，待一輪飛踢之後，忽然來個馬出前蹄，徐小子就馬失前蹄了！」

眼看徐知誥功虧一簣，就要墜落湖裡，千鈞一髮間，徐知誥足尖勾住飄蕩在外的另一條船繩，在船側繞了個大彎，竟從另一頭回到湖南軍船上，足尖一蹬船繩，「颼」一聲往上斜飛，掠往大旗所在，神態宛如青鳥，輕巧飄逸，毫無窘迫。

一瞬之間，他就從幾乎落敗，變成比馬殷更快飛向大旗，因為馬殷若要阻止他，必須繞過半根桅桿。雖然徐知誥只快了幾步距離，但他靈巧的輕功也快過馬殷笨重的鐵鞋，能使他再超前一些，只要有機會成功，哪怕只有一點點可能，他都不會放棄！

群雄都是明眼人，看出徐知誥要的小心機，不由得暗讚：「這小子武功雖不如我們，但意志堅韌、心思奇巧，確是後輩中拔尖的人才，難怪楊行密如此看重他。」

馮道也不得不打從心底佩服：「徐小子面對這麼多強手挑釁，明知一個都敵不過，卻無懼無退，光是這份膽識和毅力，就勝過許多人，也比小馮公子只會取巧求生，厲害了一點點。」

徐綰忽向顧全武低聲道：「末將想起來了，聽說這小子很不簡單，楊行密和徐溫都搶著當他義父，說兩人的親兒子加起來，也不如這小子管用！後來那一堆親兒子嫉妒他，鬧得不可開交，楊行密為了平息糾紛，只得忍痛割愛，把這乾兒子讓給了徐溫。」

馮道記得李茂貞曾說徐溫是楊行密的謀士，有觀天地、理玄機之能，想道：「徐小子得徐溫教導，又得楊行密刻意栽培，難怪年紀輕輕，已經滿腹機關了！」

馬殷畢竟是一方霸主，雖沒料到徐知誥會從另一頭回來，但一雙鐵鞋也沒有徐知誥想得那麼笨重，他身影一晃，恰恰擋住徐知誥的去路，雙腿對準他的胸腹，再度連環飛踢，左腿尚未收回，右腿又已踢出，連連不休，宛如一團滾滾旋轉的風火輪。

徐知誥足尖勾著船繩，在船桅間飛來盪去，摺扇左閃右擋，使盡全力，又避過一輪三十六踢。瞬間，馬殷重施故技，身子翻一個斛斗，雙拳再出。徐知誥有了上回經驗，特意防備他雙手，見拳眼微微下沉，猜他要攻向雙膝，立刻扇面大張，宛如利刃往下一掃，搶先護住下盤。

馬殷卻是故中有變，雙拳下擊只是虛招，身子瞬間一個倒栽，頭下腳上，小腿一個反勾，足尖對準徐知誥頂心狠狠踢去！

徐知誥正全力防守下盤，頂上恰好露了空門，萬萬想不到馬殷會使出這一怪招，扇面連忙上翻護住頂心，卻已來不及，幸好他同時側頭翻身，一個橫摔出去，這才避過致命一擊，但這一摔，再度下墜數尺，離旗桿更遠了。

馬殷也有了經驗，知道這小子不達目的不會罷休，絕不能給他第二次升騰的機會，足尖一點桅桿，身子借力一轉，飛向徐知誥，鐵蹄如擂鼓般，紛紛踏落。

徐知誥正仰身跌落，眼見馬殷雙腿疾快，彷彿千軍萬馬奔踏過來，卻無法閃躲，危急間，他長臂往後一伸，拿出弓箭，以箭尖劃了指血，對準大旗射去，同時扇面大展，護在胸前。

馬殷見徐知誥揹著弓箭，早料到他會以弓箭射血，此刻若還執意追殺他，一旦飛箭射中大旗，不但田頵可率淮南軍登上玄幻島，自己也會顏面盡失，他扼腕之餘，足尖在徐知誥的扇面重重一踏，將徐知誥踹得又跌落數尺，自己也借力直沖上天，撲向飛箭，想將箭矢拍落。

豈料這一箭只是誘敵之計，看似對準旗面，其實是從旗邊三尺處飛過去，馬殷這一撲飛，反而被引誘得離開旗桿稍遠處，徐知誥手中另外夾著銀針，針針染血，對準旗面灑射過去，只要有一針中了目標，便已成功。馬殷身在空中，難以回轉，就算立刻發去掌風，也來不及將銀針全數擊落，不由得一驚：「中計了！」

馮道也是一驚：「徐小子灑針的手法與妹妹相同！難道他們竟是同門？」心中漸漸將一些線索串連起來：「如果他們真是同門，那麼……徐溫既是他的義父，也就是妹妹的義父了！煙雨樓主就是徐溫！」經過多年，他終於窺知銀面殭屍的真實身分，但徐溫究竟是怎樣的人，對褚寒依又有多大影響，卻仍藏於團團迷霧之中。

群雄見徐知誥巧計得逞，更是萬分驚詫，各有所思，成汭心中大罵：「馬殷真是豬腦袋，竟會上小白臉的當！」

杜洪暗暗陰笑：「鐵蹄神功也不過爾爾，連一個奶娃子也收拾不下。」

顧全武心思極快：「若是讓淮南軍上玄幻島，形勢可就更複雜了……」

鍾傳最是老沉穩重：「南方盟主若是讓楊行密奪去，大夥兒怎麼面對梁王？」

徐知誥在眾人驚嘆間，朗笑道：「馬節帥，承讓了！」足尖一勾繩索，準備盪回自己的船上。馬殷一時疏忽，才輸了賭局，如何甘心？他知道群雄心中所想，羞惱之下，決定施展絕招「挾翼飛馬」殺了徐知誥，他相信這裡沒有一個人會為徐知誥出頭，就連田頵也不會，遂飽提真氣，足尖一點旗桿，整個人頭下腳上，雙腿分劈，團團旋轉，就像挾帶兩根鐵翼的陀螺，氣勢洶洶地飛轉過來，速度之快、威力之強，只要被掃踢中，就是斃命當場，徐知誥想不到勝負已分，他還不肯罷休，眼看鐵鞋一下子就掃近三尺內，自己還盪在半空中，這強大的踢力，以自己的功力實在是躲不及、擋不住，不由得心口一窒：「難道我竟要死在這裡？不！絕不！」他心中吶喊，卻無法可想，生死瞬間，「轟！」雲空深處忽然打下一道閃雷，聲勢之大，彷彿連天地都被撼動了，但更可怖的是──馬殷竟被天雷擊中！

一個龐大的身軀宛如斷線陀螺般，直墜落湖裡，眾人眼睜睜看著這一幕，都震驚得說不出話來，馮道愕然道：「鐵鞋！是他的鐵鞋惹禍……」

方才還風和日麗的彭蠡湖，驟然刮起了狂風巨浪，不到半刻，已是大霧迷漫、暴雨傾盆，伸手不見五指，眾人左張右望，甚是驚駭：「怎麼回事？」「魔鬼峽的天色當真說變就變！」

「呼！」湖心湧起一片片水牆，打向眾船，杜洪的船首先被巨浪擊中，碰一聲從中斷裂，迅速下沉，幾乎從湖面消失。鄂州軍雖精通水性，但風浪過大，幾乎無可抗拒，落水的士兵才呼喊兩聲，就沒頂不見，連搶救都來不及。

杜洪在水中拼命掙扎，幾乎淹沒在驚濤駭浪裡，成汭心想神仙草尚未著落，馬殷又被閃雷擊中，生死不明，只剩杜洪一個盟友，無論如何都得救他，連忙拋去蜈蚣鞭，捲住杜洪的水袖，試圖把他拉上來。

就在這時，一堵巨浪高牆沖天打下，淮南軍船被打斷船桅，岌岌可危，徐知誥見成汭的和州載最龐大堅固，心想楊行密最恨杜洪背叛，此刻去搶奪和州載，不但能保命，還可除去杜洪，遂大聲喝令：「搶船！」

田頵和安仁義剛剛不願幫徐知誥，才不聽號令，此刻性命交關，兩人立刻率軍過去搶船，巨浪滔天，船隻搖晃劇烈，只有徐知誥、田頵、安仁義和十幾名練有輕功的將領才能冒險飛渡，其他士兵只能留守原處，等搶到和州載，再把他們接應過去。

成汭忙著救援杜洪，荊南副將眼看淮南軍竟然入侵，連忙召集士兵起來對抗，雙方大打出手，又有風浪攪局，情況一時混亂無已。

荊南軍人數雖多，但淮南軍來的都是精英，尤其田頵和安仁義年少時就一起打天下，因此合練一套「四海八荒流星雨」的飛錘功夫，兩人拿著精鋼鑄造、重達百斤、胖如西瓜的流星錘，左掃右盪、東砸西鎖，星錘落處，所向披靡，荊南兵不是被掃飛出去，就是被砸成肉醬。

成汭聽見士兵呼救，瞥眼看去，見兩名副將中了流星錘，重傷倒地，其他士兵雖拼死頑抗，但船隻東拋西盪，沒有內力的士兵根本就站不穩，又如何對敵？不一會兒便死傷成片，成汭眼看形勢不妙，只好放棄杜洪，回去對付淮南軍，他心中懷恨徐知誥害死二位盟友，長鞭猛力一揮，對準徐知誥掃去：「剛才你是憑了小賊的指示，才逃出生天，現在沒人幫你了，竟敢自投羅網，老子非將你碎屍萬段不可！」

徐知誥性情極為隱忍，唯獨馮道是心中的一根刺，只要一碰，就會怒氣沖升，他聽見這話，怎麼也耐不住火氣，長身一縱，宛如猛獅穿跳火圈般，直接投入成汭的鞭圈內，手中大扇左劈右擋，震開四周的鞭圈割劃，對準成汭直撲而去，這一招實是玉石俱焚！

成汭眼看一根鐵鑄扇柄狠狠戳向自己的眼球，吃了一驚，不得不縮身急退，徐知誥把握機會緊跟而上，大扇一展，使出一招「煙花雨瀑」，似飛瀑從空中直瀉而下，這一招若中，成汭當場就會被刷掉前半身。

成汭想不到他樣貌斯文，發起狠來，竟是拼死不要命，卻不知徐知誥從小寄人籬下，常常受義兄弟排擠陷害，養成他謹慎堅毅的性情，每一次失敗，都會從中汲取教訓，思考下一次必勝之法。他一生中遇到的敵人不是比自己強大，就是資源更多，因此他每一次出手，都務求打中敵人死穴，讓對方無法回頭威脅他，否則他寧可隱忍不發。憑著狠絕的意志，不計任何手段，他從一個孤兒一步步打敗周圍敵人，一層層往上攀爬，才生存至今，否則他在一群狼崽中，早就屍骨無存了。

方才他面對群雄毫無畏懼，因為他知道怕也沒用，與成汭、杜洪對戰，被困在繩索上，無法施展全功，以致於左支右絀，被人看笑話，他心中依舊不氣不餒、不憂不懼，只靜心思索下次若再對戰，應該如何收拾兩人？成汭的蜈蚣鞭適合長掃，卻不宜近攻，於是他利用自己「青鳥探雨」的輕功優勢，緊緊貼在成汭一尺之內，讓長鞭無法施展。

成汭失了先機，為拉開彼此距離，一退再退，徐知誥卻如影隨形，緊緊跟上，一把摺扇點、戳、劃、掮，千變萬化、詭異莫測，他知道自己武功不如成汭，只能靈巧取勝，因此極盡刁鑽之能事，有時扇面飄飄顫顫，宛如飛花碎天，有時扇柄點點綴綴，又如雨落飛花，往往三、四步花巧虛招，才倏然殺出一實招，教成汭看得眼花燎亂，摸不著頭緒，只頻頻敗退。

船外風狂浪湧，船身大力搖晃，各項器物飛來撞去，兩人穿梭在這危險至極的地方，徐知誥憑著巧計、精妙身法，再利用周遭形勢，一時佔了上風。

成汭萬萬想不到方才還是眾人取笑的小白臉，轉眼就變得如此厲害，竟逼得自己連一招都施展不出，沖怒之餘，決定放出毒蜈蚣。這毒蜈蚣名喚「紅天龍」，十分珍貴，是他率領一隊精兵深入南蠻之地，苦守一年，費盡心力才誘捕到的，用一隻就少一隻，因此他只會在生死關頭使用，或對付比自己高明的敵人，例如王審知，今日卻被一個小毛頭逼到放出毒蜈蚣，怒火燒腦之餘，也實在是荊南軍的情況危急了。

「嗤！」一隻八寸長的紅蜈蚣陡然飛出，徐知誥貼身相鬥，略佔了上風，但他律己甚嚴，在未完全取勝之前，從不容許自己有半點驕兵心態，仍是步步謹慎，進攻之時，仍以扇面將周身護得密不透風，忽見毒物射來，連忙後退，他雖閃過這突來的攻擊，卻已被逼開距離，成汭立刻長鞭疾舞，唰唰唰地展開快攻。

徐知誥武功原本差了數籌，又得時時提防毒蟲，一下子就落了下風。成汭看他害怕毒物，得意之餘，竟忘了紅天龍十分稀珍，頻頻飛射，徐知誥只能東閃西躲，生怕被任一圈給套住，或被滿天飛灑的毒蜈蚣給咬了，便是性命不保，成汭看他狼狽逃竄的模樣，終於出了口氣，歡喜地哈哈大笑，外邊暴風狂浪，船裡笑聲瘋狂，鞭嘯夾著狂笑聲，在這陰天風浪之中，彷如厲鬼嚎泣。

兩人越打越快，成汭越逼越緊，徐知誥好容易才逃過數道鞭圈，又遇毒蜈蚣飛來，生死瞬間，船側恰好有一道大浪打來，將毒蜈蚣盡數吞沒，成汭氣得暴跳如雷，徐知誥雖然稍喘口氣，卻實在好不了多少，他一連三場劇戰，體內真氣流失極快，水浪一波一波湧來，船身劇晃不止，他每出一招都加倍耗力，偏偏成汭死纏不放，招招狠絕，田頵和安仁義卻不來相助，只忙著殺小兵：「他們分明是在等我與成汭兩敗俱傷，耗盡力氣，再來撿便宜，到那時，就算搶到船，他們活著，我卻死了……」楊行密的命令固然重要，但自己的性命卻永遠最重要，他當機立斷，身影一飄，直向後退，成汭見他要逃，飛身追上，連揮三鞭，徐知誥扇柄一劃，呼喝：「看針！」

成汭方才見他以針雨射中大旗，讓馬殷吃了虧，心中一直在提防這事，聽到呼喝，立刻閃身後退，手臂勁力一收，縮成一個綿密鞭圈護擋在身前，徐知誥趁機一個翻身，連三後掠，一邊躍離和州載，一邊長聲喝道：「田頵、安仁義聽令，你們負責搶船，我回去穩定淮南弟兄！」便穩穩地落回淮南軍船。

淮南軍原本已佔上風，徐知誥卻不打商量，忽然抽腿離去，田頵和安仁義不禁錯愕，忍不住破口罵道：「你這膽小鬼，竟臨陣脫逃！」

徐知誥這麼一退，成汭自然轉向對付其他敵人，蜈蚣鞭陡然撲到田頵背心，田頵口裡忙著罵人，手上忙著對付荊南士兵，一時疏忽，沒想到成汭這麼快回手，幸好安仁義飛錘來救，他才保住一命。

成汭一擊不中，迅速退出，長鞭左掃右盪，毒蜈蚣隨之射出，頃刻之間，十多名武功高強的淮南軍將領不是被長鞭掃中，就是被飛蜈蚣毒倒，田頵和安仁義眼看敵船中只餘自己二人，無奈之下，只得退回淮南船。

卻說馮道那邊的情況，也是一團混亂，龍船被巨浪拋上拋下，顧全武忙著指揮士兵收起船帆，放下四爪鐵錨，試圖穩住船隻，但這風浪十分古怪，全然沒有規則，眾士兵只跌得東倒西歪，根本無法行事。一道道數丈高的水浪不斷打來，眾人幾乎目不能視，老婆子驚聲呼叫：「小馮子！小馮子！」

「我在這兒！」馮道見船隻搖晃劇烈，危在頃刻，大叫道：「錯了！收錨！收錨！這風浪太大，硬去跟它對抗，只會弄得船身破碎，需順風順水，順勢而行才可以！」他這聲呼喊，是說給顧全武聽的，又拼命奔到舵夫旁邊，以「聞達」和「明鑒」的奇功，聽風聲、辨水勢，大聲指揮：「右轉三！」

那舵夫已忙得焦頭爛額，見馮道來搗亂，破口大罵：「小子別礙手礙腳！」發掌向馮道打去，馮道一邊以「節義」步伐閃躲，一邊喊道：「左轉十五！」

老婆子趕了過來，見舵夫不注意時，趁機將舵把向左拉轉，馮道喊道：「太斜啦！拉回三刻！」那舵夫又趕回來搶奪舵盤，罵道：「別胡鬧！船翻了，大夥兒一起死！」

老婆子不肯讓開，雙手雙腳地糾纏住舵盤，馮道也跑回來相助。那舵夫卻是練家子，武功不差，左掌掃開老婆子，右拳轟退馮道，一把搶過舵盤，馮道和老婆子再度撲上，齊力扳住舵夫的兩臂，馮道呼喝：「左三、右四！」兩人一起拉著船夫手臂轉左又轉右，那舵夫乃是百裡挑一的掌舵老手，拉扯幾回後，發現馮道的指示十分精準，喝道：「別抓了！你說！我來！」馮道這才鬆了一口氣，指揮舵夫穩穩掌著舵柄左轉右轉、穿波越浪。

其他船隻就沒這麼好運了，桅桿盡折、船帆盡毀，許多小船被巨浪一打，瞬間粉碎，待潮水一沖，殘骸即消失無蹤，士兵一旦落水，更是全然沒頂，無一倖免。

南方藩鎮個個精熟水性，船艦更是精良堅固，就算遭遇海上風暴，也不至於瞬間覆滅，眾人隱隱感到這詭異情景不全是天候所致，水下似乎還有一股莫名的力量將船隻捲入、絞碎，群雄平時天不怕、地不怕，想到各種鬼魔吞人的傳說，不由得心驚膽顫，臉色盡變。

潮聲如雷、震耳欲聾，在巨浪衝擊下，淮南軍船越來越危險，徐知誥縱有百般機巧，也是一籌莫展，正萬分焦急時，忽然發現前方出現一線生機，鎮海軍船雖然危險，總能順著水勢漂流，屢屢化險為夷，心念一動，教士兵拋去鐵錨，勾住鎮海軍船。

馮道正集中全副心力，聽風辨水地指揮方向，想不到船身忽受拖累，心中計算全被巨震打亂，那舵夫已十分依賴馮道，忽然失去指令，眼看幾道丈許高的大浪夾擊而來，一時慌了手腳，「轟！」地一聲巨響，眾船一起翻覆。

水渦旋轉劇烈，小兵一落水就消失無蹤，眾高手拼命掙扎，也不知還能支撐多久。馮道內力最差，又要分力拉著老婆子，才過一會兒，就感到全身快被漩渦扯碎，身子不住地往下沉，正當他快抵受不住時，好似有一股暖流微微托住他，令他有了一些力氣往上掙扎，那氣息若有似無，極輕、極暖、極溫和，又彷彿只是他瀕死的錯覺。

「快看！」當眾人與潮浪搏鬥得筋疲力盡時，一道微弱彩光在漫漫雲霧中射出，沖向天際，眾人順著彩光看去，只見湖心緩緩浮現一座小島！

（註❶：「南朝三十六英雄……」出自韋莊《上元縣・浙西作》。）

九〇二・十

烏鵲滿樛枝・軒然恐其出

楊行密始建制敕院，每有封拜，輒以告儼，於紫極宮玄宗像前陳制書，再拜然後下。《資治通鑑．卷二六三》

馮道拉著老婆子拼命游近，爬上島去，不一會兒，雲霧水氣漸漸消散，又恢復一派風和日麗的景象，彷彿從沒發生過魔鬼吞噬的事。

從墜海到上岸，不過兩刻間，卻似經歷了無數次生死，馮道無力地癱躺在草地上，見岸邊有幾隻鷗鳥嬉戲於滾滾波濤間，翩然飛舞，十分靈氣，滿山花草叢叢簇簇，繽紛豔麗，宛如世外仙境，他迷迷糊糊想道：「我是來到桃花源，還是升天了？」他手中緊緊抓著相依為命的老婆子，感到對方還有脈跳溫度，才放下心休息一會兒。

上島之人除了一幫高手，還有一些運氣好的士兵，群雄你看看我、我看看你，心中都盤算著誰先恢復體力，就能先發制人。

忽然間，小島遠端再度發出七彩光芒，群雄幾乎分毫不差地跳起身來，爭先恐後地奔去。這小島形似饅頭山，只有一座單調的隆峰，沒有什麼起伏層疊，那七彩光芒發自另一邊的下坡處，眾人想要到達彩光之地，必須先爬過一個山頭。

眾人奔了幾步路，見前方出現八道小徑，彷彿是一座花林、山石砌成的迷宮，正前方的路口與彩光形成一直線，距離最短，鍾傳心思動得極快，搶先奔進，其他人慢了一步，暗呼可惜，又見那花徑十分窄小，只容一人過去，若與他爭奪，反而會拖慢腳步，便改走其他小路進去。

「快！快！」老婆子恢復了力氣，見眾人跑得遠了，也一跳而起，躍躍欲試。

馮道一把拉住他，道：「咱們武功不好，先瞧瞧情況，不忙進去。」老婆子見馮道不肯趕路，頗是失望，啐道：「有這麼多高手打頭陣，你還害怕，真是沒用的小子！」口裡雖喋喋不休地罵著，卻也不敢單獨往前衝，只好悶頭跟著馮道行走，忽然間，花林深處傳來陣陣悽厲慘叫，竟是鍾傳的呼聲！

其他人一怔之下，腳步頓止，都想：「以鍾令公的身手和膽識，不管遇到什麼高手，都不該這麼呼叫，難道花林裡有什麼鬼怪？」慘叫聲不斷傳來，其他人越聽越驚駭，不約而同地退出了林子。

過了小半刻，鍾傳跌跌撞撞地退了出來，竟然七孔流血，衣衫被撕割成破爛，全身血肉模糊，就像被什麼可怕利器給割劃數十刀，他雙眼被血水遮蔽，看不見外面景像，以為仍有怪物攻擊，雙手仍不停揮舞著「九霄衝天杵」，口裡啊啊大叫：「走開！走開！」腳下東奔西闖，奔了好一陣，才頹然坐倒，呼呼喘氣。

鍾傳為人老練豪邁、武功高強，方才還意氣風發，企圖一爭雄長，想不到只半刻間，已是滿面驚恐、滿身創傷，雙眼更幾乎瞎了。

群雄雖暗暗高興又少了一位競爭對手，卻也擔心前方的凶險：「什麼樣的高手能一刻間重創他？我們誰也做不到，難道這島上真有鬼怪？」

原本繽紛美麗的花林，似乎在一瞬間變成了淒豔的血林，既陰森又可怖！

徐知誥環目一掃，見最大的對手只餘顧全武和成汭，心想：「顧全武心思縝密，不好對付，倒是成汭失去兩位盟友，已落了單……」向成汭微笑道：「晚輩一向敬老尊賢，不敢與前輩爭先。」雙手一擺，示意他先行。

剛才兩人還打得你死我活，徐知誥卻像什麼事也沒發生過，口氣輕鬆、態度自然，成汭不由得一愣，但想自己孤身一人，淮南三將卻都還在，此刻若硬要動手，一定討不到便宜，明知徐知誥是激自己打頭陣，實在吞不下這口氣：「我若是連楊行密手下一個小毛頭叫陣也退縮，還如何在江湖上立足？」，便率領殘餘的荊南軍昂首闊步地向前走去，大聲呼喝：「天大地大、瘋子最大！神惡鬼惡，瘋子最惡！世間有什麼鬼怪，見了瘋子也只能嚇得滾回老家去！」

徐知誥雖不願打頭陣，卻也不願落後，一見成汭進去，立刻招呼下屬跟進，田頵也是豪勇之人，自認在淮南軍中地位僅次於楊行密，便故意搶在徐知誥前頭，大聲道：「小人怕鬼，老子卻比鬼怪還凶！」招手喝道：「兄弟們，隨我來！」儼然把自己當成領袖，這幫淮南軍十有八九都是他的親信「爪牙都軍」，一聽招呼，自然而然地跟上，有意無意地冷落徐知誥。

徐知誥心中雖不悅，但身在險境，不願起內鬨，當下只強忍一口氣，緩緩走在最後方押陣。

方才一場水禍，鍾傳的子弟兵幾乎都葬身湖底，顧全武於是留下許再思和幾名士兵照顧鍾傳，自己則率領鎮海軍跟在徐知誥身後，又命令徐綰押著馮道和老婆子走在隊伍最後方。

小徑花石交錯，桃瓣漫天飛舞，原本是美麗寧和的風景，樹林深處卻不斷傳來嗤嗤微響，忽東忽西、飄然不定，似乎四面八方都隱藏著可怕危機。荊南軍走在最前頭，不由得心驚膽顫、左張右望，腳步拖拖拉拉，成汭見下屬畏縮，喝道：「誰敢逃走，軍法斬首！」荊南軍知道他一向殺人不眨眼，只好硬著頭皮往下走去，人人緊緊挨隨，生怕落了單，手中更握緊兵刃，就怕有任何閃失。

眾人走了一陣，並無半點異狀，老婆子百無聊賴，忍不住嘀嘀咕咕：「連個屁鬼影也不見！小馮子，你說說，鍾令公到底遇見什麼……」話聲未畢，只見走在中段的淮南軍忽然炸開了鍋，驚聲尖叫：「鬼啊！」「鬼！有鬼！」

只見一名士兵的頸間噴出一道血柱，灑得四周士兵滿頭滿臉，那士兵一手摀出咽喉傷口，試圖堵住噴血，一手胡亂揮舞，想向其他人求救，卻發不出任何聲音，他搖搖晃晃走了幾步，終於慢慢軟倒。

淮南軍驚駭萬分，亂成一團，老婆子嚇壞了，拉著馮道顫聲道：「這人忽然死了，肯定是鬼怪作祟，咱們快逃吧！」

馮道見徐綰也嚇得縮在角落裡，低聲道：「徐軍使自顧不暇，你快快退出去。」

老婆子愕然道：「你不走麼？」馮道雖然害怕，但想神仙草與隱龍有關，怎能一走了之？搖搖頭道：「我不走，我得探個究竟！」

老婆子一咬牙道：「你不走，我也不走！」

馮道以為他有義氣，不禁感動相望，老婆子理直氣壯道：「我一個人出去，要是遇上危險，可沒人護著我了！若是和你一起，就算要死，也能先拉你這個楞小子當墊背！」

馮道聞言愕然：「我小馮子怕死，想不到還遇上比我更怕死的，老婆子，算你行！」

田頵原本走在淮南軍最前方，聽見下屬慘叫，連忙回頭，見到鮮血飛灑的慘烈情狀，喝問徐知誥：「怎麼回事？什麼東西殺人了？」

事發突然，徐知誥又走在後頭，實在沒看清楚士兵是怎麼死的，周圍的士兵更只嚇得臉色蒼白，什麼也答不出。田頵忍不住斥道：「沒用的傢伙！」便過來查看屍體，見那士兵滿臉被抓得破爛，雙目被剜，張口吐舌，舌尖卻被斷去半截，死狀十分淒慘，心想：「凶手在眾目睽睽之下，連下狠手，怎可能沒人看見？」喝問幾次，見徐知誥無法回答，又罵：「弟兄們在你面前死得這麼慘，都申不了冤，真不知大王看重你什麼？徐溫的臉都給你丟光了！」他有意使徐知誥難堪，這幾句話嚷嚷得十分大聲。

淮南軍心中都想：「田將軍說得不錯！徐軍使太年輕，經驗不足、本事不濟，妖怪在他眼前殺人，他卻什麼也瞧不見，咱們不能把命交在他手裡！」

徐知誥見眾兵目光輕視，不再信任自己，朗聲道：「大王將這次任務交予我，眾兄弟都親耳聽見了，田將軍這麼大聲嚷嚷，難道是想向外人告狀，說大王不會識人，胡亂分派嚒？」

田頵臉色一沉，呸道：「小人只會挑撥離間！」見查不出所以然，一招手，教淮南軍隨自己繼續往前走，徐知誥只眼神閃爍地跟在後頭，也不與他相爭。

方才馮道隱約瞧見一道灰影掠過，但速度太快，沒看清是什麼東西，心中不禁忐忑：「倘若我有明鑒雙眼都看不清，其他人又如何對付？」

淮南軍小心翼翼地往前行，「滴！滴！」樹枝上忽掉落幾個小物，砸中一名士兵頭頂，「什麼東西？」那士兵伸手抓向頂門，赫然發現手中抓的竟是兩顆眼珠子，「娘呀！」那士兵嚇得大叫一聲，連忙將眼珠子拋甩出去，豈料神奇的事發生了，那眼珠子才飛入樹叢裡，只聽得「嗤！」一聲響，其中一顆眼珠竟然疾飛回來，宛如小彈珠般射向士兵的膝蓋，那士兵連忙垂刀抵擋，卻中了計，一道光影倏閃而過，割向他喉間，瞬間鮮血噴如飛泉！

老婆子走在後方，看見慘事再度發生，嚇得不顧一切轉身就跑，馮道連抓帶抱地攔住他，老婆子掙扎道：「別抓我！你想死在這裡，我不想！我要回去抱小孫子！」馮道雙臂死命抱住他，低聲道：「想活就別動！」

兩人掙扎間，又有幾道血柱飛噴，老婆子嚇得目瞪口呆，再不敢亂動，被漫天鮮血灑了滿臉，忍不住低聲咒罵：「好臭！好臭！比老婆子三個月不洗澡還臭！」見馮道怔怔呆立，問道：「小馮子，你究竟瞧見什麼？」

「鳥……妖鳥！」馮道憑著「明鑒」雙眼，終於看清那不是疾光，而是一隻細瘦的小鳥，牠用利嘴、鳥爪攻擊人，速度快如光電。

「妖鳥？」群雄中不乏高手，連灰影都沒瞧見，對一名小囚犯的話實在存疑。

徐知誥聽見馮道出聲，滿腔鬱氣再壓抑不住，冷斥道：「一個小賊能瞧見什麼？你若再妖言惑眾，本指揮就先割了你的舌頭！」

田頵卻偏偏要和徐知誥作對，喝道：「小賊究竟看見什麼？快快從實招來，你若敢隱瞞一個字，本將軍就砸破你的腦袋！」

馮道正想解釋，樹林間忽傳來「嘶——」一聲怪叫，一道灰影朝一名淮南軍衝去，馮道大驚道：「快趴下！」那弟子雖不知發生何事，見馮道對著自己喊話，嚇得向田頵奔去，哭喊：「將軍救我！」

田頵才揮起流星錘，「啊！」那弟子叫聲頓止，舌尖向田頵飛噴出去，整個人卻俯趴落地，當場斃命。

田頵眼睜睜看著子弟兵慘死眼前，來不及相救，氣得將流星錘甩得團團飛轉，大聲喝道：「有膽欺侮我兄弟，就給老子滾出來，別再裝神弄鬼了！」

淮南軍被激起士氣，一齊高舉長刀吶喊助陣：「田將軍！田將軍！」

田顗見眾人擁戴自己勝過徐知誥，豪情盛志，叫罵得更大聲，卻發現眾人喊聲頓止，臉色蒼白，舉刀的手微微顫抖，數十道目光驚恐地注視著他的後方。

「怎麼？」田顗心中一凜，從眾人表情猜知那妖物出現在身後，正要伺機奪命，他不敢妄動，只功聚雙耳、聽風辨形，悄悄力貫右臂，「唰！」流星錘猛地向後掃去，才掃了半圈，「嗤！」妖物速度卻更快，田顗後頸一陣刺痛，已被利刃刺中！

田顗不由得冷汗一竄，但他畢竟是淮南名將，雖被怪物襲擊中，應變極快，流星錘猛地一個向前拉近，以同歸於盡的方式擊向後頸，這一擊若中，雖殺了妖物，自己也要斷頸而亡，眾人只看得心口快跳出來，剎那間，那妖鳥一個竄高避開，田顗也同時彎腰閃過，一個轉身望去，駭然道：「什麼怪物！」

只見岩壁上站著一隻兩頭四腳的怪鳥，形如小喜鵲，氣勢卻強大如鷹，四顆眼珠就像黃金球般綻放著金色光芒，直勾勾地瞪著眾人，喉間發出咕嚕嚕的怪叫，好似嘲笑眾人的愚蠢慌張，兩只鳥嘴各刁著一顆血淋淋的眼珠，詭異的情景教人打從心底發寒。

怪鳥見數十支刀劍高舉示威，絲毫不懼，反而四眼大瞪，鳥頭猛地一甩，將口中兩顆眼珠子朝田顗射去，速度之外，兩顆脆弱的眼球頓時成了鐵珠暗器，田顗揮錘掃開，那怪鳥卻十分機靈，竟懂得虛實相攻之招，趁田顗忙著防備眼珠暗器，一道光似地衝向田顗，尖利的鳥嘴割向他咽喉。田顗急忙收招回護頭頸，卻忘了對方是一隻雙頭鳥，牠另一個鳥嘴已戳向田顗胸口，四隻鳥爪更如鋼爪般，狠狠抓向他胸膛，要把他開膛剖肚，扯個稀爛。

田顗再變招已來不及，千鈞一髮間，安仁義以流星錘飛砸向田顗胸口，怪鳥嚇得嘶嘶大叫，迅速飛走，安仁義雖及時收回流星錘，田顗仍被一半餘勁掃中胸口，跌坐在地，情狀實在狼狽。那怪鳥初嚐挫敗，氣得嘶嘶大叫，衝入淮南軍中，如幾道電光割來劃去，眾兵嚇得爭相逃命，慘呼連連。

田頵見徐知誥流露嘲笑神色，心中更加氣惱，大叫一聲又跳了起來，將流星錘甩得團團飛轉，竟是豁出性命與怪鳥拼搏起來，安仁義見狀，也趕來相助，兩人十分默契地分站在對角位置，合力使出絕招「四海八荒流星雨」。

田頵將流星錘向怪鳥飛砸過去，怪鳥一個閃身後退，卻不知自己被趕入陷阱，倏然間，「唰唰唰唰！」四條鎖鍊不斷穿來梭去，交織成網；四顆流星錘團團飛轉，宛如滿天流星，怪鳥驚覺情況不對，連忙轉彎飛升，想沖天出去，卻見一顆大大的流星錘凌空砸下，幸好牠速度夠快，急速下墜，才逃過一劫，牠趁勢穿過安仁義的雙腿縫隙，想借此逃脫，誰知安仁義的流星錘一個下墜，又將牠擋了回去。

怪鳥左飛右衝，奮力突圍，始終掙脫不出鎖鍊網，更有幾次險些撞上流星錘，情況岌岌可危。淮南軍原本以為是妖鬼作祟，才四散奔逃，此刻看清不過是一隻小鳥，又被流星網困住了，便壯了膽氣，趕過來助陣，密密圍住外圍，不讓牠逃脫。

馮道見怪鳥被圍住，心中卻更加害怕：「動用淮南兩大高手，才圍住一隻鳥，但從鍾傳的傷勢來看，島上肯定不只這一隻。」再顧不得什麼隱龍傳說，拉了老婆子低聲道：「咱們趁這機會快走！」

兩人悄悄回頭，以雙臂護住頭臉，矮著身子貼著牆壁，一步步往谷口退去，徐綰原本負責看管兩人，此刻哪有心思再待下去，便學著馮道蹲身低頭，小步退後。

顧全武身影一閃，擋住去路，馮道三人嚇得幾乎跳起，徐綰違抗軍命，陣前逃跑，見被逮個正著，雖吃了一驚，反應卻是機靈，當下昂起身子，厚著臉皮道：「這兩個小賊想逃跑，末將正要逮他們回來。」

顧全武將三人鬼祟行動全看在眼裡，也不戳破，只道：「這一路下去，不知還有多少機關險厄，未找到神仙草之前，需通力合作才是。」

老婆子道：「顧和尚說得是，大家應該通力合作，」叉腰指著徐綰道：「你怎麼可以臨陣脫逃？」

「我……我……」徐綰想不到這老頭竟會反過來戳破自己，一時無法反駁，只好轉勸顧全武：「將軍，這怪鳥太厲害，咱們還是先退，回去做好準備再來吧！」

顧全武並不理會他，反而打量馮道兩眼，心想這小子一身古古怪怪的本事，有意試探他，問道：「你覺得那是什麼怪物？」

馮道恭敬答道：「晚生瞧這怪鳥兩頭四腳，很像《山海經》裡的鵸鳥，牠們肯定是在守護神仙草，我們若是動了貪惡之念，想奪取寶物，就會引來攻擊，依我說，大家還是快快退出去吧……」

顧全武不理會馮道的勸告，轉而吩咐徐綰：「徐軍使，這小子對怪鳥有些研究，你帶著他和一隊弟兄過去，幫助田頵盡快殺了怪鳥，免得拖延行程！」

老婆子遠遠瞧見田頵和安仁義已鎖住怪鳥行動，膽子壯了起來，拍掌笑道：「好啊好啊！小馮子，咱們也去殺鳥，待會兒有烤鳥肉可吃，再也不必挨餓了！」

徐綰罵道：「好什麼？等你被怪鳥吃了，也不用挨餓了！」

老婆子笑道：「徐軍使，你不吃鳥肉，你的眼珠子就要被吃了，牠吃了咱們那麼多眼珠子，咱們吃牠一口，不必客氣！」

徐絎呸道：「吃吃吃！你就知道吃！」

老婆子翻了白眼道：「吔！徐軍使你這話就不對了，百姓吃飽肚子，就不會作亂，老婆子吃飽肚子，就不會鬧騰！」

馮道讚許道：「『王者以民人為天，而民人以食為天』，老婆子雖沒讀書，卻能說出聖賢道理！」

老婆子兩眼一翻，叉腰得意道：「這有什麼稀奇？聖賢和老婆子一樣，長得一顆腦袋、兩片屁股，既然大家都只一顆腦袋，他們想得到，老婆子自然也能想到！倘若聖賢長了兩顆腦袋，豈不像這怪鳥了？聖賢也要吃喝拉撒睡，肚子餓急了，就說：『王什麼民什麼天、民什麼食什麼天』，意思就是老百姓要吃飯，就像『天』那麼大，『天』可是比皇帝老子還大……」

顧全武見老婆子喋喋不休，喝道：「別囉嗦了！你二人快快過去！」

徐絎心中暗罵：「好你個和尚，竟教老子去送死？」卻不敢當面發作，只怯怯地道：「田頵都收拾不了怪鳥，這小賊哪有法子？」

馮道也求饒道：「我只在書中看過圖形，怎會對付？我武功奇差無比，這一去是必死無疑！」

顧全武冷冷道：「你三人本來就該死，這是讓你們將功贖罪，倘若能除去怪鳥，死罪就一筆勾銷！如果不能，你們乾脆讓怪鳥吃了，也省得和尚動手殺人！」

徐絎見顧全武目光沉寒，比怪鳥更可怕，不敢再爭辯，馮道眼看命在旦夕，不能不為自己爭取，警告道：「你們硬要搶奪鸓鳥守護的仙物，牠肯定要拼命，到時候引發什麼災禍，我可管不著、救不了！」

顧全武倏然以佛珠串絞住老婆子的頸項，厲聲道：「你不去，我立刻殺了他。」

老婆子驚道：「顧和尚，別……別殺！別殺！」又愁眉苦臉道：「小馮子和我非親非故，怎肯為我犯險？老婆子這回死定了！死定了！嗚哇……」說著老淚縱橫，竟然就嚎哭起來。

「別哭！」馮道怕他哭聲引來鸓鳥，連忙伸手摀住他的嘴，顧全武卻更快地點了老婆子的啞穴，只見老婆子大嘴張開、擠眉弄眼，拼命擠出一滴淚來，馮道不由得一嘆：「孟夫子說：『惻隱之心，人皆有之』，我讀聖賢書、學聖賢道，怎能見死不救？」只得硬著頭皮隨徐綰前去。

徐綰帶著一幫鎮海軍慢吞吞地往前走，馮道心中卡忑，默默地把師父、眾師祖求了一遍，希望他們保祐田頵大發神威，一舉殺了鸓鳥，想不到心誠真的靈，幾番博鬥之下，田頵果然一錘砸中鸓鳥。那鸓鳥慘嘶一聲，掉落地上，瀕死之際，對著前方樹叢大叫一聲，似乎在泣訴什麼，這才闔眼死去。

馮道聽那嘶聲淒厲，不由得起了一陣寒慄，心中更湧生不祥之感。淮南軍卻是歡聲雷動，他們見徐知誥只站在一旁觀戰，遲遲未出手，心中更加瞧不起。

徐綰遠遠瞧見鸓鳥已死，立刻振起精神，大喊道：「兄弟們，大家一起上啊！」帶著一幫鎮海軍衝了過去。

田頵見徐綰裝模作樣地到來，冷嘲道：「徐軍使來得好巧啊！」

徐綰哼道：「來得早不如來得巧！這妖鳥一見到本指揮過來，便嚇破膽了，這才讓田將軍白白撿了功勞！」他才吹噓兩句，前方樹叢裡幾個地方分別傳出陣陣嘶鳴，聲聲交疊、互相呼應，其音之淒厲，彷彿在哀鳴同伴死去，震撼得眾人心裡發毛：「難道樹洞裡還有怪鳥？」「聽這聲音……難道還不只一隻！」

徐綰嚇得連連後退，幾乎拔腿就跑，田頵濃眉一皺，心想：「若不擋住這些怪鳥，保不準牠們什麼時候又出來傷人！」大步搶上，奔到最近發出聲音的樹洞，以流星鍾堵住洞口，叫道：「你們快搬石頭來堵住洞口！」

幾名淮南軍連忙搬了一顆石頭堵上，安仁義見狀，也奔到下一個發出聲音的樹洞，以流星鍾堵住，淮南軍又去尋了一顆石頭堵上洞口。田頵、安仁義就這樣忙了三、四處，見前方竟然有一個斜擴歪曲的大樹洞，無法用一顆石洞完全堵住，兩人只能全神戒備，以兩支流星鍾暫時堵住樹洞，教淮南軍趕緊去找石頭，但找來找去，附近都沒有大小適合的石頭，眾人又不敢走得太遠去尋找。

徐綰聽得心裡發毛，但想自己若不立點功勞，回去也無法跟顧全武交代，又見田頵、安仁義、徐知誥幾大高手都聚在這裡，那鸓鳥再厲害，還怎麼發狠？一咬牙道：「讓我來！」

田頵見徐綰難得逞勇，冷笑道：「安兄弟，徐軍使要出狠手段，咱們張大眼好好瞧著！」誰知徐綰口裡說「讓我來」，竟是一把將馮道推到洞口處，他的「狠手段」就是以馮道擋在樹洞前，以肉身為誘餌，等鸓鳥出來撲咬馮道的剎那，再聯手擊殺牠。

馮道叫道：「喂！你……顧將軍讓你殺鳥……不是殺我！」他用力掙了兩下沒能掙脫，一抬頭，見眾人不懷好意地盯著自己，尤其徐知誥脣角噙笑，眼中閃著爍爍殺光，馮道不由得心中一凜：「這幫人冷血至極！我與他們無冤無仇，他們卻想用我這活跳跳的人肉當鳥餌，徐小子更是存心置我於死地！」

果然徐知誥對徐絢拱手道：「徐軍使真是妙計！小弟誠願相助一臂之力。」

有高手相助，徐絢歡喜都來不及，豈有拒絕之理？滿臉笑得燦爛：「徐小兄，咱們同姓，原本就是一家親，生死之際更應該互相扶持。」

徐知誥微笑道：「甚是！甚是！」

馮道暗罵：「是我在生死之際，你二人有什麼危險？答什麼『甚是、甚是』！」

徐知誥高聲命令淮南軍：「兄弟們，準備了！只要鸓鳥一出，下手不必留情！」

馮道見刀光爍爍盡對著自己，不禁害怕至極：「他們要殺鸓鳥，出手肯定又狠又快，不留半點餘地，就算我僥倖躲過鳥擊，這十幾把刀從四面八方砍下來，小馮公子立馬變成小馮肉醬！」

洞裡不斷傳出悲嘶聲，教人毛骨悚然，馮道無計可施，只能以「明鑒」眼功朝洞內極力看去，想在幽暗深處看出鸓鳥的動靜。

「小馮子別怕，老婆子來救你了！」老婆子一溜煙靠過來，道：「你瞧出什麼門道了？」

馮道低聲問道：「顧將軍怎肯放了你？」

老婆子嘻嘻笑道：「我跟顧和尚說：『老婆子一點用處都沒有，你綁著我幹嘛？小馮子若殺不了鸓鳥，你一刀宰了他就是，何必牽扯我這個無辜人？』顧和尚十分明理，連說：『甚是！甚是！』便乖乖放了我。」

馮道愕然道：「你教他宰了我，他也『甚是、甚是』？」

老婆子喜孜孜道：「甚是、甚是！我跟他說：『宰我不如宰你』，不過你也別怕，等鸓鳥吃了顧和尚，就替你報仇了！」

馮道聽他說得瘋瘋顛顛，卻害了自己，實在哭笑不得。老婆子卻十分得意，一邊說話一邊把口中花生米朝樹洞噴吐進去，馮道暗覺奇怪：「他哪來的花生米？」但此時性命不保，哪有心思追究什麼花生米？

徐綰喝道：「老婆子，你別再胡鬧了！」

老婆子呸道：「吃花生米不吐花生殼，難道叫老婆子吞進肚去？」

「嗤！」洞裡突然傳出一聲尖嘶，眾人吃了一驚，高舉的兵刃紛紛砍出，馮道嚇得魂飛魄散，忙以「交結」之氣佈滿頭臉及上半身，心道：「我先護住頭臉，保住性命，四肢殘缺就沒辦法了！誰叫這榮枯鑑一榮一枯，護了頭就護不了尾！」

「呼！」眾刀刃剛觸到馮道的衣衫，竟然砍不下去，好似被一股奇怪力量擋住，只有徐知誥內力較深，又全力砍殺，扇緣才劃破了馮道的皮肉，留下一道淺淺傷口。

老婆子一邊叫道：「喂喂！怪鳥還沒出來，你們急什麼？」一邊以指尖輕輕撥開刀刃。

眾人悻悻然收回兵器，心中實在奇怪：「難道這小子深藏不露，練了金鐘罩鐵布衫一類的功夫？」

卻不知馮道早已嚇出一身冷汗，暗暗慶幸：「他們怎麼砍到一半就停手了？難道是良心發現了？」但這島上怪事甚多，也無法一一探究。

老婆子仍不停朝洞內噴吐花生殼，馮道生怕那鸓鳥真衝了出來，自己要遭殃，連忙說道：「你們聽我說，這鸓鳥是仙鳥，不是妖物，你們心懷惡念，想搶奪神仙草，才會遭受攻擊，你們若不肯罷休，肯定會遭受天譴！」

士兵們都是在戰場上爭命的人，對鬼神報應特別敬畏，聽了馮道之言，不禁面面相覷，心中不安，徐知誥冷斥道：「無知小賊，莫要在這裡妖言惑眾！」

馮道見眾人臉色驚顫，知道自己的話起了作用，更大聲道：「你們逼死仙鳥，又害死我這個無辜人，可是有損陰德，你們淮南軍不怕天譴，自個兒留下吧，我們鎮海軍要走了！」

徐綰也聽得心裡發毛，連忙道：「咱們留仙鳥一命，好為節帥積福報！」鎮海軍齊聲稱是，徐綰便帶隊轉身離去，誰知才走了幾步，那樹洞忽然傳出嘶嘶尖叫，驀地灰影一閃，竟有兩隻鸓鳥衝了出來！

馮道「聞達」雙耳搶先聽到，一手抱頭一手拉了老婆子蹲縮在壁角。徐綰閃過一隻，卻躲不過第二隻，只聽「嗤」一聲，手臂已被劃破一道長口子，他嚇得胡亂揮刀，驚惶大叫：「你們還等什麼？快殺啊！」鎮海軍大驚失色，連忙揮刀抵擋，但手臂尚未舉起，許多人已噴血倒落。

趁著鎮海軍忙亂時，徐知誥一邊打手勢招呼淮南軍快速退離，一邊冷笑道：「咱們不敢得罪仙鳥，還請鎮海兄弟先應付著！」

兩隻鸓鳥彷彿前來報仇，見淮南軍要逃走，怒氣沖沖地衝入其中，亂撲亂抓，田頵和安仁義再度聯手，將流星錘耍得團團飛轉，合力困住其中一隻鸓鳥。

另一隻鸓鳥見同伴被困，更加氣惱，當下衝來飛去，見人就殺，眾士兵嚇得紛紛奔逃，徐知誥大扇左揮右掃，雖企圖撲殺鸓鳥，但對方速度實在太快，他頂多只能自保，卻無力斬妖。

成汭方才一直待在前方觀戰，不想出手，是想觀察淮南軍的實力，坐等鸓鳥剷除他們，但見情況混亂，心想：「前方還不知有多少危險，留著田頵幾人還能當個打手！」便提著蜈蚣鞭走了過來，淮南軍已顧不得顏面，大聲呼喊：「成將軍救命啊！」好似瘋子比瘋鳥可愛多了。

成汭喝道：「通通給我退下！」

徐知誥悻悻然退開，其他人也躲到一旁，都瞪大眼觀看，連大氣也不敢喘一口，心中實在好奇瘋子和瘋鳥究竟要如何對決？

那鷴鳥聽到這聲大喝，似乎也受到震懾，頓時不再亂飛，只停在樹梢上，兩顆頭顱左右張望，四顆黃金眼珠骨碌碌地轉動。

馮道叫道：「這鷴鳥速度太快，要以靜制動。」

成汭呸道：「成瘋子要殺一隻小鳥，用得著你這小子多嘴！」口裡這麼說，卻依馮道之言凝立不動，眾人都覺得他太大膽：「他竟然相信小囚犯的話，呆立不動，簡直是瘋了！」

鷴鳥見成汭不動不逃，渾身散發強大的暴氣，也拼勁斷聲大叫，似乎想以氣勢嚇退敵人，叫聲頓止，鳥嘴對準成汭雙眼，如一道光電直射過去，眾人還看不清鷴鳥身影，成汭的蜈蚣鞭已飛轉成一圈又一圈，將鷴鳥困在圈子裡，鷴鳥橫衝直撞，想突破鞭圈，成汭的長鞭越轉越快、越轉越快，漸漸地，形成一個球體，結結實實地困住了對方。

那鷴鳥彷彿感到自己死期將至，淒厲大叫，震得人人耳朵欲聾，成汭的鞭圈倏然飛出數隻毒蜈蚣，那鷴鳥雖飛不出鞭圈，仍拼命來回奔飛，兩嘴嗤嗤啄了兩隻蜈蚣，四爪也抓死幾隻，成汭再催功力，十幾隻毒蜈蚣齊發，四面八方地射去，那鷴鳥再快，也來不及對付，終是被毒蜈蚣咬中，一聲慘嘶，墜落地面。

正當田頵、安仁義聯手困住一隻鷴鳥，成汭殺了另一隻而洋洋得意時，豈料樹洞裡又飛出數隻鷴鳥，如十數道光影橫來掠去，到處屠殺，無論哪一路士兵，都嚇得奪路狂奔，馮道大叫：「別動！別動！」眾人卻不聽，拼命地四散奔逃，鷴鳥見無人抵擋，更隨抓隨殺，一時鮮血狂噴，屍橫遍地。

忽然間「嗤嗤」數聲，陰暗的樹叢裡射出十數道金黃聖光，刺得眾人張不開眼，只能胡亂揮舞兵刃自保，心中真是恐懼到極點，閃光過後，眾人慢慢恢復視力，卻見空中咚咚咚地墜下血雨，竟是十數顆金佛珠散射，將鸓鳥打爆，幾顆鳥首向前飛噴，鳥身子掉落下來，爛成血肉泥漿。

顧全武唰地一聲，收回金佛珠串，淡淡道：「走吧！」

眾士兵驚得目瞪口呆，過了好一會兒，才歡聲雷動，徐綰方才還縮在一旁，見顧全武技驚全場，立刻起身大聲道：「將軍往前一站，佛光燦爛，鸓鳥就嚇得身首分離、自盡而亡了！」鎮海軍再次歡聲雷動。

田頵低罵道：「狗屁！」卻也無話可駁。徐知誥卻想：「顧和尚武功高強、膽識過人，難怪能接替海龍王！倒不知他與大王相比又如何？」

場中只有一人彷彿看不見顧全武的驚人武功，自顧自地左右張望，連連歡呼：「小馮子，有鳥肉可以吃了！咱們快拾起來，帶在身上當盤纏，日後就不會挨餓了！」

淮南軍原本高手最多、氣勢最盛，人人驕悍自負，瞧不起其他軍兵，這一仗下來，卻受創最重，眼看顧全武大展神技，心中更是五味雜陳，不禁收了氣焰，個個垂頭喪氣。眾兵想到那七彩神仙草根本輪不到自己，恨不能立刻掉頭逃走，但礙於軍令，只能硬著頭皮往前行。

前方又出現八道路口，徐知誥問道：「走哪一道？」

成汭為扳回氣勢，二話不說地挑了其中一個路口，率領荊南軍往深處走去。

顧全武道：「依我看，大家還是一起，莫分散了。」

徐知誥點頭道：「顧將軍說得是。」便率隊走進成汭挑選的小徑。

眾人走了一段路，卻出現一幕驚人景象，前方山石嶙峋夾道，夾壁上棲息數十隻鸓鳥，左右護衛著通道不讓人穿過，每隻鳥的腳爪都提著兩顆骷髏頭，口裡嘶嘶鳴叫，像是要嚇退入侵者，眾人只看得毛骨悚然，冷汗直冒。

徐知誥蹙眉道：「這夾道一次最多只能通過兩、三人，如何抵擋鳥群的攻擊？咱們還進不進去？」

田頵再豪勇，也不敢強行闖關，扼腕道：「甭玩了！這根本過不去！」

成汭冷笑道：「誰害怕，誰就退出，別再貪想什麼盟主之位了！」

眾高手好容易走到這裡，如何甘心放棄？但前方景象實在太險惡，是進是退，一時猶豫不決。

馮道說道：「晚生觀察許久，發覺一個人如果心懷貪念、殺氣橫重，那鸓鳥似乎就能感應到敵人入侵，而發動攻擊。」

成汭怒斥道：「這不是廢話？咱們全是沙場武將，哪個人沒有殺氣，誰又能過關？」

眾人沉默片晌，顧全武忽然道：「那也不一定！顧某雖沒把和尚做到底，倒也認真唸過幾篇定心咒，修過幾分禪定功夫，和尚這名號可不是虛擔的！」

徐知誥並不信馮道所言，見顧全武自告奮勇，真是再好不過，暗想：「最好顧和尚和鸓鳥鬥個兩敗俱亡！」微笑道：「晚輩敬觀將軍神技。」

眾人留在甬道外，不敢太靠近，遠遠瞧著，心中實在好奇：「他究竟要如何過關？」

只見顧全武沉閉雙眼，緩緩收斂殺氣，沉心進入禪定境界，臉上漸漸浮現佛光聖氣，慢慢染化了全身，他一步一步穩穩前進，宛如捨身入道的高僧，兩旁的鸓鳥果然毫無動靜，徐知誥越看越不妙，心想：「倘若他真憑著禪定功夫過關，其他人又無法進去，豈不讓他獨吞了神仙草？」遂笑道：「瞧顧將軍金光聖骨的模樣，不當渡化眾生的大師，卻當殺人千萬的武將，真是佛門損失了！」

他一句「殺人千萬的武將」，令顧全武腦海中閃現戰場拼殺的畫面，雖只一瞬，已然不妙，「嗤！」一聲，鸓鳥已疾衝過來，徐知誥暗暗得意：「人說顧和尚為海龍王打下半邊江山，我徐知誥卻只要一句話便能除掉你！」

顧全武悚然一驚，心念倏閃：「是抵抗還是寧定？」在這生死關頭，不知為何，他竟然選擇相信馮道，瞬間下了一個極大膽的決定，硬是使出十足的禪定功夫，壓下所有衝動，封閉七竅，將自己化成一塊石頭。

鸓鳥如電光衝飛到他面前，尖利的鳥喙在他眼皮劃過，顧全武不禁懊悔自己為何要聽馮道的話，反擊的念頭還來不及生起，鸓鳥已咻地一個轉彎，飛到顧全武身後，只在他眼皮留下淺淺一道破痕，當真險到毫巔，顧全武才鬆了一口氣，卻聽到後方「啊！」一聲大叫，鸓鳥竟衝向唇角隱笑的徐知誥！

徐知誥原本氣定神閒地站在甬道外，殺機忽至，他不由得吃了一驚，向後急退，但鸓鳥速度更快，眼看就要被挖眼奪命，毀去一張俊俏臉龐，死得面目全非！

馮道一溜煙搶出，將徐知誥往後拉了一把，徐知誥身子仰身倒落，壓在馮道身上，兩人雖跌得狼狽，卻已經躲過一劫。徐知誥想不到馮道會出手相救，羞惱之下，忍不住罵道：「你做什麼……」馮道一手用力抱住他的腰，另一手趕緊摀住他的嘴，低聲道：「安靜！」徐知誥手肘卻狠狠往後撞向馮道腰眼，想讓他吃一個暗拐子喊叫出聲，引鸛鳥過來，自己則雙手抱頭，奮力向外滾開。

馮道心中大罵：「忘恩負義的小子！」明知此刻該縮身抱頭，安靜不動，但眼睜睜看鸛鳥對準自己衝來，嚇得想翻身跳起、加速逃跑，「啪！」老婆子猛力拍了他後腦勺一巴掌，將他用力壓落，馮道被打得仆倒在地，也幸好這麼一仆，那鸛鳥從他頂上掠過，啄了個空，若是稍慢半分，馮道已被割斷咽喉，當真是驚險萬分。

老婆子怕鸛鳥回頭來咬，嚇得縮跪在地，一手抱頭，一手壓住馮道後腦勺，不讓他起身，道：「小子快跟我一起唸！」喃喃唸道：「鳥大人饒命！小人知錯了，絕口不敢再吃烤鳥肉了……」

馮道趕緊跟著唸道：「鳥大爺在上，求您饒小人一命，那鳥肉是老婆子要吃的，小馮子可是一口都沒吃……不！不是！是一口都沒想過……」

老婆子狠狠拍了馮道後腦勺，啐道：「臭小子！誰叫你多加這幾句，想害死老婆子嚒？」

馮道嘀咕道：「晚生只是實話實說……」

那鸛鳥一聲嗤叫，急往後退，碧綠的眼珠骨碌碌地瞪著兩人，那眼神似驚恐又似疑惑，也不知是不是接受兩人的誠心懺悔，竟然真的不攻擊，牠鳥首一偏，發現滾倒一旁的徐知誥咬牙暗恨，便飛身過去。

徐知誥才剛起身，見鸛鳥又來，急滑身後退，扇面大展向前擋去，那鸛鳥卻倏地一個轉彎，繞過了徐知誥的手臂，直撲他雙眼！

徐知誥後背已貼上岩壁，再無路可退，要收扇回擋也來不及，眼看就要被毀目斷喉，忽聽「嗤」一聲，鷗鳥頸子一歪，已然掉落！

徐知誥噓了口長氣，雙腿幾乎發軟坐倒，幸好他背貼著岩壁，才沒露出醜態。

眾人以為是徐知誥殺了鷗鳥，卻見石壁後方緩緩轉出一個人來，輕搖摺扇，一派悠然，竟是十國第一人——楊行密！

他方才以扇柄輕輕點向鳥首，氣勁濃縮如一細針，只在觸到鷗鳥的剎那才射發，一出即收，在驚動其他鷗鳥前，已完全收斂殺氣。

眾人見楊行密忽然現身，心中驚詫更甚於看到鷗鳥發動攻擊：「他怎麼來了？」

楊行密這一手「江南輕雨」，看似不驚不咋，毫無氣勢，實則扇氣如針細、如雨輕，出手於彈指間、殺人於未覺時，氣勁收放自如，連敏銳的鷗鳥也不驚動，實是絕頂修為才能達到的境界，但一般人不明白，只有顧全武、成汭、田頵、徐知誥幾個高手才能看出其中奧妙。

徐知誥行禮道：「多謝大王救命之恩。」

楊行密點點頭，望著眾人驚詫的神情，淡淡道：「本王方才乘船過來，看見杜兄、馬兄、王兄，還有各隊兄弟浮沉水面，奄奄一息，我已經命人將他們救到船上了。」

成汭愕然道：「你說的可是我馬殷兄弟、杜洪兄弟和白馬三郎？」

楊行密微笑道：「不是他們，又有誰夠資格與本王稱兄道弟？」

顧全武問道：「他們情況如何了？」

楊行密道：「馬兄雖遭遇雷殛，但有我淮南傷藥救治，假以時日，應能恢復一半功力；至於王兄中了蟲毒，他自己已逼出毒血，卻在身子最虛弱時，受到風浪震盪，損傷了功體，能保住三成功力，已算不錯了；還有鍾令公，我已派人將他連同許再思和幾名鎮海兄弟，都接到船上照顧。倒是杜兄最是可惜……」輕輕一嘆，又道：「他被巨浪重創，就算不死，整個人也廢了！」

杜洪重傷，是拜徐知誥所賜，成汭原本恨極，但楊行密救了馬殷，還押做人質，只得忍下一口氣，道：「吳王高仁大義救了馬兄弟，成某謝過了。」

楊行密一揮手，毫不在意地道：「成兄不必客氣，咱們都是南方藩鎮，本該團結一起，合力抵禦北方逆賊南下，不是麼？」

馮道心想：「這楊行密氣恨杜洪背叛，擔憂王審知、馬殷成為威脅，卻沒有趁人之危殺了他們，反而施予援手，難道他真是胸懷坦蕩的君子，人人都誤會他了？」

顧全武暗想這次聚會，原本是為了對付楊行密，想不到寶物未找著，自己人就先打成重傷，還有幾人落入楊行密手裡，雖保住性命，卻成為人質，真不知是幸還是不幸？又想：「楊行密絕不會放過這大好機會，馬殷和三郎的功力大損，杜洪廢死，肯定是他表面救治，暗中卻下了毒手，走到這一步，只餘我鎮海和荊南兩軍，這南方盟也算瓦解了……」

徐知誥問道：「大王一路過來，有沒有遇見詭異風暴？」

楊行密道：「一路風平浪靜，沒什麼異狀。」見眾人神色不安，又問：「怎麼？你們遇上風暴了？」

「不是普通的風暴！」徐知誥想了想，朗聲道：「我們遇到的風暴是玄幻島從湖底浮現時，捲起的渦流造成的。」

馮道接口道：「不只如此，魔鬼峽的地理乃是『拒五水一湖於咽喉』，贛江五條支流分從不同方向匯入一條峽道，使得水文交錯複雜，水勢湍急。再加上魔鬼峽正好面對著兩大高山的夾口，西北面是千丈高的廬山，東面則是一大片高闊的丘陵，當北風南下，從這兩大屏障中間的夾道呼嘯灌入，又遇上玄幻島浮起，便造成強大的迴風，如此迴風、渦捲、急流幾番交互作用下，自然是巨浪濤天、風雲變色了。」

眾人聽馮道一番論述，有理有據，不由得收起小覷之心：「這小子武功雖不行，見識倒不差！」就連楊行密也刮目相看，微笑道：「小兄弟，咱們又見面了，你怎麼每次都這般狼狽？」

馮道無奈一笑，攤攤手道：「人在江湖、身不由己！」

徐知誥見馮道贏得眾人好感，趨前拱手道：「這鸓鳥實在太過厲害，在下一時慌了，險些誤傷馮兄弟，真是過意不去。」

馮道回了禮，咧嘴一笑：「幸好在下一向命硬，屢遭陷害不死！」見徐知誥雖來道歉，但眼中閃過一絲殺光，不知又在打什麼主意，暗想：「如今他有楊行密當大靠山，若想害我，可是輕而易舉，我得好好籠絡一下這位南霸天才行。」遂躬身向楊行密深深致謝：「方才幸得吳王出手，晚生才保住一命，將來若有機會，晚生一定會為您唸經祈福，祈求上蒼保祐您長命百歲！」

楊行密哈哈一笑，道：「小兄弟送給本王的這番功德，還是回向給聖上吧！」想到皇帝，臉色一時沉了下來：「本王自從聽說朱賊包圍鳳翔，就日夜難安，想我受主隆恩，卻不能在聖上面前盡忠，心裡實在憋屈得很，索性命人興建制敕院、紫極宮，每日在紫極宮裡對著玄宗畫像陳列制書、叩拜行禮，心中唯有一願，盼望唐祚千秋盛世、聖上萬歲安康。只不過……

唉！」他長長一嘆，似吐出胸中無限感慨：「時至今日，鳳翔仍沒有好消息，聖上仍在受苦，所以，我自身如何倒不重要，就算是要為聖上折壽，也是做臣子的福氣。馮小兄，你的好意就回向給聖上吧！」

眾人聽他說得誠摯感慨，一時分不清他是真心或假意，只有馮道深心所感，由衷讚道：「吳王忠貞烈志，足以做眾臣表率！」

楊行密微然苦笑：「馮小兄謬讚了，本王只是盡臣子本分，實在是亂世豺狼太多、逆賊太多，才顯得本王忠心了。」

眾人被他冷削了一頓，心中頗是尷尬，一時靜默無言，就連吹噓如喝水的徐綰，也想不出半句話來反駁，只能默然垂首。

此時顧全武已安然通過長甬道，楊行密微笑道：「大家瞧見了，這狹道一點兒也不難，成兄可想試試？」

成汭滿身暴戾之氣，如何敢過去？田頵見他臉色猶疑，哈哈一笑：「成瘋子殺人如麻，你這不是為難他麼？」

成汭被這麼一激，衝動地走到甬道口半丈處，兩旁岩壁上至少棲息三十多隻鸓鳥，一感受他的戾氣，翅翼立刻啪啪作響，似乎就要發動攻擊，成汭背脊不禁生出一陣涼意，想自己勉強可對付七、八隻鸓鳥，這一走入，必死無疑，但不進去，等於承認自己膽怯、技不如人，以後還怎麼帶領荊南軍？一時進退維谷，臉色十分難看。

楊行密不動聲色地站到成汭身邊，微笑道：「既然成兄放棄了，還有誰想過去？」

成吶聽他意指自己放棄神仙草和南方盟主之位，雖恨得咬牙切齒，卻怎麼也不敢再往前一步，眾軍更是一片靜默。

馮道心想自己無論如何得找到神仙草，探出隱龍、安天下的祕密，低聲吩咐老婆子：「趁我過去時，你便悄悄逃走，只要走第三個出口，轉右邊第二個出口，再轉左邊第一個，便能出去了，記住了麼？」

老婆子愕然道：「你只有三腳貓功夫，想去送死嚒？」

馮道昂首挺胸道：「顧和尚憑著禪定功夫都能過關，小馮子一生耿直，從不故意害人，有儒生浩然正氣，又有忠臣愛國之心，不會有事的。」

老婆子見他不知死活，呸道：「你滿口聖賢書，卻連敬老尊賢的道理都不懂！你一個小輩搶什麼先？該讓吳王先走才是！」

成吶冷笑道：「不錯！吳王是十國第一人，誰都不該搶在他前頭！」

楊行密微微一笑，道：「當今世道瘋子橫行、逆賊遍野，本王就挺身而出，作世人表率，教導臣子們忠義之理！」

眾人實在好奇這十國第一人要如何過關，都睜大了眼睛瞧著，楊行密心中想道：「我一生浮沉在險惡的宦海裡，權謀手段、虛虛實實，哪一日消停過？不只常欺騙別人，有時也得騙過自己，這些畜牲又如何騙不得？」

他沉心靜氣，雙手上拱，渾身漸漸散發忠忱之情，一步步向前行去，彷彿每日走進制敕院的紫極宮裡，對著唐玄宗畫像陳制書，封拜告儆，大聲表訴自己對李唐王朝的堅貞之心：「帝德如天，浩蕩宇內，臣如沐恩澤，不敢或忘，願吾皇龍體安康，唐祚永垂不朽……」

鷴鳥瞪大黃金眼，骨碌碌地看著他，好像看到什麼驚人怪物，那眼神彷彿在說：「這世上居然還有忠義之士，可比神仙草更稀奇了！」一時看得呆了，竟沒有發動攻擊。

眾人不禁暗暗慚愧：「原來他高舉唐室，真是赤誠丹心，連仙鳥也為他作證了！」

老婆子忽然道：「小馮子你讀書多，有個詩叫什麼『周公打瞌睡、王莽要篡位』？」

馮道最愛談詩論道，一聽老婆子歪解詩意，啐道：「什麼『周公打瞌睡、王莽要篡位』？真是胡來！」詩意一來，便高聲吟道：「周公恐懼流言日，王莽謙恭未篡時。向使當初身便死，一生真僞複誰知？」❶

楊行密聽見這首《放言》詩，心中不禁玩味：「倘若我忽然死在這裡，來不及一展抱負，那究竟是忠臣還是偽士？不行！我絕不能死在這兒，我的帝王大業還未……」心念才動，「嗤！」一聲，右側的鷴鳥咻地飛出，倘若他出手殺鳥，勢必引來群鷴圍攻！

老婆子驚呼道：「鷴鳥動了！」

馮道心中暗叫：「糟了！我可害慘楊行密了！」

卻見楊行密沉心靜氣、寧立不動，只微舉扇柄，等鷴鳥飛近時，扇尖不知怎地，竟然剛好點中鳥首，氣勁倏然吐出、倏然收住，未穿破腦殼，卻震毀腦漿，鷴鳥驚得張大雙眼，似乎不知發生何事，過一會兒，只慢慢垂下腦袋，掉在楊行密的扇面上，彷彿睡著了一般。

馮道只看得目瞪口呆：「那鷴鳥的腦袋不過鴿蛋大，他竟能在眨眼瞬間把氣勁控制得如此巧妙？」從前在平盧初遇楊行密，只覺得他是個逍遙散人，沒什麼特別了不起，今日見到這一幕，才知此人真是深藏不露，莫要被他一臉和善給騙了，不禁想道：「方才我一唸詩，就觸到楊行密的心事，可見他對皇上並非十分忠心。」

有些明白《放言》詩含意的人，心中也想：「原來他說什麼忠孝節義，全是騙人的！還是仙鳥厲害，一下子就識破他的野心！」

楊行密卻是一派淡定，若無其事地向前走去，口裡仍大聲表訴自己的忠誠之心，馮道暗嘆：「騙人騙得自己也相信，才是騙術的最高境界，小馮子今日大開眼界了！從前我在楊行密面前耍弄嘴皮子，簡直是班門弄斧！」

徐綰見功虧一簣，索性再加把勁，大聲叫嚷：「砍楊頭啊砍楊頭！」鎮海軍也跟著大喊：「砍楊頭啊砍楊頭！」

楊行密和海龍王爭鬥已久，兩軍時常互相叫陣，淮南軍將一個個銅錢串起來，借以罵錢鏐「穿錢眼」，鎮海軍則砍斷楊柳樹，罵楊行密「砍楊頭」。

這一句句「砍楊頭」不斷刺激挑釁，楊行密自己還沉得住氣，田頵卻聽得萬分刺耳，一看鸓鳥翅翼啪啪微響，立刻揮舞著流星錘衝入甬道，叫道：「大哥！我來助你！咱們三十六英雄再一起併肩作戰！」

「糟了！」楊行密眼看田頵激怒了群鸓，只得先發制鳥，大扇一展，身影左一閃、右一竄，射出數十道氣勁，每一招都點在鳥首上，一出即收，全不驚動鸓鳥，卻一路清除障礙，眨眼間就過了隧道，只留下一臉茫然錯愕的田頵，呆呆站在群鳥屍身裡。

楊行密這一手「江南輕雨」輕盈若無、大器瀟灑，取命於彈指間，鸓鳥一個個無聲掉落，眾人只看得既震撼又佩服：「吳王真乃十國第一人！」「幸好吳王來了！」不禁齊聲爆出如雷喝采，久久不止。

馮道也十分震驚：「難怪他能稱霸南方，這十國第一人名不虛傳！」對楊行密搶到神仙草更多了幾分信心。

楊行密原本不想在對手面前曝露太多功底，才沒使出絕招，但剛剛實在被逼急了，只好全力施為，他輕輕一撢衣袍，微笑道：「大家都過來吧！」

淮南軍見大王威震四方，立刻恢復了士氣，個個神情驕傲、得意揚揚地搶先走進夾道，其他軍兵只能挨個走在後頭，緩緩通過。

成汭原本還不服氣，心想自己只是吃虧在凶暴氣盛，才無法通過夾道，若是堂堂對決，未必會輸給楊行密，待見對方展露神功，也不得不折服，一時心灰意冷，沉沉地望了顧全武一眼。顧全武心中早已忐忑：「一旦找到七彩神仙草，楊行密必會大開殺戒，又有誰擋得住？看來瘋子還是比偽君子容易合作些。」只得與成汭交換一個聯盟的眼神。

徐綰見淮南軍氣勢又壓過了鎮海軍，遂厚著臉皮大聲道：「是我們不敗將軍打了頭陣，先震懾住鷴鳥，其他人不過是跟在屁股後頭撿便宜，這才過了關，有什麼了不起！」

田頵氣吼道：「你放什麼狗屁？那鷴鳥明明是我們大王殺的！」

徐知誥微笑道：「天下自有無恥人，田將軍又何必一般見識？」

田頵怒道：「難道任他們胡吹一氣？你小子胳臂肘往外彎，竟幫著外人？我早看出你心懷不軌了！」

徐知誥微笑道：「大王學究天人，早已登上武道高峰，只會俯瞰世人的愚蠢無知，幾時會把他們放在眼裡？你拿一班凡夫俗子與大王相比，那才是羞辱！」

楊行密道：「彭奴啊，這些話私下說說也就罷了，你這麼嚷嚷給外人聽，倒讓人以為我貢高自慢，不可一世了。」這一聲「彭奴」，喚得是親切的小名，是把徐知誥當自家人的意思，這段話看似斥責，其實誰都瞧得出楊行密臉上樂開了花，只有田頵一張大臉氣得青紫，偏偏又作聲不得。

顧全武見徐知誥方才陷害自己，又恩將仇報地陷害馮道，暗想：「這小子年紀輕輕，心思就如此狠毒，若不先下手除掉他，將來必成大患。」他面上不動聲色，只向楊行密拱手道：「多謝吳王不計前嫌，出手保住眾兄弟性命。」

楊行密微笑道：「顧兄不必客氣，大家同為唐臣，又都是皇帝欽封的南方藩鎮，本就該互相扶持，團結對付惡敵，你說是不是？」

這「惡敵」二字乃是一語雙關，明指鸓鳥，暗指朱全忠，顧全武自然聽懂其中含意，微微一笑，不置可否，轉了話題道：「就當和尚多管閒事，想提醒吳王一句。」

楊行密「哦」了一聲，道：「說吧。」

顧全武道：「依照馮小兄所言，這鸓鳥只殺心懷惡念之人，連顧某這滿手血腥的惡人牠都放過了，真不知徐小將是怎樣的人物，竟惹得鸓鳥連連追殺？」

成汭笑道：「嘿！吳王可小心了，你在外威風八面，莫要窩裡養了白眼狼，還不自知！」

眾人暗暗點頭：「這徐知誥年紀輕輕，武功也不如田頵，卻深得楊行密喜愛，心機必然十分厲害！小囚犯連連救他，他卻恩將仇報，的確是白眼狼！」

田頵本就對徐知誥不滿，得意笑道：「徐軍使，人家說你呢！」

徐知誥半點羞色也沒有，仍一派自如，微笑道：「小賊滿口胡言，田將軍怎麼就信了？或許那鸓鳥誰都攻擊，想殺牠的都不放過，在下一心想殺了牠們為大家除害，牠攻擊我，有什麼奇怪？大王智高如山、胸寬如海，怎會輕信旁人挑撥？這就是你不如大王的地方了！凡事多用腦子判斷，才不容易上當！」

楊行密瞄了徐知誥一眼，心想：「一個小孩兒，再聰明狡猾，又怎能翻出我的手掌心？」

對顧全武微笑道：「多謝顧兄提醒了！戰場之上，不是敵死就是我活，敢厚臉黑心、不擇手段，才是最後存活之人，若是扭扭捏捏、婦人心腸，能成什麼大事？徐軍使有勇有謀、敢作敢為，正是本王欣賞他的原因，對敵無情、對主忠義、對民仁德，真大丈夫也！」拍拍徐知誥的肩頭，微笑道：「回去之後，本王會向聖上舉薦你擔任昇州防遏使！」

徐知誥拱手道：「多謝大王提拔之恩！」

楊行密哈哈大笑，向前走去，徐知誥趕緊跟上，始終保持在左後方半步距離。安仁義呆楞楞地望著兩人遠去的身影，心中實在不解，他們與楊行密草莽起義的交情，為何比不上一個初出道的小白臉？田頵卻是氣得咬牙切齒，雙拳緊握，幾乎快把手中的流星錘給握擰了。

馮道心中暗笑：「千穿萬穿，馬屁不穿！這麼高明的保命招數，我可得好好學起來！」笑嘻嘻地大聲道：「徐軍使，方才你見了鷗鳥，四處逃竄，在下心想您武藝高強，怎會怕了鷗鳥？如今才知道您最厲害的是嘴上神功，一張嘴說也說死牠們了，又怎會怕一隻畜牲？您說是不是？」

徐綰和徐知誥聽見「徐軍使」三字，都認定他是在諷刺自己，臉上頓時閃過一絲尷尬，咬牙暗恨。

顧全武聽了馮道之言，忍不住哈哈大笑：「好小子！回去之後，我會向海龍王舉薦你升任『明察秋毫、舌粲蓮花、逢迎拍馬大將軍』！」

馮道學了徐知誥的語氣，拱手道：「多謝將軍提拔之恩！」見田頵神情無奈，當即走到他身邊，悄聲道：「田將軍今日長見識了吧，練武功還不如練拍馬，將來才能平步青雲、扶搖直上！」

田頵一口悶氣無處發，聽見這幾句譏諷，幾乎要掄拳打人，顧全武喚道：「小子，你過來！別對牛彈琴了！」

馮道對田頵嘻嘻一笑：「金玉良言，將軍切記切記！」便拉著老婆子快步走到顧全武身邊。徐絳見顧全武被馮道逗得十分開心，自己卻被落在後頭，心裡實在不是滋味：「這小子拍馬功夫竟然勝我幾分，要是讓他站到海龍王面前，還有我容身之地麼？」一回頭，見田頵兀自憤憤不平，心中頓時生起「同是天涯淪落人」之慨。

淮南軍在楊行密的帶領下，意氣風發地走在最前頭，過了一小片樹林，前方又出現八個路口，楊行密為激勵士氣，朗聲問道：「誰想打頭陣？我賞十兩黃金。」

田頵一意挑釁徐知誥，道：「咱們各選一條路，同時進去，看誰最先為大王取回神仙草，憑武功、也憑運氣，徐軍使，你敢不敢？」

徐知誥心知自己對付不了鷴鳥，並不答話，只對楊行密道：「啟稟大王，末將以為不可再冒進。」

田頵大聲嘲諷：「徐軍使若是害怕，不如躲回老家的被窩裡！」

徐知誥懶得理會他，又對楊行密道：「末將跟著義父學習一些奇術，方才觀察許久，發現這花林有些門道，似乎是個天然陣法，既是陣法，便只有一個正確入口，這般胡亂行走，只會白白犧牲。」眾兵士都對徐知誥投以感激的眼光。

楊行密點點頭：「你看出什麼門道？說來聽聽！」

徐知誥道：「末將推算下一個入口應是『震』位，也就是第三……」話未說完，兩條人影已搶先奔向第三道入口，卻是馮道抓了老婆子一起奔去，他輕功雖不如大家，但比徐知誥早一步看出玄機，因此搶了個先，但才趕到入口處，左右兩邊各有一道人影後發先至，更快趕到，楊行密大扇一揮，毫不留情地掃開擋路的馮道。馮道聽見背後風響，一把抓了老婆子跳到樹上，閃開後方氣勁。楊行密想不到馮道竟能避開自己猛力一擊，雖覺得意外，但無暇細究，只加快速度往通道深處奔去。

顧全武緊追在後，眼看被楊行密搶了先，索性揚起佛珠串打向他背心，楊行密回掌一擋，借力飛向遠方，顧全武功力原本輸楊行密一籌，這一偷襲不中，反而被拉開了距離，只得加快腳步追上。

馮道雖及時跳上樹梢，又用「交結」之氣護身，仍被楊行密的餘勁震得五臟翻騰，滾倒在樹梢上。老婆子扶了他關心道：「小子如何了？」

馮道咬牙道：「沒事，我一時站不起來，得歇口氣。」

老婆子見他連受顧全武、楊行密兩大高手創傷，竟然只需要歇息一會兒，不禁嘖嘖稱奇。馮道用「解厄」療了一會兒傷，漸漸恢復力氣，眼睜睜看著所有人一窩瘋搶進花林，不禁大嘆可惜：「我明明最先識破玄陣，卻因為武功不濟，反而慢了一大段路！」他體力稍稍恢復之後，便帶著老婆子趕路，走了一小段，見老婆子沒有輕功，拖慢了速度，索性將他揹在背上，快步追趕。

楊行密奔了百丈距離，果然沒受到攻擊，見前方出現一塊圓形空地，周圍又是八道路口，一時不知該選哪條道路，只好停了腳步。

「左轉第三道！」徐知誥在後方遠遠呼喊，楊行密搶先奔進，其他人緊跟在後，前方又出現八個入口，徐知誥雖落在後頭，仍遠遠喊道：「坎位，右轉第三道！」

眾人每奔一段花徑，就會出現八個入口，始終是楊行密在前，顧全武在後，其次是成汭、田頵、安仁義，然後是徐知誥遠遠出聲指揮，後方還有各隊倖存的士兵，最後才是馮道和老婆子拼命追趕。

幾回之後，已越來越接近七彩光芒處，馮道心中想道：「如今楊行密武功、勢力都佔了上風，徐小子又能看懂奇陣，我若再跟下去，已經搶不到神仙草。徐小子恨我入骨，一拿到寶物，肯定會下手害我……既然楊行密尊崇皇上，還是讓他拿走寶物好了！」便停了腳步。

老婆子伏在他背上，兩隻瘦巴巴的腳亂踢馮道屁股，催促道：「快！快！小子磨蹭什麼？去晚了，可沒熱鬧瞧了！」

馮道不願趕路，索性將他放下，緩緩往前走，兩人走了幾步，前方忽然傳來連聲驚叫，一群士兵雙手遮臉，滿身傷血，瘋狂地往回跑，慘聲叫道：「怪物！怪物又來了！」

「發生什麼事了？」馮道二人不知該前進還是後退，正猶疑間，忽聽得隧道深處傳來一聲楊行密的吶喊：「快退！」

（註❶：「周公恐懼流言日……一生真僞複誰知？」出自白居易《放言》。）

九〇二・十一

難假鼊鼉力・空瞻烏鵲毛

卻說當時楊行密一行人轉了幾轉，都未遇到機關，更加快腳步往前飛奔，眼前這條甬道十分深長，漸漸斜下，花林山石密密交織，遮去了天光，四周景色越來越陰森，楊行密忽感到下方氣流竄動，心中頓生不安，急得大喝一聲：「快退！」

「唰！」近百隻鸜鳥從隧道深處衝飛出來，似烟花在剎那間綻放，又如地獄衝出鬼魅大軍般可怖，眾人嚇得臉色霎白，趕緊轉身向通道口奔去。

楊行密領頭在前，正是首當其衝，也幸好他修為最高，立刻生出一圈氣場護身，大扇左揮右舞，不只斬殺鸜鳥，還以扇風將子弟兵一個個揮舞出去；顧全武將金佛珠串揮舞成圈，聖光四射，不讓鸜鳥越雷池一步，盡量為鎮海軍爭取一點退出的時間，但不到一會兒，已是衣衫盡破，只能且戰且退。

成汭卻不顧荊南軍死活，一邊飛奔，一邊將蜈蚣鞭耍成大圈，將飛撲過來的鸜鳥全掃開去，並激發毒蜈蚣向外散射，以阻擋鸜鳥靠近，就算誤傷旁邊的人也不在乎，若是鸜鳥追得近了，或有人擋了他的路，蜈蚣鞭更是隨捲隨拋，將士兵不停丟給鸜鳥爭奪，以阻擋攻擊，一時間空中血肉模糊、腥雨四灑，實是噁心至極。

馮道一聽到楊行密的呼聲，立刻抓起老婆子拼命向外跑去，他原本落後最多，此時反而最安全。其次是徐知誥，他越過士兵向前奔去，忽然發現馮道近在眼前，惡念陡生，一個飛撲，五爪探出，抓向馮道背心，想將他朝後擲去，讓他墜入可怕的鸜鳥群裡。

「嗤！」徐知誥指尖才觸到馮道衣衫，竟像被電殛般，全身打個激靈，一個踉蹌幾乎摔跌出去，幸好他下盤功夫極穩，硬是以足尖頓住了身子，他以看怪物的眼光瞄了馮道一眼，不敢再伸手相害，像閃電般掠了出去，誰知才跨出一步，似有人以暗勁橫推一把，令他不由自主地向後拋飛，直墜入鷴鳥群裡！

馮道被徐知誥這麼一阻，腳步微頓，瞥見一道細瘦灰影從後方急速刺來，若不是他有「聞達」雙耳，再以「節義」步伐及時彎身閃過，就被割開喉管了，饒是如此，他衣襟仍被卸下一塊。

老婆子從馮道背上滾跌下來，疼得哇哇大叫：「唉喲！老婆子腳扭了，跑不動啦！你自己走吧！」

馮道眼看又有幾道灰影急速衝來，大力一抓老婆子背心，拼命往坡道口奔去，幸好那些鷴鳥追到一半，見敵人已被趕出地界，便又返身回去守護隧道深處，不再飛出傷人。

楊行密退出通道口，不見徐知誥，驚問道：「彭奴呢？」他想不到方才一場混亂，徐知誥竟未脫險，心中著急，飽提功力，便要返身回去救人。

田頵急忙拉住他，道：「別去！太危險了！」

安仁義也道：「大王保重，一個小將不值得你犯險。」

徐知誥臉色慘白，鐵扇左揮右擋，全力施展輕功朝通道口奔去，眼看就要被群鷴包圍住，再無半點生機，楊行密一把推開田頵，怒道：「你這麼擋著我，是想害死他麼？」卻見徐知誥一個奮力躍起，足尖點向前方一名淮南軍的頭頂，借力騰飛出去，那士兵「啊！」地一聲，迅速墜入群鷴之中，眨眼之間，便鮮血飛噴、膚肉破爛。

這次前來的淮南軍大多是田頵的親信，表面雖聽命徐知誥，暗地裡卻時常使絆子。徐知誥為求活命，自然不會顧惜他們，田頵見狀，不禁火冒三丈，連連叱罵。徐知誥心知自己狠狠得罪了田頵，但既然開了頭，索性一不做二不休，只要前方之人跑得慢、擋了路，他便是大扇一掃，將人掃向後方，既清除障礙，又可以士兵肉身阻擋群鶥追擊。

田顒怒火沖燒，罵道：「狗雜碎！」恨不能將徐知誥碎屍萬段，卻聽見楊行密語氣甚是欣慰：「這地方萬分凶險，難免有所犧牲，幸好彭奴夠機智，身手又快！」

田顒氣得幾乎要得內傷，見徐知誥平安奔出通道口，立刻衝上，一把抓了他衣襟，喝道：「臭小子，你竟敢殺我兄弟？」

徐知誥輕輕拍開他的手，道：「若不是我及時阻擋了怪鳥，田將軍還能安然地站在這兒，向我興師問罪麼？你應該感謝我的救命之恩才是！」

「放你媽的狗臭屁！」田顒放開徐知誥，反手掣出一雙流星錘，怒吼道：「別以為大王護著你，老子便奈何不了你，是不是？我現在就取你狗命，替兄弟們報仇！」他心中不滿楊行密處事不公，氣極之下，便衝口說出，安仁義在一旁拉住了他，連使眼色，田顒卻是怒火燒腦，不顧一切地揮起流星錘。

徐知誥退了一步，冷斥道：「田將軍好大的威風，連大王都不放在眼裡了！」

田顒怒道：「你少在那裡挑撥離間！我和化源穿開襠褲時就結拜了，你小子還不知道在哪裡？」

「化源」是楊行密的字，這些話頗有仗著舊時情誼，大家平輩論交，並沒有把楊行密當主上的意味，倘若田顒私下玩笑也就罷了，他卻當著眾軍面前說出，楊行密心中頗不是滋味，但想此刻情況複雜，不宜弄得太擰，只沉聲道：「田兄弟，大家好容易脫出危險，別鬧事了。」

田顒見楊行密臉色沉寒，一時猶疑，老婆子醜臉一擰，在旁邊揮拳踢腳、裝腔作勢道：「打架好！我最愛看打架，他們不打，小馮子你上去打一場！」

馮道連連搖手道：「不行！不行！我那一腳貓的功夫在眾前輩面前上場，豈不是班門弄斧？」

老婆子叫道：「原來你是繡花枕頭，中看不中用！」

馮道苦笑道：「我若是長得像徐軍使那般俊俏，才能稱為繡花枕頭，憑我這長相，最多就是草包枕頭了！」

徐知誥聽馮道又酸了自己一頓，冷冷地橫了他一眼，馮道咧嘴一笑，道：「徐軍使，我可是稱讚你！」

老婆子雙拳揮舞，叫道：「總之誰不敢打，誰就是繡花枕頭！」他看似嘲笑馮道，目光卻是斜睨了田頵一眼。

田頵如何忍得住，再度怒火沖燒，大聲道：「不敢打的是龜孫子！咱們就堂堂正正地一決高下，也好過被怪鳥吞食，死在畜牲手裡！」

老婆子叉腰戳指道：「田將軍，你這話就不對了。」

田頵正在氣頭上，怒吼道：「我怎麼不對了？」

老婆子道：「無論你死在怪鳥或徐軍使手裡，其實都是死在畜牲手裡，並沒什麼分別！」

田頵一愕，隨即大聲道：「不錯！這傻子倒也說了一回公道話！」

徐知誥自知武功不敵，往後退了兩步，道：「此刻尚未脫離困境，不只要對付怪鳥，還有敵人虎視眈眈，若起內鬥，豈不全軍覆沒？」

老婆子笑道：「徐軍使，這次換你不對了！」

徐知誥不想和他胡鬧，便不作答，老婆子雙眼一翻，仍衝著他哼哼笑道：「這裡明明有

『十國第一人』坐鎮，你卻說一點小紛爭就會令淮南好漢覆沒，難道你瞧不起吳王，說他沒本事管治淮南軍，不能公平處事？」

田頵聽到「不能公平處事」，心中恨極，揮起了流星錘便要廝拼一場。徐知誥也被激起怒氣，大扇一展，就要劃去，楊行密身影一閃，雙袖大展，攔在中間，徐知誥立刻退開一步，田頵卻沒有退後的意思，仍高舉著流星錘大聲叫囂：「小白臉，有種就打一架！」

楊行密大掌按在田頵肩頭，擋下他的衝動，道：「田兄弟，退下！別讓外人瞧笑話！」

田頵氣得大吼道：「我鬧笑話？他是故意削弱我的兵力！」

楊行密臉色一沉，目光閃過一絲森寒：「你說誰想削你的兵權？」

田頵明明說的是「削兵力」，而不是「削兵權」，想再辯解：「我不是……」陡然感到一股內力灌了下來，半身不得動彈，恍然醒悟到自己刺到楊行密，又明白自己武功實在差他一截，只得硬生生壓下怒氣。

楊行密見他不再躁動，這才收了內力，長長一嘆：「田將軍心疼兄弟，本王又何嘗不是？今日是無數犧牲，才換回大家寶貴性命，這一切都是情非得已，大家更要同心協力脫出困局，莫要再起爭鬥，待回去以後，本王定會好好撫卹英勇將士。」拍拍田頵的肩，悵然道：「眼下還是大局為重，想想下一步怎麼行事吧。」田頵只得憤憤退下，徐知誥微微一笑，甚是得意。

這一回眾人在徐知誥的指引下，闖了錯誤通道，以至折損不少士兵，幸好鸓鳥不再飛出來，否則傷亡必然更重，徐知誥甚是懊惱：「一開始幾道入口都是對的，可見陣位推算並無差錯，究竟出了什麼問題？」

馮道也感到不解，見旁邊有一株高樹，可俯瞰玄幻島全貌，對老婆子道：「我上去瞧瞧。」便飛上樹梢，觀望這座詭異的花林，看了一會兒，馮道忽然發現一件奇怪的事：「入口變了！原本是『巽』位，現在卻變成『乾』位……」他抬首望了望太陽，又低頭觀察湖面波紋，撫掌笑道：「哈！我明白了！這個島在緩緩向東轉動，前一刻算準的方位，到下一刻便不對了，因為移動太慢，才沒有感覺，所以每到一個叉路口，都要依日頭的方向重新計算陣位，這樣便不會走錯了！」

眾人聽了馮道分析，不敢再爭先，反而推舉他做領隊，楊行密、顧全武分列兩旁，其他人依序跟隨在後。

馮道從一個小囚犯搖身一變，成了眾人指望的對象，看似威風，其實只要稍有閃失，便會成為眾矢之的，落得小命不保的下場，他也只好苦中作樂：「就連楊行密、顧全武這等大人物，也要作我小馮公子的左右護衛！」

每到一個分叉點，馮道總會先觀察太陽陰影，定出方位，仔細推算陣法入口，再帶領眾人小心翼翼地穿過一層層花林小徑，這一路暢行無阻，前方終於豁然開朗，是一片廣闊的下坡，坡底沖射出一道七彩光芒，眾人興奮無比，楊行密再顧不得馮道，一馬當先地往下坡衝去，卻見到一幕可怕景象——坡底處竟是個鷗鳥窩，千百隻鷗鳥層層疊疊地圍住彩光，不讓任何入侵者靠近！

方才不過百隻鷗鳥就鬧得人仰馬翻、損傷慘重，這千鳥若是群起而攻，就算高手如楊行密、顧全武也難逃死劫，眾人不禁頭皮發麻、冷汗直流，不敢稍動，但他們都是沙場武將，身上散發的殺氣仍是刺激了群鷗，千百隻翅翼啪啪啪地騷動不安，楊行密見了這可怕情景，也不禁打了個冷顫，他輕輕舉起手臂，阻止後方的人繼續奔下來，又向後一指，教大家悄悄退出去。

眾人正戰戰兢兢地往後退，地下忽傳來嗡嗡沉響，地面也微微震動，眾人吃了一驚：「糟了！難道是地牛翻身？」

悶聲越響越大，深坡下的鸓鳥受了刺激，不停地翻騰遊竄，彷彿隨時會振翼飛起，一名淮南軍實在太害怕了，腳下一滑，險些跌落，不由得驚叫出聲：「啊——」

徐知誥見他要弄出聲響，害了大家，心一橫，一腳將他踢下去，那人只嚇得驚叫：「救——救命！」才發出一聲慘嚎，就化成一堆血肉！

鸓鳥昂首嘶叫、振翼欲飛，四周「轟隆隆、轟隆隆」，悶響聲一波連著一波，老婆子緊緊拉著馮道手臂，顫聲道：「小馮子怎麼辦？怎麼辦？」

那震動越來越大，地面時而左右搖晃，時而微微旋轉，馮道感到這震盪十分詭異，不像一般地牛翻身，一邊拉著老婆子奔往上坡，一邊道：「這島不只轉動，還震動，太古怪了！咱們抓緊樹幹，躲藏起來！」話才說完，原本平坦的大地竟然慢慢聳立起來，眾人幾步一個踉蹌，只要一不小心，隨時會跌入鸓鳥窩裡。馮道不敢再跑，見前方有塊突出的樹幹，便帶著老婆子爬過去，牢牢抓住樹幹，躲在樹叢裡，免得掉了下去。

地面越來越陡、越來越陡，到最後居然直立成一面峭壁，有幾個淮南軍站立不住，一骨溜地往下滑，嚇得驚聲大叫，楊行密瞬間如一道光影飛掠出去，抓住其中一名下墜的士兵，將他甩拋到樹幹上，接著足尖一點，施展絕頂輕功，穿梭在岩壁間，救了不少墜落的士兵。田頵和安仁義也如法炮製，救下幾個子弟兵。

淮南軍身手原本矯健，在楊行密、田頵、安仁義三大高手通力合作下，大多都撿回性命，只有少數士兵掉落下去。

鎮海軍全憑顧全武一人支撐，他身影飛掠在突石、樹梢間，不斷橫甩出金佛串，勾住往下墜的鎮海軍，將他們一一拋甩到樹幹或突石上，一人之力雖然有限，也盡力救了幾人。

荊南軍卻沒這麼好運氣，成汭只顧自己性命，武功差的士兵一個個掉入鸓鳥窩裡，瞬間化成了白骨，也有先前迷失在花林裡的人被傾倒出來，咕嚕咕嚕地滾入湖裡！

地面巨響轟隆，怪鳥嘶聲連連，樹木大力搖晃，飛葉嗖嗖落下，彭蠡湖水更被震起一道道數丈高的巨浪，沖來沖去，有些士兵好容易攀到了樹上，又被水浪打中，掉進鳥窩裡，慘叫幾聲，就化成一片血水。

坡底的鸓鳥受到巨震驚嚇，唰地衝飛起來，盤旋空中，宛如灰滔滔的烏雲遮蔽了半邊天，眾人見了這詭異景象，想起魔鬼吞人的傳說，都戰慄不止：「難道……地獄大門要開了，我們全要被鬼魔吞吃了？」就連楊行密和顧全武也驚得面無血色，只拼命抓住島上的樹木。

不一會兒，鸓鳥原本棲息的地方衝出一道七彩光芒，綻射四方，將天地都染成彩豔雲霓，令玄幻島美麗得有如仙境，但眾人實在無心欣賞，只緊緊埋首蜷身藏在叢林間、石縫裡，因為只要被一隻鸓鳥發現，就是群鳥分食、屍骨無存的可怖下場。

「七彩神仙草！」徐知誥藏身在隱密的樹梢叢，目光垂處，忽然發現數丈遠的樹根凹隙裡，生長著一株七彩幻光的小草，不由得萬分驚喜：「這些鸓鳥原本保護著神仙草，因受到驚嚇才衝飛上天，震動過後，很快就會飛下來，良機稍縱即逝，我必須盡快出手，但鸓鳥行動快如閃電，若發現寶物被奪，一定會群起來攻，我這一出手實是危險至極……」他向來志高膽大，又想：「老天爺把神仙草放在我下方，就是要賞給我的，我怎能辜負天意？如今一片混亂，我神不知鬼不覺地取走寶物，連大王也不知道。」

他目光一掃，很快看清四周形勢、其他人的位置，並且定下策略，只要一奪到神仙草，便跳入湖中，他水性不錯，與湖濤博鬥還有機會活命，若是被群鷗攻擊，只有化成白骨的份兒。

徐知誥輕輕往下一縱，宛如一片羽光掠過那株神仙草，自信絕不會驚動任何人或鳥，就在他指尖觸到神仙草葉子的剎那，竟有一種電殛的感覺竄入指尖，令他不由自主地指尖一縮，原本藏在樹根裡的小草竟從他指縫間滑了出去。

猝起變化，徐知誥吃驚之餘，反應也快，身未落地，手掌一翻，已向外抓去，他原以為神仙草只是剛好被地震給震飛出去，想不到神仙草竟然兩葉一展，宛如小鳥翩翩飛翔，越飛越遠，離開他的掌握，朝馮道的方向飄去。

徐知誥眼看指尖只差了半尺，就抓到寶物，怎捨得功虧一簣？足尖一點，施展輕功飛身追去，那神仙草一路隨著氣流忽上忽下地飄飛，看似緩慢，實則軌跡不定，徐知誥屢屢出手，都落了空，卻聽後方一陣嗤裂響聲，竟是空中群鷗發現賊子圖謀不軌，匯聚成一道灰色閃電從空中直劈而下，徐知誥一直全神戒備鷗鳥的動靜，聽到空中響聲，立刻伸手抓住旁邊的樹藤，猛力向前盪去，最後一次去抓飛翔的神仙草。那神仙草卻忽然一個下墜，令徐知誥仍是抓了空，他懊惱至極，眼看鷗鳥已追在身後半丈處，不能再冒險了，只好借著樹藤再度向前一盪，與馮道擦肩而過，飛身拋入湖水裡。

馮道見徐知誥衝著自己飛來，臉上露出一抹詭異微笑，接著自投冰湖，卻把大批鷗鳥引了過來，不由得破口大罵：「這賊子……」群鳥正極速往前衝，馮道就算放手跌落，鸓鳥仍會緊追不捨，情急之下，他異想天開地撮唇運起「謗言」玄功，學著鸓鳥嘶嘶叫，心中拼命想道：「我不是小馮子！是鸓鳥！是鸓鳥！和你們一樣的……」只恨自己不能化出兩頭四爪，再加一對翅膀！

當年飛虹子就是從鳥語之中體悟出「謗言」玄功，所以這並不是一般的口技，而是以內力震發出來與對方一模一樣的音頻。當馮道發出鸓鳥嘶叫聲，群鸓似乎發現了異狀，一時停滯，忽然間，「嘶——」千百隻鳥嘴大張，對著馮道齊聲尖叫，聲音之大，幾乎震破天地，那模樣彷彿是聽到某種召喚，與主人相應和！

眾人原本已十分驚恐，又被這突來的嘶聲震得肺腑俱傷，武功高強的連忙摀耳張口，用內力抵抗，還勉強撐持住，內力不足的，卻是紛紛跌落。馮道看到千百顆怪鳥頭在面前大叫，更是嚇得魂飛魄散：「嘶！嘶！我和你們是一樣，別過來！別過來……嘶……嘶……」他心中一急，雙臂揮搧，想假裝是翅膀，卻忘了自己還攀在樹上，雙手這麼一鬆，自是咻地往下掉。

同時間，聳立的地面「轟！」一聲大響，竟瞬間掉落，又回復平坦，眾人猛地往下一墜，有的被拋飛出去，有的滾落地面，有的掉入湖裡，不幸的還被鸓鳥殺死，最幸運的卻是馮道，他原本吊在半空中，瞬間變成趴伏地面，群鸓恰好從他頭背上方擦掠而過，飛向遠方。

馮道拍拍胸口暗呼僥倖，卻見往下飛墜的神仙草從中分裂成兩半，一半緩緩飄落在他腳邊，另一半卻軟綿綿地鑽入他領口！

這一來，馮道左胸如受電殛，痛得他在樹林裡翻滾慘呼，過了一陣，燒灼麻刺感漸漸退去，他坐起身子，趕緊撩起衣衫，驚見左胸膛烙下一隻鸓鳥影子，鳥首低垂，嘴尖正好對著他的心口，鳥身則從他左肩一直延伸到背後，那栩栩如生的模樣，宛如一隻七彩幻美的鸝鳥乖順地伏趴在他的肩上，既像寄生鳥找到了宿主，又像只是一幅精緻過分的刺青圖案，十分詭異。

「這怪物怎麼貼到我身上了？又好似鑽入我皮下，不知會如何？」馮道既疑惑又害怕，搓了搓胸口，見鳥影沒有半點動靜，又想：「我可不能讓他們發現這寶貝附到我身上，否則一定會被拆骨剝皮。」便趕緊整理好衣衫，把前襟裹緊，假裝什麼事也沒有。他見另一半神仙草掉在腳邊，便撿了起來，見只是一株五顏六色美麗的小草，也沒有灼熱感，恍然明白：「原來這神仙草不只是一株小草，而是一鳥一草共生，就好像冬蟲夏草共生一樣。」

群鸝見神仙草消失了，齊聲大鳴，似悲悽似歡喜，震得人心惶惶。群雄遠遠瞧見馮道得到神仙草，群鸝因此瘋狂大叫，心中又嫉妒又害怕：「這小子沒半點本事，還敢獨吞寶物，很快就被吃得屍骨無存了！」便藏身在樹叢、石洞裡，靜觀其變。

過了好一會兒，鸝鳥仍然盤旋空中嘶嘶鳴叫，始終沒有發動攻擊，群雄便大了膽子，一起奔過來包圍住馮道，就連落水的徐知誥也從湖裡爬上來。馮道見他們目光灼灼、不懷好意，心想：「我武功低微，倘若他們動手來搶，可就不妙了！」但想自己千辛萬苦搶到神仙草，難道輕易放棄？只得硬著頭皮大聲道：「當初大家歃血為盟，約定誰先拿到神仙草，誰就是南方盟主，如今這寶物在我手中，難道大節帥說話都不算話？」

「你們當初說，」老婆子雙手叉腰，學著成汭歃血為盟的口氣說道：「『誰先奪得神仙草，就是南方盟主，大家都得遵他號令，其他人絕不能再動手了，誰若是再動手，就是龜孫子！』如今個個說話像放屁，是不是龜孫子啊？」

群雄一時面面相覷，成汭心想楊行密武功高強，必會殺人奪物，此刻先不忙出頭，免得寶物沒拿到，反而落了「龜孫子」的名頭，便一聲不吭，只靜觀態勢。

果然田顒仗著淮南人多勢眾，搶先發作，雙手將流星錘敲得「轟轟」巨響，企圖威赫馮道：「小子，你真有膽子當這南方盟主嚒？」

顧全武見楊行密一幫人想強行奪取，雖形勢比人強，仍往前一步，微微擋在馮道前方，道：「馮兄弟一直是海龍王的座上嘉賓，是隨我們前來的，他的安危自然由我鎮海軍一力擔下了。」其實倖存的鎮海軍也只剩下他和徐綰，以及寥寥數兵而已。

老婆子也站到馮道身邊，雙手叉腰大聲道：「小馮子不用怕！老婆子也奉你當盟主，若有違背……嗯……有了！就喝水嗆肚子！還有，誰敢搶你的東西，老婆子便打得他稀巴爛！」馮道知道他沒啥本事，卻肯為自己起身而出，不禁感動地朝他一笑。

徐知誥微笑道：「當初歃血為盟的大旗上，似乎沒有小賊的血！」

老婆子不由得一愣，低聲道：「糟了！小子沒有歃血為盟，到手的盟主難道要飛了？」就連顧全武也是眉目一沉，想不出任何話語辯解。

「誰說旗上沒有我的血？」馮道攤開手掌展露傷痕，得意道：「顧和尚曾用佛珠串打傷我的手，我的血沾到了金佛珠上，後來他又用金佛珠滾動旗面，旗上自然有我的血了！你若不信，可以問顧和尚，他一個前出家人，又是鼎天立地的大英雄，總不會騙人吧？」

顧全武萬萬想不到馮道有這一套說辭，心中好氣又好笑：「好小子！敢情和尚還為他做了嫁衣！」面上卻仍一本嚴肅，道：「他說得不錯，當初和尚曾與他過招，刷傷他的手，整串佛珠都沾了他的血跡。」

田顒呸道：「這也算？他並非憑自個兒的本事，滴血為盟的！」

馮道哼道：「難道我帶領你們闖過層層關卡，不算本事？世間難事，有人憑武力解決，有人憑腦力，還有人憑運氣，否則為何有人生來就是皇帝，有人處心積慮，卻連龍椅的邊也沾不到？」

群雄聽到最後兩句，但覺被說中心事，不禁有一些尷尬，只有田頵大聲道：「你……」一時間想不出反駁的話，只怒吼道：「你這瘦弱小子沒半點功夫，怎能當盟主？總之我不服！」

馮道又道：「難道你們的盟主只能是四肢發達卻頭腦簡單的傢伙？」

誰都聽出馮道拐著彎在罵人，目光都不由自主地望向田頵，老婆子更是哈哈大笑，田頵被氣得老臉通紅，流星錘大力一揮，怒道：「我沒說我要當盟主！」

馮道微笑道：「我也沒說田將軍頭腦簡單啊，你何必自己對上了號？」

「唰！」就在雙方僵持不下，各懷鬼胎時，湖水忽然沖湧上來，眾人這才發現地面不只回復原狀，還快速沉落，徐綰驚叫：「難道玄幻島要沉了？咱們全要被鬼魔吞了？」

眼看飛鷗盤旋上空，隨時會飛下來啄人，下方湖水高漲，正是上天無門、下地無路，眾人不禁變了臉色，驚駭無已，顧全武見機最快，一看小島中央是最高處，大喊道：「鎮海軍隨我來！」便帶著殘餘的鎮海軍往坡頂奔去，淮南軍和荊南軍見狀，也趕緊跟過去。

馮道原本也想奔往坡頂，見所有人都奔了過去，心想自己武功最差，待湖水上到最後，如何與他們爭地？遂拉著老婆子另覓高處，但東奔西跑一陣，始終找不到穩妥地，湖水越升越高，一下子就淹到了腳踝，老婆子驚道：「你還在磨蹭什麼？咱們也快躲去坡頂！」馮道說道：「不能去！」老婆子哭鬧道：「老婆子就快淹死了，你還不去！」說話間，逕自跳上馮道的後背，雙手雙腳死纏著他。馮道沒辦法，只能揹著他跳上附近一棵樹木，暫時棲息著，但這小島的樹木都不高，不過一會兒，湖水又淹了上來。

坡頂眾人也拼命聚往最高處，但湖水上漲極快，只消片刻，小島便要淹沒了！

眾人心想天冷風寒的，若是掉進湖裡，一定會凍死，但最可怕卻是鬼魔吞人的傳說，想到這小島一消失就上百年，不知會沉到哪裡，無論高深如楊行密、顧全武，凶悍如成汭、田頵，取巧如徐知誥、徐綰，對眼前的景況都一籌莫展、忐忑萬分。

湖水快速上漲，坡頂可立足的地方越來越小，幾個荊南軍忍不住擠向成汭站的地方，成汭大喝一聲：「下去！竟敢與本帥爭命！」毫不留情地把他們踢下湖，倒楣的士兵一下子就沒了頂。

鶚鳥原本一直盤旋在空中，雖虎視眈眈，卻沒有發動攻擊，成汭殘殺親兵的強大惡念，終於引動牠們的怒氣，其中一隻鶚鳥大叫一聲，倏然衝向成汭，這麼狹窄的地方，成汭的蜈蚣鞭無法盡情施展，只好抓起身旁一名士兵扔向空中，餵給鶚鳥，田頵見被殺的士兵是自己的親信，大聲喝道：「成瘋子，你敢殺我的人！」他正自發怒，誰知一隻鶚鳥飛下，猛往他胸口劃去，田頵吃了一驚，急忙伸手一抓，也把荊南軍扔向空中，餵給鶚鳥。

兩人這麼一開殺，又引來幾隻鶚鳥攻擊，坡頂眾人不得不雙拳連出，轟向空中鶚鳥，楊行密叱喝：「住手，別再殺了！」卻已來不及，這狠毒的殺氣，終於引來天空那一大片鶚鳥，化成灰甸甸的陰氣直衝過來，「啊！」眾人嚇得大叫一聲，再顧不得一切，嘩地一聲同時跳湖逃生！

掉落湖裡的人宛如置身冰海，顫抖不已，但最可怕的卻是瀕死之際，終於看清了「鬼魔吞人」的真相，不禁嚇得尖聲驚叫！

卻說馮道揹著老婆子棲在樹梢上，湖水已漲至腰部，老婆子嚇得越爬越高，最後乾脆騎在馮道的頸肩上，馮道下半身浸在冰冷的湖水裡，忍不住瑟瑟發抖，老婆子但覺不安穩，口裡不停嗟呼：「小馮子！你站穩些！別抖了！小心別把我摔下去！」馮道心中急得火燒火燎，口裡卻好言安慰：「放心！放心！我不會摔著你！」腦袋還不停左張右望，看有沒有其他生路。

忽然間，他發現滿天水霧中竟有一石柱高聳入天：「咦？剛剛為何沒有看見這高柱？它何時出現的？」此時情況危急，也無法細究，只提醒道：「小心！我們要下水了！」老婆子驚呼：「下水？為什麼要下水？老婆子不下水！冷死人啦！」馮道不理他的抗議，逕自揹著人游了過去。

這石柱十分陡峭，幾乎呈垂直，幸好表面佈滿一摺一摺窄細的梯紋，可供落腳。馮道雙手扶著石柱，以足尖踮立在層層梯紋間，小心翼翼地往上爬，但石柱的質地有些軟韌，並不是紮實的崗石，觸手處甚至有些滑膩，馮道心想可能是長了青苔，才會濕濕黏黏，也不在意，好容易爬到石柱中段，已遠離湖面，終於能喘口氣，便把老婆子放下來，一起坐在摺紋的縫隙間，稍事休息。馮道往下望去，見眾人為爭立足之地，在坡頂上自相殘殺，實不忍卒睹，道：「老婆子，咱們能不能解救他們？」

老婆子沒有回答，只臉色蒼白、全身發顫地瞪望著天空，馮道覺得奇怪：「難道有鸓鳥要攻擊我們？」他沒有聽到翅翼聲，事實上大批鸓鳥正飛去攻擊坡頂上的人。馮道順著老婆子的目光往上看去，驚見空中有兩盞大大的碧綠燈籠從雲霧裡照著自己：「天空怎會有燈籠？它們……不是燈籠，是……」他渾身不由自主地顫抖起來，半點聲音也發不出，好半晌，才大喊一聲：「娘呀！有妖怪！」拉了老婆子一溜煙地往下衝，衝了一半，地面又震盪起來，不停東搖西晃，「難道……這個島是活的？」

兩人不由得連聲叫娘：「這小島是一隻大妖怪！」

「轟！」一聲，大妖怪一個猛力翻搖，馮道和老婆子站立不住，瞬間被拋到冰冷的湖水裡！

「這是什麼？」兩人在冰湖裡直打哆嗦，瞪大眼呆看一會兒，但覺牠像大烏龜卻又不是，高聳的石柱是牠的長頸子，那隆起的山坡自然是牠的龜殼，老婆子驚呼：「是烏龜嚒？」馮道顫聲道：「不！不是烏龜，是黿！是大黿！」❶

掉落冰湖的眾人終於明白魔鬼峽的風暴固然有馮道講述的天然地理因素，更有一個可怕的原因，是大黿浮出湖面時，翻攪了潮浪，牠四肢划動，造成幾個互相衝撞的大漩渦，牠尾巴東甩西盪，更打碎了船隻，因此群雄才會感到有一股莫名力量在水下破壞！

群豪拼命游離開怪物，巨黿卻不斷左翻右搖，攪動水浪，將他們打入湖底，眾人只能拼命掙扎，好不容易口鼻才浮出水面，又是一道道潮浪打來，幾次升起幾次被打落，到後來幾乎耗盡力氣。

當初其他船隻都沉破了，只有楊行密後來的船才完好無恙，眾人原本還寄予希望，偏偏那船夫見玄幻島怪象連連，早嚇得把船開走了，湖水冰寒、茫茫無際，又要與巨浪搏鬥，群雄就算內力高強，也無法支撐太久，卻不敢游回島上，一時間，只陷入絕境。

馮道覺得自己快凍成冰棒，僅剩一口氣，忽然間，胸口那鸓鳥的影子傳來陣陣灼熱，令他全身都溫暖起來，正當他稍稍恢復神智，卻見巨鼉彎下長頸子，一顆巨大頭顱向自己湊了過來，馮道驚叫一聲，奮起全身力氣，雙手雙腳齊划，拼命向前游，然而那巨鼉實在太大了，馮道再快，也游不出牠的勢力範圍，眨眼之間，巨鼉已低了頭，張開大口對準他咬下！

「啊！」馮道大叫一聲，嚇得幾乎昏厥：「小馮子身上沒幾兩肉，實在不好吃！不對不對！鼉大爺，你吃素，不吃肉……」從前他周旋在皇帝高官、英雄梟雄間，憑著滿腹學問、伶俐口才，總能掙到活命機會，但這次對手是一隻比李克用還不講道理、比李茂貞更不顧情面的大鼉，自己如何能說服牠？想到連討價還價的機會也沒有，不禁唉嘆：「我小馮公子好歹也是一介儒生，就算要死，也應該死在忠諫的朝堂上，怎會被大烏龜吃了？這……實在太窩囊了！」

幸好他一向急中有智，靈光一閃：「我真是糊塗了，鼉大爺又聽不懂人話，我該用烏龜話才是！」他聽巨鼉的呼喊聲像是從喉間氣吼出來，又似狗崽的嗯啊聲，便運起「謗言」玄功，學著那聲音大力吼叫：「嗯啊——」才剛喊完，他瘦小的身子已被血盆大口咬中：「死了！死了！連烏龜話也不管用，這回真死定了！」正當他以為自己要斷成兩截時，身子卻被凌空一個拋甩，甩得他頭暈腦脹，最後竟又被落回鼉背上。

馮道雖跌得身骨欲裂，但見自己的烏龜話管用，不由得欣喜若狂，又是好笑：「哈哈！哈哈！想不到這回得裝龜孫子，才能活命……」忽聽見老婆子大力呼救，他一咬牙，忍著傷痛跳起身，叫道：「老婆子！我來救你了！」正想跳下湖裡救人，那巨鼉卻呼地一聲向前游去，馮道一個站立不穩，跌坐在鼉背上，他怕巨鼉吃掉眾人，連忙學大鼉嗯啊吼叫。

巨鼉所過之處，不斷引起渦流，馮道怕老婆子被浪渦捲了下去，大老遠就拋去一條長樹藤，叫道：「快抓緊了！」老婆子抓緊樹藤拼命游近，馮道也用盡全力將他拉上來，忙了一會兒，兩人終於一起坐倒在黿背上，呼呼喘氣。

馮道見還有許多人在潮浪中載浮載沉，慘呼求救，心中不忍：「咱們不能見死不救，倘若有小船就好了……」既苦思無策，只好死馬當活馬醫、大黿當大爺求，又運起嗯啊聲夾著人話：「黿大爺……嗯啊……您俠義仁心……嗯啊……救了小人……嗯啊……晚生求您救救……嗯啊……其他人！」他喊了幾回，也不知有沒有效，過了一會兒，老婆子忽然指著湖面，驚呼道：「小馮子，你瞧！是龜兒子！哈哈！一排的龜兒子！」

巨黿身下竟游出一排小烏龜，說是小烏龜，其實一點兒也不小，每隻身長都超過一丈，是十足的大海龜，只不過和巨黿相比，才顯得小了。

群雄見救星來了，都大聲呼喊，老婆子叉著腰，對他們大聲回喊：「這些人言而無信，全都是龜孫子，不必救他們！」

群雄曾立誓誰先拿到神仙草即是南方盟主，不遵守約定的是龜孫子，此時聽了老婆子的話頓覺羞慚，顧全武搶先喊道：「我顧和尚言而有信，支持馮兄弟當南方盟主，奉行他的命令，若有違背，就遭天打雷劈。」

成汭也附和道：「瘋子也奉馮兄弟為盟主，不敢有違，否則萬箭穿心。」

馮道見眾人載浮載沉，實在危險，但不知該如何相救，只得喊道：「黿爺爺……嗯啊……求您救救他們吧……嗯啊……」

大黿似乎真能聽懂他的話，低吼一聲，海龜們便緩緩游向掙扎的人兒，將他們一個個托了起來，每個人都奮力爬上龜背，筋疲力盡地俯趴著。

老婆子哈哈大笑：「天下第一妙事！龜兒子救龜孫子！」

馮道見大家得救，鬆了一口氣，想到這一回又死裡逃生，也忍不住哈哈大笑：「王子喬駕鶴西歸、仙風道骨；小馮子乘龜西去、長命百歲！」

馮道昂立在鼋背上，乘著巨鼋領頭往前行，一排大海龜載著群雄亦步亦趨地跟隨在後，鸜鳥群似乎也知道七彩神仙草尋到了新寄主，盤聚在馮道頭頂上空，宛如一大片烏雲跟隨、保護著他。

馮道但覺自己好像威風凜凜的大將軍，領著群雄浩浩蕩蕩地前往救駕，得意道：「說不定聖上要封我作一個救駕大將軍……」

老婆子看出他得意之情，笑道：「你這回率領一群龜兒子前往救駕，聖上定會封你一個『忠君愛國、天下第一等英勇之龜將軍』是也！」

馮道昂首笑道：「我最盼望的是獨占鼇頭！」他的意思是高中狀元，心想老婆子不能明白，又解釋道：「我聽說皇宮的臺階上刻著巨鼇浮雕，皇帝在殿前召見新進學士，狀元郎跪的位置正好對著巨鼇頭，因此高中狀元就叫獨占鼇頭！」

老婆子嘿嘿一笑：「原來小子想當狀元郎！」

馮道笑道：「以後我進入翰林院，當了翰林學士，立在臺階前，對著巨鼇浮雕忠言直諫、致君堯舜，你說是不是很威風？」

巨鼋載著眾人在魔鬼峽游了一會兒，楊行密遠遠瞧見自己那艘逃走的船，連忙傳聲大喝，船夫見眾人安然無恙，四周又已風平浪靜，便趕緊把船開了過來。

眾人一一上船，馮道站在船頭依依不捨地向大鼉告別：「鼉爺爺再見了！」又使勁全身力氣，大大呼吼一聲：「嗯啊……」巨鼉也昂首應和長長一聲「嗯啊……」便領著龜子龜孫們緩緩離開，慢慢潛入水裡。

眾人終於脫離危險，才鬆了口氣，但馮道、顧全武、成汭已感到風雨欲來的氣氛，這裡是楊行密的地盤，若是他有惡心，恐怕無人能擋。

老婆子見田頵、安仁義個個目光凶惡、不懷好意，似乎隨時要再動手，哼道：「瞧你們那龜孫子樣，難道又想違背誓言？楊行密，乾脆你們別叫三十六英雄，叫三十六龜孫好了！哈哈！」

顧全武知道此刻只能團結一致對付淮南軍，一咬牙道：「和尚向來一言九鼎。」

成汭喝道：「瘋子雖然殺人不眨眼，卻也說話算話！」

馮道打鐵趁熱地道：「很好！既然你們奉我為盟主，我便有事交辦！」

老婆子立刻狐假虎威地指著楊行密一行人，大聲問馮道：「南方盟主，你想命令這幫傢伙做什麼？」

馮道說道：「首先你們需將馬殷、鍾令公、白馬三郎和各方傷兵都平安送回去，不可為難他們。」

這道命令分明是針對楊行密，馬殷、鍾傳、王審知都感激地望向馮道，成汭嘿嘿一笑，望向楊行密，等看他是否會遵守約定，顧全武卻想：「楊行密早已下了毒手，殺了杜洪，又廢去鍾令公三人的功力，既然構不成威脅，放他們回去已經無妨，楊行密最愛假作仁義，必會答應。」

果然楊行密微笑道：「這事不難，就依盟主之意。」

「其次——」馮道見眾人同意自己第一道命令，有了底氣，便大聲道：「我要你們出兵保護聖上，逼朱全忠退兵，解鳳翔之圍！」

楊行密聞言一愣，隨即仰天大笑：「哈哈哈！這命令下得好極！馮兄弟，本王心甘情願奉你為南方盟主了！」

顧全武和成汭臉色霎變，馮道心想：「顧全武和成汭是支持朱全忠，楊行密卻是尊崇皇帝，我這麼一提，自是楊家歡樂，顧、成愁了。」轉問顧全武和成汭：「你們方才說奉我為盟主，應該不會反悔吧？」

楊行密微笑道：「盟主不必擔心，若有人想反悔，本王可為你料理了！」

兩人面面相覷，臉色極為難看，馮道連忙道：「不必！不必！大家以和為貴，晚生……本盟主……」他一時還不適應「尊貴」的身分，謙稱「晚生」也不是，說「本盟主」又覺得彆扭，只好道：「我是說我相信他們都是言而有信的人。」

顧全武心想：「今日形勢，絕不能再反悔了，不如繞個彎子……」便拱手道：「盟主，今日這一趟，幾位節度使受傷慘重，得好好休養，各藩鎮群龍無首，如何出兵？眼下鳳翔糧盡援絕，等不了長時間，若只有我鎮海、荊南、淮南三藩，並無力消滅梁軍。」望了馮道一眼，續道：「李茂貞經此一役，領地盡失，兵力大減，已無力保護聖上，就算我們三藩聯手，一時逼退朱全忠，假以時日，他捲土重來，難道我們要時時駐軍在鳳翔外圍？這實非長久之計。」

楊行密冷笑道：「顧兄說了這麼多，仍是想違背約定？」

顧全武微然搖頭，對馮道說道：「和尚有一建議。」

馮道心想：「他想勸退我，句句合情合理，這顧和尚確實不易對付。」問道：「顧將軍考慮得甚周全，但不知有什麼提議？」

顧全武道：「我們各派幾名高手隨盟主前往鳳翔，接應聖上到南方安居。」

群雄精光一湛，馮道卻是一驚：「聖上南遷，豈不像晉室南遷般，是向亂臣賊子示弱，表明唐室已無力掌控局面？更會讓南方諸鎮陷入挾天子的混戰中，聖上又要歷經一番顛沛流離！但眼下局面，似乎只能如此……」望了眼前眾高手一眼，又想：「如今南方以海龍王和楊行密勢力最大，海龍王已暗中投靠朱全忠，顧全武提出這要求，必是想聯合成汭，將聖上迎回吳越，這一來，聖上豈不又落回朱全忠手裡？顧和尚的算盤打得好精啊，真不愧是『不敗將軍』！稍一不慎，我就落入圈套了……楊行密雖然有些虛偽討厭，卻只有他才是最好的人選！」

楊行密也以為顧全武如此提議，是為了迎回聖上，微笑道：「皇室南遷，茲事體大，聖駕要安頓在何處，更是至關重要，豈能草率為之？」

顧全武淡淡一笑，道：「吳王的忠忱之心，連畜牲都證明了，我輩當真愧嘆不如，又怎敢爭迎聖駕？淮南風光明媚、山水靜好，是聖上安居的好地方，這世上除了吳王，再沒有第二人能擔起保君護駕之責。」

楊行密想起李茂貞為了挾天子，鳳翔幾乎覆滅，恍然明白他的用意，精光一閃即逝，暗哼：「顧和尚，你想引朱全忠來對付我？」

馮道也聽出顧全武的用意，怕楊行密不肯接下重擔，加把勁道：「乾坤以有親可久，君子以厚德載物，吳王乃十國第一人，光風霽月、至誠高節，素有『楊玄德』美名，晚生相信您必能保護聖上，也是最合適的人選。」深深一揖，道：「晚生先行拜謝，回去之後，我必稟報聖上，再為吳王升封加賞。」

楊行密心中冷笑：「本王豈是怕事之人？一旦聖上到了淮南，你們莫要後悔！」微笑道：「保駕乃是忠臣義士所當為，行密早已深受皇恩，如何敢多要封賞？但此事務必保密，免得中途再生風波，迎駕一事由我淮南軍一力承擔就足夠了！」

馮道心想：「其他人與朱全忠有勾結，難保不會洩露消息，引來追兵，楊行密這般考慮，確實周到。」道：「一切依吳王意思。」

楊行密吩咐田頵和安仁義：「你二人率三十六名淮南軍，隨馮中使前去鳳翔迎接聖駕，不得有誤！」

（註❶：鄱陽湖老爺廟水域一向有「魔鬼三角」之稱，民間傳說朱元璋與陳友諒在鄱陽湖大戰時，朱軍敗退湖邊，船舵已經破損，無法渡水逃走，危急時，竟有一隻巨黿游來銜船，救朱元璋度過湖面。朱元璋奪得天下後，封巨黿為「元將軍」，在湖邊建「定江王廟」，又稱「老爺廟」。）

九〇二・十二

世家遺舊史・道德付今王

鏐恐徐綰等據越州，遣大將顧全武將兵戍之。全武曰：「越州不足往，不若之廣陵。」鏐曰：「何故？」對曰：「聞綰等謀召田頵；田頵至，淮南助之，不可敵也。」……鏐命全武告急於楊行密，全武曰：「徒往無益，請得王子為質。」鏐命其子傳璙為全武僕，與偕之廣陵，且求婚於行密。

顧全武至廣陵，說楊行密曰：「使田頵得志，必為王患。王召頵還，錢王請以子傳璙為質，且求婚。」行密許之，以女妻傳璙。《資治通鑑．卷二六三》

馮道和老婆子登上淮南軍船，在三十六名精兵的護送下，一路向西北而行。歷經玄幻島的驚險旅程，兩人已十分疲憊，用完晚膳後便回艙房歇息，馮道心想有楊行密的軍令，再加上田頵、安仁義兩大高手隨行保護，路上應安全無虞，就和老婆子放心地呼呼大睡。

田頵和安仁義聚在船板上喝酒閒聊，兩人幾杯黃湯下肚，漸漸放縱起來，田頵一口烈酒一句怨言：「當初楊行密派我和李神福攻打杭州，我原想趁機大發一筆橫財，誰知忽然被調回來，不只斷了財路，還要我聽命徐知誥那臭小子一起來這鬼島，簡直是削盡我臉面！」

安仁義也滿腔酒意，感慨道：「咱倆和他穿同一條褲襠長大，小時候打架是三俠客，長大打天下是三十六英雄，他今日能有一點地位，全是兄弟們水裡來、火裡去，拼了命打下來的，姓徐的小白臉是什麼？連個屁都算不上！」

田頵越想越氣，「碰！」地一聲大力捶桌道：「這一趟，咱們兄弟折損大半，全是臭小子害的！」

安仁義也恨聲道：「你說徐小子是不是存心的？」

田頵呸道：「他背後如果沒有靠山，能有這麼大膽？」

安仁義清醒了幾分，驚疑道：「難道這是徐溫的主意？他瞧出什麼了？」語氣中流露了一絲恐懼。

田頵壓低了聲音惡狠狠道：「無論是楊行密還是徐溫的意思，我田頵若再吞忍，就真的成了龜孫子！今日也算老天有眼，給我逮著了機會……」

安仁義喜道：「你有什麼安排？」

田頵道：「我已請杜荀鶴這滿口生花的大詩人帶了一批財寶趕至汴州，為我們當說客，」瞄了一眼船艙，壞笑道：「若是再加一份貴重禮物，朱全忠肯定會出兵相助，提拔我們當淮南節度使！」

安仁義斜睨船艙，低聲道：「大哥是說裡面那小子……」

田頵冷笑道：「不錯！小子既然落到咱們手裡，當然要好好利用！」

安仁義哈哈大笑：「大哥真是聰明！」

馮道睡了一陣，被田頵大力的捶桌聲驚醒，聽到一句：「咱們兄弟折損大半，全是臭小子害的！」他時常被罵臭小子，心中一凜：「這傢伙難道是在偷罵我？」生怕兩人有什麼歹意，趕緊以「聞達」玄功偷聽，漸漸聽出兩人罵的其實是徐知誥，暗鬆了一口氣，接下來卻越聽越心驚：「他們對楊行密滿懷怒氣，沒膽量光明正大地對決一場，卻把怒氣發到我頭上，想把我賣給朱全忠！」但覺自己倒楣透頂，正想豎耳傾聽兩人要如何行事時，遠方傳來一陣低沉的船角聲，竟有一艘海鶻輕艇快速逼近。

「咦？有人來了？」馮道悄悄掀開一絲窗縫向外看去，只見田頵大老遠便歡喜招呼：「徐兄、許兄，稀客稀客！」又命部屬放下船板讓客人登船。

「姓徐的客人？」馮道見兩名高大的身影步上船板，不由得吃了一驚，怎麼也想不到來人竟是徐綰和許再思！

兩人大喇喇地坐下，一副熟門熟路的模樣，馮道心中奇怪：「這四人在玄幻島上互看不順眼，怎麼一轉眼就這麼熱乎？」

田頵命人奉上茶水，笑道：「兩位趁夜趕來，有什麼重大事情？」

徐綰毫不避諱地道：「當日楊行密派李神福攻打杭州時，田將軍送來一封信，說只要我依計行事，來日必有回報。」

田頵道：「那是我軍師徐溫測算天時地利之後，所擬定的妙計，若不是如此，誰能整倒海龍王？」

馮道心中一凜：「想不到海龍王身亡竟是徐溫的詭計！」不禁對徐溫更感好奇。

徐綰笑道：「當日我遵守田將軍的計劃，海龍王因此墜海而亡，顧全武不相信海龍王死去，先掩住消息，獨立支撐兩浙，還像無頭蒼蠅般到處尋人。」

安仁義起大姆指，讚道：「海龍王和顧全武自負聰明，卻被你耍得團團轉，徐兄真是好手段！」

馮道見徐綰目光炯炯，身軀坐得筆挺，哪裡像貪生怕死的鼠輩？不由得嘖嘖稱奇：「這徐綰真是比杜戲子還會作戲，連小馮公子的法眼都騙過了，難怪海龍王會著了他的道！」

徐綰精光一湛，沉聲道：「這一趟玄幻島之行，顧全武惹了一身傷回去，杭州城中無大將，正是造反的好時機！」

田頵嘿嘿一笑：「徐兄今日前來，是想討回報？」

徐綰沉聲道：「當年孫儒戰敗，我選擇投靠海龍王，為的就是今日——」拍了許再思的肩膀，續道：「我和許兄弟去玄幻島之前，已經佈置好一切，只要一聲令下，武勇都軍就會攻入杭州宮城，直搗龍王廟！」

田頵冷笑道：「海龍王的手下都忠心耿耿，怎會聽你號令？」

徐綰道：「武勇都原本就是我淮西軍組成的，對我十分忠心，如今箭在弦上就要發出。」

田頵喝了口酒，搖頭嘆道：「顧全武雖然受了傷，實力仍不容小覷，徐兄想要造反，我看不容易啊！」

徐綰道：「單憑武勇都軍自然不行，所以我希望與楊行密結盟，一口氣幹掉他們。」拱手道：「還請田兄轉達徐某意思！」

田頵將餘下的酒水喝個碗底朝天，朗聲道：「徐兄真是快人快語！」酒碗「碰」地一聲，重重放到桌面，沉喝道：「可惜今日時機不對！」

徐綰臉色倏變，不悅道：「難道楊行密想反悔？」

田頵道：「行走江湖，信義為先，徐兄辦事爽快，田某也不是反覆之人，只不過……」目中閃著熠熠凶光，恨聲道：「楊行密這次削盡我面子，又殺我好幾個心腹兄弟，老子已經打算造反，徐兄要不要改個合作對象？」

徐綰聽了這話，心眼已然明亮，原本繃緊的臉皮驟然鬆開，笑道：「玄幻島上的情景，大夥兒都瞧得清楚，實在為田兄抱屈，那砍楊頭確實教人心寒，既然你我有志一同，想怎麼合作？田兄且撂下話來！」

田頵道：「我要反楊行密，也沒有十足的把握，所以我有一門打算，」瞄了一下船艙，道：「只要咱們合力把這小子送到汴梁，朱全忠大喜之下，定會派兵支援，如此裡應外合，你我都能如願了！」

徐綰哈哈笑道：「這傻小子以為只要死死握著一株藥草，就能當他媽的狗屁盟主，號令南方群雄，他直到死都不明白這藥草原本就是為了獻給梁王！」頓了頓，道：「誰能治好魏國夫人，梁王就會提拔誰當南方盟主，沒有他的支持，誰坐這南方盟主之位，都坐不安穩！」

田頵冷笑道：「楊行密會親自出馬搶奪藥草，除了害怕我們南方盟團結一致，歸入朱全忠旗下，更為了阻止魏國夫人復生，因為她不只是朱全忠的愛妻，更是汴梁的頭號軍師，一旦身亡，朱全忠等如崩塌半壁江山！」

「原來如此！」馮道恍然明白真相，暗罵自己愚蠢：「我莫名其妙捲入這渾水，還拼命去搶神仙草，當真糊塗至極，為今之計，只有盡快逃走！」看了旁邊的老婆子，又想：「我要逃走已是不易，如何帶上老婆子？」便輕輕推醒老婆子，低聲道：「田頵要殺我們！」

老婆子吃了一驚，趕緊坐起，馮道附在他耳邊，悄聲將事情大約說了，老婆子拍了拍胸口，慶幸道：「還好！還好！」又低斥馮道：「小馮子胡說八道，竟來嚇唬老婆子！」

馮道急道：「我句句實言，怎麼嚇唬你了？」

老婆子一翻白眼，道：「他們是要殺你，又不是殺我，你自個兒逃吧，老婆子在這兒吃好睡好，何必逃呢？」

馮道見他糊裡糊塗，不明白其中險惡，道：「一旦我逃走，他們肯定會殺你洩恨。」

老婆子恍然大悟：「唉喲！老婆子要受你連累了！」想了想，黯然搖頭道：「你拖著我是逃不掉的！」

馮道義氣道：「我不能丟下你，咱們再想想辦法。」

「碰！」艙門被狠狠推開，安仁義走了進來，兩臂大張，宛如大鷹抓小雞般猛力抓向兩人，馮道雖然想抵抗，但內力比不過，想要閃躲，艙房又太小，「節義」身法實在施展不開，再加上老婆子一下子就成為人質，他也只好乖乖就範。

安仁義迅速制服馮道兩人，一手一個拽出艙房，猛力丟在甲板上。田頵一見兩人便來氣，怒喝道：「小子想少受點罪，就快快交出神仙草！」

安仁義狠狠壓住馮道頭頸，馮道無力掙脫，只拼命搖頭，田頵示意安仁義放開兩人，拿出長刀抵在馮道胸口，威嚇道：「你不怕我將你大卸八塊、生吞活剝？」

馮道知道這幫人什麼都幹得出來，心中雖害怕，仍昂首道：「怕！也不能交出神仙草！」

田頵冷笑道：「其實你交不交貨，也沒什麼差別，我殺了你，自然就能取得神仙草了！」

老婆子心中害怕，驚呼道：「唉喲！你們別殺我！別殺我！」回頭一看馮道，叫道：「你們要殺的是他，我和你們可是一條船上的，你們瞧瞧──」馮道還來不及反應，老婆子大腳倏然舉起，一個飛踢，竟將他踹飛入江河裡！

「噗通！」馮道被踢得直墜入河裡深處，江水冰寒，幸好浪勢平緩，他奮力上游一會兒，已浮出水面，但全身冷顫，若不潛回船上，一定會凍死。

馮道小心翼翼游了過去，見前方是一片大帆，帆面映出另一側有五人正激烈打鬥，但他視線被船帆遮住，只能從帆影上看出是一名身形中等、武功絕頂的男子力抗田頵、安仁義、徐縚、許再思四名高手，五道身影交錯、滿場紛飛，其他軍兵站在船側圍觀，半點也插不上手。

馮道又是驚詫又是疑惑：「才一刻間，竟又來了高手？」見船上情況危險，不禁猶疑：「這幫藩鎮全是豺狼虎豹，無論來者何人，都會覬覦神仙草而殺我，我真要上船嘛？這人以一敵四，還佔了上風，修為之高不下於楊行密，比田頵更危險……」但風寒雪凍，他實在不能一直待在河裡，又擔心老婆子安危，只好硬著頭皮游了過去，打算趁亂偷偷上船，躲在倉稟間。

馮道攀住船側，悄悄探出半個腦袋，想觀察形勢，突然一陣亮光爆起，炫迷了雙眼，令他什麼也瞧不清，耳邊只聽到一聲低吼：「滿堂花醉三千客，一劍霜寒十四州！」❶

其他人顫聲道：「這是海龍王的絕技『醉花三千劍』！你……你是……」接著一陣「噗通！噗通！」的落水聲，卻是田頵幾人嚇得跳河，拼命游向徐縚的海鶻快艇，逃之夭夭！

馮道剛恢復視力，冷不防被急於逃命的許再思一把撞了過來，兩人同時墜入河裡！

馮道呼嚕呼嚕地往下沉，感到冰冷黑暗之中，似有一張大網對準自己籠罩而來，心中唉嘆：「又是誰來抓我？」掙扎了幾下，實在冷至體力耗盡，不禁昏昏睡去。

過了許久，馮道迷迷糊糊醒來，見自己又轉至另一艘大船上，艙外傳來不同的呼吸聲，他默默數算了一下：「這條大船上至少有六、七個高手，其中兩個武功絕頂，其他人普普通通，只比小馮公子好一些，倒不知他們商量什麼？要怎麼處置我？」

只聽一道熟悉的聲音響起：「末將來遲一步，才讓他們逃了。」

馮道認出這聲音竟是顧全武，愕然道：「顧和尚自稱末將，難道剛才以一敵四的絕頂高手竟是海龍王？他不是死了嘛？」

海龍王錢鏐嘆道：「當初徐綰和許再思帶著淮西散卒投降，我好心收留他們，還讓兩人繼續擔任指揮使，只盼他們能好好效力，想不到兩個狗崽子竟心存歹念，將我對抗李神福的戰略透露給田頵，讓他率軍從後方偷襲，擊破我座船，害得千百名士兵落水溺斃，傷亡慘烈，逼得我只能泅水離開。後來我為找出內奸，便改了裝扮暗中查探。」

當時人人都說海龍王死了，鎮海軍擔心群龍無首，為敵人所趁，有幾名將領暗中奉請顧全武繼任節度使，顧全武堅決不肯，他當年會投效鎮海軍，除了佩服海龍王為人仁義，是亂世中少有的明主，更因為兩人性情相反，卻氣味相投，他十分冷靜、少有喜怒，擅於謀劃，海龍王卻真的好似水中游龍，善於隨機應變。

兩人相交多年，名為主臣，實為知己，顧全武深知海龍王不只武功高強、滿腹經綸，更懂得天機圖讖，最擅趨吉避凶之道，怎可能輕易喪命？此番失蹤許久，定有內情，今日終於等到海龍王現身，心中又喜又怒，只冷冷道：「龍王就在龍宮裡，末將卻不知道，還派了蝦兵蟹將四處尋找，我該當無能之罪，自罰三杯！」說著便喝了三大口悶酒。

錢鏐隱瞞行事，自有不信任他的意思，聽顧全武言語酸諷，嘿嘿一笑：「你也沒那麼冤枉吧？否則你為何處處為難老婆子，又百般試探，難道不是起了疑心？」

顧全武呸道：「我瞧老婆子可憐，好心收留，這傢伙卻整日鬼鬼祟祟，我怕他偷海龍王的家底，才好生看管，怎麼也想不到那賊婆竟是……嘿！和尚真是枉做小人了！」

馮道心中一愣：「原來顧和尚懷疑老婆子另有圖謀，才會對付他，但老婆子明明沒半點武功，如何偷海龍王家底？顧和尚肯定是誤會了，待會我得為老婆子好好解釋！」

錢鏐舉杯敬酒道：「好兄弟，別生氣了！算老哥哥欠你一回！」

顧全武聽他敘起兄弟之情，表達了歉意，難得露出一絲笑容：「你活著便好啦！以後麻煩事都稟報給你，和尚可以退回廟裡唸經，省得操這份閒心！」

錢鏐哈哈一笑：「你想歇息，我可不准！你我聯手，才能解決麻煩事！」又大大喝了口酒，道：「說吧！杭州城現在如何了？」

顧全武放下酒杯，目光一沉，道：「內外交迫！外有李神福的淮南軍，內有徐綰的武勇都軍準備造反，咱們走錯任何一步，都會覆滅，不知大王有何指示？」

錢鏐斂了笑意，肅容道：「你先傳令馬綽、王榮、杜建徽分守三座城門，再前往東府坐鎮應變，以防叛軍進佔越州。我會親自率領一隊精兵潛入杭州，到那時，我們再理應外合地夾擊叛軍。」

顧全武蹙眉道：「內外夾擊固然不錯，但徐綰和田頵這一逃走，定會向朱全忠求援，萬一武勇叛軍、淮南軍、汴梁軍三部會師來攻，我們的兵馬便應付不過來了！」

錢鏐沉吟道：「你考慮得很是周到！」

顧全武瞄了船艙一眼，道：「神仙草是賄賂朱全忠最好的禮物……」

馮道暗嘆：「想不到我一個瘦巴巴小子，竟像豬肉般珍貴，被轉賣來轉賣去。」忍不住掀開衣衫，望向胸口的鷂鳥圖騰，感到它似乎蠢蠢欲動，又像只是一幅刺青，直到現在，他都不明白這東西究竟是什麼，會不會造成傷害。

外面一陣靜默，氣氛詭異，馮道心不住地往下沉，面對田頵、徐綰等人，還可能憑著機智逃跑，但此刻落在顧全武、海龍王這兩個絕頂人物手裡，真是連一線生機也沒有了。

錢鏐沉默許久，終於開口：「李神福有勇有謀，也算是英雄人物，可惜貪財！有錢能使鬼推磨，這人並不難對付。」

馮道暗暗感慨：「李神福貪財、田頵也貪財，這亂世之中，軍兵肯賣命打仗，多是為了搶錢，楊行密嚴管手下，不准他們榨取百姓，卻因此斷人財路，遭到怨恨背叛，說起來，這楊行密還是不錯的！」

顧全武道：「既然大王不想把神仙草送給梁王，要瓦解三方聯盟，只剩一個法子……」

錢鏐見他面有難色，道：「你我相交十數年，都生死關頭了，有什麼話要吞吞吐吐，不敢說出？」

顧全武續道：「此戰關鍵是楊行密，只有他才能制伏田頵，我們與他聯手便能對抗朱全忠……」說到這裡，又頓住不語。

錢鏐不耐道：「才幾個月不見，你顧和尚幾時變得這麼婆媽？」

顧全武還是遲疑半晌，才低頭拱手道：「末將想委屈大王與楊行密聯姻！」

雙方累仇已久，錢鏐前去提親，非但是奇恥大辱，更是自曝其短，讓楊行密知道自己情況危殆，很可能他反而會派大軍過來，這聯姻提議實是一招險棋。再者，選哪個兒子去聯姻都是送死，錢鏐如何忍心？一時只臉色鐵青、沉默不語。

顧全武也知道這個要求過分了，不敢再勸，目光又瞄了船艙：「還是將那小子交出去吧……」錢鏐一揮手道：「別再說了！」

席間還有錢鏐的幾個兒子，他們知道軍情危急，聽著兩位父執輩商談大事，一直沒有出聲，忽然聽到顧全武提出聯姻的要求，心中都是一驚，見父親目光掃來，都低了頭，不敢相對，暗盼父親不要選中自己，錢鏐見他們怯懼的模樣，更是下不了決心，雙目一閉，嘆道：

「抓鬮吧！誰抓到，都是命！」

「不必抓鬮，孩兒去！」正當眾人一片沉默、面面相覷時，年方十四的六子錢傳璙忽然站了起來，拱手道：「長兄們是我兩浙棟樑，要輔佐父親領軍治世，皆不可去，其他弟弟年紀幼小，也無法擔此重任，只有孩兒年紀適中，既無本事，也未建功立業，今家國有難，孩兒願以一己薄軀分擔父兄之憂。」❷

錢鏐想不到這個六兒年紀尚輕，竟有如此勇氣，怔望他半晌，才沉痛地點點頭，道：「好孩兒！你便帶上貴重財寶，隨你顧叔叔前去廣陵求親。」對顧全武道：「你先將一部份財寶私下送予李神福，讓他轉告楊行密：『田頵有意投效朱全忠，以換取淮南節度使的位子，小人若是得志，吳王這心腹之禍為害劇烈，更勝外患！錢王願以六兒傳璙為人質，與您的女兒聯姻，請吳王召回攻打杭州的軍隊。』」望了錢傳璙一眼，終究不捨，又吩咐顧全武：「楊行密若是不肯，或有任何妄動，無法合作，你們便先回來，毋需逞強。」

顧全武道：「此去必以聯姻為先，若楊行密無意或想殺害我們，末將絕不會任人魚肉。」

錢鏐拍了拍他的肩，道：「我把六郎交給你了，萬事小心。」

顧全武拱手道：「放心吧，和尚看著六郎長大，絕不會讓他受到半點傷害。」

錢鏐道：「你們都要平安歸來，下去準備吧，順便把那小子帶上來。」

馮道暗想：「海龍王寧可犧牲兒子，也不願將我交給朱全忠，看來他是想獨吞神仙草，萬一發現我胸口的印記，說不定會殺我剝皮，取下圖騰……」想到那恐怖情景，不禁打個寒顫，聽著顧全武腳步聲一步步接近，心中越來越緊張，急切間卻想不出什麼對策。

顧全武推開艙門，道：「有人要見你，出來吧。」

馮道忐忑地隨他出去，見甲板上空無一人，只有一個瘦小老頭穿著一件極寬大的黑紋錦袍，坐在船板上悠閒垂釣，竟是失蹤的老婆子！

馮道趕緊奔了過去，驚喜道：「老婆子，原來你在這兒！我不見你，好生擔心，原來你也被海龍王救了，還給你吃好穿好？」

老婆子見他一臉熱情，撓了撓腦袋尷尬道：「你不怪我自顧性命，踢你落河？」

馮道笑道：「說來是我連累你，怎能怪你？你一個手無寸鐵的老頭子，遇到惡賊害命，想要自保也是人之常情，我只擔心那幫人心狠手辣，就算我墜了河，也不放過你。」

老婆子喜道：「你真不怪我？」

馮道搖搖頭，認真道：「落河淹死，總好過被送去給朱全忠活活凌遲至死！我反正活不了，死前能換你一命，那是再好不過了！」

老婆子感動道：「我不過一個窮縴夫，你竟也這麼顧念我！」

馮道滔滔說道：「孟夫子說：『老吾老，以及人之老；幼吾幼，以及人之幼』……」他兀自叨叨不休，一抬頭，卻見老婆子四肢一伸，皮膚、骨骼「啵啵啵！」地起了變化，身子竟長高了幾寸，成了神威赫赫的漢子，接著伸手往臉上一抹，撕下一張人皮面具。

馮道只看得眼珠子快掉下來，滿口聖賢道理全嚥進肚裡，張大嘴卻發不出聲音，好半晌才指著老婆子結結巴巴道：「你……你……你是誰？」眼前男子方面大嘴，面目奇醜，與老婆子可有一比，戴不戴面具似乎也沒什麼分別。

老婆子笑道：「我本名錢鏐，因為長得太醜，父母厭棄，被婆婆收留才活下來，因此取了小名婆留。」哈哈一笑，道：「所以你是小馮子，我便是老婆子了！」

馮道再度驚愕，指著他失聲道：「你……你是海龍王？還是婆留？就是天下第一巧手，給皇帝製面具的那個？」錢鏐微笑頷首：「不錯！」

馮道再多看兩眼，但覺他氣度從容、威儀自生，似乎也不怎麼醜了，這才回過神，哈哈大笑：「老婆子，你騙得我好慘啊！原來你神功高強，卻讓我揹著你奔東跑西，好不辛苦！」

錢鏐也哈哈大笑：「倘若你不揹著我，早不知死幾百回了！」

馮道恍然大悟：「原來我在冰湖裡，是你為我續氣；在石壁裡，其他人刀劍砍向我，也是你幫我擋著！還有一回，那鸓鳥撲來，你壓著我的頭跪地叩拜，那鸓鳥卻嚇得倒退，轉去追徐知誥，也是你震退牠們吧？」

「不錯！小子一點就透，也不算笨到家，」錢鏐笑道：「徐知誥那臭小子想害你，也是我把他掃了出去！」

那時雙方在花徑裡狹路相逢，徐知誥原本伸掌打向馮道，整個人卻忽然往後飛去，像自殺般投入鸓鳥群裡，幾乎喪命，他為了逃生，以幾名淮南軍當替死鬼，因此和田頵結下大仇。

馮道笑道：「當時我便覺得奇怪，還以為小馮子真是福大命大，有神佛保祐，原來竟是海龍王顯靈了！」

錢鏐昂首挺胸，雙手叉腰得意道：「我是海龍王，也算是水裡神佛，見你小子心地雖善良，卻傻不隆咚，只好出手保護了。」

馮道回想起老婆子在狹道中，故意引誘自己以一首「王莽篡位詩」刺激楊行密，惹動鸓鳥怒氣，又趁徐知誥和田頵結怨時，唆使兩人打架，看似胡攪蠻纏，卻是三言兩語就挑得淮南大、中、小三將領起內鬨，手段實在厲害，馮道暗暗咋舌，想了想又問：「但我能感應周遭氣流，為何不知是你出手？」

錢鏐道：「我有一門獨祕功夫叫『見風轉舵』，能使氣力不直接施到人身上，只在空中隨意游走、滑動，每一回我施力在你身上，只是用一圈氣場包圍住你，不是直接穿入你身子，當時情況混亂，不是在水裡就是混戰成一團，你功力不夠，便難以分辨。」

馮道不解道：「可他們為何都不識得你是海龍王？」

錢鏐嘿嘿一笑，得意道：「你瞧瞧我這把戲……」他伸出手掌，一發功力，指掌的肌肉便鼓了起來，成了一隻胖手，下一刻，將內力收縮到丹田，指掌的肌肉便消瘦下去，變成雞爪模樣。他身子微蹲，膝蓋一扭，「喀喇」一聲，膝關節短了半寸，內力再一縮，整個人竟瘦小許多，笑道：「這是我另一門獨祕功夫叫『相由心生』，只要內力伸縮，幾個關鍵骨節一動，便能隨意地高矮胖瘦。」

馮道嘖嘖稱奇，大讚：「我以為我的『榮枯鑑』、朱全忠的『不老』已十分玄妙，想不到這世上還有『相由心生』！這三門功夫可並稱當世三大奇功了！」

錢鏐又「喀喇」一聲，恢復原來形貌，笑道：「我從小相貌醜陋，莫說鄰人嘲笑、姑娘嚇跑、母豬昏倒，就連爺娘也嫌糟糕。我窮極辦法想變換容貌，起初研究了易容術，後來又尋到『相由心生』這門奇功，從此能輕易改變形貌，連敵人、熟人都認不出。」他昂首挺胸凜然道：「等我學會了這些表面功夫，早已憑真本事闖立一番功業，再沒人敢嘲笑我的長相，那時候我明白到大丈夫能頂天立地，才是真正的相由心生，就把那表面功夫擱下了，因此沒什麼人知道我會這門奇功。」拿了一支釣桿遞給馮道：「來！陪老婆子釣魚！」

馮道依言坐到旁邊，拿起魚桿垂入河中，他滿腹疑惑，實在靜不下心垂釣，只拿著釣桿隨意搖晃做做樣子。

錢鏐道：「我來玄幻島是為了你！」

「我？」馮道宛如驚弓之鳥，幾乎跳了起來，錢鏐大掌瞬間按住他的肩，壓得他動彈不得，馮道驚道：「你不是也想殺我吧？老婆子，咱們也算有一點兒交情……你……你……」

錢鏐笑道：「小子乖乖坐好，你驚跑了我的小魚，我可要抓你下鍋來抵啦！」又捏了他一把，呸道：「小子瘦不啦嘰，油炸水煮都沒幾兩肉，塞牙縫都不夠！」

馮道聽出他是玩笑話，暗暗鬆了口氣：「他要殺我，早可以動手了，又何必屢屢相救？我真是自己嚇自己，嚇死人不償命！」這才安靜坐好，疑惑道：「我們從前並不相識，前輩為何找我？」

錢鏐道：「杭州城危急，我理應回去救火，不該親自來玄幻島，但我先祖曾傳下一首讖詩，據說是崆峒開派宗師飛虹子遊歷江南時，特意留給我家族的祕密。」

「師父？」馮道一愕，急問道：「師父留給你們什麼讖詩？」

「你果然是隱龍！」錢鏐深深地望了他一眼，目光中滿是期許，手腕一動，以釣絲激起水花，在空中形成一首讖詩：「七彩神仙現，救世隱龍出，運隨江流轉，順勢安天下。」

馮道恍然大悟：「徐綰說的讖詩原來是師父留給錢家的，師父早就知道我會來這裡，還為我做了許多安排！」心中不禁更加佩服：「他老人家真是浩瀚千里、深不可測，就好像高山大海一樣，相比之下，我就是井底之蛙、小石小木，有許多事情都沒能勘透。」

錢鏐緩緩道：「這讖語是說七彩神仙草一旦現世，天下將真正大亂，同時也會出現一位隱龍來解救苦難，因此我一聽到七彩神仙草的消息，便知道隱龍要出世了，我必須來瞧瞧，這件事關係著天下大運，比我杭州城的燒火還要緊。」

馮道嘆道：「這天下還不夠亂嚒？」又想：「兩年前我得到《天相》、《奇道》兩部奇書，師父留下遺言說我是隱龍，今日我又鬼使神差地來到這兒，得到了鸜鳥圖騰，可見我確是隱龍無誤，但我兩年前就已經學成出關，讖語為何說隱龍直到此刻才出世？難道這兩年我日夜奔波，全是白忙活？」

錢鏐續道：「那日我偶然見到你與馮行襲纏鬥，實在驚奇，你武功明明很差勁，卻似乎有一種特殊本事，比朱全忠的不老神功還厲害！」

馮道心想自己滿腹才華、一身本領，但不知海龍王佩服哪一點，得意道：「什麼本事能教海龍王驚奇？」

錢鏐道：「不死神功！」

馮道搖頭道：「我只修練過榮枯鑑，沒練過什麼不死神功。」

錢鏐笑道：「遇到麻煩，你總有辦法溜之夭夭，無論如何也死不了，這不死神功豈不是比不老神功還厲害？」

馮道想到自己四處逃竄的狼狽模樣，摸了摸腦袋，尷尬一笑：「原來前輩是笑話我！師父只留給我保命本事，想不到全給你瞧見啦！」

錢鏐笑讚道：「在亂世之中，這『死不了』的本事可比什麼神功都重要！當時我就懷疑你是隱龍，因此沿路盡試探你、觀察你，當然也保護你。小子倒沒讓人失望，就算身處困境、萬分危險，始終沒丟下我這個老婆子，光是這份俠義心腸，可比許多人強多了！」

馮道平時自讚自誇，不過是自得其樂，此時受了鼎鼎大名的海龍王稱讚，反倒有些不好意思：「前輩過譽了！我只是個鄉下小子，論青年才俊，可比不上徐知誥！」他早從《天相．人相篇》觀察過徐知誥的面貌，不得不承認：「徐小子頭方頂高、目秀鼻挺，面神眼神俱如秋月懸鏡，光輝皎潔，乃是清貴之相，將來必能登躍龍庭，成為舉世皆知的大英雄。」

錢鏐聽出他話中有一絲酸澀之意，笑道：「徐知誥是人才，但小子也不必妄自菲薄！我幾次故意害你，你都不記仇，人說宰相肚裡能撐船，你寬大的胸懷正是做宰相的上好材料！武將是殺人拼命，宰相卻是經世濟民，你哪裡比他差了？」

馮道感慨道：「他年紀輕輕，不但武功高強，又手握精兵，得楊行密特意提拔，正是步步高昇、晴空萬里，我虛長他多歲，如今仍是一事無成、漂漂蕩蕩，教人瞧不上眼的鄉下小子。」一想到自己拼盡全力，仍救不了皇帝，實在有些氣餒。

錢鏐道：「莫羨人前風光，不知人後辛酸！徐小子看似神氣驕傲，其實處境艱難，如履薄冰，還不如你這小子逍遙快意呢！」

馮道奇道：「徐知誥行止瀟灑、不驚不咋，宛如小楊行密，連田頵這江湖老將都得低頭吃虧，又有什麼事難得了他？就算天要塌下來，還有楊行密頂著！」

錢鏐笑道：「小子道行太淺，才瞧不出其中玄機！你以為楊行密真是頭眼昏花，識人不明嚒？他屢屢在田頵面前誇讚徐知誥，是在試探田頵，甚至可以說是故意刺激他！」

「你是說……」馮道心中一驚，道：「楊行密早有意剷除田頵，但礙於田頵是年少知交，一起共患難打天下，怕落人口實，所以故意激怒田頵反叛？」

錢鏐讚道：「孺子可教也！田頵自恃與楊行密是竹馬之交，又有輔佐之功，便貪財貪權、囂張跋扈，楊行密早已忌憚在心，如何容得了他？」

馮道不解道：「楊行密不是喜愛徐知誥嚒？他大刺刺地挑起田頵的恨意，豈不是置徐知誥於險地？」

錢鏐道：「倘若徐知誥連田頵都應付不了，還有什麼資格取代田頵的地位？楊行密早晚丟棄他！」微微一笑，又道：「這是楊行密給徐知誥的一門磨鍊，也是警告：『你必須夠強，才有利用的價值，但不能比我強。』小子，懂了吧！」

馮道嘆道：「楊行密連自己人都鬼鬼祟祟地對付，所以南方盟寧可投靠朱全忠，也不敢歸順楊行密。」但覺這幫藩鎮個個狡詐，朱全忠是奸雄，李茂貞是老狐狸，但比起楊行密那彎彎拐拐的心思，兩人竟是坦率多了！

錢鏐讚道：「徐知誥這小子確實不簡單！當時老婆子將他丟進鷗鳥群裡，就是想借鳥殺人，他卻反手殺了田頵幾個心腹，硬是讓田頵吃了啞巴虧，不只向其他部屬立馬下威，坐穩了指揮使的位置，更達成楊行密想刺激田頵的任務，還順手翦除了田頵羽翼，最重要的是，他忙著這麼多事，還不忘追殺你，嘖嘖嘖！」笑道：「小馮子，你遇上勁敵了！」

馮道不認真釣魚，魚餌輕易被咬走，只好抽回釣絲，一邊重新加餌一邊哼道：「徐知誥再機靈似鬼，多方算計，也只是楊行密的一顆魚餌！」

錢鏐道：「你若是輕看他，就太危險了！這小子在夾縫中生存，時時受打壓排擠，早已學會左右勾結、上下逢迎，他生存得最艱難，卻也最懂生存之道，能乘勢而起、頹勢而收，就算在嚥氣前一刻，都可以改變心意，誰也看不穿他真正的心思，依我看，再過幾年，連楊行密也制不住他了。」

馮道問道：「我該怎麼應付？」

錢鏐搖頭道：「能避則避、能閃則閃，這種人啊，當不得敵人，也當不得朋友，最好一輩子躲得遠遠的！」

馮道暗嘆：「我和他的仇恐怕是解不得了！」想到一輩子有這麼可怕的敵人，真如芒刺在背，想了想，又問：「老婆子，你見聞廣博，可聽過煙雨樓麼？」

錢鏐道：「煙雨樓是淮南的神祕組織，我特意花了幾年時間追蹤，才知道樓主有觀天地的奇異本事，我又查找整個淮南，只有一人符合這特徵——」

「徐溫！」兩人異口同聲說出。

馮道連忙問道：「這徐溫究竟是怎樣的來歷？」

錢鏐道：「徐溫與楊行密年少相識，也是三十六英雄之一，但他不像田頵、安仁義那般張揚，反而刻意隱秘。楊行密有意爭天下，徐溫便為他籌措軍需，有一回我們同時看上販鹽生意，各自成立鹽幫，為了爭奪渠道，我和他交手過幾回，才知道他有奇能。」

馮道不解道：「這樣的人，怎甘心屈居楊行密手下？」

錢鏐道：「各人有各人的命，楊行密適合當雄主，他適合當輔臣，他若懂得天命玄機，就有自知之明。」

馮道又問：「徐溫既是楊行密的心腹大臣，那麼煙雨樓也算是淮南的組織了？」

錢鏐道：「那倒不是！煙雨樓是徐溫暗中創立，專門培養密探打聽各方軍情，也周旋在多方之間謀取利益，這些密探大多隱藏身分，暗中行事，楊行密也不全然清楚。」

馮道沉吟道：「徐溫有自己的圖謀，所以連楊行密也瞞著？」

錢鏐笑道：「楊行密賊靈似鬼，煙雨樓一事豈能瞞得了他？」

馮道不解道：「楊行密既然知道徐溫暗中培養勢力，為何還容忍他？」

錢鏐道：「這叫各取所需！徐溫身為軍師，若沒有這煙雨樓，如何提供楊行密軍情？」

馮道說道：「如果煙雨樓只是收集軍情，楊行密為何不乾脆將它收歸麾下，卻讓徐溫在暗中做大？」

錢鏐嘿嘿一笑：「楊行密自從得了『玄德』美名，愛惜名聲得很，怎會讓髒東西沾到身上？他坐享煙雨樓的成果，又不用破壞名節，自是睜一隻眼、閉一隻眼了！」

「髒東西？」馮道心中一凜，想到褚寒依牽涉其中，連忙問道：「什麼意思？」

錢鏐道：「髒東西就是齷齪事！見不得光的事……嘿嘿！老婆子懶得說它，你小子年紀太小，不聽也罷！」

馮道知道一定不是什麼光彩事，心中更加擔憂：「妹妹不知有什麼危險？我得設法去淮南一趟，會會煙雨樓主。」自顧自地分析道：「楊行密假裝不知有煙雨樓，但徐溫通曉玄機，應該猜得到楊行密的心思……」

錢鏐道：「楊行密既然假裝不知，徐溫也就樂得大行其事，說不定楊行密身邊就潛伏一、兩隻密探呢！這兩隻奸鬼啊，是各有盤算、各取所需，就看誰的道行深了！」

馮道問道：「楊行密既然不信田頵，為何要派他接迎聖駕，難道就不怕他搞鬼嚒？」

「楊行密教田頵接迎皇帝，那是——」錢鏐將釣魚絲輕輕一晃，道：「放餌！」

「放餌？」馮道想了想，道：「你的意思是如果田頵辦砸了事，楊行密便有理由懲罰他，甚至處死他？」

錢鏐點點頭，馮道實在不解，又問：「楊行密表面尊崇唐室，其實野心極大，好不容易有機會接迎聖駕，可以挾天子號令諸侯，這樣一來，豈不錯失良機？」

錢鏐哈哈一笑，道：「挾天子號令諸侯是三國的老把戲了！咱們不興這一套，皇帝根本是燙手山芋，若自個兒沒有實力，誰挾天子誰倒楣，鳳翔就是活生生的例子！」頓了頓又道：「要能挾天子號令諸侯者，必需本身早就具備號令天下的能力，天子不過是個幌子罷了，所以曹操能挾天子，朱全忠也能，但董卓不行、李茂貞也不行，楊行密又不是傻子，難道還想引朱全忠的戰火自焚？」

馮道心想自己千辛萬苦卻是一場空，頹喪地搖搖頭：「這下可慘了！聖上該如何是好？」

錢鏐拍拍他的肩，安慰道：「就算皇帝去了淮南，也不是好事，楊行密連自己人都鬼鬼祟祟地對付，怎能指望他真心保護聖上？」

馮道望了錢鏐一眼，心中忽然升起希望，賊嘻嘻一笑：「老婆子，這下我明白了，你才是最適合的人選！只要你登高一呼，教大家保護皇帝，他們都會支持你。」

錢鏐連忙搖手推辭：「吔！小子別想灌我迷湯！」

馮道卻不死心，又拍馬屁道：「海龍王若有盟主之志，南方藩鎮必傾巢來歸，也不必依託在朱全忠之下了。」

錢鏐哈哈一笑：「這些人自己坐在炭爐中，小子還使壞心眼，想把我也拉到炭火上！」

馮道又勸：「聖上並非屏懦之主，只是時不我予，如果有南方盟支持，定大有可為。」

錢鏐深深一嘆：「『時不我予』四字，足以逼死一代明主，更何況是文弱之君！聖上若在太平盛世，的確會是個好皇帝，但在爭霸亂世裡，為君者，如果沒本事力挽狂瀾，還霸佔著皇位不放，只會將天下百姓一步步拖向深淵。」

馮道想不到他會說出大逆之言，愕然道：「聖上仁慈，朱全忠暴虐，難道你不肯扶持仁君，卻想幫助惡賊？」

錢鏐緩緩道：「人若作孽，報應必至；惡貫滿盈，便有天收。」

馮道急道：「奸雄禍國、綱常盡毀，天子蒙塵，黎民百姓飽受苦難，我兩手空空，尚且要盡力而為，老婆子，你一身本事，手下強兵無數，何忍坐視不管？」

錢鏐搖搖頭，嘆道：「小子，大唐氣勢已不可挽！」

馮道滿心不服氣，激動道：「你明知朱全忠是惡人，卻要縱容他，與一幫逆賊同流合污？楚國志士屈原曾說：『鷙鳥之不群兮，自前世而固然。何方圜之能周兮，夫孰異道而相安？』我們是忠臣，朱全忠是逆賊，志向並不相同，怎能苟且相安？朝廷頹圮，忠臣更應該堅守志節，才能扶持皇帝扭轉乾坤。假使當年韋后之亂，人人都見風轉舵，屈附逆賊，玄宗又如何開創中興盛世？」錢鏐的神功正是「見風轉舵」，馮道說到「見風轉舵」四字，便故意加重語氣，好似譏諷他。❸

錢鏐聽出言外之意，並不以為忤，只道：「小子，你有時聰明得很，有時又很蠢笨！你聽聽屈原這句話：『老冉冉其將至兮，恐修名之不立』，比起天下百姓，他更擔心的是自己的名聲，更在乎的是自己的志向！」

馮道昂首道：「『伏清白以死直兮，固前聖之所厚』，保守清白之志而死於忠貞之節，真正展現了聖賢儒士的硬氣，又有什麼錯？」

錢鏐道：「屈原成全了一己志節，卻置百姓於何地？當時楚國敗亡，百姓生存艱難，茫茫不知所措，倘若這時有人挺身而出，帶領前路，他們便有了生存的希望與勇氣。屈原如肯捨棄志節，苟活下來，以他的學識，必能幫助許多苦難百姓，這麼任性一跳，便什麼都沒有了！倘若你真的憐惜百姓，更會為了他們保守自身，留住底氣，就算屈身侍敵也在所不惜！」

馮道氣憤道：「我以為海龍王是英雄好漢，想不到也只是龜孫子，我真是看錯你了！」

錢鏐長嘆一口氣：「我錢家幾百口人、兩浙幾十萬百姓，我不能把他們推入火坑裡，老婆子沒用，只想保他們平平安安、長命百歲。」拍了拍他的肩，道：「你這隱龍小子兩肩要扛的是天下百姓，擔子確是重了些，所以更該保住性命，好好作為！」

馮道說道：「你掛念兩浙安危，不肯挺身對抗朱全忠也罷，至少可多造幾張面具幫助聖上逃命，你卻故意隱藏身分，讓承業公公找不到人！」

錢鏐道：「我給聖上三次活命機會，倘若他還不能東山再起，便是勢不可為，我怎能拂逆天意，一直犧牲忠臣義士、無辜百姓，只為救他一人？」

馮道毅然道：「你教我易容術吧，我自己想辦法救聖上。」

錢鏐敲了他腦袋一個爆栗，呸道：「你這臭小子真是笨得可以，我苦口婆心勸了一堆，你全然聽不入耳，還想時時以身相替，一次又一次解救聖上？」

馮道被敲了一頓，痛得說不出話來，只撫著額角痛處脹紅了臉，聽著錢鏐喋喋罵道：「你真以為你學了不死神功，可以死一萬次嚒？難道飛虹子傳你一身本事，只為保護聖上一人？那他不如傳給聖上好了，要你這隱龍做什麼！」見馮道一臉倔拗，不由得嘆道：「小子，你雖有忠君之志、儒士之節，但飛虹子為何留下『運隨江流轉，順勢安天下』這兩句話，你可曾真正體會箇中深意？」

馮道如何不明白：「師父是教我在亂世波濤之中，要知所進退，唯有順勢而行，方能安定天下。」想到前途艱困，心中隱隱升起一股擔憂，但究竟憂慮什麼，卻摸不著頭緒，問道：「那你說七彩神仙草出現之後，天下會有什麼新局面？」

錢鏐道：「我又不是隱龍，你怎來問我？你想天下成為怎樣的局面，它就會是怎樣的局面！」

馮道但覺一個頭兩個大，十指抓了頭髮，氣惱道：「我雖是隱龍，但無錢、無權、無人，到如今連聖上都救不出，又如何運轉天下？我真有這麼大的本事麼？」

錢鏐見他氣餒，安慰道：「天下究竟是什麼，想明白了這事，你就能順勢運轉。」

馮道見他一派悠然，不像其他大藩鎮汲汲營營，也不像小藩鎮苦苦求存，在亂世群雄之中，也算一介奇葩，好奇道：「你不想當盟主，也無意爭帝，究竟想做什麼？」

錢鏐呸道：「亂世皇帝有什麼好？整天擔心旁人來刺殺。」嘿嘿一笑，道：「要嘛，我就當皇帝的老子！」

馮道「啊」了一聲，愕然道：「皇帝的老子？那可是太上皇！」

錢鏐又呸了一聲：「史冊中哪個太上皇有好下場？不是被殺就是被軟禁，老婆子才不幹！」

馮道不解道：「但你說要當皇帝的老子？」

錢鏐道：「不是親老子，是亞父！哪個兔崽子想當皇帝，由他們搶去，我只當他們的亞父。」哈哈一笑道：「你小馮子當個十朝宰相，老婆子就當個百年亞父！」

馮道呸道：「做你個春秋大夢！小馮子雖然見識不廣，沒當過大官，伴君如伴虎這點道理還是懂得，世上哪有什麼十朝宰相、百年亞父？」

錢鏐道：「亂世苦難何其多，偶爾作夢又何妨？說不定有朝一日美夢能成真呢！」說罷哈哈大笑，馮道也跟著放聲大笑，但覺心中鬱悶抒解不少。

此刻馮道怎麼也想不到，這一笑，真笑出了歷史上唯一的十朝宰相與百年亞父！

兩人笑聲驚跑了河中小魚，錢鏐笑罷便收了釣桿，道：「小子，我城中燒火，不能陪你聊天啦，你我也算一場緣分，這個小玩意兒送你。」說著拿出自己錄寫的易容手札，道：「此趟回去，切記要保守自身，無論將來遇到任何境況、輸給了誰，都要牢記一句話：歲月是最厲害的殺手，你此刻所見的這幫風雲人物，英雄也好、梟雄也罷，盡會隨波而逝，你只要長命百歲，便有機會翻本，千萬別像一群執拗傻子寧折不屈！」說罷便吩咐幾名軍兵護送馮道乘船回去。

馮道覺得自己也算愛惜性命，不知錢鏐為何要特意提醒，雖有滿腹疑問，但掛念鳳翔戰情，也只能告辭離去。

（註❶：「滿堂花醉三千客，一劍霜寒十四州。」出自貫休和尚獻給錢鏐的詩作《獻錢尚父》。）

（註❷：錢傳璙即是錢元璙。）

（註❸：「鷙鳥之不群兮……夫孰異道而相安？」出自屈原《離騷》，意思是雄鷹不與燕雀合群，自古以來就是如此。方和圓怎能配合？道不同者怎能相安？）

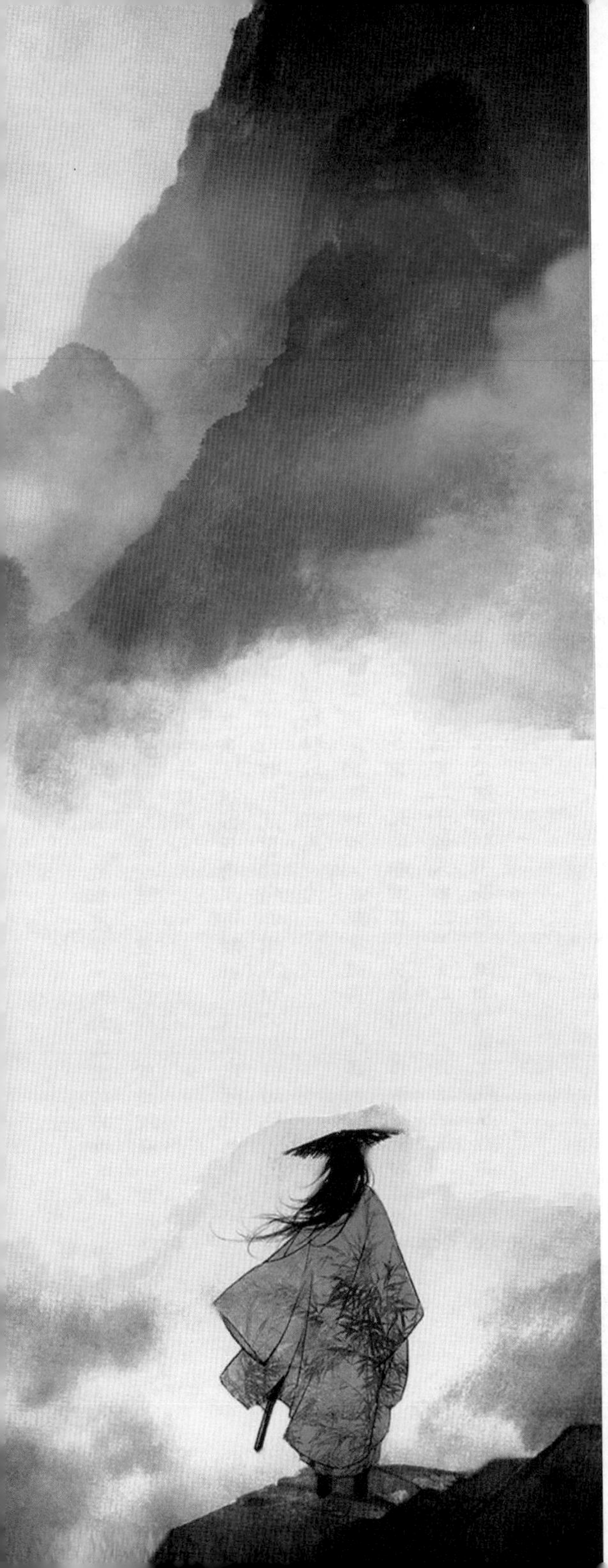

九〇三・一　三月師逾整・群胡勢就烹

保大節度使李茂勛將兵屯三原，救李茂貞。朱全忠遣其將康懷英、孔勍擊之，茂勛遁去……李茂勛遣使請降於朱全忠，更名周彝。於是茂貞山南州鎮皆入王建，關中州鎮皆入全忠，坐守孤城。

是冬，大雪，城中食盡，凍餒死者不可勝計；或臥未死已為人所冎。市中賣人肉，斤直錢百，犬肉值五百。茂貞儲偫亦竭，以犬彘供御膳。上鬻御衣及小皇子衣於市以充用，削漬松柹以飼御馬。

茂貞請誅全誨等，與朱全忠和解，奉車駕還京。上喜，即遣內養帥鳳翔卒四十人收全誨等，斬之……是夕，又斬李繼筠、李繼誨、李彥弼及內諸司使韋處廷等十六人……又遣使囊全誨等二十餘人首以示全忠。《資治通鑑．卷二六三》

宮人宋柔等十一人皆韓全誨所獻，及僧、道士與宦官親厚者二十餘人，並送京兆杖殺。《資治通鑑．卷二六四》

馮道為避開戰火，沿途盡走隱密小河，外方消息全然不知，到了鳳翔城郊，向鎮海軍辭行後，便獨自上岸。時隔數月，他歷經千辛萬苦，終於回到鳳翔城外，見汴梁大軍已退，暗暗鬆了口氣，但城門守軍巡防嚴謹，人人臉色淒然肅穆，情氛實在不尋常。

「發生什麼事了？」馮道心中奇怪，便以「明鑒」玄功望去，赫然發現自己的畫像被懸在城門口！

他心中湧起極大的不安，但李茂貞下了通緝令，也不能貿然進城，只好等到傍晚，暮色昏暗，守城門的士兵又已疲累，他再喬裝成農夫混進城去。他原本出身農家，隨意貼個鬍子、戴個斗笠，捲起褲管，便像極了莊稼漢，輕易通過了關卡，只是一入城門，極目所見，曾經綠油油的鳳翔竟一片荒涼，宛如死城！

馮道心中震驚：「鳳翔怎變得如此？」當初他離城時，戰事雖然緊迫，但李茂貞一意閉門不出，又有鳳凰弩抵擋攻擊，城中還算安穩，百姓勉強可度日，此刻的鳳翔卻滿目悽愴，不見半點人煙，街巷之間，處處散落著斷骸殘肢、枯蒼白骨，走了大半里路，才有一點微弱燈火、幾許咽泣聲，從殘破的門扉裡透了出來，黑暗中似乎有什麼可怖的東西正在逐步吞吃這座古城！

馮道越走越心慌：「究竟發生什麼事了？聖上和妹妹不知如何了？」正想加快腳步，前方忽然出現一隊巡防兵，馮道連忙退到小巷裡，身後卻傳來低啞的聲音：「小郎君，你肚子餓了吧？」一團黑影鬼鬼祟祟地挨了過來，雞爪似的手輕輕拉住他的衣袖。

馮道微微一愣，回頭望去，只見一個駝背老頭悄悄蹲在黑暗裡，點點慘白的月光映出他的樣貌，衣衫襤褸、顫顫巍巍，整個人瘦到皮包骨，就像是失了魂的活骷髏！

馮道雖被他的樣貌嚇了一跳，隨即看清是個可憐人，便好心地扶他起來，又解下外袍為他披上，溫言問道：「老丈，你有伙食嚒？」

駝背老頭陰森森地瞄了他一眼，道：「想吃東西就隨我來吧！」

馮道原以為進城之後，就能找到歇腳的地方，奔走大半刻，卻不見半間飯堂，連賣餅的小販也沒有，此刻真是飢腸轆轆，雖覺得此人詭異，但想：「我過去瞧瞧，說不定能打聽到什麼消息。」便隨之而去。

駝背老頭領著馮道走進一座破廟，廟中坐了幾名漢子，個個瘦骨嶙峋、眼洞凹陷，目光卻透著凶狠。他們見駝背老頭帶著陌生人，豁地站起，其中一個漢子手拿菜刀比劃著馮道，大聲喝問：「你們帶什麼來？」

馮道見這破廟空空如也，並無人炊煮，問道：「這兒有東西吃嚒？」

那漢子道：「放心吧，我們這裡有規有矩、童叟無欺，不像私下交易，你帶了十斤肉給你鄰居，說不定他的孩子養得不好，只有八斤，你可吃虧了。」

馮道不明白他說什麼，拿出懷裡幾枚銅錢，道：「這是我的銀兩，不必吃肉，只要吃個燒餅……」一句話未說完，漢子怒火沖起，大掌啪地打向他的錢幣，罵道：「你當我許六是傻子嚒？這東西能當飯吃嚒？」

馮道一個縮手閃身，許六打了個空，知道馮道不好欺侮，不敢再動手，只大聲道：「你的孩子呢？沒有孩子，任憑你是天王老子也不能進去！」

馮道不解道：「什麼孩子？晚生尚未娶妻，因此沒有子嗣。」

許六啐道：「沒有妻子孩子，還敢到這兒來，想吃白食嚒？」

馮道肚子實在餓了，好言道：「晚生單身一人，不過買碗米粥、燒餅，已帶了銀兩，為何還要帶妻兒過來？這片刻間，要我娶妻生子，豈不是強人所難？」

許六被氣急了，破口罵那駝背老頭：「這人是瘋子還是傻子？你帶他來做什麼？」

駝背老頭跪倒在地，磕頭哭道：「求求你施捨一碗肉湯吧，我的孩子、妻子全賣了，再沒什麼可賣的……我……我真是熬不下去了……」

許六狠狠踢了他一腳，道：「熬不下去，就等著變肉湯吧！」呼喝道：「來人！」旁邊幾個漢子抄了傢伙惡狠狠地走過來。

「慢……慢著！」駝背老頭急得拉住許六的腿，回頭望了馮道一眼，顫聲道：「他……他就是我帶來的……他是個外地人，什麼都不知道……你們快殺了他吧！」

「啊？」馮道心中暗罵：「原來是家黑店！」

許六菜刀指著馮道，大喝一聲：「來人！把他抓起來！」

幾個漢子撲向馮道，馮道一個閃身避過，險些撞上從內堂走出來的人，那人年紀不大，卻一頭白髮、滿面淚痕，神情似哭似笑、似瘋似癲，雙手小心翼翼地捧著一鍋熱騰騰的肉湯，好似捧了什麼天下至寶，見馮道撞了過來，不由得驚呼出聲：「我的老天爺！」

馮道一個扭身，險險避開，身法極為滑溜，白髮漢子保住了肉湯，大呼一口氣，後方又奔出一名孩童，哭叫道：「阿爺！阿爺！不要丟下我！」白髮漢子聽見喊聲，雙手一抖，好不容易保住的肉湯卻潑灑出來，他嚇得哭跪在地，才保住剩下的肉湯。

許六喝道：「還不把孩子抓回去！」其中一個漢子飛快抓了孩子走入後堂，孩子拼命掙扎，哭得十分淒厲：「阿爺！阿爺！」聲音漸漸遠去。

白髮漢子低了頭，假裝聽不見孩子哭喊，更加快腳步往門口奔去，馮道一個閃身攔住他，道：「你為什麼不理你的孩兒？」

白髮漢子吃了一驚，手中肉湯又潑灑出來，見原本滿盆肉湯只剩一點，他不禁惱羞成怒，掄拳就往馮道揍去，馮道閃身而過，白髮漢子知道自己不是對手，臉上一陣青一陣紅，卻不知該找誰拼命，忽然大叫一聲：「老天爺啊！」端了那空碗衝出門去。

馮道見眾人目光灼灼地望著自己，心想：「他們抓那個孩子做什麼？」便運起「聞達」玄功傾聽後方動靜，傳入耳中卻是一聲聲淒厲慘呼！

他越聽越不對勁，立即施展「節義」步伐衝入內堂，幾個大漢見他胡鬧，紛紛撲了過來，馮道左一閃、右一彎，便突破攔阻，到了破廟後方的空地，眼前一幕卻教他臉色霎白、震驚無已，胸口宛如被巨石重重一撞，不由自主地退了兩步！

方才哭喊的孩子被一大漢牢牢抓住，用菜刀狠狠砍了頸項，一道鮮血噴灑出來，孩子頭頸一垂，幼小的身子便軟軟倒下。大漢見馮道突然衝撞進來，微微吃驚，手腕一顫，刀子下歪了，那孩子一時不死，在地上微微扭曲呻吟，馮道想撲過去救人，雙腳卻怎麼也動不了，因為前方燈火通明，將人間最殘酷醜惡的景象映照得一清二楚，遍地鮮血成河，有些仍腥紅刺目，有些已乾涸成絕望暗黑。

空地上人人忙碌幹活，有人把孩子的屍首過磅秤重，大聲叫喊：「李光帶來九斤重的幼兒！陳松帶來八斤重！」有人殘忍下刀，有人大鍋烹煮，還有人負責把煮好的肉碗端到內堂交給等候的人。

另有一名文質彬彬的書生，坐在桌案前一邊提筆記帳，一邊吩咐案前排隊等候領牌的人：「張昭餘糧十斤，今日領走三斤，還餘七斤，改日再來領取！」張昭頻頻點頭，悄悄瞄了黑暗叢林裡一眼，又低垂了頭，顫巍巍地走進內堂等候。

排在下一位的漢子走近前來，低聲道：「李明。」

記帳書生翻了翻冊子，尋到了李明的名條，道：「李明餘糧八斤，前日領取四斤，今日又領二斤，只餘二斤，下回再來，記得要把孩子補上了，否則你的餘糧便用完了！」那李明一邊抹淚一邊走進內堂，腳步彷彿有千斤重。

內堂用一片布幕隔開，馮道眼角餘光從布幕的縫隙看去，只見幾個骨瘦如柴的漢子侷促不安地坐在裡面，低垂了頭，不停搓著雙手，滿臉焦急愁苦、滿身辛酸蒼涼，一接到湯碗，便戰戰兢兢地捧著湯碗出去，眼底雖煥出希望的光芒，淚水卻滾滾而落。

「他們在……易子而食！」馮道恍然明白，帶孩子來的人便可得到同等分量的肉湯回去！負責下刀的大漢見那孩子始終不死透，憐憫道：「我本該一刀了結你，」用菜刀一指馮道，罵道：「都是這混蛋害你多受一刀痛苦，你要找便找他報仇，別找我陳五！」又一刀砍下！

馮道知道那孩子無救了，若再攔阻只是讓他多受痛苦，雙目一閉，不忍再看，心中卻是怒火沖天：「這幫惡賊，簡直天理不容！」

記帳書生高聲喊道：「今天來領貨的人多了，得再殺一個！」陳五提了菜刀便往後方草叢走去。

「嗚……」草叢裡放著幾只巨大的黑鐵籠，不斷發出悲咽，鐵籠四周都用布幕蓋著，微微搖晃，似乎有什麼在裡面竄動不安。

「那裡關著一群孩子！」馮道急提輕功奔趕在陳五之前，一把扯下黑布，籠子裡大多是孩童，也有幾個可憐的婦女和老人，一個個瘦弱幼小的身子緊緊蜷縮著，一張張驚恐哭泣的小臉瞪大了眼望著他，一雙雙清澈的眼瞳充滿對這人世的不解：「我們做錯了什麼？為什麼戰爭的痛苦要由我們承受？」

馮道只覺得心痛如絞，見鐵籠被大鎖牢牢鎖住，無法開啟，猛力搖晃著鐵籠大叫道：「你們快放了這些孩子！」

幾名大漢見他胡鬧，揚刀揮棍地趕來阻止，許六呼喝道：「快拿下他，今日加菜！」

馮道武功雖非一流，對付幾個莊稼漢還是綽綽有餘，打鬥間，其中一人喊道：「我想起來了，他是岐王懸賞的人！圍住他，不要讓他跑了，快去報官！」便奔了出去。

馮道此刻尚能對付他們，若是惹來大批軍兵，便難逃一死，但他心懸被抓的孩子，實在不願離去，心想只要制伏帶頭人，就能逼他們交出鎖匙。

眾漢子發現馮道是通緝犯，都拼了命想捉住他，十幾個人糾纏下，馮道一時也不易得手，眼看軍兵快要來了，馮道不得不使出狠手，重重擊在許六的頸項，許六一個仆跪在地，馮道壓制著他的頸項不讓站起，喝道：「你們別再過來，快交出鎖匙！」

其他莊稼漢心中卻想：「孩子若被帶走，我們都要活活餓死！」「不能放走這個瘋子，等軍爺一到，咱們會得到厚賞，說不定還有米粥吃。」「許六死了，就多了一大鍋肉湯，可吃好幾天！」

眾人發一聲喊，如狼似虎地撲了過去，有人捉手、有人抱腿，馮道想不到他們竟不顧同伴死活，一時不慎，手腳竟被七、八個人死命糾纏住，正奮力解脫時，「汪汪！」門口忽然傳來一聲狗吠。

「狗肉！」莊稼漢同時眼睛發亮：「這可是比人肉值錢五倍！」見一隻小狗凌空飛來，不約而同地放開馮道，七手八腳地跳上去抓，馮道還想奔去鐵籠，後方卻閃出一個蒙面黑衣人，指尖點往馮道後頸穴道，將軟倒的他提了出去。

馮道身子雖不能動，眼目仍清明，沿路所見，不只處處殘破荒涼，鮮血成河、白骨成堆，街巷角落間，更有人在偷偷交換妻兒，拖拉掙扎、哭泣哀嚎聲不斷，馮道心中波濤洶湧，不斷吶喊：「放開我！讓我回去……」卻發不出半點聲音，也無法動彈，他拼命運功想衝開穴道，卻不得其法，急怒之下，竟爾昏了過去。

「別殺孩子！」馮道從滿天血肉的惡夢中驚醒，見自己待在一間破廢的小木屋裡，褚寒依一身黑衣，坐在床側，睜眼相望，忽然間，哇地一聲撲入他懷裡，粉拳輕捶，珠淚滾滾而下，哭得十分傷心：「你這個壞傢伙！我以為你死了，再也回不來了！」這段日子兩人歷經生離死別，她情絲牽纏、相思難捨，深陷痛苦而無法自拔，早已將煙雨樓主「不可愛上夫君」的誡命全拋諸腦後，一見馮道醒來，忍不住真情流露。

馮道心中又歡喜又憐惜，緊緊摟住她，輕聲安慰：「我怎會死了？我這一趟出去，是遇到些危險，但老公答應了妳，就一定會回來。」

褚寒依聽他溫語安慰，更是嬌聲泣訴：「那日，李茂貞得到消息說馮行襲截殺了你們的船，船上中使盡數罹難，無一生還，人人都說你死了，李茂貞臉如死灰，可是我不相信！我想你常常裝死嚇我，說不定這次還來嚇我，我……我日日在城門附近等你的消息……老天保祐，你還活著……」

兩人分離大半年，恍若隔世，忍不住緊緊相擁，馮道見她容色清瘦憔悴許多，想到這段日子她不知吃了多少苦，內心多麼煎熬，在如此艱困環境下，仍對自己不離不棄，一時情意激盪，忍不住便低了頭親吻她，想好好纏綿一番，忽然間，破廟殘酷的情景如閃電般劃過心頭，他猛地清醒，一把拉了褚寒依彈身而起，道：「妹妹，我們不能待在這兒，我得去……」褚寒依未等他說完，俏臉霎白，雙臂用力環抱住他，叫道：「我不准你出去！朱全忠下了格殺令，你一踏進鳳翔，就算李茂貞不殺你，也會將你送給朱全忠！落在他們手裡，你肯定生不如死！」

馮道咬牙道：「可我不能見死不救！去慢一步，就多一個孩子死去！」

「好！」褚寒依用力拽著他往外走，道：「你要送死，我也不攔你，但去之前，你該看看一個景況！」

馮道皺眉道：「什麼？」快步隨她走出破屋，褚寒依拉著他飛上附近一棵高樹，道：「你眼目清明，自己瞧瞧！」

馮道放眼望去，只見天地灰茫茫一片，原本應該是百花競放、歡樂遊賞的「花朝節」，如今卻成了愁雲慘霧、遍地屍駭的景象，黑暗之中，有許多人在互相殘殺、吞噬，弱小者只能躺在地上任人宰割，不斷發出淒厲呻吟，直到全身血肉都被割下，成了白骨為止；逞凶者結夥殺人，若遇到軍兵巡城，便一轟而散，待軍兵離去，又出來殺人吃人；還有些無力殺人者悄悄躲在一旁，等逞凶者刮了大部份的血肉而去，便出來撿拾肉屑。

馮道雖然知道戰爭慘酷，乍見到如此景象，仍感到五雷轟頂，腦中一片暈眩：「鳳翔……怎會落到如此地步？」

褚寒依哽咽道：「倘若能救，就算是死，我也陪你去，但整個鳳翔一片淒慘，沒有半點米糧，若不是馬、狗、鼠、蟲子全都吃光，又怎會吃人肉？那破廟只不過是其中一小隅，人肉一斤值錢百，犬肉值五百，不是拿到市場去賣，便是私下交易，你今日救了這批孩子，明日便得餓死另一批，你如何救得？」

馮道聞言，心中一陣陣顫慄，抓了褚寒依雙臂激動道：「妳告訴我，我走了之後，究竟發生何事？那鳳凰弩應能抵擋攻擊，為什麼會這樣？」

褚寒依苦澀道：「鳳凰弩確實抵住了巨龍砲，李茂貞見戰情穩定下來，還鬆了一口氣，雙方就這麼僵持一陣子，直到有一天，南平原漸漸乾涸，禾苗枯死一片，大家才驚覺事情不妙。」

馮道恍然明白，恨聲道：「張惠的圍城計不只是放火燒糧、毒螟毀田而已，還封了水源！難怪當時她苦勸我投降，我為何想不到？」

褚寒依嘆道：「張惠算計深遠，誰也想不到！早在我們抵達之前，她就暗中派人在雍水上游做了機關，斷絕水源。百姓只好鑿井汲水，飲用水勉強可維持，卻沒有多餘的水源灌溉農田，待挨到冬天，雖有了雨雪，但天寒地凍，作物已無法生長。

李茂貞見情況不對，急召堂弟李茂勳率軍前來支援，朱全忠卻派康懷英、孔勍偷襲李茂勳的領地『鄜州』，還抓了他的家人，李茂勳聽見消息，率兵趕了回去，見家人快被處決，不得不投降，還被逼改名周彝，與李茂貞劃清界線。」

馮道心中一涼：「李茂勳也投降了？」急問：「李茂貞難道沒有向外方求援？」

褚寒依目光幽幽、語聲悲淒：「李克用聽到消息，硬是派軍隊前來支援，但晉陽一戰，河東受創甚重，軍力實在有限，最後無功而返，其他藩鎮見了這情狀，嚇得紛紛臣服，朱全忠從此更肆無忌憚，他親自督陣，命人不分晝夜地攻打鳳翔。

天氣越來越冷，城中存糧漸漸耗盡，軍兵餓到無力作戰，鳳翔防禦也變得虛弱，汴梁軍趁機突衝入鳳翔外城。鳳翔軍只好退入內城。氏叔琮和楊師厚同時率領大軍進攻內城，鳳翔士兵嚇得連夜縋繩逃走，到後來，兵盡糧絕，鳳翔徹底淪為一座荒城。

李茂貞為防軍兵叛變，不得不控制所有糧食，只供給宮城和軍隊，百姓卻是顧不得了，只能任他們自生自滅。老弱幼童首先耐不住飢寒交迫，紛紛死去，倖存的人就烹煮親人屍體裹腹。到了嚴冬盛雪，每天餓死凍死至少一千人，百姓實在無法可想，只好易子而食，現在到處都是人吃人，你如何救？」

馮道彷彿能聽見滿城孤絕、天地同悲的號哭聲，心中悲痛至極，一時悔恨交迸，不停地問自己：「我送皇上來這裡，竟是錯了麼？」

褚寒依見他兩眼茫然、全身冰冷，又似內中藏有火山快要爆發，關心道：「你怎麼了？你別嚇我！亂世戰爭，人命原本不如豬狗。」

「是我……」馮道全身顫抖，握拳道：「我為救皇帝，把戰火引到鳳翔，才害鳳翔百姓遭此大劫……我為救一人，害了千萬人，萬死都不足以贖罪！」他心中翻起濤天巨浪，已不僅僅是可憐蒼生，或是敗戰罪己，而是信仰的摧毀動搖：「孟夫子早就說了：『民為貴，社稷次之，君為輕』，只恨我死讀書，卻不曾真正體會箇中深意……」根深蒂固的儒生呆氣，令他心中仍死守「君君、臣臣」的觀念，認為只要皇帝是仁明君主，自己便應盡力扶持，好實現「致君堯舜上，再使風俗淳」的理想，然而亂世之中，虎狼遍地，仁君賢臣只會被虎狼吞吃得屍骨不剩，什麼高遠理想都只是癡心妄想，怎可能實現？他堅守的信念幾乎被徹底打垮，內心深處不知不覺起了驚天動地的變化，淚水再忍不住簌簌而落。

褚寒依見他自責，心中難過，抱住他柔聲安慰：「你別責怪自己，你已經盡力了，朱全忠早有意滅掉李茂貞，聖上在不在鳳翔，這場戰事都是難免，只能怪張惠手段太狠了！」

「不！」馮道痛心道：「當日我與張惠已談妥條件，這水源斷糧應可避免，鳳翔不該遭此浩劫，可是她竟遭受重創……為何會這樣？一定是那個奸細利用我擒伏張惠的計劃，傷害了她，才引發這場災禍！」

「你……」褚寒依臉色霎白，不由自主地放開他，退了一步，問道：「你……是這樣想的？」

馮道一把抓住褚寒依的雙臂，恨聲道：「一定是這樣！妹妹，妳查出奸細了嚒？」

褚寒依垂了玉首，避開他目光，低聲道：「我……我沒能查出……沒查出！」

馮道咬牙道：「可惡！那人竟隱藏得這麼好！」煙雨樓最擅長密探手段，如果褚寒依沒有查出，就表示這奸細並不好對付，既然沒有線索，也只好暫時擱下，他轉口問道：「聖上如何了？」

褚寒依怯怯地望了他一眼，續道：「李茂貞一開始以犬肉供給御膳，後來只能磨豆麥讓聖上喝清粥，喝得他渾身無力，龍體更虛弱了。方才我帶去破廟的那隻小狗，便是從李茂貞的狗籠子偷出來的。」頓了頓又道：「其他王侯、公主、妃嬪卻沒這麼幸運，只能一天清粥、一天湯餅，每日都有三四名宮僕死去，到後來也有王侯、嬪妃病死，聖上實在熬不住了，便召集李茂貞、韓公公和一眾大臣，說：『十六宅諸王以下，每天凍死餓死數人，如今連宮中存糧都快要吃盡，諸位賢卿有什麼想法？』眾臣無言以對，聖上便教李茂貞與朱全忠盡快和解！

李茂貞擔心一旦投降，朱全忠就算放過百姓，也放不過他的親族，因此遲遲不肯開城，但外援皆斷、糧草殆盡、士兵出逃，敵方砲火又猛烈，實在沒法再守下去，便與李繼崇幾個親信商議，最後大家決定偷偷派使者送信給朱全忠，信中說：『禍亂之興，皆由全誨。僕迎駕至此，以備他盜。公既志匡社稷，請公迎扈還宮，僕以弊甲雕兵，從公陳力。』」

這意思是：「這場戰禍全是韓全誨引起，我李茂貞迎聖駕來此，是防備其他逆賊，朱公你既有匡扶社稷的大志，那麼請你將聖上迎回宮去，我會用這點兵馬，幫助朱公完成此事。」

馮道苦笑道：「李茂貞竟然將所有過錯都推到韓公公身上？真不愧是老狐狸！朱全忠怎麼說？」

褚寒依道：「朱全忠回信說：『僕舉兵至此，正以乘輿播遷；公能協力，固所願也。』」

這意思則是：「我舉兵來鳳翔，正是為了迎駕回宮，你李茂貞若能協助，是再好不過！」

馮道不解道：「朱全忠怎會輕易答應？」

褚寒依輕聲一嘆：「你猜得不錯，朱全忠雖復書准允，卻提出條件，說必須誅殺宦官四貴才肯受降。那四貴就是樞密使袁易簡、周敬容，還有……中尉韓全誨、張彥弘……」

馮道雖可以猜到結局，仍忍不住問道：「李茂貞聽了條件後，他真的答應了？」

褚寒依黯然點頭，道：「李茂貞和韓公公交情匪淺，召集眾將商議，大家都贊成殺宦官以自贖，李茂貞便奏請皇帝下詔斬殺四人，好與朱全忠和解。聖上聽到能奉駕還京，不必再過苦日子，很是歡喜，立刻就下了詔書。」

馮道聞言，心中不由得一涼：「聖上很歡喜地下旨了？」

褚寒依幽幽說道：「正月七日那天，遍地蒼蒼大雪，李茂貞命十數名鳳翔士兵押了韓全誨四人上到『左銀台門』，李茂貞大聲斥罵：『我鳳翔闔境塗炭，闔城餓死，全是你們這幾人造的禍孽！』韓全誨自知難逃死劫，向李茂貞叩頭訴願。李茂貞想起兩人交情，心中也很難過，便命人端上兩杯烈酒，與他對飲而盡，這才忍痛砍殺了四人。」

馮道想到張彥弘是張承業的心腹，他一死，等於皇上身邊少一助力，而韓全誨並無意傷害皇上，更不想擔任神策軍首，屢屢辭位避禍，實在是皇命不允，他只好勾結李茂貞自保，還護著皇帝潛逃到鳳翔，豈料到最後連李茂貞也保不住他，落得如此下場，實令人不勝唏噓。

褚寒依道：「宦官四貴被殺了，朱全忠還不解恨，又逼著李茂貞斬殺神策都將李繼誨、李彥弼及……」瞄了他一眼，低聲道：「李繼筠等二十多人……」

馮道顫聲道：「繼筠大哥也被斬首了？」想到李繼筠性情忠懇，在鳳翔期間，曾盡力相助，自己卻懷疑他是內奸，心中更是歉疚難過。

褚寒依道：「朱全忠這才有些高興，終於派李振奉表入謝，卻又帶來條件，要李茂貞殺盡鳳翔城中宦官、神策軍共七十二人，更密令京兆尹鄭元規搜捕退休宦官，斬殺九十人，還有僧道二十多人……」她嬌軀微微顫抖，哽咽道：「就連當初韓公公送入宮的煙雨樓其他姐妹都被杖殺了……幸好當初你堅持要我的姐妹退出，她們才安然無恙，只有宋柔留在宮裡傳遞消息，也遭了難……二百多顆首級都被裝入囊袋，在汴梁軍營裡傳閱……」

馮道想起當年在江邊遇見宋柔，她為人仗義，還替羅嬌兒出聲，氣憤道：「朱全忠當真喪心病狂，連弱女子也不放過！他傳閱首級是想警告天下，跟他作對的人就是下場淒慘，連皇帝也保不住他們！」

褚寒依拭了淚水，續道：「李茂貞見朱全忠心狠手辣、索求無度，擔心皇帝一去，再沒有護身符，便奏請聖上，請平原公主下嫁兒子李繼偘以保護鳳翔，聖上答應了，李茂貞這才卑辭致書，請崔胤率百官迎駕。」微微吸了口氣，仰望天空飄飄細雨，道：「那一日，聖上命人登上城樓，大聲宣唸詔書，說：『宗廟社稷是朱卿再造，朕與戚屬是朱卿再生。』城門開啟，龍輦出了鳳翔，便直奔汴梁軍營，連回顧一眼也沒有！朱全忠素服迎拜，崔胤率百官迎謁，聖上離京二年，終於還駕長安！」語氣中流露出皇帝拋棄了苦難百姓和盡力維護他的臣子的挫折感傷。

「朕與戚屬是朱卿再生？哈哈！」一個皇帝向逆臣諂媚至此，實是荒謬到了極點，馮道忍不住淒然大笑，心中卻湧上一陣摧裂的痛楚，想到兩年多來，自己冒死四處奔波，皇上仍淪回朱全忠手裡，還連累鳳翔、神策軍遭受重創，頓覺萬分氣餒，更感到孤立無援，前路就如這一片蒼茫細雨，陰澀晦暗至無邊無際，實不知該如何走下去。

褚寒依抱住他，輕聲道：「你別這樣。」

馮道雙目一閉，沉痛道：「然後呢？」

褚寒依道：「聖上返京之後，便勒令朱全忠收兵，莫再生事。但朱全忠還是施壓李茂貞，教他送回平原公主。經過這一戰，李茂貞真是心膽俱喪，不但趕緊送回公主，還自請解除尚書令一職，希望能保住性命。」

馮道悵然道：「李茂貞也算拿得起放得下，但朱全忠環顧四海，已沒有半個敵手，此刻正好斬草除根，順勢滅了李茂貞，怎肯輕易退兵？」

褚寒依嘆道：「總算老天為鳳翔留下一線生機，今年春雨下得特別早，一連陰雨連綿，許多汴梁兵都染了病，朱全忠怕晉陽瘟疫重演，再加上汴梁主力多駐紮在鳳翔外圍，張惠又臥病不醒，朱全忠擔心長期在外作戰，後方統治不穩，因此召集諸將商議，決定引兵回去，鳳翔這才解了危機。」

馮道眺望這座殘破的城池，擔憂道：「即使春雨下得早，穀糧也來不及生長，還需數個月才能收成，百姓無糧可吃，怎麼活？」

褚寒依一抿唇，努力壓下心中的顫慄，道：「身強體壯者便結夥打劫、殺人吃人，到處都是暴動！李茂貞為鎮壓惡行，一方面派軍隊出來巡視，嚴禁私下殺人，另方面卻只能開放市場公開買賣人肉，那破廟就是其中一處……如此雙管齊下，希望把暴行降到最低，但這一來，犧牲的全是老弱婦孺，百姓連啼哭也無聲……」

馮道握拳道：「地獄一日、人間百年！百姓時時刻刻都在水深火熱之中，再等幾個月，那是千年萬年的痛苦折磨，誰經受得起？我絕不能見死不救！既然不能只救孩子，我便要救整個鳳翔城！」

褚寒依驚愕道：「朱全忠、李茂貞兩幫人馬都要抓你，你已自身難保了，如何救滿城的人？」

馮道一抹淚水，堅定道：「借糧。」

褚寒依頹然道：「李茂貞能借早就借了。」

馮道想了想，道：「當初我離開時，曾安排王師範施行分兵計，現今他如何了，能送糧草來麼？」

褚寒依無力地搖搖頭：「王師範的分兵計一早就被識破，平盧軍才剛潛入朱全忠的腹地，就盡數被抓……」

馮道愕然道：「王師範的分兵計也被識破了？」一咬牙又道：「一定是那奸細洩露了消息，若不能找出此人，我們無論做什麼，都只能挨打！」

褚寒依淒然地望著他，顫聲道：「你怎麼覺得是鳳翔的奸細洩露了消息？說不定……說不定是王師範自己保密不周，才洩露的……」

「如今我回來了，無論那人是誰，我一定要揪出他！」馮道心中痛恨，抓褚寒依的手不覺用力了幾分，他忽然感到褚寒依玉手冰冷，臉色蒼白似雪，嬌軀更顫抖得厲害，關心道：「妹妹，妳怎麼了？生病了麼？天雪風寒的，妳怎麼穿得如此單薄，莫要著涼了。」

褚寒依低垂了玉首，避開他關切的目光，支吾道：「沒有，我……我很好。」

馮道將她攬入懷裡，溫言道：「這段日子妳受苦了。」

褚寒依顫聲道：「對不住，我……我沒能查出……查出……」說到後來，聲若蚊鳴，幾乎又要哭了出來。

馮道抱緊了她，柔聲安慰：「不要緊，妳平安就好，謝謝妳。」

褚寒依伏在他胸膛裡，嬌軀微微一震，愕然道：「謝我？你謝我？」

馮道低了頭在她額上一吻，滿心感激：「謝謝妳還活著。」

兩人緊緊相擁，感受對方真實安好地活在自己懷中，已是戰爭亂世中最大的幸福了！

馮道漸漸平復了心情，頭腦也清楚了起來，道：「北方雖無任何援軍，但南方還十分富庶，或有機會。」

褚寒依搖搖頭，道：「我也曾傳訊向煙雨樓求救，但樓主說淮南形勢未穩，不能派大軍過來。」

馮道說道：「我明白，這一趟我去江南，遇上楊行密了。」

褚寒依微微一愕：「你遇上大王了？」隨即發現說溜了嘴，洩露自己是楊行密的下屬，見馮道毫不在意，心想：「他早就知道我的來歷，卻從不相問，是不想讓我為難，如果他知道是我……」她不敢再往下想去，只聽馮道又道：「楊行密確實遇到了麻煩，田頵與徐綰合謀，打算一起找朱全忠支援，起兵反叛！」

褚寒依「啊」了一聲，道：「田頵竟然勾結徐綰，還想投靠朱全忠？大王可知道？」

馮道趁機為錢鏐贊聲：「妳不必擔心，只要楊行密和錢鏐聯姻，兩強一聯手，朱全忠便不敢妄動。」

褚寒依道：「但錢鏐與大王勢如水火，怎肯答應聯姻？」

馮道說道：「大敵當前，又有內亂，雙方除了誠心合作，再沒有第二條路。」

褚寒依道：「看來也只能如此了。」心想：「我得盡快把消息傳給義父，教他相勸大王與錢鏐聯姻才是。」

馮道沉吟道：「錢鏐雖有足夠米糧，偏偏路程遙遠，又面對內憂外患，也無暇救援……」思索半晌，終下定極大的決心，道：「看來只有下個大賭注了！」

褚寒依美眸一亮，喜道：「你有法子？」

馮道說道：「不能借糧就討糧！」

褚寒依不解道：「跟誰討？」

馮道沉聲道：「誰取走糧草，便跟誰討！」

「怎麼可能？」褚寒依柳眉輕蹙，搖頭道：「朱全忠恨不能滅了鳳翔，絕不會答應！」

馮道問道：「妳能見著李茂貞嚒？」

褚寒依道：「能。」

馮道不放心又問：「會有危險嚒？」

褚寒依道：「李茂貞以為你死了，抓了我也不能威脅到你，只會得罪大王，此刻他孤軍無援，哪敢再樹立敵人？」忽然低了首，美眸流露一絲悲淒，輕輕道：「只要能為鳳翔百姓做點事，再危險，我也願意。」

馮道握了她的手，道：「好！妳讓李茂貞先開倉賑民，五日之內，我必會讓糧草入城。」

褚寒依不可思議，道：「萬一沒有糧草，豈不是……」

馮道拿出懷中的七彩神仙草，取下一片葉子，叮囑道：「這東西十分重要，是鳳翔的活命藥草，妳務必讓李茂貞派人交至朱全忠手中。」

褚寒依見那葉子發出淡淡彩色琉光，異常美麗，實是平生未見，好奇道：「這是什麼？」

馮道一邊取出懷中炭筆和帛紙，寫了封短信，一邊說道：「是我這趟去江南得到的靈藥，或許能救張惠。我先給朱全忠一葉藥草試試，倘若張惠有了反應，便要他將五十萬石米糧送進鳳翔，只要解了糧災，我定會將餘下的藥草全數奉上。」

褚寒依愕然道：「你要救活張惠？」

馮道悵然道：「倘若大勢真不可挽，我寧可張惠活著，老百姓還能少受苦楚，她若死去，朱全忠必然更加瘋狂！」他將那一葉神仙草連同信紙一起裝入信柬，交給褚寒依：「這事就辛苦妹妹了。」

褚寒依心想神仙草如此珍貴，必是各方爭逐的東西，最後落到馮道手裡，一定有人知曉，蹙眉道：「一旦神仙草出現，雖是由李茂貞送去，朱全忠也很快能猜到是你出手，之後必是千里追殺！」

馮道不忍她再為自己擔憂，微笑道：「放心吧，我自有法子對付！打架我不行，逃命可是小馮子的拿手本事。」

褚寒依這才勉強一笑，將信柬小心藏好，道：「我一定會辦好事情。」她怕馮道又去救孩子，叮囑道：「但你得答應我，先離開鳳翔，你留在這兒太危險了，待我辦完事情再去找你。」

馮道答應道：「我想去長安瞧瞧，我們約在郊外的小客棧碰頭。」

褚寒依知道他一定要去打聽皇帝的情況，只好答應：「你小心些。」

馮道心中一暖，握了她的手，溫言道：「我不會再衝動行事，妳也要小心。」

「我去了！」褚寒依微微一笑，月光下的俏影竟有些淒美。馮道目送她離去，不知為何，心中隱隱感到不安：「當初知道我與張惠碰面和王師範的分兵計，不過寥寥數人，繼筠大哥已死，應該不是奸細，但除了他，還有誰？」又想：「妹妹待我真好，這樣艱困的環境裡，還生死不棄，得妻如此，夫復何求，我在胡思亂想什麼？」旋即把那一點不安深深壓下。

他見褚寒依走得遠了，便用錢鏐教的易容術簡單改了裝扮，趕回破廟，以「謗言」玄功假裝狗吠聲，引開那群莊稼漢，再潛進去，拿菜刀砍破囚籠鎖鍊，救出受害的老弱婦孺，將他們帶到深山寺廟裡暫時安居，又教導其中幾名婦女辨認山上植物，採一些可食用的果子回去充飢，並告訴她們，幾日之後鳳翔便會得到糧草，到那時，就可帶孩子們回家團圓。

待一切事情辦妥，馮道便趕往長安城郊，留在約定的小客棧裡，靜候佳人到來。

褚寒依一路施展輕功趕路，滿目所見盡是殘酷慘狀，心中也痛如刀割：「當初是我將千川道的消息傳給義父，好讓他埋伏在那裡殺了張惠，才鑄下這災禍，我一定要將神仙草安全送到！」眼看鳳翔內殿就在前方，她恍然發覺自己站在了叉路口：「義父費盡心思，好不容易才除掉張惠，如果神仙草真的靈驗，張惠痊癒之後，一定會再幫朱全忠荼毒天下，萬一她說出凶手，朱全忠執意報仇，淮南百姓就首當其衝了……」這一次，不只是對鳳翔和淮南的抉擇，也是對義父和馮道的抉擇，她不禁停下腳步，陷入萬分掙扎。

煙雨樓的養育、訓練一幕幕閃過心頭，曾經她視義父為天人，一心只想達成命令，所以她努力壓抑熱情，用冷悍保護自己。然而有一天，一個鄉下小子闖入她的生命，無論是捨命相護還是狼狽逃跑，是辯才無礙地面對群雄，還是傻裡傻氣的書生堅持，都讓她大開眼界，覺得甜蜜有趣，漸漸地，她再板不起冷臉，也回復了少女的活潑純真，可是今日自己卻深深傷了他的心，她從不知道這個天塌下來還嘻嘻哈哈的人，也會心痛落淚，想到馮道悲慟的模樣，她真是愧悔難當、自責難已，這一刻，她只想彌補一切：「只要大王與海龍王聯姻成功，就能對抗朱全忠南下，我還是先解決鳳翔的難關再說！」不知什麼時候開始，她對馮道的決定已深信不疑，無論前方有多大艱難險阻，她都會支持他，與他站在同一陣線。

她終究潛入了鳳翔內殿，告訴李茂貞討糧計劃，李茂貞宛如見到救命仙丹，立刻將書信連同一葉神仙草送給朱全忠，褚寒依遂暫時留在鳳翔等候回音。

卻說朱全忠將一葉神仙草讓張惠試用，張惠果然有了反應，只是尚未完全清醒，朱全忠欣喜之餘，便依李茂貞的要求，運送五十萬石糧食進入鳳翔，李茂貞也信守約定，將餘下的神仙草全數奉送。

「河中」宮城內，素雅冰冷的石閣裡，牆上的燈火忽明忽滅，將滿室黑霧映得縹縹渺渺，張惠仍浮沉在青花崗石台的黑玉膏裡，敬翔將神仙草研製成湯藥，餵張惠服下，朱全忠小心翼翼地握著愛妻的手，輸去內力催發藥效，兩人耐心地守候著，過了一個多時辰，張惠的氣息漸漸粗了些，終於緩緩睜開雙眼。

「惠娘！」朱全忠激動得幾乎要俯身抱住她，敬翔連忙阻止：「夫人傷體還脆弱，萬萬不可移動！」卻也眼眶泛紅，悄悄斂去淚水。

張惠望著眼前夫君的臉，橫紋深刻幾分，白髮也浮了幾根，雖流下喜悅的淚水，眼底卻更深沉了，她知道這段時間他忍受太多煎熬，心中不捨，想伸手去撫摸他，卻沒有半分力氣，只能微微一笑：「我回來了。」

朱全忠激動得說不出話，只努力吸咽著，好半晌才恢復了聲音：「是！妳回來了，我一定會把妳救回來的。」

張惠輕聲問道：「我昏睡多久了？」

朱全忠溫言道：「沒多久，幾個月而已。」

張惠一愕，急問道：「鳳翔現今如何了？」

朱全忠輕撫著她的髮絲，溫言道：「妳別急，我們勝了，多虧妳的斷水計，鳳翔餓死千萬，李茂貞才撐不下去。」

張惠可以想見鳳翔慘況，不由得倒抽一口涼氣，心中浮現了推背圖的卦象：「蕩蕩中原，莫禦八牛。泗水不滌，有血無頭——天煞魔星現世，天下果然血流成河！」倘若自己當時清醒，或許還能減少傷亡，偏偏遭遇敵襲，昏迷多時，以至蒼生塗炭。她不禁心生悲嘆：「我洩露太多天機，又造太多殺孽，難怪老天爺也看不過眼，不讓我活了……」

朱全忠見張惠眼底浮現一抹憂傷，知道她心中所想，勸慰道：「戰爭死傷，本就難免，妳不必難過，更何況李茂貞投降送出皇帝後，我已經送他五十萬石糧草解危了！」他握了張惠的手，眼中湛射著沉厲恨意，道：「告訴我，是誰傷了妳？」

張惠心想若是說出凶手，不只洩露了自己出身煙雨樓，曾經懷著目的接近他，朱全忠更會立刻發兵攻打楊行密，汴梁軍在北方基業並未真正站穩，尚有李克用、劉仁恭未除，如此一來，豈不是受到南北夾擊？她輕聲一嘆：「那人躲在叢林中暗算，妾沒瞧清楚。」

朱全忠猶不甘心，恨聲道：「有朝一日，我一定會查出那人是誰，為妳出口氣！」

事已至此，再多的感傷也挽不回鳳翔悲劇，張惠又想起推背圖的兩句警語：「不但生我還殺我，後頭還有李兒花」，想道：「河東的李兒花始終是個威脅，我若有一絲心軟，不只是夫兒性命危險，汴梁數十萬軍士的性命更要陪葬！」一咬牙，收起多餘的感傷和溫情，又恢復軍師的冷靜，緩緩說道：「李茂貞經此重創，已無力爭雄，但李克用還虎視眈眈，他的烏影寒鴉槍法十分厲害，大王絕不可輕敵……」

朱全忠沉沉一哼：「再厲害，也只是我手下敗將！」

張惠輕聲道：「大王能對付一柄神槍，但能對付九柄，甚至更多嚒？十三太保如今還年輕，再過幾年，他們個個武功大成，就好像有九個李克用，就算大王神功無敵，真可以對付，裕兒呢？更別說珪兒和貞兒，他們有誰像大王這般勇武？」

朱全忠贊同道：「夫人考慮得十分長遠，但不知有何應付？」

張惠道：「以毒攻毒、以槍對槍。」

朱全忠沉吟道：「以槍對槍？誰有這把好槍？」

張惠微微喘了口氣，道：「烏影寒鴉槍虛無柔軔、變幻莫測，我查考許久，發現大王帳下也有一名長槍猛將，他的槍法剛正無匹，或許能夠以實制虛、以剛破柔。」

朱全忠驚喜道：「我帳下竟有這號人物？是誰？」

「王彥章！」張惠又喘了氣，才徐徐說道：「此人忠勇義氣，只要大王加以重用，將來必成汴梁棟樑，大王可吩咐他訓練一隊鐵槍軍，專門剋制河東的十三太保。」

朱全忠見她越說越虛弱，握了她的手，道：「我明白了，外邊的事妳別再操心，只管養好身子，安心等我征服天下，到時候，我會牽著妳的手登上帝位，相信我，不會太久的！」

張惠看著夫君眼中燃著熊熊烈火，知道除去李茂貞這一強敵，他稱帝的野心勃勃欲發，已無力阻止，不由得輕聲一嘆：「你若真要稱帝，一定要遵行三步計劃，一步也不能少。」

朱全忠聽妻子願給出良計，大喜道：「妳慢慢說，我全都照辦。」

張惠知道自己又要造殺孽了，深吸一口氣，強壓下幾欲翻湧的氣血，一字一句道：「殺盡宦官、遷都洛陽、九錫禪位！」

朱全忠見她臉色霎白，連忙為她輸入內氣，張惠強撐住傷體，緩緩道：「唐廷在京城扎根太深，除了文臣武將之外，還有富賈望族、士紳名流、宗廟教派的支持，大王要徹底拔除皇權勢力，首先必須破壞唐廷禮制，不僅要殺盡內廷神策軍，更要剷除各地監軍，一旦代表皇權的監軍消失了，唐廷的威望才會真正瓦解，再也不會影響各地藩鎮與民心意向；其次是逼皇帝遷都洛陽，汴梁距離太遠，大王難以掌握長安動靜，只有遷都洛陽，才能全然控制朝廷；最後是通過九錫禪位，名正言順地稱帝，安定天下。」微微喘了口氣，道：「只有做全了這三道計畫，方能切斷舊都千絲萬縷的影響力，粉碎萬民對大唐的仰望，給新朝一個新氣象！」

朱全忠見妻子清醒過來，又得到稱帝三計，滿心歡喜、笑意難掩，張惠看著他的笑臉，心中卻更加惆悵：「我雖然清醒，卻已經油盡燈枯，也不知還能支撐多久，除了河東李兒花，還有一個弒父逆子，我也得做下防範才是……」

九〇三・二

老夫怕趨走 · 率府且逍遙

全忠以兵驅宦官第五可範等數百人於內侍省，盡殺之，冤號之聲，徹於內外。出使外方者，詔所在收捕誅之，止留黃衣幼弱者三十人以備灑掃……上愍可範等或無罪，為文祭之。自是宣傳詔命，皆令宮人出入。其兩軍內外八鎮兵悉屬六軍，以崔胤兼判六軍十二衛事。《資治通鑑．卷二六三》

賜朱全忠號回天再造竭忠守正功臣，賜其僚佐敬翔等號迎鑾協贊功臣，諸將朱友寧等號迎鑾果毅功臣，都頭以下號四鎮靜難功臣。上議褒崇全忠，欲以皇子為諸道兵馬元帥，以全忠副之。

上返自鳳翔，欲用偓為相，偓薦崇及兵部侍郎王贊自代。上欲從之，崔胤惡其分己權，使朱全忠入爭之……上見全忠怒甚，不得已，癸未，貶偓濮州司馬。《資治通鑑．卷二六四》

天地細粉飄飄、迷迷濛濛，看不清是雨是雪，卻冷得人發顫，那寒意直透入心坎裡。

長安城郊的客棧裡，一名六旬老翁提了酒壺走到屋外欄杆邊，眺望遠方，見暮色淒迷，層層陰雲遮蔽了宮城，曾經繁華如錦的長安已變得若有似無，老翁薄瘦的身子微微一顫，緊了緊衣袍，嘆道：「三月光景不忍看，五陵春色何摧殘。窮途得志反惆悵，飲席話舊多闌珊。」

郊邊的大道上傳來一陣斥喝，一隊金吾衛兵手執刀槍，押著三輛囚車緩緩向西而行，車內各自監禁三名男子，長相斯文、白髮蒼蒼。後面還拖拉著一隊老弱婦孺，雨雪濕滑，老人家腿腳不便，幼童步子不穩，一路顛顛巍巍，走得極慢，衛兵氣惱得鞭打腳踢，喝道：「快走！再不走！老子踢死你！」老頭、幼兒盡仆跌在地，被囚鍊拖拉著走，磨得全身濕冷、四肢傷血。

老翁見到兵衛行凶，滿心悲憤，但自己手無縛雞之力，也只能仰天長嘆：「皺白離情高處切，膩紅愁態靜中深。眼隨片片沿流去，恨滿枝枝被雨淋。總得苔遮猶慰意，若教泥汙更傷心。臨軒一盞悲春酒，明日池塘是綠陰。」

馮道坐在客棧臨窗的角落裡，時而探看褚寒依來了沒有，時而整理自己的心緒，鳳翔雖已紓困，皇帝卻再次落入朱全忠手裡，天下更亂了，他曾經為救皇帝一人，導致鳳翔百姓塗炭，從前堅定的信念已經崩潰，此後究竟該何去何從？

他不能棄皇帝不顧，但把皇帝送到哪裡，就會為那地方帶來災禍，天下王土之大，竟沒有皇帝容身的地方；亂世英雄之多，卻沒有一個敵得過朱全忠，一股絕望無奈沉甸甸地壓在心口，他只能拿出紙筆隨意書畫，抒解幾乎潰堤的愁緒，畫了一會兒，聽見窗外悲愴的吟詩聲，心中好奇：「這世上竟有人比我還愁煩？」便仔細瞧去，見這老翁年紀雖大，但面目清俊、談吐不俗，一身傲骨嶙峋、滿襟詩意風流，顯是非常之人，不由得留上了神。

雨雪越下越大，老翁進到屋內，喚小二再打酒來，一邊憑窗獨酌，一邊把《惜花》詩又重新吟唸一遍。

「好詩！」馮道不由得喝了聲采，老翁聞聲回首，見角落邊一名二十歲左右的青年向他頷首致意，手中一邊提筆作畫，一邊說道：「前輩詩作精微巧妙，不只融合了詠物、抒情、逝時，還將心中感慨層層推至波瀾跌宕的境界，令聞者同感悲嘆，晚生一時情難自禁，便提筆作畫，若有未盡之處，還請前輩莫怪。」

老翁聽馮道談吐不俗，便起身走近他桌邊觀看，見圖中高枝上的白花搖搖欲墜，落下的紅瓣殘留幾許豔膩，兩種花色鮮明立體、相映成意，老翁不由得驚嘆：「小兄弟，我與你未識心相許，開襟語便誠。」

馮道的畫技其實並不高明，只是心中有傷、筆下有情，畫作便自動人，聽老翁讚許，心中熱血洶湧，更提筆大肆揮毫，放聲說道：「這首詩不只悲嘆落花春逝，更是弔輓我大唐凋敗，一去不復返！枝頭白花離情悲切，宛如聖上受到切切逼迫，情況危殆。這一句『膩紅愁態靜中深』，卻是說我大唐曾如紅花燦爛，如今正遭受風雨摧殘；片片落瓣猶如我有志之士，被吹打得離枝而去，再也無力護主，滿腔熱血付諸污泥流水，隨世情漸漸冰冷，徒留滿眼痛惜、滿懷悵恨！」談話間再添最末幾筆，讓煙水迷濛了落花殘景，將這份哀痛渲染得幽咽迷離、淒婉入神。

老翁酒醉之際，心情更加激盪，不由得老淚縱橫，舉酒痛飲：「江山如紅花嬌豔，橫遭逆賊蹂躪，我忠良之輩空讀萬卷書，竟無計可施，只能忍氣吞聲，無奈啊無奈！可恨啊可恨！」

馮道見老翁哭得厲害，也悲從中來，悵然道：「惜花、惜花！愛花人無計留住春光，只有臨軒憑弔、對酒澆愁，想到綠肥紅瘦、奸盛忠藏，不願說、不忍說，又不得不說，一切盡付詩畫中！」

正當一老一少以詩畫寄託心中悵恨，北方大道上奔來一輛馬車，在客棧門口停下，僕衛掀開車簾，服侍一名身形微胖、白髮白鬚，老得不知凡幾的將軍緩緩下車，將軍顧不得年紀老邁，三步併兩步地奔向客棧，左顧右盼，神色焦急地似在尋找什麼東西。

老翁見到來人，臉色喜怒交加，十分忸怩，一個起身就要回房去，但踱步許久，幾度回轉，終長長嘆了口氣：「罷了！」拍拍衣袖，緩步迎將出去，高聲招呼：「元規兄，哪一陣好風，吹得這當朝紅人大駕光臨？」

將軍一看見老翁身影，當即快步走上，握了他的雙臂熱切道：「致光兄，我尋了你好久！」

老翁冷哼道：「尋什麼？韓某不過是小小的地方司馬，豈敢勞動尊駕？教有心人瞧見你與罪臣交往，向崔四人那狗賊上報，肯定會招來禍事，毀了元規兄的大好前程，韓某可是擔待不起！」

老將軍碰了一鼻子冷臉，也不介意，仍暖呼呼地簇擁著韓老翁走進客棧：「先進去喝幾杯，解解心底寒意。」又吩咐小廝：「來盤古樓子胡餅，再上兩壺黃桂稠酒！」

兩人對面坐下，小廝奉上酒菜，將軍斟了兩杯水酒，高舉相敬，韓老翁卻不領情，向馮道招手道：「小兄弟，你過來。」馮道走了過去，韓老翁提高聲音介紹道：「這位就是大破黃巢的功臣名將，如今擔任京兆尹的鄭元規鄭大紅人！」語氣中透露十足的嘲諷之意。

馮道聽這人是剿滅黃巢的大將軍，心中原本欽慕，隨即想起他就是聽從朱全忠命令，誅盡宦官的京兆尹，不由得心生排斥，向鄭元規拱手施禮，淡淡道：「晚生馮道，見過鄭京兆。」

禮畢便要回座位去，韓老翁卻喚道：「你坐下！咱們一起喝酒！」馮道只好依言坐下。

鄭元規見韓老翁故意冷落自己，也不發怒，只尷尬一笑，把僵在半空的酒水自己喝了。馮道心中納悶：「京兆尹是三品大官，竟然對韓老伯十分有禮，這老伯伯究竟是什麼來頭？」

鄭元規見馮道衣衫陳舊、氣質樸素，一望便知是窮苦百姓，不是什麼達官顯要，因此並不在意他，只微微一笑，目光又轉回韓老翁身上，好言道：「致光兄，你還在惱我扶持崔胤？」

韓老翁冷笑道：「前日你勸朱全忠晚些殺我，免得招人非議，今日你急匆匆地追來，想是時機成熟，要動手了！」

鄭元規嘆道：「我怎會殺你？當時我勸梁王先貶你的官，日後再殺你，不過是想拖延一些時間，好讓你遠走高飛，今早我聽說你還逗留在城郊，便趕緊前來尋你，要勸你離京避上一避，免得梁王又改變了心意……」

「別說了！」韓老翁拍案而起，大聲道：「梁王！梁王！只怕你心中只有梁王，早已忘了聖上！」

鄭元規無奈道：「致光兄何必如此……」

韓老翁不等他說完，已對著宮城方向拱手大聲道：「聖上身邊已無半個忠臣，我滯留在此，不肯遠赴鄧州，便是等待聖上召我回去重振朝綱！」

鄭元規目光一垂，嘆道：「你若心懷志向，又肯收收脾性，我便再去和崔胤說說，事情或許能有個轉機。」

韓老翁昂然道：「『雛鳳清於老鳳聲』雖是當年姨父的一句謬讚，我這意氣風發的雛鳳如今也已成了垂垂老鳳，但雛鳳也好、老鳳也罷，鳳凰一生非梧桐不棲、非醴泉不飲，韓某再窮途潦倒，也不會自甘墮落去侍奉賊人！你若想來勸說，就省起口舌吧！」

「雛鳳清於老鳳聲？」馮道想起李商隱曾題詩讚譽他的外甥韓偓的文采：「十歲裁詩走馬成，冷灰殘燭動離情。桐花萬里丹山路，雛鳳清於老鳳聲。」心中驚詫：「難道這悲憤老伯竟是香奩詩大家，有『詩宗』之稱的翰林大學士韓偓？」他最敬慕的就是翰林大學士，也以進翰林院為志向，忽然見到翰林之首、大名鼎鼎的韓偓，自是驚喜萬分，立刻拱手恭敬道：「原來是韓大學士，晚生真是有眼不識泰山！」❶

老翁哼道：「不錯！老夫正是韓偓，但此刻已不是什麼翰林大學士了！」

馮道見他一臉憤世，想是官場不得意，也不好再問，韓偓卻已滔滔說道：「韓某雖然年少放蕩，沉溺花叢、不思進取，但那些都是小私小德，韓某一生從不損及儒士大節，因此不願與賊臣並立於朝，更不願做拍馬逢迎的鼠輩！」

鄭元規沉默許久，才慘然一嘆：「你我相交數載，也曾共過生死患難，想不到今日鄭某卻成了你眼中的鼠輩！」

韓偓見他神色慘淡，似萬念俱灰，忽覺自己罵得過分了，一時不知如何接話，半晌才搖了搖頭，感慨道：「我這條性命、滿門老小都是元規兄救下的，我感激還來不及，怎敢辱罵恩人？」喝了口酒，嘆道：「我惱恨我自己！」自斟自飲，連喝了三杯。

鄭元規也大喝一口酒，嘆道：「我何嘗不恨自己？」

兩位老臣飲酒相對，思及朝廷之痛，不禁都紅了眼眶，感傷難已。鄭元規緩緩道：「想當年，宦官頭子劉季述發動叛變，囚禁聖上，你、我、崔胤和孫德昭四人同心協力平定亂事，終於接迎聖上復位，是何等意氣風光！」

韓偓接口道：「你因此升任京兆尹，我擔任中書舍人，深受聖上器重，仕途春風，生活愜意，也曾『柳巷青樓，未嘗糠秕；金閨繡戶，始預風流』，不知人間苦愁。」

鄭元規嘆道：「但好景不常！剷除了劉季述，又來個韓全誨，他勾結李茂貞將聖上劫往鳳翔，崔胤也只好召朱全忠前去對付李茂貞。」

韓偓氣憤道：「唉嫛翻醜正，養虎欲求全！當初我便勸告崔胤說：『朱全忠、李茂貞兩鎮兵盛馬壯，要是械鬥於城闕之下，朝廷危矣。』崔胤卻不聽勸，終於引來戰火塗炭。我聽聞聖上受苦，便連夜趕去鳳翔，聖上一見到我，忍不住慟哭失聲，還任命我為兵部侍郎。」

了？」

鄭元規嘆道：「難為你星夜兼程，只為隨侍君側，與聖上共存亡。」

馮道聽君臣相對痛哭，也不禁紅了眼眶，關切道：「如今宮中情況如何了？聖上如何了？」

韓偓喝了口酒，氣憤道：「聖上才從鳳翔返回長安，身子都還沒恢復，朱全忠便和崔胤一起上奏，說要殺盡宦官，我勸諫聖上：『前次誅殺劉季述時，不問清白，一律處斬，宦官已經很害怕了，再這麼殺下去，又有誰敢服侍聖上？不如賜恩饒恕他們，教他們自翦黨羽、發誓效忠便是。』聖上除了淚眼相對，又能如何？」

鄭元規望向窗外風雪，幽幽說道：「那一日，也是這般雨雪交沉的天氣，冷得人心裡發毛，聖上下旨罷免所有內諸司，宦官的參政權、領兵權盡回歸省寺，誰都知道又有一場大屠殺了，只不知這把大刀會砍向誰！」他仰頭喝乾了杯中殘酒，又道：「朱全忠一得到聖旨，立刻率兵進宮，將新任的神策左軍中尉第五可範、右軍中尉仇承坦，和大大小小七百多名宦官通通趕至內侍省，殘殺殆盡，那冤號之聲響徹天地，聞著莫不鼻酸。」

馮道驚詫道：「第五可範、仇承坦都是韓公公死後才升任中尉，又犯了什麼罪？」

鄭元規感慨道：「生於亂世、生為宦官，就是他們最大的罪！」

韓偓憤慨道：「聖上憐憫他們無辜而死，作文祭弔，豈料這又惹怒了朱全忠，又殺了五千多名宦官！」

鄭元規感傷道：「內侍省的廣場裡，屍體疊著屍體，堆得沒有站腳的地方，血水都淹過人的腳踝，連我這上慣戰場的人也不忍心，其他人更是驚顫害怕，又有誰敢違抗朱全忠？」

馮道想到鋪天蓋地的血禍，不禁緊握雙拳怒斥道：「朱全忠當真無法無天！」

韓偓嘆道：「如今整座皇城只剩三十名黃門小兒灑掃宮廷，再沒有任何宦官，可憐一個大唐皇帝要宣傳詔命，竟沒有公公跑腿，只能讓宮女出入傳令。」

馮道氣恨自己不能阻止，道：「錯了！這可大錯特錯了！神策軍一滅，朱全忠定會趁機掌握禁軍，深入朝廷！」

鄭元規想不到一個窮小子竟能明白其中關竅，頗是意外，悵然道：「小兄弟看得很透澈！他們下一步的確是逼聖上封賞汴梁將領，聖上無力反抗，只好讓朱忠全擔任諸道兵馬副元帥，加賞『回天再造竭忠守正功臣』。朱全忠趁這機會，名正言順地留下一萬名步騎充作宿衛，讓崔胤升任司徒，兼判六軍十二衛事，朱友倫擔任左軍宿衛都指揮使，其他汴梁將領也各有分配，從此神策內外八鎮兵悉屬六軍！」

馮道急道：「朱全忠黨羽遍佈京畿，聖上處境十分危險，難道就沒人挺身而出？」

韓偓怒道：「滿朝將臣哪一個不是食君祿、受國恩？在國破帝危之時，竟無一人敢站出來說話，個個貪生怕死、騎牆觀風，不是明投朱賊，就是暗勾崔黨，全無骨氣志節！全都忘恩負義！」

馮道長長一嘆，道：「朱全忠雖掌控了禁衛，但旁邊還有一隻鳳凰傷而不死，始終是個威脅，一旦讓李茂貞浴火重生，鳳翔距離長安最近，還是有機會牽制汴梁軍。」

鄭元規是個老將軍，聽馮道這麼說，心眼頓時發亮，目光卻隨之一黯，嘆道：「朱全忠已經派長子朱友裕擔任鎮國節度使，替代韓建鎮守華州，還故意封賞王建為蜀王，這些安排全是為了牽制李茂貞！」

馮道心想：「張惠果然什麼都考慮到了！」

韓偓哼道：「王建曾背叛李茂貞，讓他封王，只會挑起李茂貞的仇怨，我曾出言勸諫聖上：『處事應公正仁慈，王建未有半寸救駕之功，不過是從中奪取私利罷了！』我這麼一說，可又得罪朱全忠、崔胤這兩個大奸賊了！」喝了口酒，又道：「我想為聖上多樹勢力，便舉薦御史大夫趙崇、兵部侍郎王贊擔任宰相，想不到卻惹下殺身之禍！」

鄭元規嘆道：「那日可嚇出我一身冷汗！朱全忠到朝宴上宣佈只要崔胤把持朝政，天下便可安定，不需別的宰相，眾官都避席起立，恭敬聆聽梁王教誨，你啊……唉！」

韓偓昂然道：「我見朱全忠比李茂貞更加驕橫，一口熱血湧上，硬是端坐不動，說：『朝中規矩，向來是侍宴無輒立，連聖上賜宴也是一樣。』朱全忠惱怒至極，想將我處死，聖上屢屢暗示崔賊，教他安撫朱全忠，崔賊卻假裝不知！」

鄭元規道：「我見場面擰了，雙方再拗下去，致光兄必要人頭落地，只好假意勸朱全忠說：『韓侍郎乃是天下士子所仰望，你這麼急著殺他，恐怕會引來儒林對抗，不如先貶謫了他，再慢慢對付。』這才讓朱全忠打消了念頭。」

韓偓哼道：「皇帝只好將我一連三貶，從宰相降為濮州司馬，不久又貶為榮懿尉，再貶為鄧州司馬，等我一文不值時，朱賊便要動手了！」

馮道卻搖搖頭道：「韓學士名頭太大，才會遭了殃！朱全忠並不是真心想殺您，想殺您的是崔胤，他怎可能替您求情？」

鄭元規和韓偓愕然道：「此話怎說？」

馮道說道：「朱全忠每一步都是為稱帝做準備，除去神策武將、壓制李茂貞之後，需要德高望重的大學士出來登高一呼，擁護他稱帝，好讓天下臣民信服，他壓一壓您的威風，是希望您帶著一幫士大夫向他俯首屈膝。」頓了頓道：「崔胤則不然，他希望一手把持朝廷內政，絕不肯旁人來分一杯羹，就算您未得罪他，他仍會使絆子陷害您！」

鄭元規是武將出身，韓偓是心高氣傲的才子，對這細微的宮門險詐，實在不擅長，聽了馮道解說，才恍然大悟，韓偓拍桌怒道：「我堂堂一個儒林大學士，怎能向惡賊搖尾乞憐？他休要做夢了！」

馮道說道：「倘若前輩堅持不肯屈從，接下來他們就會大舉剷除文臣、鎮壓清議了！」

鄭元規一直沒把馮道放在心上，以為他只是韓偓的詩畫小友，此刻聽馮道見識不俗，才刮目相看，道：「小兄弟說得對極！致光兄一離開朝廷，崔胤便開始大力整肅異己，逼聖上連下幾道詔書，將陸扆、蘇檢、盧光啟幾個宰相，還有一班文臣全都罷黜、賜死。」想到幾位同儕老友接連遭難，不禁連乾三大杯酒水，紅了眼眶。

韓偓破口罵道：「朱全忠固然是禍害，崔胤這狗賊卻令人更加厭惡，我真恨不得啖其肉、啃其骨！方才又有一幫金吾衛押著幾個文臣不知要去哪裡處決，連老人幼兒都不放過！」

馮道痛心道：「我大唐的棟樑要被摧毀殆盡了！百官皆廢，又有誰治理民生，管老百姓的死活？」

鄭元規道：「這麼說來，致光兄更應該避一避風頭……」

韓偓怒道：「國難當頭，我怎能獨善其身，跑去躲起來？有本事，他便把天下讀書人都殺了！」

鄭元規好言道：「致光兄豪氣干雲，令人好生敬佩，但你是士林之首，需留著有用之身傳承我大唐文化，倘若逞一時痛快，遭奸人誅殺，可就不值了！」

韓偓大聲道：「當初崔賊引粱兵入宮，我無力阻止，已是愧對聖上，今日拼著千刀萬剮，也要與他大幹一場！」

鄭元規道：「致光兄不必心急，這把火遲早會燒向他自己，那崔胤看似風光，手握大權呼風喚雨，其實也不過一隻走狗，生死盡操縱在朱全忠手裡，凡朝廷動靜，他都向朱全忠稟告，宮裡宮外都十分畏懼他，這樣沒有朋友的人，又能夠活多久？這廝報應不遠了！」

韓偓道：「不錯！狡兔死、走狗烹，他這般欺君賣國、為虎作倀，絕不會有好下梢！」

鄭元規想了想，又問馮道：「既然朱全忠有心篡位，為何不乾脆霸佔朝廷，反而罷軍回去？前幾日聖上還為他大賜餞行，崔賊也至灞橋相送。」

馮道稍一推算日子，猜想是張惠甦醒過來，勸朱全忠不宜妄動，道：「應是魏國夫人希望朱全忠得位正統，免得招致天下義師圍攻，朱全忠聽了她的勸。」

鄭元規點頭道：「原來如此！我也聽說朱全忠橫行天下，對魏國夫人卻言聽計從。」

韓偓年輕時是個風流才子，所到之處女子爭相獻媚，從來不覺得女子有什麼稀罕，哼道：「一個手握重兵的豪雄，卻處處聽從婦人之言，能成什麼大氣候？再過不久，他必會自取滅亡！」

馮道心想：「這位夫人的厲害手段，恐怕十個豪雄也比不上！」但他看出韓偓心高氣傲，不必與之辯駁，只道：「形勢至此，天下兵馬盡歸朱全忠統轄，無論是宮裡宮外，再沒有抗衡的力量了！」

鄭元規道：「朱全忠想正當得位，必須經過九錫禪讓之禮，那禮節繁雜，至少得籌備一年，這麼說來，他暫時不會殺了聖上，我們還有時間對付。」喝了口酒，又道：「聖上心地仁明，也有手段，只嘆大唐已支離破碎，奸臣一個比一個惡，老虎一頭比一頭大，我唯有假意與崔胤聯合，才能盡量留在聖上身邊。」

韓偓此刻才明白老友冒險相救、催促離開，他自己卻要深入虎穴，心中既感動又慚愧，道：「元規兄用心良苦，卻是我器量小了！明日我便帶家人出去避一避。」

鄭元規聽這倔強士子聽進了勸，喜道：「自該如此。」

馮道心中唉嘆：「韓學士這一離京，朝廷又少了一位肱股良臣！」

韓偓道：「我今日能全身而退，全憑元規兄仗義相救，只不過我自逍遙去了，元規兄又當如何？」

鄭元規道：「鄭某從前攻打黃巢，腦袋原本就懸在刀劍下，難得老天還容我活到這把歲數，還讓我入朝為官，享了幾口好飯，已經足夠了，餘下的日子，我便與奸臣周旋到底。」

韓偓敬酒道：「元規兄今後行事，務要萬分小心。」

鄭元規回酒道：「今夜別後，恐怕沒有再見之日，定要與知己暢快痛飲。」他心中豪情激盪，一連乾盡數杯。

馮道原本立志成為翰林學士，光耀門楣，以慰老父之心，初見韓偓時，滿心欽慕不勝，但聽了韓、鄭二人對談，對鄭元規的忠義俠情卻更加欽佩，不禁多看了他兩眼，這不看便罷，看了卻是心驚膽跳：「鄭將軍滿面黑煞之氣，這……」舉起酒杯的手不由得微微顫抖。

韓偓笑道：「怎麼了？小兄弟不勝酒力，已經醉了？」

馮道從《天相・人相篇》中習得了相術，原本有些眼識，但方才三人暢飲醇酒，滿面通紅，再加上燈火昏黃，馮道因此沒看出鄭元規的災禍，一時不知該不該說出口，只支吾不答、心跳如鼓：「鄭將軍一直苦勸韓學士避禍，其實韓學士頭頂平坦、鼻如縮囊、人中高厚，是福壽綿遠之相，一生逍遙快意，只是暫時不得志罷了，反倒是鄭將軍，印堂暗沉，黑氣濃厚，宛如烏雲罩頂，這場禍煞又凶又急，真正該遠走的是他！但他身在朝中，又如何遠避禍事？」一場無可避免的血禍，怎說得出口？

韓偓見馮道恍神不答，以為他真醉了，也不再問，笑道：「小伙子不行了！元規兄，咱倆自己喝個痛快！」

兩人又互敬幾杯水酒，馮道雖然陪了幾杯，卻沉默不言，滿腦子只想著自己該不該出言相勸。

鄭元規道：「對了！還有一件要緊事。」

韓偓沉吟道：「你說的可是除宦令？」

鄭元規道：「正是！道途凶險，致光兄此去千萬小心。」

韓偓哼道：「老夫昂藏七尺，此行攜家帶眷，一看便知不是閹黨，那除宦令能奈我何？」

鄭元規又道：「朱全忠知道你受天下士子仰慕，還不敢直接下毒手，只貶了你的官，就怕致光兄路上得罪了小人，下賤奴才為了私利，把無端罪名栽贓到你頭上，可就冤枉了。」

馮道隨口問道：「除宦令是什麼？宮中不是只餘三十幾名小黃門，他們還要除誰？」

鄭元規道：「他們不只在朝中大肆誅殺朝臣、宦官，還說要斬草除根，這除宦令已傳到各藩鎮，命節度使就地斬殺監軍宦官！」

馮道驚愕道：「你說什麼？」心想：「承業公公豈不危險了？」

鄭元規道：「崔胤這千里追殺令，天涯海角都佈下了，宦官已經逃無可逃，連一處容身之地都沒有了。」

馮道心中浮起師父留給錢鏐家的讖言，想道：「困擾朝廷百餘年的宦官干政結束了，再也不會死灰復燃，換來的卻是一個更險惡的局面！難道這就是隱龍此刻才出現的原因？」

韓偓沉嘆道：「這大唐早已不是太宗筆下『百蠻奉遐贐，萬國朝未央』的大唐，而是『千村萬落如寒食，不見人煙只見花』！」

馮道想起鳳翔殘破荒涼，千里不見人煙的景象，又勾起心中悲慟，舉杯大飲道：「這兩句詩真好，道盡天下苦難！」

韓偓搖頭嘆道：「這詩不好，既無杜甫的沉雄闊大，也無姨父的精深微妙，我平弱的筆力，實在無法盡抒胸中浩大愁鬱於萬一！」

馮道哽咽道：「這場浩劫，世間沒有任何筆墨能描述萬一！」

鄭元規舉杯大聲道：「既無筆墨可形容，那就什麼都不必說了，只要醉個痛快！喝！」

韓偓慨然長吟：「袁董非徒爾，師昭豈偶然？中原成劫火，東海遂桑田！」三人以詩佐酒，同時浮一大白。

當晚二老一小宛如知己般，徹夜長談國是，說朱全忠殘暴橫行，有如董卓、曹操；崔胤陷害忠良，倒行逆施，早晚會使唐室覆亡；上至皇帝下至百姓，禍難苦深，卻無力挽救，談到心痛處，喝得更加猛烈，到後來盡酩酊大醉。

次日清晨，天色未明，鄭元規便起了身，想趁著四下無人趕回京城，馮道其實一夜未眠，聽見老將軍起身，便趕緊跟上，直送到門外，道：「將軍年紀老邁，一生都已報效國家，何不與韓學士一起歸隱山林，安享晚年？」

鄭元規見馮道特意相送，欲言又止，微微一笑，道：「小兄弟，你有什麼話就直說吧。」

馮道雖懂一些相術，但從不主動評論他人死生禍福，此刻被這老將軍的勇氣感動，忍不住說道：「天道周歲二十四節氣，人氣一年亦二十四變，晚生小通相術，但覺將軍面色赤紅、印堂昏暗，鼻準黑煞籠罩，年壽橫紋斷裂，恐怕會犯了刑事，此去凶險異常……」

鄭元規哈哈一笑，揮揮手打斷他的話，道：「老朽年近八十，蒙聖恩提拔，也算福祿壽三全，還要求什麼？難道要活過神仙嚒？」又嘆道：「小兄弟，你很有見識，本是朝廷棟樑，可惜遭逢亂世，恐怕要埋沒人才了！」

馮道聳聳肩，無奈一笑：「這年頭，能保住性命已經不錯了，還求什麼？無官一身輕，也是逍遙快意！」

鄭元規道：「亂世之中，有人歸隱偷生，有人盡忠殉主，也有人為求功名富貴，提著腦袋在戰場上廝殺，第一種人最簡單，第二種難些，第三種就更難了，但最難的是——在奸雄手下苟且求存，看似無恥逢迎，受萬人唾罵，其實心懷天下，能忍人所不能忍。」他深深望著馮道，問道：「小兄弟，你會選哪一種人？」

馮道一時怔忡，反覆自問：「他為保大唐，委屈伺賊，海龍王為保兩浙百姓，甘願與賊人共伍，小馮子，你又願意放下一身士人傲骨嚒？」

鄭元規見他久久未答，悵然道：「我知道你們文人都有一身傲氣，讀了聖賢書，都想有聖賢骨，不願屈伺賊人，我也不勉強你。」想到朝廷人才凋零，不由得長嘆一口氣。

「前輩……」馮道心知他要面臨的禍事極大，還想再勸，鄭元規拍拍他的肩，蒼涼一笑：

「我前半生在戰場上求功名，如今只剩一副朽骨可報國恩，是全豁出去了！我不知道自己還能撐持多久，餘生所求，不過是多保住一些大唐棟樑而已！」說罷昂然轉身而去，也不讓僕衛攙扶，一邊自己登上馬車，顯示老當益壯，一邊大聲道：「餘下的日子，我想再挑戰自己，選最難的路走！老驥伏櫪，志在千里；烈士暮年，壯心不已……」話中充滿了豪情壯志，卻也透著末路悲傷。

馮道望著他老邁蹣跚的身影緩緩驅車離去，忍不住紅了眼眶，朗聲道：「老將軍為保忠良，視生死如鴻羽，輕名利如浮雲，真正擔得起『英雄』二字！請受晚生三拜。」逕自向遠去的背影深深行禮，心中不由得生了萬般感觸：「日後史家都會記下韓學士的詩文風采和一身錚傲骨，卻沒人知道這是鄭將軍拼了性命保下的！」又想：「這亂世之中，英雄輩出，將來必有好些人要名傳千古，朱全忠、李克用、李茂貞、錢鏐、楊行密這些大人物肯定是有的；李存勖、嗣源大哥都是人中龍鳳，將來也會有大成就，就連徐知誥那小子，只怕青史也會添上一筆，但鄭將軍就未必了……

史家稱頌的英雄，往往是軍功顯赫、征戰遼闊，但一將功成萬骨枯，他們荼毒天下肝腦，離散天下子女，博取一己事業，卻能青史留名，像鄭將軍這樣潛伏在賊子陣營，忠心護主、營救良臣之人，即使是多年老友也要誤會，更何況是後世人？說不定還會遺臭萬年！」

他心中感慨，不禁仰望蒼天，見繁星點點，競相爭輝，就好像這亂世大地，英雄競出，有些星子早已隕落，有些被曦光漸漸掩去，有些拼盡全力，也要在日出前綻放最後光華：「其實文臣也好、武將也罷，只有像太宗那樣，結束亂世之後，好好安治天下，才算是真正的大英雄，若是以一己私欲，踐踏萬民血肉者，就算是開國之君，能青史留名，也不過是留下污名而已。」

他忍不住想自己會不會留名青史？又會留下怎樣的評語：「師父要我謙沖自抑、不可張揚，隱龍的『隱』字就是『寧作隱名俠、莫為萬世賊』的意思，我可要小心謹慎、如履薄冰，不能辜負師父的期望，污了隱龍清名。」

第一道曙光射進了馮道眼中，初陽昇起，任星子再燦爛，終要消失，任風雪再冰寒，也要融化幾分，只有真正的太陽才能普照大地，為萬物帶來光明希望！

韓偓醉得糊塗，直睡到日上三竿才起身，臨行前，對馮道說道：「我年老之際，還能結交個小知己，也算人生幸事，可惜今日一別，再無見期。」

馮道躬禮道：「昨夜與前輩一席夜談，獲益良多，此生受用不盡，不知前輩今後有何打算？」他擔心韓偓又要衝動，因此問上一問。

韓偓嘆道：「元規兄苦心相勸，我怎能辜負他一番好意？我留在長安已然無用，只是把全家老小置於死地罷了！」

馮道見他昨日說得慷慨激昂，今日酒一醒，便已放下，並沒有殉主之意，似乎鄭元規和自己多慮了，道：「前輩想通了便好。」心中卻揮不去鄭元規的烈士身影。

韓偓沉嘆道：「但天涯茫茫，盡落入朱賊手中，已無淨土，哪裡還有真桃源？」

馮道說道：「晚生曾聽說桃源就在江西彭蠡古澤西北方、廬山大漢陽峰下的康王谷裡，前輩可前往試試，只不過其中的魔鬼峽十分危險，萬萬不可乘船穿越，需繞些遠路過去。」

韓偓終究是風流才子，一聽世上真有桃源美景，便想一睹風光，喜道：「多謝小兄弟相告，我定要去瞧瞧！」

馮道想了想又道：「鄭將軍有一句話留給您：『倘若朱全忠召前輩回朝為官，切莫相信』。」這句話是他想提醒韓偓，但怕韓偓心高氣傲，不肯聽從晚輩勸告，便假借鄭元規的名義說出。

韓偓哼道：「梅花不肯傍春光，自向深冬著豔陽！我這士大夫的臭脾氣，委屈不了自己作逆賊鷹犬，更不會為了一點名利，屈膝服侍賊人！」他轉身瀟灑離去，高聲長吟：「龍笛遠吹胡地月，燕釵初試漢宮妝。風雖強暴翻添思，雪欲侵淩更助香。應笑暫時桃李樹，盜天和氣作年芳……」以一首《梅花》詩表達了心中志氣。

此後韓偓便攜家帶眷乘坐馬車南逃，並聽從馮道指引，一路往江西而去，希望尋到桃花源所在，但他名號太響，一入江西，白馬三郎王審知立刻派人相迎，韓偓便安居下來。

隔年朱全忠弒殺李曄，立李柷為昭宣帝，為收買士子，假裝寬宏大度地召韓偓回京復職。韓偓記得馮道提醒，深知一回長安即入虎口，便不奉詔。之後朱全忠篡唐，改國號「梁」，韓偓見王審知獻表納貢，屈伺賊子，心中十分不悅，便自行離開，想再去尋找桃花源，王審知急忙派人挽留，但韓偓看透了「宦途險惡終難測」，堅決告辭，一路輾轉流徙，逍遙仙遊，直到進入泉州，刺史王審邽父子對他十分禮遇，韓偓決定在泉州西郊的「招賢院」長住下來，轉而專心求道，頓悟了「盡道途窮未必窮」，又寫下許多有名的仙道詩篇，直活到八十多歲才仙逝，這是後話了。❸

（註❶：「十歲裁詩走馬成……雛鳳清於老鳳聲。」出自李商隱《韓冬郎即席為詩相送，一座盡驚。他日余方追吟「連宵侍坐徘徊久」之句，有老成之風，因成二絕寄酬，兼呈畏之員外・其一》。）
（註❷：「百蠻奉遐贐，萬國朝未央。」出自李世民《正日臨朝》。）
（註❸：本章詩句頗多，除❶、❷之外，其餘全出自韓渥詩選。）

九〇三・三

中堂有神仙・煙霧蒙玉質

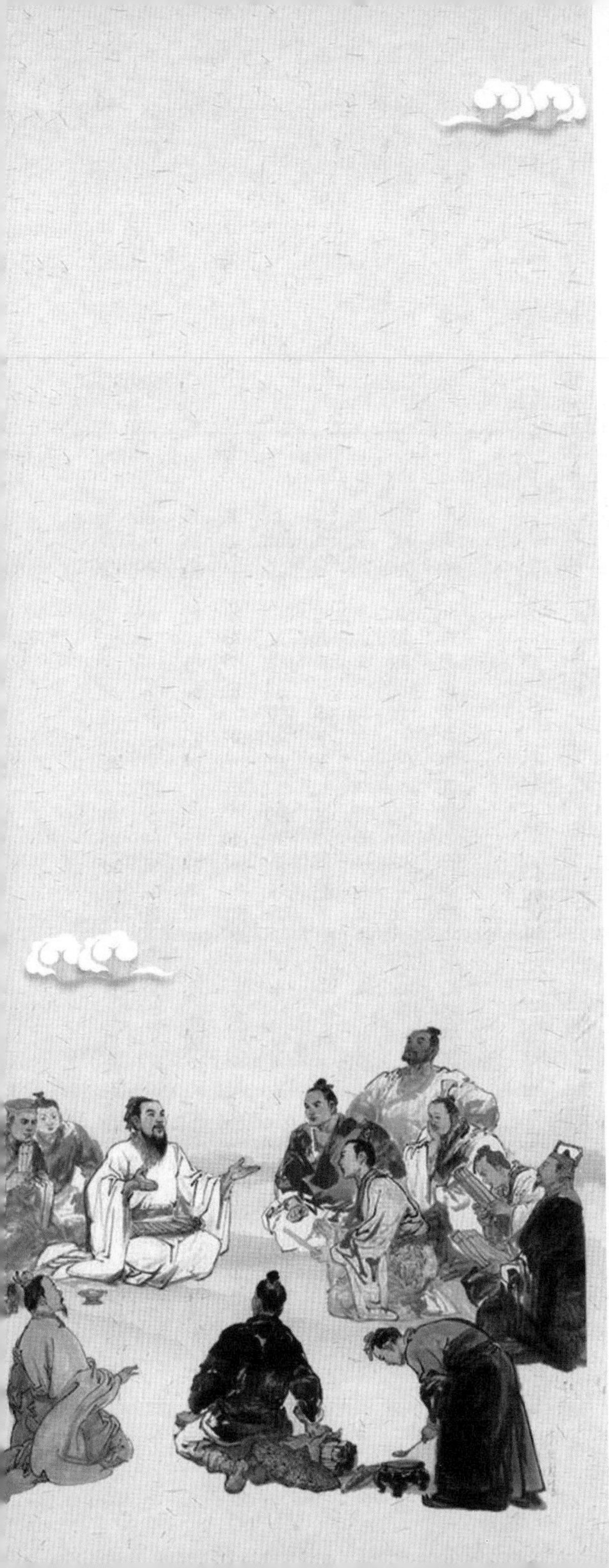

時關東兵多從全忠在鳳翔，師範分遣諸將詐為貢獻及商販，包束兵仗，載以小車，入汴、徐……等州，期以同日俱發，討全忠。《資治通鑑．卷二六三》

王師範求救於淮南，乙未，楊行密遣其將王茂章以步騎七千救之，又遣別將將兵數萬攻宿州……王師範出兵攻臨朐，師厚伏兵奮擊，大破之，殺萬餘人，獲師範弟師克……王師範遣副使李嗣業及弟師悅請降於楊師厚，曰：「師範非敢背德，韓全誨、李茂貞以硃書御札使之舉兵，師範不敢違。」《資治通鑑．卷二六四》

周玄豹，燕人，少為僧，其師有知人之鑒，從遊十年，不憚辛苦，遂傳其秘，還鄉歸俗。盧澄為道士，與同誌三人謁之，玄豹退謂人曰：「適二君子，明年花發俱為故人，唯彼道士它年甚貴。」來歲二人果睹零落，盧果登庸。《北夢瑣言》

過了數日，褚寒依終於抵達客棧，告知五十萬石糧草已送入鳳翔，馮道心中大石總算落了地，卻又擔心張承業被「除宦令」所害，兩人於是一路奔赴晉陽，偏偏到了晉水渡頭時，夜深風寒，城門已關，只好暫住在岸邊的客棧，等候明晨的渡船。

這客棧專門招呼來往旅人，燈火徹夜不熄，直到深夜仍車馬鼎沸，好不熱鬧，晚到的客人只能在大堂隨意窩上一宿，彼此閒聊、互通消息。馮道和褚寒依為避人耳目，特意多花一點銀兩，選了角落的廂房用膳，那位子雖說是廂房，其實只是在角落的凹格處，用兩片垂地竹簾隔開，坐在裡面的人透過簾縫，隱約可窺探外方動靜。

屋外風雨颯颯，絲絲涼意從門窗縫隙間透了進來，一名瘸腿莊稼漢搥打著自己的膝眼，嘀咕道：「這天候又濕又冷，真是折磨人！當年我為了逃難，膝蓋骨受了傷，每逢下雨，就是一陣陣酸軟。」

另一名老商販道：「你的腿再酸疼，總還留著一條爛命，要是在鳳翔啊，別說腿肉了，哼哼！那是人吃人，吃得連骨頭都不剩！」

鳳翔的慘狀，眾人都有耳聞，聽老商販提起，都是沉沉一嘆。瘸腿漢子道：「朱全忠凶暴，卻連連打勝仗，無人可治，你們說，老天到底有沒有開眼啊？」

老商販也嘆道：「可不是嚒？聽說王師範也投降了！」

眾人齊聲驚呼：「什麼？連王師範也投降了？到底怎麼回事？」

老商販搖搖頭道：「詳情我不知曉，只是在道上聽見一點風聲。」

坐在角落的一位眉目剛毅、氣質斯文的幞頭書生接口道：「在下恰好從青州過來，倒是可以說給諸位大哥聽。」眾人都道：「你快說說！」

幞頭書生清了清喉嚨，緩緩說道：「王師範曾以分兵計偷襲朱全忠後方，卻因為下屬洩露消息，致使計劃失敗，只有牙將劉鄩成功突破兗州，其他將領都被擒殺。」

馮道朗聲問道：「小弟想請教兄台，如何知道是平盧軍洩露了消息？」

幞頭書生聽聲音從竹簾裡傳出，側首望去，隱約見到簾裡是一位書生和一名少女，微微頷首示意，道：「在下有一個朋友在平盧當兵，他說當時有幾名將領因為太害怕朱全忠，便悄悄出賣分兵計的消息，換取投靠汴梁，朱全忠這才將對方一網打盡！」

馮道心中扼腕：「原來妹妹猜得不錯，真是王師範自己洩露了消息，不是鳳翔的奸細。」望了褚寒依一眼，褚寒依卻眉目低垂，若有所思，馮道又問：「就算分兵計失敗，王師範手中尚有十多萬大軍，怎麼就投降了？」

幞頭書生嘆了口氣，道：「兄台說得不錯，朱全忠原本派宣武節度使，也就是他的親侄兒朱友寧攻打平盧，雙方糾纏好些日子，一直僵持不下。五月初，朱全忠加派劉捍督戰，終於攻下青州博縣，朱友寧俘虜了十多萬百姓，讓他們背著木石、牽著牛驢，在城南堆積土山，做築城防的苦勞役，那冤號聲十里外都能聽見。朱全忠因王師範屢屢背盟，早就憋了一肚子火氣，一聽到勝利的消息，便將怒氣都撒在無辜的老百姓身上，竟下令屠城，將屍體盡數流放河中，堆得河水都阻塞了，那情景真比地獄還淒慘，教人不忍看……」他說話條理分明、音韻清亮，說到激動處，更是擲地有聲、義憤難平。

客棧眾人大多是河東居民，或與晉陽常有往來，心中都是反對朱全忠的，聽到青州屠城慘事，聯想到萬一晉陽城破，自己也會家破人亡，不禁惶惶不安，有人紅了眼眶、有人悄悄拭淚，馮道更是難過：「王師範原本已經投靠朱全忠，是我說服他出兵勤王，才連累青州百姓遭此大劫……」

褚寒依見他面色蕭索、雙眉微結，知道他心中所想，低聲勸慰：「倘若你不鼓動義士出來，難道任由朱全忠一統天下，他如此殘暴，真能做一個好皇帝麼？」

馮道點點頭，道：「我明白，只是想到青州百姓無辜遭難，心裡總是過不去……唉！」為了保住皇帝，一連賠上鳳翔、青州兩地的百姓，他不禁再次問自己，接下來究竟該何去何從？

幞頭書生喝了口茶，緩了緩情緒，續道：「王師範眼看戰事慘烈，只好向淮南求救。楊行密也算義氣，自己正對付田頵叛變，還派了大將王茂章率二萬精兵前去援救。那朱友寧年輕氣盛，不過打了幾場勝仗，就驕傲得不得了，沒把對手放在眼裡，終於讓王茂章鑽了空子，不只大敗汴梁軍，還斬下朱友寧的首級傳遍淮南軍，激勵士氣！」

眾人聽到這裡，大喝一聲好，心中都燃起了希望，馮道卻道：「既然淮南軍勝了，王師範又怎會投降？」

眾人宛如被潑了冷水，心中一涼，紛紛道：「是啊！明明打了勝仗，平盧軍為何投降了？」

幞頭書生嘆了口氣，道：「朱全忠聽到親侄兒被斬首示眾，如何忍得下這口氣？火速派大將楊師厚前去報仇。王師範的十萬軍兵原本還士氣高昂，一遇楊師厚，便兵敗如山倒，楊師厚不只連收數地，殺了數萬平盧軍，更在千軍之中活逮王師範的弟弟，淮南大將王茂章一看情況不對，竟然不顧盟軍死活，連夜撒腿逃走。王師範眼看弟弟被抓、盟友退離，嚇得卸甲棄戰，連夜派副使李嗣業到梁營中乞降！」

馮道暗想：「當初我在鳳翔城外見了楊師厚，便知道此人不簡單，想不到他這麼可怕，竟能把淮南、平盧聯軍打得落花流水。」

瘸腿漢子問道：「這楊師厚究竟什麼來頭，這麼厲害？」

幞頭書生道：「楊師厚年少時，先後在李罕之和李克用手下，但都不受重用，後來因犯罪逃到汴梁，才被提拔為曹州刺史，朱全忠確實比起其他藩鎮主更有識人之明！也是這番知遇之恩，讓楊師厚死心塌地為朱全忠打江山，他曾說當今天下，除了梁王，誰也不服！」

老商販嘆道：「朱全忠原本厲害，再得楊師厚，那是如虎添翼了！」

幞頭書生道：「朱全忠身邊人才濟濟，可不只有楊師厚一個！他能打下這一大片天，手底下的三智師、五天王、八家將個個功不可沒。」

瘸腿漢子道：「這些是什麼人，難道比咱們的十三太保更加厲害？」

幞頭書生道：「所謂三智師就是女諸葛張惠、刀筆春秋敬翔、落第士子李振；五天王則是銀槍效節棍楊師厚、失衡劍氏叔琮、分身將葛從周、踏白飛槊李思安……」

老商販也是見多識廣，疑惑道：「若是老朽記得沒錯，原本汴梁只有四天王，幾時成了五天王？」

幞頭書生答道：「老哥哥你有所不知，最近又多了一位王彥章，聽說朱全忠特別提拔他上來，專門對付李克用和十三太保。」

馮道心中一凜，連忙問道：「專門剋制河東？此話怎講？」

幞頭書生又道：「李克用和十三太保最擅長的就是烏影寒鴉槍，王彥章有一個綽號叫『鐵槍王』，你說這王彥章是不是專門對付河東？」

馮道心中一沉：「張惠才甦醒，立刻就想著收拾十三太保了！」又想：「王彥章被特意提拔上來，一定不簡單，此趟我去晉陽，得提醒嗣源大哥小心防範。」

幞頭書生續道：「至於八家將就是梁王的子侄輩，兩個親兒——朱友裕、朱友珪，三個侄子——朱友寧、朱友倫、朱友諒，還有三個義子——朱友文、朱友恭、朱友謙。這當中除了朱友文是文人，負責治理政事，其他個個都是驍勇善戰的猛將。」

馮道問道：「王師範曾經背叛，朱全忠怎會接納他投降？」

幞頭書生道：「王師範將一切過錯都推給李茂貞與韓全誨，說他們用御箚欺騙了他，他不敢違背聖旨，這才舉兵攻打汴梁。朱全忠心想這十多萬平盧軍若是繼續鬧騰，也是頭痛。再者，李茂貞雖一敗塗地，卻不知用了什麼法子，逼得朱全忠答應送糧救援。鳳翔鄰近長安，朱全忠擔心李茂貞一旦恢復元氣，又捲土重來，兩相權害之下，也只好答應，便派了三智師之一的李振去接管平盧，又將王師範全族遷居汴州，命他擔任河陽節度使，兼任淄青留後，好抵擋李茂貞。」

馮道嘆道：「朱全忠不過是表面答應而已！這一來，王師範舊部全落入李振手中，等於被斷了羽翼，全族一旦到了汴州，時時受到監視，行止稍有不對，便是任人宰割，他這是把自己送上死路了！」

幞頭書生目光一亮，讚許道：「兄台很有見地。」

馮道見這書生見聞廣博、分析入理，心中也頗有好感，謙遜道：「哪裡！多謝兄台帶來許多消息，讓我們都長見識了！」兩人短短幾句交談，彼此都留下了好印象。

瘸腿漢子哀嘆道：「接下來，朱全忠肯定會再攻打晉陽！」

老商販也長嘆一聲：「咱們究竟是要躲入晉陽城，還是逃走？要逃往哪個方向？等周大仙來了，可得好好問問！」眾人連聲稱是。

馮道好奇問道：「周大仙又是什麼人？」

眾人七嘴八舌地搶答：「他是亂世裡的一盞明燈，咱們今夜冒著風雨，眼巴巴地趕來，等候在這裡，就是為求大仙指點一條活路！」「難道你不是為了他，才留在這兒的？」「小兄弟你運氣真好，一來就碰到神仙了！」

幞頭書生忽然冷笑一聲，道：「周大仙本名周玄豹，原本是個和尚，跟隨一位老師父雲遊四方，學了些相術，就被吹捧成袁天罡那樣的仙道人物！」他最後一句話特意提高了聲音，頗有嘲諷之意。

老商販卻糾正幞頭書生：「小兄弟，你說錯了，周大仙後來修行成功，得道升天，已經成為神仙了，比袁天罡還厲害！只不過他憐惜蒼生，才又重返人間，為世人指點迷津。」其他人也紛紛附和：「不錯！他就是神仙下凡，來解救咱們的！」

幞頭書生冷哼道：「這亂世，什麼亂七八糟的人都有，連神仙都出現了，就是沒有救世英雄，老百姓的苦難何時方休？」口氣十分不以為然。

老商販道：「兩位小兄弟不明白大仙的厲害，我便說件事給你們聽聽，從前有位姓盧的道士陪兩位朋友一起去拜會大仙，當時大仙說明年花開時節，那兩位朋友都會去世，只有盧道士受了他的加持，反而會高升大官，隔年，這三人的命運果然如大仙預言，你們可知道這位盧道士是誰？」

眾人搖搖頭，老商販又道：「就是河東節度推官（掌推勾獄訟之事）盧程！他後來果然脫下道服，在河東當了官！」

幞頭書生道：「盧程乃是范陽盧氏的子弟，范陽盧氏是豪門望族，他祖父盧懿、父親盧蘊都是朝廷大臣，他要在河東找個官位，一點也不難，若說是受周大仙加持，才有這官運，未免牽強了。」

瘸腿漢子不服氣道：「盧程沒有半點真才實學，還經常招惹口舌是非，若沒有周大仙加持，怎可能做大官？」

幞頭書生但覺可笑，道：「加持他的不是周大仙，而是他的豪門家世！」

老商販昂聲道：「周大仙還有一件預言，也十分神準。」

馮道好奇道：「是什麼事，還請老大哥告知。」

老商販道：「當年周大仙來到晉陽，晉王讓一干武將列隊接迎，想讓大仙觀看他們的前程。」

馮道心中暗笑：「這果然是李克用的作風，喜歡炫耀他的十三太保。」

老客商道：「每個將領都威風凜凜地站著，周大仙一一點出他們的性情和功績。」

幞頭書生哼道：「十三太保名聞天下，說出他們的功績性情，有什麼難？」

老商販道：「倘若只是這樣，怎能稱做大仙？那河東監軍張承業和小兄弟你一樣，懷疑周大仙是吹噓之輩，便想了一個法子試探他：先教人穿了大太保的服飾，站在十三太保首位，又讓李嗣源換了小兵服飾，藏身在士兵隊伍的最末端。結果大仙就是大仙，周玄豹一點也不理會那個假大太保，反而走到士兵隊伍裡，一把拽住李嗣源，說：『這人骨相非凡，不是一般人，應該與十三太保排列一起。』

其他太保故意嘲笑說：『他不過一介小兵，怎能與我們一起？』

周大仙說：『你們今日瞧不起他，以後他至少能官至鎮守使，一點也不比你們差。』

李克用這才真的哈哈大笑，對周大仙十分禮敬，就連李嗣源也很佩服，又把周大仙請至家中招待，表示歉意，結果向來賢慧的夫人不知怎地，竟然失了禮數，李嗣源很生氣，大仙度量寬宏，反而勸慰道：『大太保別生氣，你的夫人有藩王夫人的福份，生的孩子也是貴子，你們夫妻要一直恩愛和睦，福份才能長長久久。』大太保一聽，很是歡喜，心中便對夫人生了憐意，又經周大仙法力加持，他夫婦從此恩愛相敬，再沒有齟齬。你們說，周玄豹是不是仙人？」

眾人尚未回答，遠方忽傳來一陣高聲大喝：「施恩佈德惠蒼生、消災解厄渡迷津。大仙降凡，千機難遇，眾生跪拜，叩謝天恩——」

眾人紛紛站起，歡喜道：「周大仙來了！」「周大仙來為大家指點迷津了，咱們一定要好好求問他！」

馮道對這位周大仙十分好奇，向窗外看去，見一群道士手裡拿著鎖吶、鑼鈸、二胡、石塤等樂器，吹奏得十分熱鬧，口裡反覆吶喊：「大仙降凡，千機難遇，眾生跪拜，叩謝天恩──」彷彿是通告方圓半里內的人畜趕緊向大仙跪拜行禮。

馮道看著有趣，笑道：「妹妹妳瞧，他們好像道士做法事！」

褚寒依也覺得好笑：「難道只要大吹大擂，嘘喊個兩句，就有人跪拜麼？」

卻見客棧眾人連同掌櫃、夥計全都起身，對著大門俯身跪拜，臉面朝地，萬分恭謹，比朝拜皇帝還誠心，只有幞頭書生安然坐著，自顧吃喝，不理會旁人眼光，馮道又想：「這位士子也是倔強，絲毫不給大仙面子。」

過了好一會兒，這一群道士終於進入客棧，最前頭有一名引路道士，一手提著花藍，另一手高舉幡旗，旗上寫著「仙凡兩界、無所不能」。

馮道與褚寒依對望一眼，都想：「這周玄豹好大的口氣啊！」

引路道士身後有兩名年輕力壯的道士抬著一頂竹轎，轎上坐著一名布衣皂袍、手執拂塵的老道士，他臉皮光滑紅潤，鬚髮盡白，唇上兩瞥鼠鬚，頦下銀髯飄飄，模樣就像是鶴髮童顏的神仙人物，竹轎後方還有一群道士敲鑼打鼓地跟隨著。

馮道心想：「原來這老翁就是無所不能的周大仙，我來瞧瞧他有什麼本事，能比袁師祖更厲害？」

客棧眾人一見大仙降臨，都歡喜不已，掌櫃笑得合不攏嘴，恭敬地呈上禮盒，道：「大仙光駕，小店蓬蓽生輝！小人已經備好上等酒菜，這一點薄禮，大仙若肯笑納，是小人三生之幸啊！」引路道士看見禮盒中白爍爍的銀元寶，不由得雙目放光，笑盈盈道：「老掌櫃，大仙說你虔誠迎駕，實屬難得，便以仙界的甘露水為你的小店加持，今後你這裡必是遠近馳名、高朋滿座了。」

只見周玄豹拂塵向上輕輕一揮，塵絲尾端彷彿化出一道小銀龍竄向天空，一忽兒，銀龍爆閃，化成滿天銀粉點點飄散下來，沖起滿室馨香，眾人看得如迷如幻，聞得如癡如醉，原本鬱結的心情豁然開朗，忍不住喜極而泣，都向掌櫃恭喜道：「大掌櫃好福氣，竟能得到仙界甘露，咱們也沾光，分到一點呢！」「此後百病不生，災厄全解了！」

掌櫃歡喜難當，一邊拭淚，一邊叩首稱謝：「多謝大仙恩澤！小人必日夜膜拜，永世不忘！」眾人也跟著讚揚：「大仙聖恩，廣披五湖四海，萬民一同敬仰！」周玄豹雙目微閉，撚鬚微笑，神態甚是陶醉。

幞頭書生原以為周玄豹是個神棍，待見到他氣度雍容、風采儼然，一副仙風道骨的模樣，收了小覷之心，語氣多了幾分敬意：「這位老前輩……」

「什麼老前輩？」引路道士一聲斥喝：「大仙乃是天界神明，今日特意降落凡間，為眾生消災解厄，你竟敢出言不遜，真是好大膽子！」

幞頭書生一愣，道：「在下怎麼不敬了？」

引路道士哼道：「區區『前輩』二字，怎配得上大仙尊貴的身分？小夥子，你快快改口了，須稱『大仙』或『神仙』，稱『救苦救難大菩薩』也行，才免遭報應！」

幞頭書生明明恭敬相問，卻惹來莫名詛咒，心中不由得冒了火，爭辯道：「他明明是血肉之軀、活生生的人，怎能稱大仙或神仙？還請諸位告知，他是做了賑災放糧的義舉，還是捨身保護萬民？否則怎能稱救苦救難的大菩薩？」

眾道士聽他辯駁，怒罵更凶：「對大仙不敬，馬上就有災厄降到你身上了！」「你得罪了大仙，還不快快磕頭謝罪，求他饒了你的小命！」

幞頭書生說話斯文，一張嘴辯不過七口八舌，只氣得滿臉通紅，幾乎內傷。其他客人見幞頭書生得了詛咒，都噤聲不語，跪拜得更虔誠，頭心俯伏在地，一動也不敢動。

馮道心想：「這位士子寧受威逼，也不歪曲道理，很有風骨，真該好好結交一下，可惜現在有一尊大神仙杵在那兒，大煞風景，只好暫時按下了！」他出道以來，遇見的不是殺人如麻的梟雄，就是心思狡詐的文士，再不然就是張承業、韓渥、鄭元規等年邁老臣，好不容易遇見一個年紀相仿、志同道合之人，他心中歡喜，便起了交往念頭。

眾道士罵了一會兒，周玄豹這才揮揮手，道：「罷了！小兒無知，本大仙不會與凡夫俗子計較。」眾道士紛紛道：「大仙胸寬如海，自不會與小兒計較。」

周玄豹對幞頭書生緩緩道：「小兒，你不必怒氣沖沖，本大仙來解你心中疑惑！賑災放糧救的是一餐之饑，滿足的是口腹之慾，而我指點一句話，就使人一生豁然開朗，拯救的是靈魂，你說哪個更厲害些？」

幞頭書生一時語塞，眾人紛紛稱頌：「大仙厲害萬分！高明萬倍！」

周玄豹微微一笑，又道：「捨一己之身解救萬民，固然是俠義之舉，但本仙如果這麼做，耗盡了仙力，就必需重返天界重新修行，那麼凡間千千萬萬個迷惑蒼生，他們該找誰解迷津？所以啊，本仙是萬萬不能犧牲自身的。」

幞頭書生是個耿直的讀書人，聽對方振振有辭，又是一愣，半晌答不出話來，馮道心中好笑：「這大仙萬般皆無品，萬般有道理，佩服佩服！」

周玄豹見幞頭書生欲言又止的模樣，緩緩道：「小兒心中不服，本仙就特別恩賜，先為你指點迷津，好讓你知曉本仙的大能。」

眾人都想：「我們等了好久，只為求問大仙，一個悖逆小子反而得了恩賜？」心中雖不服，卻不敢出聲相問。

只見周玄豹撚了撚鬍鬚，目光一瞇，道：「小兒，你是不是想求問自己的前程？」

幞頭書生瞥了一肚子氣，冷哼道：「我出身官宦之家，滿腹經綸，將來必有高舉，又何必求問前程？」他原本是個謙謙君子，實在是被激怒了，才傲氣回答。

周玄豹微笑道：「小子是想求問姻緣了？」

幞頭書生哼道：「國未靖，何以立家？」

馮道望了望褚寒依，興沖沖道：「國雖紛亂，我小馮子仍以立家為先，不如我也向大仙求問姻緣，看咱們幾時成親才好？」

褚寒依俏臉飛紅，嬌嗔道：「胡亂提問，小心像那位士子一樣，被神仙教訓！」

馮道笑咪咪道：「我真心誠意地求問，大仙只會說……」他壓低嗓子，學周玄豹蒼老的聲音說道：「你們是天造地設的神仙眷侶，看你們如此恩愛，真是只羨鴛鴦不羨仙，害本仙凡心大動，想還俗娶美嬌娘，不做神仙了！」

褚寒依忍不住噗哧一笑，道：「那大仙要是知道你這麼學他，肯定氣得吹鬍子瞪眼睛！」

周玄豹卻是瞪著眼睛來回打量幞頭書生，道：「你一定是求問財運了？」

幞頭書生冷笑道：「為官莫貪，我何必求問財運？」

馮道暗暗好笑：「錯錯錯，連三錯，大神仙怎麼也算不準小書生的心意，神力有限啊！」

幞頭書生逮到這機會，自不肯放過，高聲道：「你不是大神仙嚒？怎麼看不透在下的心思呢？」

原本伏跪在地的眾人也忍不住抬起頭來，暗想：「怎麼回事？大仙這回不靈了？」

周玄豹依舊從容不迫，撚鬚一笑，道：「我早知你不是求問前程，也不是問姻緣、財運，只不過你神態桀傲、言語無狀，本仙才用三道問題試探你，看你是不是一個只顧自身榮華的自私小人？」頓了頓道：「本仙知道你想問的是當今國運！」

幞頭書生一愣，道：「你……怎知我要求問國家大事？」

眾客人一聽大仙仍是神機妙算，稍稍放下心來。眾道士見幞頭書生滿臉錯愕的模樣，紛紛出言嘲笑：「大仙通天曉地，豈是你這井底之蛙所能明瞭？」「你想挑戰大仙，那是螢火比月光了，不不不！是螢火比日光！遠遠不及！遠遠不及！」

褚寒依低聲道：「周玄豹能看出這人的疑問，難道真有仙術？」

馮道笑道：「這有什麼難？馮小仙也會！」褚寒依驚奇道：「你也會仙法？」

馮道微笑道：「這不是仙法，是江湖術士的基本手段，叫『把簧』！通常他們會大聲吆喝，吸引客人上門，再從上鈎者的言行推測出真相。這人排場擺這麼大，還把自個兒升階，弄得好似神仙，是個把簧高手！」

褚寒依「哦」了一聲：「原來如此！但他怎麼從那人的話推測出來？」

馮道微笑道：「那位士子不問前程、姻緣、財運，又說『必能高舉』，『為官莫貪』，

『國未靖，何以立家』，每一句都表示自己輔佐明君、拯救天下的心意，自然很關心國運了。」褚寒依哼道：「所以這周大仙就是個大騙子！」

馮道笑道：「那也不盡然！江湖術士也分兩種，肚子沒有墨水，純憑一雙厲眼、一張利嘴唬住對方，稱做『玩腥』，若是只會研讀星相書籍，卻不擅長應付客人，就稱做『玩尖』。」褚寒依道：「他肯定沒本事，是玩腥的，才會虛張聲勢。」

馮道微笑道：「世間最難看透的就是人情世故，這江湖術士要練就把簧的本事，也不容易。」褚寒依點頭道：「這倒是。」

馮道說道：「待會兒他造勢造得夠了，就會顯出神仙本事，肯定要一語驚人。」

果然周玄豹聽夠了頌揚，拂塵微微一揚，止了眾人歡呼，這才緩緩說道：「小子，你聽好了，救世英雄在河東！」

「救世英雄在河東？」眾人見周大仙一口氣解答所有人的疑惑，不禁面面相覷，甚是驚奇，隨即大聲歡呼：「看來晉陽能保住了！」「太好了！晉陽能保住，咱們不用逃命了！」

幞頭書生卻比其他人更驚愕，心中浮起一串疑問：「他怎知我要問救世英主？今日朱全忠氣勢最盛，他竟敢說救世英雄在河東？難道這人真是活神仙？」

馮道也有些驚奇，心想：「難道周玄豹也看出嗣源大哥和李存勖非池中物，將來必成飛天蛟龍？」

褚寒依見馮道發楞，拿著髮絲輕點他鼻尖，得意道：「馮小仙，他說救世英雄在河東，你說呢？他究竟是玩腥還是玩尖啊？」

馮道聞著她的髮香，心中有些飄飄然，微微一笑，道：「這周玄豹看來是有些門道，既會把簧又能使尖盤，是江湖術士裡的頭挑人才，難怪能名傳千里！」

褚寒依卻不服氣，嬌哼道：「我瞧他說得一點兒也不準！救世英雄明明在南方！」

馮道知道她仰慕義父，也不與她爭辯，只笑了笑：「讓咱們看下去，看大仙能整出什麼花樣！」

幞頭書生心裡雖有些不服氣，忍不住又道：「敢問前……大仙，河東李克用、十三太保都是大英雄，卻也貪暴好殺，究竟誰才是救世英主？」

周玄豹撚鬚一笑，道：「良禽擇木而棲，你心裡真正想問的是——要投靠哪位英主吧？」

幞頭書生被戳中了心意，原本玉白的臉一下子脹得通紅，點頭也不是、搖頭也不是，呆了好半晌，才道：「晚生出自官宦世家，要求一官半職原本不難，但亂世之中，不見俠義英雄，只見豺狼虎豹，晚生不想為虎作倀，這才請仙人指點迷津。」說到後來，口氣已十分恭敬。

周玄豹微笑道：「天機原本不可洩露，但本仙見你也是性情耿直、滿懷抱負的有志青年，這便指點你一、二。」

幞頭書生連忙豎耳傾聽，周玄豹道：「河東盧程盧推官此刻官位雖不高，但他是宰相之才，兼之祖上積德，將來必能位列三公，你只要瞧瞧哪位英雄生俱慧眼，懂得重用他，那人便是英主了！」

幞頭書生一愣：「盧程？」哼道：「那傢伙褊淺無才，只是依恃門第，就有宰相福份？要我屈就在他手下，簡直是冤大了！我苦讀一身學問，在那種人手下，如何能發揮？」其他人也覺得盧程就是個傻不楞登的世家子弟，但大仙說的絕不會錯，就算有點奇怪，也無人敢反駁。

周玄豹見幞頭書生不肯聽勸，嘆道：「你這小兒冥頑不靈，就算去了河東，也升不了官，罷了！罷了！本仙不點化你了！」

幞頭書生雖不十分相信周玄豹，但聽到這個預言，心中仍存了疙瘩，一時悶不吭聲。老商販插口道：「大仙，今日多謝您指出一條活路，否則這亂世之中，有誰管咱們這些窮老百姓的死活？大夥兒湊一點銀兩聊表心意，還請您笑納。」眾人連忙拿出一點碎銀，恭敬呈上。

褚寒依見狀，哼道：「我瞧這人沒啥本事，就是來坑騙錢財的！」

馮道也看不過去：「天災人禍連連，百姓被刨了一層又一層，都快活不下去了，竟還有不肖神棍出來騙錢，我非拆穿他不可！」正當他義憤填膺，想要出聲喝止時，意外地，周玄豹撚鬚微笑道：「你們全收回去吧。」

眾人見大仙不肯收下自己的誠意，反而有些驚慌，你一言我一語地苦苦哀求：「莫非大仙是嫌少了？」「這真是所有的身家了，還請大仙不要嫌棄，仍給大夥兒加持福氣，保我們此後順順遂遂、平平安安！」「這年頭戰爭連連、刀劍無情，今日大夥兒還有一口氣，保不準明日會橫屍哪裡了，所以請您一定要收下，為我們加持福氣。」

引路道士朗聲道：「戰世多悲苦，今日大仙大發慈悲，非但不收你們的銀兩，還為你們加持福氣，人人有份！」

馮道和褚寒依原以為周玄豹只是假意推辭，做做慈悲樣子，想不到他真的一個子兒也不收，兩人對這活神仙不禁有些改觀。

周玄豹袍袖輕揮，甘露點灑，一一為眾人加持福氣，眾百姓一接到甘露仙水，就喜極而泣，口裡連連歡呼：「大仙果然是活神仙下凡，是菩薩降生，恩同再造……」眼中流淚不止，口裡又哭又笑，人人狀似瘋顛。道士們也在一旁歌功頌德，大肆鼓樂吹簫，整個客棧熱鬧得像辦喜事。

門外傳來一陣快馬蹄響，到了店門口倏然而止，顯示來人馬術精湛，行止乾脆俐落，眾人都想：「又來一個求大仙指點的人！」

一名彪形大漢夾風帶雨地闖了進來，拿出一只沉甸甸的金子「啪」一聲放在桌上，朗聲道：「掌櫃的，我家主上不喜歡吵鬧，你快將閒雜人等全都趕出去，再備上十斤牛肉、五十罈陳酒！」

馮道從竹簾縫隙望去，見這人五官深刻、目光炯炯，筋肉虯結、骨格雄奇，一看便知是武功高強的北方好漢，即使穿著簡單的漢服，刻意低調，也掩不住鋒芒，馮道忍不住好笑：「這人好大膽子，竟要驅趕神仙，這下有好戲看了！」

眾人聽這漢子如此蠻橫，竟要把他們全趕出去，都怒目望去，周大仙的徒子徒孫更是紛紛喝罵：「你知不知道你在跟誰說話？」「你竟敢得罪大仙，你離死期不遠了！」

掌櫃見雙方要起衝突，心想這位大漢氣勢虎虎，腰上長鞭配飾金貴，應是從晉陽來的豪門大將軍，自己實在得罪不起，但要把客人全趕出去，不只壞了店家名聲，還得罪大仙，更是萬萬使不得！他思來想去，一咬牙，忍痛將金子推了回去，好聲好氣道：「貴客光臨，小店理當好生款待，但此時夜深風寒，若是趕他們出去，能去哪兒歇息？可要凍死一幫子人了！大爺的金子，小人萬萬不敢收，要不這樣，小人作東，招待您和您的英雄主子，您說好不好？」

大漢再拿出一塊沉甸甸的金子，喝道：「這個讓他們分去！我家主上圖的是清靜！」語氣冷冽，已沒有半分商量餘地。

那掌櫃一臉苦愁：「客官您行行好，就讓個地方給大家安生，你們是大英雄，想必不會與咱們這些小人物計較。」

那引路道士已不耐煩，戟指大罵：「小兒不知死活，師弟們，一起上，給他一個教訓！」眾道士才跨出一步，「啪！」一道烏光閃動，大漢已先發制人，手中長鞭橫甩一圈，快得令人看不清，幾個衝在前面的道士胸口盡被鞭梢點中，同時翻倒在地，一動也不動。

褚寒依原本想出手阻止，馮道見這大漢出手剛猛沉穩，鞭梢極有分寸，按住她手臂搖搖頭，意思是「他沒殺人」，兩人便只悄悄看著外方動靜。

其餘道士以拂塵指著大漢，喝罵：「你快快磕頭認錯，否則等大仙施法，你必定死無葬身之地，再求饒已來不及！」口中雖罵得凶狠，腳下卻漸漸往後退。

其他客人見這大漢厲害，紛紛躲到一旁，叫道：「大仙！」期盼周玄豹能大展神功，趕跑壞人。

周玄豹依舊面帶微笑，緩緩嘆道：「無知小兒，沉淪苦海，以致性情暴戾，可憐啊可憐！今日本仙就大發慈悲，施展『洗魂仙法』洗去你的戾氣！」說話間，拂塵輕輕一甩，塵絲散發點點金綠色的星粉，宛如一條小金龍飛竄升天，十分美麗。

馮道但覺不對勁，怕客棧百姓受了傷害，衝口喊道：「快摀鼻！」話才說完，金龍爆閃，千百顆小流星相互撞擊出點點煙花，飄落下來，大漢聽馮道示警，連忙閉氣後退，同時長鞭一轉，將那星點掃了出去，眾道士都大聲歡呼：「大仙法力無邊，一出手就打得小子連連退後、屁滾尿流！」忽然間「碰！」一聲，一名道士嘴巴張大歡呼，恰好吞入那蓬星粉，竟當場軟倒。

大漢冷笑道：「什麼神仙？原來是用毒粉害人，本事太低，反而害了自己人！」

周玄豹以仙人姿態遊走四方，盛名之下，多數人都很禮敬他，不會輕易找麻煩，而他有自知之明，也不會去招惹朱全忠、李克用甚至是李嗣源那樣的高手，頂多是遇上一些不長眼的普通武士，他以這毒招偷襲，常常是一擊必中，不必再使第二招，想不到這一回竟會被人識破，情急之下，也沒有預備其他招式，只得重施故技，拂塵再次掃去，塵絲散出點點金綠粉，這回大漢有了防備，更不把他的鬼伎看在眼底，長鞭靈動一轉，便將毒粉揮向一旁，再度倒下兩名道士。

周玄豹眼看徒弟一再被自己毒倒，羞惱至極，顧不得會傷及無辜，瘋狂揮動拂塵，連發毒氣，十數道小金龍滿天飛舞，眾人只嚇得東閃西躲，紛紛退避。大漢武功雖高，但長鞭被限制在窄小的空間裡，施展不開，毒粉卻可以隨意飄飛，只要沾到一點，就會軟倒，他見毒粉一蓬又一蓬地灑來，不敢小覷，喝道：「就讓你這法力無邊，領教我的『無法無鞭』！」手腕一抖，長鞭黑影爍爍，幻化不定，宛如爭相潮湧的蛇群。

周玄豹看得眼花瞭亂，不得不全力奮戰，拂塵揮動越快，徒子徒孫倒落越快，片刻之間，便倒了七、八人。周玄豹見情勢不對，連忙飛身而起，想要退走，豈料那鞭影一溜，宛如長蛇捲了上來，硬是纏上周玄豹的腳踝，將他從空中拖了下來。周玄豹急得拂塵往下一掃，灑去大把毒粉。大漢見狀不妙，連忙後退，手中長鞭隨之往後一扯，就像打陀螺抽回繩索般，周玄豹整個人被拖下地來，滴溜溜地轉了好幾圈，轉得他頭昏腦脹，白髮都飛得散亂，已不復優雅的神仙姿態，好容易站穩了，對方的長鞭已纏上他腰間。

周玄豹吃了一驚，一手奮力抓開長鞭，另一手仍甩動拂塵，頻頻灑去毒粉。大漢身子飄晃，在周玄豹身周團團飛走，一邊閃躲毒粉，一邊以長鞭在周玄豹身上轉繞，眨眼間，周玄豹連人帶雙臂被緊緊圈縛，再也無法揮出毒粉。

大漢得意笑道：「瞧你還怎麼做怪？」

周玄豹幾時受過這等羞辱，大喝道：「你這個無法無天的惡孽，竟敢綑綁神仙！你主人在哪裡？快叫他來拜見本大仙！」

大漢呸道：「憑你也想見我主上？」

周玄豹傲然道：「本大仙下了天令，你竟敢不遵？」

大漢笑道：「你說對了！我這『無法無鞭』就是無法無天，專治跳梁小丑，從今爾後，也治欺世神棍！」

周玄豹見大漢句句譏刺，氣得猛提內力想掙斷長鞭，那長鞭卻十分強韌，他用盡力氣，也不過微微撐開數分，絲毫沒有斷裂的跡象，周玄豹才稍稍鬆懈，那大漢健腕用力一拽，令鞭圈再度縮緊了。

眾客人看得目瞪口呆，眾道士從沒見過師父這麼狼狽，一時不知如何應對，引路道士靈機一動，大聲地敲鑼打鼓，呼喝道：「師父仙法一出，驚動四海、震撼五嶽！」

其他道士立刻反應過來，也敲鑼打鼓，呼喝起來。所謂意念就是力量，周玄豹原本快要氣餒，聽到這頌讚之詞，頓時又有力氣撐開鞭圈幾分，兩人就這麼一撐一緊、一鬆一縮，來回較勁。

幞頭書生見周玄豹始終脫不了身，忍不住哼道：「什麼活神仙！原來是招搖撞騙的神棍！」

其他人見大漢穿著普通，以為他是尋常人，聽幞頭書生這麼一說，也開始懷疑：「大仙為何連一個普通漢子也對付不了？」只有馮道才看出這大漢是頂尖高手，其鞭法精妙並不下於成衲，他的武功足以成為一方霸主。

漸漸地，周玄豹被箍得滿臉通紅，腰骨幾欲折斷，眾道士越看越害怕，忍不住喊道：「師父，你老人家法力無邊，先頂著點，咱們是凡人肉胎，武功不濟，先退了……」

周玄豹見眾人以異樣眼光盯著自己，眾徒弟又想撤腿開溜，心想：「今日若不使出絕招，我多年苦心經營的大仙名號，可要毀於一旦了……」飽提一口氣，喝道：「大膽妖魔！竟召來千萬小鬼縛住本仙手腳！今日非跟你們大戰千百回合不可……」

「什麼千萬小鬼？」眾人聞言，大吃一驚，面面相覷：「難道這客棧聚集了千萬小鬼……」一想到群鬼亂舞的恐怖景象，不由得毛骨悚然。

引路道士十分機靈，知道大仙若是垮台，自己這幫徒子徒孫也不能吃香喝辣了，立刻附和喊道：「你們這幫小鬼，一、二、三、四……十三、二十四……竟有上百隻！數都數不盡啊！師弟們，咱們道法雖低微，也該盡一分心力！」說著揮去拂塵，擺足了姿態，其他道士不知是真是假，只好跟著甩出拂塵，遙指大漢罵道：「你這地獄魔王，竟敢來人間作亂，大仙法力無邊，彈指間，就把你這妖魔打得落花流水！」

這下連馮道都看傻了：「這大仙的本事，馮小仙也自嘆弗如！只怕杜戲子也要甘拜下風！」他說的是周玄豹吹噓作戲的本事，褚寒依卻以為是捉妖的本事，不禁害怕起來，緊緊抓了馮道手臂，低聲道：「外邊真有妖鬼嚒？」

馮道哈哈一笑：「沒有千百妖鬼，只有一隻老吹牛鬼帶了一幫小吹牛鬼！」

「真有鬼？」褚寒依越想越怕，忍不住挪了身子微微貼近，馮道樂得一把將她攬在懷裡，安慰道：「別怕！別怕！馮小仙雖不能力拼千萬妖鬼，但要保護妹妹一人，絕對沒有問題！」

周玄豹已拼得老臉通紅，見徒子徒孫幫腔，又喝道：「本仙今日為拯救蒼生，就算捨了仙身，魂歸極樂，也絕不讓你們這幫妖魔為禍人間……」

大漢萬萬想不到這老道士拼輸武功，會上演這麼一齣除妖殉身戲，險些笑岔了氣，但兩人正比拼內力，只得強行忍住，這一彆笑，手勁便鬆了幾分，周玄豹趁這一剎那，大喝一聲：「妖魔退去！」說到「去」字，口唇微撮，竟無聲無息地吐出一細絲暗器。

馮道見周玄豹花招不斷，怕他傷及無辜，早已功聚雙耳，陡然聽到暗器破風的聲音，衝口喊道：「小心！」

大漢聽到這聲示警，那細針絲已逼到面前，他不得不撤鞭倒退、仰身躲過。周玄豹好容易脫了身，連忙向後一掠，落在兩丈之外，喊道：「大家別怕！千萬妖鬼已退回地獄，今日天庭急召，本仙先回去了，下次有緣，再為凡間除妖……」喊話間，人影已然飄遠，顧不上一幫徒子徒孫了。

「師父！師父！您等等我們……帶我們上天啊……」頃刻間，鑼鼓叮咚，亂成一團，眾道士連滾帶爬地逃出門外，掉了滿地樂器、拂塵，也不管了。其餘客人見大仙和道士都走了，又想到這客棧充滿妖鬼，只嚇得一轟而散，飛也似地奪門而出。

整間客棧一下子變得空蕩蕩，只剩老掌櫃一人縮在櫃臺下，臉色蒼白、心裡苦愁：「原本指望大仙加持福氣，他這一喊，妖鬼的風聲若傳了出去，我這小店還怎麼經營？肯定要關門了！我的銀兩白白浪費了……」他愁得兩腿發軟，連起身的力氣也沒有，卻聽那大漢呼喝：「老掌櫃，這亂七八糟的，怎麼迎接貴客？還不快清理了！」

老掌櫃回過神來，扶著桌案站起，見地上橫七豎八躺著一堆人，顫聲道：「他……他們……是活人……還是……」

大漢不耐煩道：「死不了！」

「是！是！」掌櫃這才稍稍放心，趕緊呼喚躲在後堂的夥計們：「你們別偷懶了，快出來幹活！將這些貴客都抬到柴房去，再吩咐廚房整治出上好的酒菜！」

眾夥計戰戰兢兢地出來，見大漢大剌剌地坐著，都不敢吭聲，只俐落地幹活，不一會兒，便整理得乾乾淨淨。

「這才清靜了。」大漢點點頭，表示滿意，又對掌櫃道：「待會兒留下一名伶俐的夥計侍候，其餘人全滾回廚房裡，沒事不准出來。」

掌櫃小心翼翼問道：「敢問將軍和英雄大名？小人好牢記在心。」

大漢道：「我家主人是劉億劉大將軍！」掌櫃連聲稱是，便進去準備酒菜。

「劉億？」馮道心想：「這大漢的武功很高明，只比嗣源大哥差了一點，卻在劉億手下當親衛，這劉億肯定不簡單。」但他從未聽過劉億名號，低聲詢問褚寒依，褚寒依搖了搖頭，也在苦苦思索，兩人心中都十分好奇。

夥計們才整理好桌椅，端上酒菜，門外又傳來一陣馬蹄聲，大漢連忙起身到門口接迎，馮道好奇地向窗外探看，只見一隊灰衣武士簇擁著一輛華貴馬車而來，馮道見他們行止整齊，明明是訓練有素的軍兵，身上卻穿著尋常武服，也沒有軍隊旗號，心中越發好奇：「他們刻意隱瞞身分，有什麼目的？車中的劉億究竟是什麼人？」

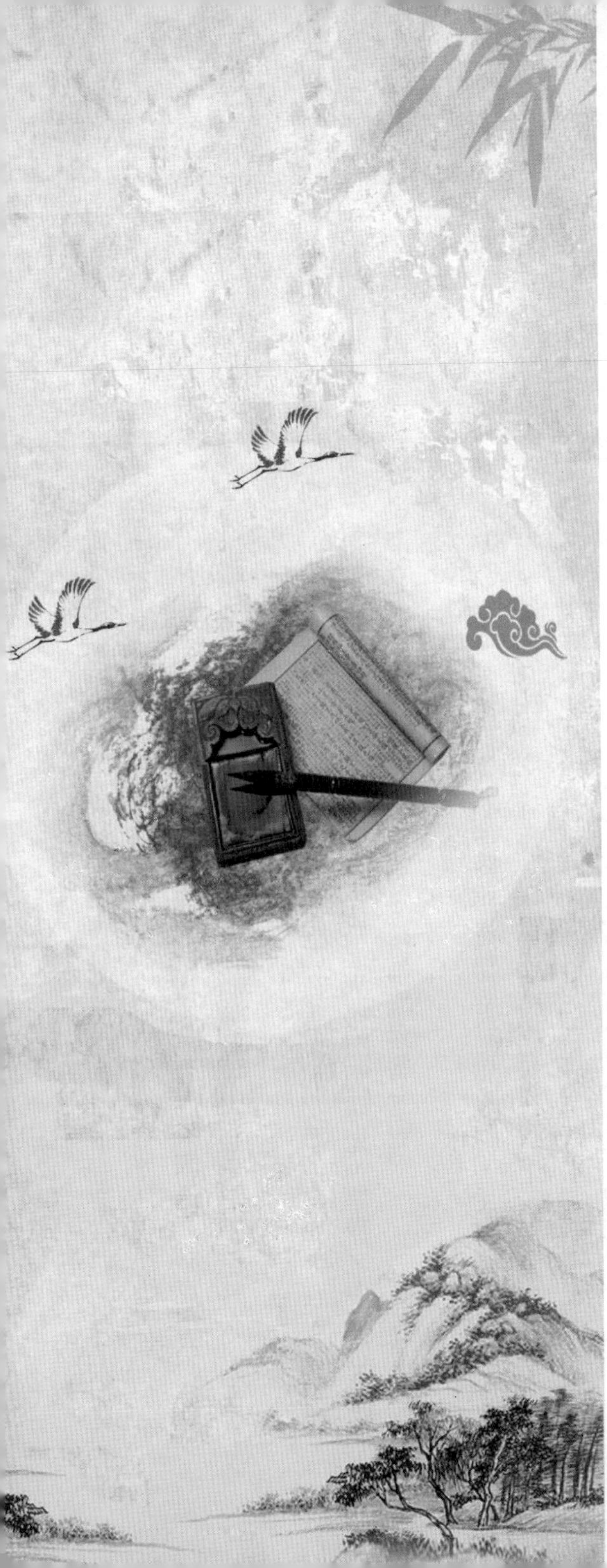

九〇三・四

開府當朝傑・論兵邁古風

屋外風雨稍停、霧氣迷濛，一輛華貴馬車緩緩來到客棧外，車裡走下一家三口，男子約莫三十出頭，身形魁梧挺拔，足有九尺高，一身烏黑貂皮大衣，襯得他雍容尊貴、氣度不凡。

馮道只在朱全忠、李克用身上見過這等氣勢，不同的是朱全忠沉雄霸道、李克用張狂急躁，此人卻有如一座萬年不動的大山，壓得渺小凡人不敢仰首窺視，馮道搜尋記憶許久，怎麼也想不起天下有一位劉億，如此英雄氣概！

如果說劉億讓人敬畏，那麼他身邊的夫人就令馮道更加在意，那女子年約二十五，容顏妖麗、雲眉飛揚，一襲錦緞貂皮包裹著窈窕身段，髮上、衣上滿綴閃閃珠光，華貴之中卻透著馳騁沙場的英野豪氣，最特別的是，她一雙美眸殺光如刃，彷彿能穿透一切。

馮道不由得暗暗讚嘆：「好一對傲世璧人！」

世間夫妻往往一強一弱、一主一副，但他們卻像並肩翱翔天際的雙鷹，又像草原盡情奔跑的雄獅雌虎，兩人都光采奪目，卻能互相輝映，就好像這世間再沒有人配得上他們了。

女子手中還牽著一個五歲小男童，也是一身華貴，樣貌晶瑩可愛、行止斯斯文文，骨溜溜的大眼不停轉動，似乎對周遭一切都感到新奇有趣，一點也沒有繼承父母的驕雄霸氣。

掌櫃見來了貴客，把方才趕人的愁悵拋到九霄雲外，迅速換了一張笑臉迎到門口：「劉將軍光駕，小店蓬華生輝，這邊請。」

大漢瞪了掌櫃一眼，掌櫃行禮之後，連忙領著一幫夥計躲入後堂，走到一半，瞥見馮道二人還在，喉頭不禁咕嚕一聲，心想：「怎還有人？」一時不知該不該出聲趕人。

那大漢見掌櫃腳步停頓，正想斥責，劉億卻道：「洪隱，別惹事了。」

大漢這才揮揮手，教掌櫃快走。掌櫃和夥計們如獲大赦，飛也似地走了，已顧不上馮道二人的死活。

洪隱望了廂房一眼，道：「要不要屬下……」

劉億微然搖頭：「罷了！兩個小鬼，由他們去吧！」三人便坐了下來，夥計快速送上飯菜、快速退避，半點聲音也不敢發出。

劉夫人酒量不小，喝了一碗又是一碗，一派酒國英雌的作風；洪隱在旁斟酒相陪，喝得豪爽痛快；小童自己吃喝，十分安靜乖巧；劉億吃食極少，沉默無言，只眼望窗外，品賞著遠方的煙雨江山。

「朱全忠雄據洛陽，已經準備奪取帝位，這形勢果然和那傳說一模一樣。」靜默許久，劉億終於出聲。

劉夫人與洪隱對那傳說十分熟悉，互望一眼，劉夫人放下酒碗，道：「你對洛陽真是片刻也放不下。」

劉億喝了口酒，緩緩道：「我比劉邦更會打仗，憑什麼他能進洛陽，我卻不能？」沉雄的語氣中透著不是張狂，而是一股比山嶽更堅定的意志。

劉夫人英眉一挑，道：「你既然志取洛陽，為何遲遲不行動？難道是我們的武士還不夠勇猛？」

洪隱拿起酒碗，大乾一口，道：「只要主上一聲令下，我們誓死追隨！」

劉億卻道：「現在還不行。」

劉夫人道：「如今外患都已歸服，我們的武士也已準備好，為何還不行？」

劉億並不回答，反而問道：「你們說說，楚漢相爭時，項羽最是勇猛，天下為何落入劉邦之手？」

劉夫人道：「我聽說劉邦有漢初三傑相助，才能一統天下，這三大功臣其一是指揮百萬大軍，戰必勝、攻必克的韓信，其二是運籌帷幄之中、決勝千里之外的張良；最後一位是坐鎮關中、安治後方的蕭何。」

劉僖道：「妳以為這三人誰最是難得？」

劉夫人道：「想是點兵百萬、多多益善的韓信了！」

劉僖搖搖頭，洪隱道：「莫非是神機妙算的張良？」

不待劉僖回答，馮道忍不住脫口出聲：「是漢卿之首，有『開國第一侯』之稱的蕭何！」

劉僖回過頭來向竹簾後的馮道微微一笑：「不錯！一個蕭何勝過千軍萬馬！」

馮道從竹簾縫隙瞧見他濃眉大眼、精光射人，不怒自威，一時竟有些膽怯，想說句客氣話卻擠不出來，只好咧嘴一笑。

劉夫人對馮道所言頗不以為然，回首過來，冷哼一聲，但礙於劉僖面子，沒有出聲辯駁。

馮道與她妖艷的目光一相對，心口彷彿被毒針倏然刺入，忍不住打個激靈，他不禁暗罵自己：「小馮子，你真沒用，連母老虎也怕！」他試圖自我解嘲，以化解內心不安，但那戰慄感竟久久不散，他望了褚寒依一眼，見褚寒依瞪大美眸望著劉僖夫婦，眼中充滿欣羨好奇，並沒什麼異樣，馮道不禁暗暗納罕：「難道只有我覺得她是大母老虎？是和則天女皇一樣厲害的母老虎？」

劉僖又道：「中原動蕩，豪強掌權，文人賢士怕被殺害，多隱於僧廬山野，不敢出仕，」他一指窗外那片美好卻殘破的山河，讚嘆道：「這片大地處處賢才，臥虎藏龍啊！可惜這幫強盜霸主卻不知倚重，真是暴殄天物，只要我能求得一良士，必能進取洛陽。」

馮道聽他一番慷慨陳詞，心中熱血湧動：「此人雖狂妄，但天下間敢挺身對抗朱全忠者，已無幾人，連海龍王都不行。」忍不住感慨道：「當今北方盡入梁王囊中，文臣武將無不卑躬屈膝、爭相投誠，敢立志征伐者，唯將軍與晉王矣！」

劉僖笑道：「朱全忠有何可懼？難道比得上劉邦、韓信？我聽說朱全忠能橫掃北方，是因為有三位厲害謀士相輔，所以我到這兒來，想尋訪人才，將他們都網羅到我帳下！倘若他們能為我所用，我必能攻滅朱全忠。」

馮道大拇指一豎，讚道：「好漢子！兄台如此襟懷，真是傲世宇內群雄！」

「傲世宇內群雄？」劉僖哈哈大笑：「小兄弟，你很有眼光，過來喝一杯如何？」也不等馮道回答，已命夥計取來杯筷，斟了酒碗，又加了好幾罈烈酒。

馮道經歷了鳳翔的傷痛、王師範的敗降，不得不承認一件事，朝廷情勢已十分悲觀，自己若再以皇帝特使身分四處遊走，說服藩鎮，只是白費心力。

眼下還能對抗朱全忠者，只餘李克用了，幸好張承業苦苦維繫住他和聖上的關係，但一道「除宦令」就讓李克用陷入了兩難：殺張承業，與皇上關係斷裂；不殺，則違抗皇命，最諷刺的是這道命令還是皇帝自己下的！

能想出這麼高明計謀的人，必定是張惠，她甫一甦醒，立刻又佔了上風，馮道不禁懷疑自己救活她，究竟是對是錯？不救，鳳翔百姓塗炭；救，朱全忠步步邁向皇位！

馮道心知時間不多了，張惠甦醒後，就算暫時壓住朱全忠稱帝的欲望，也不過一、兩年時間而已，自己手上無兵無權，想要成事，就必需尋訪一位明主，輔佐對方壯大力量，並說服他效忠皇上、對付朱全忠，就像張承業影響李克用一樣。

馮道見劉億豪氣干雲，不禁燃起希望：「此人武功高強、胸懷壯志，欲求賢才對抗朱全忠，或許有幾分機會。」便帶著褚寒依坐了過去，拱手道：「多謝將軍邀請。」

劉億飲酒如水，一連喝了三大碗，馮道為怕失禮，一開始還跟著，見洪隱斟酒不停，不由得暗暗咋舌：「我這麼跟下去，要醉成一隻大牯牛啦！」只好道：「晚生酒力不勝，實在不能陪著暢飲。」

劉億不像李克用那般強人所難，微笑道：「我們盡興，你隨意吧！」

大唐原本就是胡漢混融，北方藩鎮有很多外族傭兵，尤其李克用的部隊除了沙陀主力外，漢軍和外族兵各佔一半，馮道見他們雖是漢服裝扮，但五官深刻、氣質豪邁，猜想也是沙陀人，一邊淺嘗美酒，一邊問道：「將軍來到河東，可是想投奔晉王？」

劉億微笑道：「那要看李克用有沒有本事折服我！」

馮道拱手道：「將軍有鴻鵠之志，晚生想傾心結交。」

劉夫人、洪隱聽了這話，但覺馮道十分無禮，臉色一沉，幾乎出言斥責，劉億卻使了眼色讓他們噤聲，問道：「我有鴻鵠之志，小兄弟又有什麼可結交？」

馮道沾了酒水在桌上寫一個字：「才」。

「才！」小童忽然大聲唸出，指著桌上的字，興沖沖插口道：「耶耶，我認得這個字！夫子教的書，我都認真讀了！」

「好倍兒！」劉億摸了摸孩子的頭以示讚賞，滿身威嚴一瞬間化為滿滿慈愛，劉夫人為孩子夾了一塊牛肉，道：「好孩子，娘娘賞你一塊好吃的，吃飽了長肉，才有力氣練弓馬！」

「謝謝娘娘。」劉倍笑嘻嘻地吃著牛肉，還不時看看父母，兩夫婦也報以微笑，十分疼愛這個孩子。

馮道笑吟吟地望了褚寒依一眼，意思是：「以後咱倆也生這麼可愛的孩子！」褚寒依橫了他一眼，雙頰卻飛上一抹紅暈，低下頭去，羞得有如白玉染胭脂，惹得馮道心神蕩漾。

劉億回過頭來問馮道：「小兄弟想憑才能結交？」

馮道趕緊斂了心思，一本正經繼續道：「如今各方勢力都競延名士，以增實力，朱全忠能有今日這番局面，除了自身武功絕頂，他更是取才、用才的高手！倘若將軍想進攻洛陽，非廣召賢達不可。」

劉億頷首道：「小兄弟所言，正與我心中想法一致，但不知你年紀輕輕，卻是哪一種才能？」

馮道昂首朗聲道：「蕭何之才！」

劉夫人哼道：「你年紀輕輕，竟敢自比蕭何？」

馮道笑道：「因為將軍想尋訪蕭何，晚生只好厚著臉皮自比蕭何了。」

「哦？」劉將軍但覺這青年有些意思，問道：「你怎知我想尋訪蕭何，而不是張良或韓信？」

馮道微笑道：「我瞧將軍目光遠大、武藝高強，有漢高祖之志、韓信之勇，相信在戰場上，也有張良運籌之謀，唯獨欠缺蕭何安定圓融的氣質，因此猜想將軍想要找的人才是蕭何。」

劉億聽他三言兩語，便將自己與史書上的幾個大英雄齊肩相比，不由得哈哈大笑：「小兄弟，你很會說話。」

馮道見了劉億氣度不凡，心中早已折服，這番話雖有幾分吹捧，倒也不是曲意逢迎，劉夫人卻認定他是刻意攀附，冷聲道：「你說蕭何是三大功臣之首，何以見得？」

馮道極想爭取劉億重視，當下搬出滿腹學問，滔滔說道：「楚漢戰爭初期，劉邦根本不是項羽的對手，好幾次都是全軍覆沒，只剩他一人狼狽逃亡。

當時蕭何坐鎮關中，不只為劉邦訪人才、拜大將、撫百姓，安流亡，最重要的是他每次都能及時徵召數萬兵卒、糧餉，轉漕至前線，填補漢軍損失，使劉邦能東山再起，倘若蕭何有一次無法完成使命，或是起了異心，劉邦必死無疑。

反之，楚漢連年爭戰，項羽後方補給不足，漸漸陷入兵盡糧絕的困境，雙方形勢從此逆轉，一代驕雄終於被逼得兵敗垓下，自刎烏江。

世人都說是項羽驕兵自大，才造成滅亡，但其中若沒有蕭何的及時供應，韓信哪有百萬大軍可以統率？張良再有奇計，也施展不開，劉邦更是早早回家種田了，大漢又如何創立？此乃蕭何的建國之功！」

劉億目光射出激賞之色，讚許道：「說得好！」

馮道受了鼓舞，更賣力說道：「漢軍剛攻入秦宮時，所有人都忙著搶財寶，只有蕭何忙著搶典籍，將地形、法令、戶籍都分門別類地收編起來，使劉邦快速掌握關塞險要、戶口多寡、風俗民情等形勢，不只有助於當時的作戰方略，更憑著秦六法的基礎制定《九章律》，立宗廟、輔農桑、修宮城，使天下快速安定，這便是蕭何的治國之功！」

馮道說到意氣飛揚處，彷彿看見一片漢唐榮景重現眼前，不自禁地喝了一大口酒，朗聲道：「最後是傳國之功！」

「哦？」劉僖興致更高了，道：「你說來聽聽。」

馮道說道：「劉邦老病、去世之際，諸王再度蠢動，蕭何為了宣揚皇帝聖名，不惜污穢自己的名聲，又為劉邦殺異王、扶新帝，大漢百年基業才得以傳承下去！」

劉僖精光閃爍，心中若有所思，笑問：「小兄弟，你很傾慕蕭何？」

馮道昂然道：「蕭何得遇明主，一展抱負，立下建國、治國、傳國這三大功業，三者皆是萬世之功，絕非一時戰功可比，若為宰相，吾願為蕭相，則此生無憾矣！」

劉僖大笑：「從前我只知蕭何博覽群書，能制定律令、治理國家，今日聽小兄弟一席話，才知宰相能建國、治國、傳國，人家說中原臥虎藏龍，果然不錯，一個小兄弟都能胸懷丘壑，侃侃而談，真令我大開眼界！」頓了頓道：「但我要考你一個問題。」

馮道說道：「將軍請說。」

劉僖道：「蕭何能及時徵發足夠的兵餉，是因為關中富庶，但今日天下豐饒之地，多歸入朱全忠旗下，倘若我的領地荒涼，又如何補足軍需？」

馮道想了想，道：「晚生未看過將軍的領地，不知實際情況，或許可先建立一座中心城，大力發展農業鹽鐵等物產，等萬事俱備，再大舉進攻，必能教朱全忠嚇破膽！」

劉僖斟酒於碗，一口乾了，說道：「小兄弟說得好痛快！我原先見你年紀輕輕、身子薄弱，實在瞧不起，但聽你一番宏論，已是讚嘆，再見你不顧殺身之禍，直指朱全忠，更是佩服。」頓了頓，問道：「你前來河東，是想投靠李克用嚒？」

馮道一怔，心想：「李存勖未必容得下我。」

劉僮目光十分精利，見他怔忡未答，便知事有蹊蹺，道：「天下人都不懂你，你又何必屈就那幫莽夫？來我麾下吧！」

馮道正待回答，遠方忽傳來一陣嘯聲，劉僮放下酒碗，道：「我有朋友來了！需離開一會兒，三日之後，我想與小兄弟再暢談天下大勢，你務必留在這客棧等我。」

馮道喜道：「真是巧了！晚生也有些事要辦，三日後必重回此地，恭候將軍大駕。」

「好！一言為定！」劉僮拍了拍馮道的肩膀，便起身走出門外，劉夫人抱著劉倍相隨，三人登上馬車，洪隱指揮門外一群僕衛簇擁著座駕離去。

待這幫人走遠了，褚寒依心中生疑：「這劉將軍好大的氣派，不知是何方人物？」

馮道笑道：「不是大人物，又怎敢挑戰李克用和朱全忠？」

兩人相視一笑，心中有了默契，便起身向外快步跟去，想暗中查看對方是何來歷，但劉僮一行人去得好快，轉眼間已消失無蹤。馮道俯身查看地面車痕，打算追蹤而去，遠方卻傳來一陣馬蹄聲，卻是洪隱去而復返，一見到馮道，立刻跳下馬來，抱胸行禮，又呈上手中寶盒，恭謹道：「這是主人的薄禮，還請小兄弟收下，三日後務必再聚。」

馮道見寶盒裡金光閃閃，橫十直三共排列三十錠小金元寶，心中驚詫：「是我向劉僮求事，他竟以重金籠絡，這將軍也太豪氣了！」他生性清儉，就連衣袍破了，也捨不得丟，哪裡用得著這許多財寶？當初李嗣源贈了些金葉子，他大多是沿路救濟窮苦百姓，自己只留一片急用，忽收到這份大禮，一時不知如何處置。

洪隱見馮道猶疑，以為他嫌禮金太少，道：「將軍十分賞識小兄弟，再三囑咐這只是前禮，將來你若盡心輔佐將軍，立下大功，必會飛黃騰達，有享不盡的榮華。」

馮道轉念想道：「我不如拿這筆財寶廣招高手，前去解救聖上。」便不再推拒，拱手道：「晚生未立寸功，對劉將軍盛情實是受之有愧、卻之不恭，該收多少，還請洪大哥為我拿個主意。」這意思是讓洪隱先拿金元寶，剩下的才留給自己。

洪隱聽他話中已當做自己小弟，十分歡喜，笑道：「將軍賞的，就全數收了！不收，將軍要不高興的。」

馮道見洪隱不從中取利，更增好感，道：「洪大哥是光明磊落的英雄，能讓英雄死心塌地追隨的，肯定也是了不起的大人物，晚生有幸為劉將軍效力，乃是前世修來的福份，必會盡心盡力，日後共事，還盼洪大哥多多提點了！」

洪隱輕易完成主子交代的任務，又見馮道謙虛有禮，歡喜道：「有你幫助，咱們進攻洛陽，是指日可待了。」

馮道趁機又問：「方才將軍說想攻破洛陽，除了是搗破朱全忠巢穴之外，還與一件傳說有關，敢問洪大哥，那是什麼傳說？」

洪隱微笑道：「那是我們部族代代相傳的故事，傳說上古堯帝的裔孫劉累曾在洛州緱氏縣豢養真龍，那地方因此聚集了真龍之氣，也就是後來的洛陽。人們因此傳說劉氏子孫誰能進佔洛陽，便能成為中原之主！劉累其中一支族孫遷移至北方，成了契丹耶律氏，其他族孫則留在中原。中原的子孫傳承幾代，果然實現了預言，那人就是漢高祖劉邦，大漢初立時，他即是定都洛陽。」

馮道確認道：「所以將軍與漢高祖是同一族宗？」

洪隱驕傲道：「不錯！正因為我們都是同一族宗，所以將軍心懷遠志，時刻以漢高祖為目標，想進軍洛陽，成就傳說！」

馮道見這幫人相貌深刻粗獷，原本還擔心他們是外邦蠻族，意圖侵吞中原，自己莫要一時糊塗，投靠了賊人，如今聽到劉億是漢室族孫，吊著的心終於放下，微笑道：「原來將軍是劉累族孫，才一心牽掛洛陽，多謝洪大哥告知。」

洪隱打量他兩眼，道：「我也有一事要問小兄弟。」

馮道說道：「洪大哥請說。」

洪隱問道：「方才在客棧裡，是你兩次向我示警，說那假神仙會灑出毒粉？」當時客棧一團混亂，有人歡呼、哀嚎，有人敲鑼打鼓，他還要分心對付周玄豹，因此即使聽出有人示警，卻不知是誰，與馮道一番交談，認出似乎是他的聲音，但並不確定。

當時馮道是為了客棧無辜百姓才出聲，倒不是為了洪隱，尷尬一笑，道：「洪大哥神功蓋世，怎會擋不住一名假仙？是小弟多嘴了！」

「你救了我兩次，這個情，我記住了！」洪隱拍拍馮道的肩膀，微笑道：「小兄弟，我先行一步，早日相聚了！」便轉身上馬離去。

馮道彷彿在黑暗中看見一絲光明，心情甚好，又見風雨已停，便攜著褚寒依緩緩散步，褚寒依好奇問道：「剛剛在客棧裡，你怎麼知道周玄豹施毒，還事先提醒洪隱？」

馮道說道：「周玄豹為大家加持福氣，灑出銀龍粉，客棧裡的人又哭又笑，我便懷疑那是一種令人精神亢奮的迷香。後來他打不過洪大哥，又甩動拂塵灑出金綠色粉末，與先前的銀龍粉並不相同，我猜想他要對付敵人，會使用毒粉，所以才出聲提醒大家小心！」

褚寒依不解道：「可他一支拂塵怎能灑出兩種粉末？」

馮道解釋道：「每回他要灑出粉末時，拂塵便會發出『喀』一聲，我聽了幾次，便聽出那支拂塵做了機關，裡面有幾個暗格存放不同的粉末，只要按了握柄的按鈕，塵絲便會灑出他要的粉末，不同的粉末可以讓他施展不同的仙法。」

「原來如此！」褚寒依聽著有趣，笑道：「你的聽力可比周玄豹的仙法更稀奇了！」

兩人不知不覺走到人煙稀少處，馮道見前方有一座高坡，是賞月觀星的好地方，道：「咱們上去瞧瞧，說不定可俯瞰整座晉陽城，我也順便觀察天候，看明日能不能進城。」

兩人登上坡頂，並肩而坐，馮道指著下方萬盞燈火，道：「妳瞧那晉陽城，城牆堅立、守衛森嚴，就連夜裡也不熄燈，但願它真能抵擋住朱全忠的戰火！」

褚寒依問道：「你真要投靠那個劉億？」

馮道欣喜道：「我瞧劉億英雄磊落，身邊的人都佩服他，他又十分禮遇我，或許真有機會可以對抗朱全忠。」

褚寒依一抿朱唇，道：「我覺得他不大可靠，眼下除了李克用和吳王之外，再沒人能對抗朱全忠，你既然決意投靠一位明主，為何不選擇吳王？」

她曾為了馮道違反徐知誥的命令，原本要受罰，卻因為探出馮道計誘張惠的消息，非但將功補過，煙雨樓主還大讚她選了好夫婿，只要馮道一投入煙雨樓，就讓兩人成親，這讓徐知誥悶到極點，偏偏一趟玄幻島之行，情敵狹路相逢，徐知誥屢屢出擊，馮道總能化險為夷，最後還得到七彩神仙草。

當時褚寒依聽到馮行襲擊滅中使船的消息，以為馮道已死，雖萬般心碎，仍苦守在鳳翔城，期盼奇蹟出現，直到楊行密從玄幻島回來，非但帶回馮道存活的消息，還對他讚譽有加，更示意煙雨樓主務必將此人納入帳下。

褚寒依得到命令後，歡喜無已，她原本打算處理完鳳翔危機，便說服馮道前往南方，不料張承業遭遇「除宦令」，半路更殺出劉億，她暗自懊惱忐忑，想趕在劉億回來前，說服馮道改變心意：「朱全忠和李茂貞都在找你，我們只有避往南方才安全。」

馮道微笑道：「我在玄幻島不只遇上楊行密、南方盟，還遇上妳那位軍使朋友！」

「軍使朋友？」褚寒依微微一愣，道：「你是說少……徐知誥？」

馮道點點頭，褚寒依臉上閃過一抹紅暈，避開他目光，低聲問道：「那又如何？」

「沒怎麼！」馮道雙臂大展，伸了一個懶腰，把雙臂交叉枕在自己腦後，回過頭來調皮一笑：「我決定不把妳讓給他了！」

「讓？」褚寒依一愣，隨即伸手擰住他耳朵，嬌斥道：「誰准你把我讓出去啦？」

馮道抖然被擰了耳朵，驚呼：「唉喲！」卻發覺其實不怎麼疼痛，不由得暗暗高興：「妹妹愛惜我，下手不知不覺地輕了，她愛修理人，我可得好好配合，讓她歡喜！」仍是唉唉叫道：「女俠饒命！」

褚寒依也不理會，氣呼呼道：「小馮子，你聽清楚了！是本姑奶奶准你在一起，不是你作主的！我要和誰在一起，自有主張，你要讓也讓不得！」

馮道好言道：「是！是！小馮子知錯啦！感謝姑奶奶大恩大德地收留。」

褚寒依哼道：「你知錯便好！」手上勁力登時鬆了，只輕輕撫摸他被擰紅的耳朵，見馮道笑吟吟地盯著自己，不禁俏臉一紅，嬌嗔道：「你盯著我做什麼？」

馮道笑道：「傻姑娘……」

「傻？」褚寒依滿心等著甜言蜜語，想不到竟等到一個「傻」字，不由得怒火生起，手上猛力一扭：「你說誰傻了？」

馮道痛得直呼：「唉喲！女俠饒命！小姑奶奶饒命！小馮子有話稟告……容小人上稟……」

褚寒依瞧他情狀可憐，忍不住噗哧一笑，隨即強抿笑意，板了俏臉道：「你有什麼苦情，快快說來，姑奶奶可以為你申冤雪仇！」

馮道心中嘀咕：「我的冤情還不是妳安的？妳扮大老爺倒是扮得挺高興！」仍一本正經道：「啟稟姑奶奶，像妳這麼美的姑娘，本該金釵銀履、錦衣玉食，卻跟著一個窮小子顛沛流離、受人追殺，不是傻，又是什麼？」

褚寒依雖仍板著臉，唇角不自禁流露一抹微笑，自信道：「本姑奶奶天生麗質，什麼金釵銀履，一點也用不著！你這壞小子，還有什麼話要申辯？」

馮道說道：「妳不知窮小子生死，卻苦苦守候在鳳翔城邊，是不是傻姑娘？」

褚寒依想到當日煎熬辛酸，忍不住眼眶兒一紅，輕咬朱唇，哼道：「那又如何？」

「我在玄幻島上遇見徐知誥，我瞧他很聰明，只比小馮公子差了一點點，」馮道雙臂大展，比劃了一個最大距離，道：「就差那麼一點點，將來前途仍是不可限量。」

褚寒依哼道：「既然比你差了一點點，那就不好了！大大地不好！配不上本姑奶奶！」又使勁捏住他耳朵，馮道求饒道：「別擰！別擰！我錯了！那日我回到鳳翔，見妳等著我，我便知道錯了！」

褚寒依喜道：「知錯就好！從今以後，你推也推不掉、逃也逃不了，這一生一世、天涯海角都得伺候本姑奶奶，而且只能伺候我一人！」

馮道苦笑道：「我又不傻，何必伺候那麼多人？」

褚寒依認真道：「我瞧他們一旦當了官、發了財，都是妻妾成群的，你說不喜歡其他女子，我可不信。」

馮道苦著臉道：「孔夫子說：『唯小人與女子難養也』，兩個女子就是兩頭小母虎，我有妳一隻還不夠嚒？還養一窩？」

褚寒依忍不住噗哧一笑，但想：「日後他若是知道我曾洩露張惠的消息，害了鳳翔百姓，說不定會恨我……」心中頓覺不安，擰住他耳朵，道：「要是我做錯事呢，你也絕不變心？不離開我？」

馮道苦著臉道：「我的好妹妹，妳打我罵我，我都捨不得還手，又怎會離開妳？倘若妳真行差踏錯，我只會好言相哄，哄到妳回心轉意為止。」

褚寒依想了想，還是覺得不妥，指尖挾了銀針作勢一劃，狠狠道：「將來你若負我，我便刺你十七、八個窟窿！你對著天上明月許一個毒誓來！」

馮道二話不說，舉手認真道：「天上月娘作證，倘若我背棄寒依妹妹，便罰我變成一張狗皮膏藥！」

「狗皮膏藥？」褚寒依愕然道：「這是什麼古怪誓言？」

馮道說道：「就算姑奶奶要趕我走，我也一定像狗皮藥膏般黏著不走、甩脫不掉！」

褚寒依轉念一想，才知他拐了彎罵自己，嬌嗔道：「好哇！你罵我是大膿瘡！」生氣地要捶打他，馮道早已一跳而起，笑嘻嘻地跑了，遠遠喊道：「放心吧！妳一定會是我老婆，誰也搶不走！」

褚寒依追在後頭，罵道：「你這個沒心沒肺的壞小子！」兩人一陣追逐，打打鬧鬧，越跑越往山林深處，猛然間，馮道一個停步，驚道：「妳罵我沒心沒肺，前面可有一片心肺了……」

褚寒依險些撞上他的後背，嬌呼道：「唉喲！你胡說什麼？」見前方寒霧森森、雨粉颯颯，幾乎伸手不見五指，隱約可見樹梢垂掛著大大小小的東西隨風晃動，忽然明白馮道剛才說的話，驚顫道：「你說……那是什麼？」

「去瞧瞧！」馮道好奇心起，攜著褚寒依趕步過去，到了近處，只見前方一片參天大樹，竟以皮繩懸掛著馴鹿、犴等各式獸頭，樹梢間還垂掛著喉、舌、心、肺、腎、四肢和尾巴等臟器，這些野獸像被什麼凶猛怪物給撕得四分五裂，懸掛在這裡示威，寒風一吹，大片血肉搖搖晃晃，十分噁心，褚寒依不由得驚呼出聲，躲到馮道身後。

馮道打亮火摺，道：「敢進去麼？」

褚寒依性子驕傲，就算害怕也不肯示弱，道：「你進去，我便進去！」一手緊握馮道的手，另隻手暗暗捏住寒江針。

兩人小心翼翼地往前走，只見左右兩邊大樹垂掛著破碎的野獸屍身，樹幹被削去大片樹皮，白色的樹幹上，用鮮血刻繪著一幅幅人臉妖像，有的微笑猙獰、有的揚眉瞪目、有的呲牙張口，嘴上盡塗抹著鮮血和肉脂，那一雙雙邪惡的眼，彷彿嘲笑他們將一步步走向地獄，淪為惡鬼的口中肉！

小徑越來越狹窄，不知盡頭會出現什麼景象，褚寒依心裡直發毛，低聲問道：「這究竟是什麼？」聲音輕得像怕驚醒樹林中的妖鬼。

馮道觀察了好一陣子，沉吟道：「難道是仙仁柱？」

褚寒依低呼：「你怎麼認識這鬼東西？你說這是神仙留下的柱子？我怎麼瞧，都不像神仙，比較像妖鬼！」

馮道說道：「不是神仙也不是妖鬼，是邪陣！」

褚寒依愕然道：「邪陣？」

馮道問道：「妳可聽過薩滿教？」

褚寒依從前居住南方，並不熟悉這個外族信仰，搖了搖頭。馮道一邊往前走，一邊低聲解釋：「薩滿教源自於上古時代的蚩尤部落，阪泉大戰之後，那些部族南遷為蠻、北遷為胡，所以南北兩邊的外族都有薩滿文化流傳，教中地位崇高的先知稱為『薩滿』，就是我們稱的『巫師』。教徒們相信薩滿先知有操縱天地萬靈的力量，每當他們要施法，就會在陣壇周圍佈下仙仁柱，召喚山中的樹靈、獸靈護衛祭壇。」

褚寒依沉吟道：「難道前方是一座祭壇？」

「照理說，應該有一座祭壇！」馮道續道：「薩滿也分好、壞，以靈力治病的好巫師，稱做『白薩滿』；以巫術害人的就是『黑薩滿』，傳說黑薩滿中有一支最神祕的支派稱作『月陰派』，能施展邪陣掌控整個皇朝的興衰！」

褚寒依但覺不可思議：「世上真有人能以邪術操控皇朝興衰？」

「據說百年前真有一位黑薩滿有這本事——」馮道說道：「她原本是日月道長之徒、袁天罡的師妹，卻投入突厥帳下，成了始畢可汗的國師，因此有機會深入薩滿教。她天生聰穎、武功高強，星相醫卜無一不精，自認為是天人，不只創立了月陰宮，更融合了黑薩滿靈力和道家奪舍之術，企圖行逆天之舉，以操縱千年歷史、世人命運。」

褚寒依驚奇道：「結果呢？」

馮道說道：「最終，她培養出一代女帝顛覆大唐！」

褚寒依愕然道：「你說的女帝可是武則天？」

馮道讚道：「妹妹真聰明，一猜就中！」

褚寒依心中最崇敬武則天，不以為然道：「女皇這麼聰明，怎可能是巫師的傀儡？你又從哪裡道聽塗說！」

馮道說道：「世間知道這段秘聞者，也不過五人，妹妹算是第六人！妳若不信，就當鄉野傳奇聽吧！」

褚寒依半信半疑道：「後來呢？」

馮道一邊觀察四方動靜，一邊道：「天機難測，事情並不完全如月陰宮主所想，武則天雖當上皇帝，卻掙脫出她的掌握，這一場女師與女帝之爭，以女師仙逝告終，她極力培養的殺手，大多被武則天收羅，成了酷吏殺手，就是來俊臣那一幫奸臣，最後更被女皇連根拔除了。」頓了頓又道：「但月陰宮仍有一些餘孽逃回北方，滲入薩滿教裡，號稱『月陰派』，他們根據月陰宮主留下的手札，創出許多陰毒手段，想借外族力量再興風作浪，其中最厲害的就是『五星陰人陣』！」

褚寒依從沒聽過這些秘辛，越聽越好奇，又問：「月陰派後來如何了？」

「滅亡了！」一陣陰冷的寒風吹來，滅了馮道手中的火摺，為這傳說憑添幾分玄迷。褚寒依心中一顫，緊了緊衣襟，追問道：「月陰派這麼厲害，怎會滅亡？」

馮道重新點亮火摺，昂首驕傲道：「這是我師父眾多偉大功績裡的小小一件罷了！」

褚寒依第一次聽見他提起師父，愕然道：「原來你有師父的？」

馮道得意道：「小馮公子博學多聞，自然有很多師父！孔子、孟子、老子、莊子、孫子、飛虹子……古往今來能稱得上『子』的，都算得上是我師父！就連巷口說書的老黃子，也是我師父！」

「你意思就是——」褚寒依學著他的口氣，道：「子曰：『三人行，必有我師焉』，是吧？」

馮道哈哈一笑：「妹妹好聰明！」談笑間，路已到了盡頭，果然出現一座祭壇！

這祭壇十分詭異，乃是以白骨在地面排列成一幅巨大的五星圖象，五星尖芒處各自堆了三顆血色骷髏，每堆骷髏頂上站著一個人，個個面目朝天，嘴巴微張，全身直挺挺不動，也不會摔跌下來，模樣甚是古怪。

五星中心處有一座大木架，架上疊了三層骷髏塔，每顆骷髏頭都鮮血淋漓，就像是剛剛從活人身上摘下，卻不見皮肉。最底層有九顆骷髏，中層四顆，最上層的那顆骷髏頭仰倒平放，月光正好照進骷髏頭的眼洞和空口，那詭異的姿態就好像它正在吸收月陰之氣。

陰風一陣陣拂來，細細雨霧又開始旋飛飄舞，將整座祭壇煙染得如迷似幻。

褚寒依但覺說不出的陰邪惡寒，見馮道呆呆望著前方，神色凝重，不似方才嘻笑，問道：「怎麼了？」

「以活人獻為祭子……」馮道喃喃說道：「難道這真是失傳已久的五星陰人陣？」

褚寒依低聲道：「你不是說月陰派已經滅亡了，怎還有五星陰人陣？」

馮道沉吟道：「究竟是誰在排佈陣法？」

褚寒依躲在馮道背後，遙指著站在星芒的人，道：「難道是這些人的仇家設下陣法，抓他們來做祭子？」

「不知道，咱們瞧瞧去。」馮道攜著褚寒依小心翼翼繞著圖陣走了一圈，見陣中只有四個人，第五堆骷髏頭上空蕩蕩的，道：「這邪陣應該有五個祭子，分別排在五道星芒處，但這裡只有四人，看來設陣之人還沒找全祭子。」

褚寒依見陣中四個祭子披頭散髮、滿身血污，眼神黑洞洞的，一眨也不眨，就連呼吸也幾乎不聞，低聲問道：「他們究竟是死是活？」

馮道走近其中一人仔細觀看，認出竟是在客棧中受人膜拜的周玄豹，驚呼道：「這是周大仙！」

褚寒依驚駭道：「他不是大仙嚒？怎麼會被邪陣困住，還變成祭子？」

馮道趕緊查看其他祭子，見另外三人分別是幞頭書生、瘸腿莊稼漢和老商販，不由得又是一陣驚呼：「難道他們被趕出客棧後，就遇了慘事，被抓來祭陣？」

褚寒依大了膽子湊近來看，見他們的眼瞳明明一瞬也不瞬，卻好似瞪著自己，不由得心中一寒，低聲道：「他們好像還有意識，聽得見我們說話！」

馮道也湊上前去，與周玄豹四目相對，初時周玄豹眼瞳只空茫茫的，漸漸地，聚了一點神光，流露出恐懼之色，馮道蹙眉道：「他們明明還活著，卻不能動彈，為什麼？他們看起來正受著極大的痛苦，我們得設法救人！」周玄豹眼瞳微微一湛，十分淒楚，似乎是哀求之意。

褚寒依越想越惡寒，怒道：「究竟是誰用活人設祭壇，當真可惡！」話才說完，瘸腿莊稼漢雙目中緩緩流出淚水，卻是鮮紅的血水。兩人越看越吃驚，褚寒依心中不忍，道：「肯定是被點了穴！」便伸指戳向瘸腿莊稼漢的穴道，想為他解開。

「別……」馮道來不及阻止，褚寒依已一指戳下，剎那間，瘸腿莊稼漢轟地一聲爆炸，化成血霧！

「啊！」褚寒依怎麼也想不到後果如此可怖，嚇得驚聲尖叫，幸好馮道反應極快，在她指尖戳下的剎那，已一把攬住她的腰向後疾退，兩人跌坐在地下，才只噴到些許血粉，饒是如此，褚寒依已嚇得花容失色、連連作嘔，好一會兒才回過神來，顫聲道：「這到底是什麼？」

馮道緊握她的手想安撫她，但自己也怔忡不已，道：「時間不多了，設陣人很快就會回來，咱們得盡快找出方法救人！」

褚寒依顫聲道：「但我方才一點穴，就……」想到血爆的情景仍心有餘悸，微微吸口氣才道：「你見多識廣，有法子救他們嚒？」

馮道說道：「每個祭陣都有它的目的，通常這個目的與陣眼有關，只要找出陣眼，或許會有法子！」

褚寒依問道：「五星陰人陣的目的究竟是什麼？」

馮道搖搖頭道：「我也不十分清楚，只知道這陣法與皇朝天機相關！」

褚寒依低呼道：「難道月陰派又想顛覆大唐了？」轉念又道：「不對！大唐已經夠慘了，實在不需要這麼費功夫！」

馮道聽到「大唐已經夠慘了」，心中一嘆：「妹妹這話雖難聽，卻也是事實，月陰派已不需費心對付大唐，設這陣法又為了什麼？」

兩人小心翼翼地走近圖陣，低頭觀看祭人腳下的骷髏頭骨，一陣血腥陰氣沖鼻而來，褚寒依忍不住打了激靈，頻頻作嘔，便退到一邊，馮道忍著噁心繼續觀察，道：「這血骷髏十分詭異，看似腳墊，其實應是形成一股莫名邪力，禁錮著他們。」

褚寒依問道：「真是月陰派復甦麼？」

「月陰派……皇朝天機……月……」馮道仰首望天，祭壇上空的烏雲正好緩緩散開，迷魅的月光從烏雲間隙灑照下來，壇頂的骷髏頭明明是死物，卻好像大口大口地吸收月陰之氣，既張狂又邪異！

馮道心念一動，指著祭壇木架的下方，道：「這祭壇應是薩滿教徒向月神別亞獻祭的意思，陣眼應該在那裡！」便攜著褚寒依奔入陰陣中心，站到骷髏塔前方，這才看出祭壇木架的下方其實是空心，裡面藏了一具小小木棺。

馮道指著祭壇上方，說道：「頂上的骷髏頭吸收月陰之氣，是為了傳送給下方的陣眼！倒不知棺裡藏了什麼祕密？」

兩人猜想應是帝王玉璽之類的寶物，便小心翼翼地鑽進木架裡，心想只要取走寶物，或許就能破壞陣眼。兩人俯身用力把棺蓋抬起一道縫隙，隱約看見一個赤裸、小小的下半身，褚寒依驚呼：「是個孩子！」

馮道聽孩子的呼吸極沉極弱，睡得十分安穩，道：「還活著，咱們得救他出來！」

褚寒依道：「不移開木架，棺蓋根本就打不開。」兩人只好放回棺蓋，爬了出來，打算先毀去祭壇，再搬出木棺。

馮道施展輕功飛至木架上，大力推倒骷髏塔，那骷髏頭咕咚咕咚滾了一地，馮道忽然發現前方矮峰有一團黑影迅速移近，心想：「糟了！設陣人回來了！此刻要走還來得及，可這一走，他們就死定了！」一咬牙，呼喚道：「妹妹，快將骷髏頭拋上來！」

褚寒依趕緊撿起地上的骷髏頭拋給馮道，頃刻間，那團黑影已越過矮峰，到了山坡底，馮道快速將三層骷髏頭依照原本方位疊了回去，表面上看起來，一點也不差，其實每個骷髏頭都被他轉動了半分，陣法已被破壞。

馮道下了木架，剛和褚寒依一起奔出陣眼，神祕人幾乎已登上山坡，馮道低聲道：「那人動作太快，武功極高，我們若冒險逃命，一定會被發現、被追上。」

褚寒依指著前方山石，道：「藏到那後面！」

此時陣陣西北風吹來，馮道抬頭看了夜空，見西北邊的黑雲層層湧將上來，心中微一盤算，低聲道：「妳快躲好！」伸掌往褚寒依背上推了一把，褚寒依足下一點，飛身藏到山石後方，馮道卻沒有跟隨，反而弄亂自己的頭髮，又在地上滾了兩滾，將衣服沾滿血跡，再站到被爆破成血粉的祭人位置，補上了空缺。

褚寒依吃了一驚，隨即明白馮道的用意：施陣者一到，如果發現少一個祭人，必定到處搜查，就算他們藏身在山石後，仍會被抓出來。馮道以自己為餌，引開施陣者的注意，是為了保護她，運氣好的話，還能探出陰陣的祕密，救出其他祭人和棺裡的孩子。

褚寒依知道這是生死關頭，立刻屏住所有氣息，十指緊緊挾住大把銀針，雙目一瞬也不瞬地盯著那團飄飛上來的黑影，風聲沙沙，四周生氣彷彿都靜了，只餘一片陰森死氣……

九〇三・五

陰風西北來・慘澹隨回紇

那團黑影抵達山頂時，層層烏雲剛好飄了過來，將天地遮蔽得一片漆黑，陰沉沉的夜霧，雪粉交雜，飛飛颯颯，整個坡頂幾乎伸手不見五指，祭人的面目全模糊不清。

方才馮道就是看準風向會將西北邊那一大片烏雲吹過來，遮蔽住月光，雨雪也會因此變大，才敢冒險一試，幸好推測不錯，烏雲、雨雪果然來得及時，他不禁暗呼：「好險！」

來人裝扮十分古怪，頭戴麀角高帽、臉戴五彩詭異面具，高帽前方鑲著圓鏡，帽緣飄著數條熊皮帶，帶下繫著一只只小鈴鐺。他前胸、後背都貼著一面護鏡，腰間繫著一串鐵腰鈴、三串珍珠、五面小銅鏡、九只鈴鐺和衣袋，雙手載著魚皮手套，雙足穿了牛皮靴，左手拿著一面麀皮鼓和一支旱柳木鼓槌。

但最特別的是身上那件對襟短掛長袍，繡滿了蛙、蛇、蜘蛛、龜等圖案，好似蟲物爬滿全身，既詭異又噁心，馮道心想：「這黑薩滿全身叮叮咚咚的，實在看不出是男是女。」

黑薩滿行進時，輕輕飄移，彷彿足不著地，隨風漫舞的長髮、裙帶，令他整個人鬼魅迷幻，宛如地獄來的使者，那叮叮噹噹的響音一陣陣傳蕩，就像拘魂的鈴聲，搖得人心惶惶，但最可怕的是他右手還提著三個人，他們都被繩索縛住，雙目沉閉，軟弱無力，不知是生是死。

馮道認出其中一位是周玄豹的首徒引路道士，另兩位俘虜身上衣服一黑一白，腰間都掛著一柄威武沉重的大刀，刀鞘也是一黑一白，顯然是一對武功不低的黑白刀客。馮道心道：「這陣法只少了一名祭子，他為什麼要抓三個人？」眼看黑薩滿快要走近，他趕緊將氣息盡量凝聚在兩個耳洞裡，用來聆聽外方聲音，僅留少許力氣支撐站立，瞬間雙眼變得空洞茫然，前方景象似模糊一片，連心跳也若有似無，宛如活死人。從前他曾用這方法詐死，騙過褚寒依，此刻便如法炮製，冒險一試。

黑薩滿來到圖陣前，左右望了望，見四個祭人仍直挺不動，祭壇一切無恙，便將黑白刀客丟在一旁，提著虛軟的引路道士走向馮道。

馮道聽見腳步聲漸漸逼近，努力鎮定心神，褚寒依卻是心口怦怦跳：「那怪人為何走向小馮子？難道他已經發覺了……」她指尖微微顫抖，幾乎要射出寒江針，千鈞一髮間，黑薩滿身影一閃，移到馮道旁邊的空位，將引路道士放在第五個祭人位置，便轉身走向旁邊的大樹幹。

馮道、褚寒依暗呼好險，卻見風雪漸漸和緩了，馮道又呼糟糕：「這風雪一小，說不定會被認出面貌。」卻見黑薩滿點燃了掛在樹幹的香薰柴，口中喃喃唸道：「白那恰山神！白那恰山神！召喚眾山靈前來！」陣陣香氣生起，將四周煙薰得迷迷濛濛，馮道這才稍稍鬆了口氣。

黑薩滿繞著祭壇緩緩行走，雙掌不斷擊打手中神鼓，口中唱道：「天神騰格里！騰格里！火神斡透巴如坎，燃燒我的騰魂，轉生之魂法加庫！法加庫！烏麥我兒的魂啊！回來回來！我以鼓聲引你回來！」那鼓聲並不宏亮，低沉沉地迴蕩在山林間，卻有一股震懾人心的力量。

他身形飛舞，雙掌越擊越快，身上的鈴鼓聲越來越響，跳動之間，逐漸甩脫雙靴，赤足走上燒紅的火炭，滾燙的刺激令他身子大力搖晃，牙齒咬得格格作響，雙目緊閉，似乎痛苦到發顛發狂，長髮隨著身形不停飄甩，宛如一道道黑色陰魂飛梭在森林間，將四周渲染成神秘空幻、迷離瘋狂的氛圍。馮道感到自己好似墜入了幽黯幻境，不由得暗暗心驚：「難道他是傳說中擁有無邊法力的十五叉黑薩滿？但師父說世上根本沒有十五叉黑薩滿，那只是人們的妄想，他的帽角也只有七叉，應該沒有神力才是！」

粗獷野性的鈴鼓聲、邪魅迷離的吟咒聲交錯迴蕩，充斥整座山野，好似天上地下的靈力都被召喚甦醒，供他驅使，又像與什麼妖鬼大戰，可怖的氣氛壓迫得馮道全身毛骨悚然，尤其他內力都聚在耳心，黑薩滿每一聲高亢呼嘯，都震得他目眩神暈、恐懼戰慄：「我若是提功對抗，會被發現不是活死人，若不提功相抗，只怕撐不了多久了……」他強忍顫慄，屏住一切氣息，除了把自己當個死人，完全無法可想。

就在馮道苦苦撐持時，鼓樂卻慢了下來，黑薩滿開始穿梭在祭人之間跳舞，雙方相距往往不過一尺，每當黑薩滿貼身而過時，馮道就感到魂魄快被勾引，一股莫名心潮洶湧而出，彷彿要統攝整個身心，令他渾身充滿了勇氣，直想飛向高空、破天而去，他只能極力壓抑衝動，一次次掙扎在亢奮與恐懼之間。

天色忽然暗了下來，黑薩滿抬頭一看，見月亮漸漸被烏雲遮去，便在周玄豹面前微微停了舞步，緩緩伸出長臂，五指微張，尖利的指甲銀光閃閃，對準周玄豹的心口，褚寒依看得全身緊繃、寒氣直冒：「他要做什麼？」

黑薩滿手指微曲，狀似捻花，指尖倏然點向周玄豹心口，取出一點鮮血，放入一個小碗裡，接著又旋舞到引路道士面前，也取了一滴血加入碗裡，最後來到馮道面前。

褚寒依不知他們是否還活著，心中驚駭：「我絕不能讓他傷害小馮子……」手中緊握銀針，幾乎就要射出，馮道可以猜想褚寒依會沉不住氣，暗暗著急：「這妖人武功太厲害，我們絕對敵不過，妹妹一出手，只會徒然送命。」他想阻止褚寒依，卻不知該如何打出暗號。

褚寒依全身發抖，手指冰冷，實在拿不定主意：「萬一我沒射死妖人，他情急之下直接打死小馮子，該如何是好？」這一思想不過眨眼之間，對兩人而言，卻像渡過了漫長的寒冬。

褚寒依還做不下決定，黑薩滿已迅速取了馮道一滴心血，放入碗裡，接著便走向祭壇處，馮道暗吁一口氣，悄悄將一點內力移向雙眼，望向褚寒依，向她眨眨眼，表示自己沒事，褚寒依鬆了一口氣，隨即卻變了臉色！

馮道背對著祭壇，不知後方發生何事，褚寒依卻是看得清清楚楚，那黑薩滿彈去幾道指氣，嗤嗤數聲，一根木架腳便碎成了粉，竟有如撕布扯紙般毫不費力，接著他將木棺移了出來，小心翼翼地抱出棺裡的孩子。

褚寒依嚇得倒吸一口氣，因為那孩子不是別人，正是劉億的寶貝兒子劉倍！

劉倍全身赤裸，雙目沉閉，睡得毫無知覺，黑薩滿叫道：「阿爾沁達蘭！」向劉倍全身噴灑血水，劉倍不由自主地顫抖起來，黑薩滿捏開劉倍小口，把碗中鮮血緩緩倒入，待喝完了血，又把劉倍放回木棺，移至木架下方，讓他繼續吸收月陰之氣。

黑薩滿走到陣法的西北角，盤腿坐下，面向東南方的木棺，仰首對著月亮做起吐納功夫，並未發覺周遭有異。褚寒依見他背脊正好對著自己，暗想：「此時我若射出寒江針，定可直中他命門大穴！」

忽然間，烏雲微散，月光透過雲層間隙，灑向馮道頂心，黑薩滿猛地一個起身，轉到了馮道面前，凌厲的指氣點向馮道額心！

這招出乎意料，速度又快，褚寒依驚愕之下，還來不及射出銀針，馮道的額心已被點中，他嚇得幾乎拔腿就跑，此時一朵黑雲恰好飄了過來，遮住馮道頂上的月光，黑薩滿「咦」了一聲，倏然收卻指力，又抬頭望向天空，見月光已移照到引路道士的頭頂，他的指勁也迅速移向引路道士。幸好馮道對氣流的感應太過靈敏，及時發現黑薩滿收了指力，硬生生定住幾乎移動的雙腿，才沒露了餡，但背心已一陣寒涼。

黑薩滿十指彈動，淩空虛點在引路道士身上，他指力輕軟，沒有半絲凌厲，連彈數十下後，引路道士看來毫無異狀，馮道和褚寒依不明白他在做什麼，過了一會兒，寒風吹來，剎那間上百道血絲同時噴出，引路道士向後仰倒，身上竟有千百細孔，成了「洞人」！

馮道想到自己險些變成洞人，喉頭微微咕了一聲，褚寒依更險些驚叫出聲，好容易才硬生生忍下，與馮道遠遠對望，眼底充滿了恐懼驚異，她雖沒開口，馮道卻能明白意思：「妹妹借助寒江針，也不能做出這麼多、這麼細小的針孔，更何況他是用指氣發出，而且出指輕軟，這武功太可怕了！」

黑薩滿猛然回頭，喝問：「誰？」褚寒依連忙屏住呼吸，不敢稍動，黑薩滿見四下只有風吹樹葉的沙沙聲，並無半點人跡，便不再理會，只細細檢視引路道士身上氣洞分佈的情況，外面查看過了，他又撕裂引路道士每一寸肌肉，仔細翻看。

褚寒依見引路道士被折騰得支離破碎、慘不忍睹，幾乎要嘔吐出來，馮道卻明白黑薩滿是在查看這些氣洞在筋脈裡造成的軌跡，暗思：「這究竟是什麼邪異功夫？」

待翻看夠了，黑薩滿大力扯開引路道士的胸腹，從胸口處猛力抓出一只肩胛骨，貼近唇邊，低聲禱告，再把肩胛骨闊平面放在火炭上燒烤，「嗶嗶剝剝！」那肩胛骨因灼熱火燒，裂開大大小小細紋，黑薩滿吐了一口唾沫在燒裂的骨面上，細細辨認紋路情狀。

馮道知道這是薩滿教的骨卜，如果肩胛骨上沒有橫斷紋，就是吉兆，但這片肩胛骨竟然燒了一個大黑洞，顯然是極大的凶兆！黑薩滿大怒，將那肩胛骨猛力往褚寒依藏處擲去，「咻！」一聲，褚寒依見骨頭來勢凌厲，不得不微微側身閃過，她身子未露，影子卻被月光映照出來，黑薩滿冷笑一聲，陡然往巨石撲去！

褚寒依見行藏已露，對方撲殺而來，疾灑去滿天銀針，豈料黑薩滿袍袖一揮，將銀針盡數揮落，右掌猛抓向褚寒依。褚寒依大駭，急忙飛退，卻慢了一步！

馮道不露形跡，原本已避過一劫，但見褚寒依危險，再顧不得一切，叫道：「老妖怪！看掌！」使盡全力撲飛過去，雙拳猛捶向黑薩滿背心的「命門穴」，這是人身要害，重則脊碎身亡、輕則破氣癱瘓，馮道難得打得如此準確，心中正自大喜，不料掌緣傳來一陣劇痛，痛得他慘聲大叫，翻滾在地，原來黑薩滿背後的護鏡擋住了掌力。

黑薩滿想不到這個祭人竟然活跳跳，心中震驚不下於馮道：「方才的施法全都無效了！難怪是大凶兆！」他等了多年，才等到今日這施法的良辰吉日，想不到竟出現破壞，怒極之下，他豁地轉身，左掌對準還蜷在地上的馮道猛力擊落。

馮道還來不及起身，只能拼命向外滾了出去，黑薩滿氣得掌力連發，馮道連滾帶爬，硬是避了兩三掌，卻再也避不過了，幸好褚寒依及時灑去一把銀針，才逼得黑薩滿閃身避過，馮道趁這一剎那，連忙站起，真氣移向雙腿，飛快奔逃，黑薩滿卻不追擊，十指點點，氣勁隔空射向馮道頭臉。

此時馮道真氣大多聚在雙腿，見對方要把自己的頭臉打成馬蜂窩，只好將真氣移回雙臂，交叉護住頭臉，這一來，他跑得慢了，雙臂卻被射中十幾個針洞，「咦？一點兒也不痛！」他正感慶幸，想把真氣移回雙腿，卻見黑薩滿雙掌做了一個回扯的動作，無形指勁竟似有絲線一般，馮道被這麼一扯，冷不防一個踉蹌，仆跌在地，手臂噴出十數道血絲！

「啊！」馮道想不到對方武功如此怪異，驚呼出聲，褚寒依接連射去幾把飛針，一時阻止了黑薩滿的腳步，馮道見手臂只十數個細小血孔，也沒什麼妨礙，連忙站起，卻感到手臂極為古怪，彷彿有十數道細小針氣在血脈裡竄行。不待多想，黑薩滿已然撲到，五指向馮道背心疾抓過去，馮道來不及起身，連滾帶爬，滾到了周玄豹小腿後方，黑薩滿這一抓，幾乎抓中周玄豹下腹，他倏然收了指力，繞過周玄豹，追了過去。

兩人這一閃、一抓、一繞，不過眨眼功夫，卻讓馮道看出了玄機：「他出手再厲害，都不想殺祭子、破壞陣形，看來這陣法還要繼續。」身影一閃，便繞到老商販後方。

黑薩滿一抓不中，追逐越快，十指不斷隔空彈出氣勁，對準馮道「百會」、「廉泉」、「神闕」、「中樞」幾個大穴連連彈去，馮道這次有了防備，真氣移轉極快，連連聚氣抵擋，他身形騰轉挪移，盡繞轉在三個祭人之間，以陣法做為掩護。黑薩滿怕破壞祭人，出手時時受限，攻勢登時減弱，兩人一陣追逐，黑薩滿但覺這小子武功不高，卻始終拾奪不下，又驚又怒，喝道：「你究竟是誰，到這裡做什麼？」這一聲呼喝，雖然沉厲，卻已洩露她女子身分。

「老妖婆功夫練不到家，只能替小馮子搔癢癢！」馮道也不正面回答，身形縱高竄低，令對方摸不著頭緒，口氣更似戲弄對方。黑薩滿身分尊貴、心高氣傲，幾時受過這種羞辱，頓時出手更狠，五指圈抓向馮道手腕，馮道大叫：「別碰我！」黑薩滿一愣，指力微頓，馮道手腕已像泥鰡般溜了出去，腳下同時一個滑行，轉到了老商販身後，他一邊閃躲，一邊叫道：「孟夫子說：『男女授受不親！』妳一直追著我不放，又在我身上摸來摸去，這可不合乎禮法！」黑薩滿氣極之下，再不顧一切，「碰！」一聲，一掌打爆老商販，如瘋虎撲去！

馮道打了一個寒噤，不敢再多嘴激怒對方，只腳下連連飛奔，飛轉在兩個祭人之間。他身法雖滑溜，但此時只剩兩個祭人，實在無法成為掩護，他頓時冷汗直流，陷入極大的掙扎，究竟要盡快逃走，還是支撐到最後一刻，設法救人？

褚寒依躲在樹梢上，伺機射了幾把銀針，但怕射中馮道和祭人，始終不敢大舉發射，黑薩滿心想：「男的太古怪，先殺女的！」忽然一個回身，猛向褚寒依撲去。

褚寒依見對方忽然攻到，來勢凶銳，銀針射得如天雨銀河，黑薩滿不閃不避，長袖一揮，將銀針盡數掃去，另一手瞬間抓向褚寒依手臂，她內力甚大，用勁回奪，褚寒依實在抵擋不了，被拽得從樹上一個斛斗翻將下來，她身子半邊酸軟，連站也站不穩，手中寒江針也無力發射，眼看對方大掌已拍了過來，不禁嚇得驚叫出聲。

千鈞一髮間，馮道仗著「節義」身法，倏地竄入兩女之中，以「交結」氣網滿佈上半身，昂首相擋，黑薩滿這一拍，宛如拍到一塊鐵板，心中驚疑：「這小子如此古怪！」

馮道仍被打得往後撞向褚寒依，兩人一起飛退，也因此拉開了距離，哪知黑薩滿動如飄風，一忽兒就追近前來，叫道：「剛好拿你二人填補陣口！」

馮道拉著褚寒依一個縱跳，想躍到樹梢上，黑薩滿冷喝道：「小子有膽破壞好事，現今想逃已遲了！」身形一躍，五爪抓去，褚寒依身形輕盈，又被馮道使勁一推，安全落到樹梢上，落後一步的馮道，小腿卻被抓出五道血痕，痛得跌落在地。

黑薩滿五指對準馮道頂心拍去，馮道來不及起身，雙手抱頭，叫道：「月光消失了！」

黑薩滿一驚，抬眼望去，見天空似潑滿了濃墨，皎潔的月亮被烏沉沉的厚雲纏裹住，掙脫不出，滯悶的夜空深處，輕雷隱隱、電光閃爍，似有什麼驚天之力要破空而出。

馮道趁她怔愣之際，身子往下一縮，抱頭滾到幞頭書生腳邊，叫道：「接著！」抓了幞頭書生拋丟向樹上的褚寒依，自己則抱了周玄豹疾奔。

黑薩滿見陰陣被破壞，怒極欲狂，宛如一陣陰風般追了上來，十指大張，就要插向馮道背心，馮道抱著幞頭書生忽然一閃，躲到了巨木後，「嗤——」一聲，黑薩滿十指狠狠插入木幹，一時竟拔不出來，馮道叫道：「妹妹快射！」

褚寒依銀針分上中下三路激射而出，黑薩滿吃了一驚，連忙舉起右足尖抵住木幹，用力拔出手指，那木幹被她巨力一扯，登時破損一半。

趁這機會，馮道已帶著周玄豹跳到樹上，與褚寒依帶著幞頭書生一起狂奔，黑薩滿瘋狂追來，所經之處樹木齊折、沙石紛飛，馮道和褚寒依見黑薩滿如此凶猛，心中驚顫，只拼命往前跑，腳下絲毫不敢停歇，但兩人武功原本差了許多，又帶著兩個祭人，如何逃得了？眼看黑薩滿越追越近，褚寒依心想若是丟下他們，還有一半機會逃走，若是帶著他們，四人必死無疑，更何況這兩人非親非故、生死不知，便呼喝道：「救不得了！只能放手！」

馮道知道她說得不錯，但自小讀的聖賢道理深刻在心上，如何能見死不救？他萬分掙扎，還做不下決定，後方一聲尖斥：「納命來！」黑薩滿飛撲而至，雙掌齊落，誓要擊斃兩人！

「妹妹快往西北方！」馮道拔出周玄豹腰間的拂塵，把人丟給褚寒依：「我抵擋一會兒！」一個轉身，交結氣勁滿佈於雙掌，硬是擋下黑薩滿的掌力。

「你……」褚寒依為之氣結，右手提著書生，左手接了周玄豹，一咬牙，轉身而去。

「嗤！」黑薩滿想不到這逃命小子竟能擋下自己千鈞一擊，微微一愕，隨即又再攻去。馮道拼盡全力才接下一掌，連氣都喘不過來，眼看對方再度攻到，連忙按下拂塵柄的暗格，灑去毒粉，他不知道那一格才是毒粉，便全部按下，猛力揮去，此時西北風颯颯不止，借助風勢，粉霧盡往黑薩滿飛去。

黑薩滿見粉霧轟臉而來，心知必然有毒，閉眼屏息，急退數步，雙袖連連揮舞，將粉霧拍散，馮道趁機一溜煙飛上樹梢，接過褚寒依手中的周玄豹，兩人借繚亂樹影遮蔽，遠遠遁去。

黑薩滿拍散了粉霧，原本還要再追，遠方忽傳來一聲呼嘯，黑薩滿頓時停下腳步，轉回祭壇處。

馮道和褚寒依跑了大半里路，見黑薩滿並未追來，前方又有一座破廟，便躲進去休息。馮道一邊將兩個昏迷的祭人放好，一邊道：「方才那嘯聲十分耳熟，好像是劉將軍……」

褚寒依驚魂未定，拍著胸口，嬌喘吁吁道：「棺裡的孩子是劉倍！」

馮道恍然大悟：「劉將軍來救孩子，黑薩滿遇上勁敵，才不再追殺我們！」想了想，仍是擔心劉倍情況，道：「妹妹妳和他們暫時待在這裡，我回去瞧瞧。」

褚寒依拉住他，嬌斥道：「你不要命了！」

馮道微笑道：「有劉將軍這絕頂高手擋在前頭，老妖婆哪有空睬我？」見褚寒依仍是擔憂，又道：「放心吧！我只遠遠瞧著，不會被發現。」

褚寒依知道他一定要探個究竟，只好道：「你小心些。」

馮道施展輕功奔去，一旦雙眼可見、雙耳可聽，便停下來，藏身在樹梢上偷窺，遠方山坡來了一匹快馬，馬上人影俊武不凡，果然是劉億，馮道心想：「幸好劉將軍來了，我不必再冒險救人。」劉億是他打算投奔的英主，他也想看看對方身手究竟如何，與黑薩滿交戰有幾分勝算，便功聚雙眼，以「明鑒」玄功看去，不想卻見到一幕驚人景象！

黑薩滿趕在劉億到達之前，快速脫下黑袍，藏在草叢中，又將劉倍抱出木棺，穿好衣裳，雙掌連發勁力，將地上死屍、骷髏頭盡數毀去，十指快速撥梳長髮，再拿出髮圈隨意束成一把馬尾，恢復正常的裝扮，這幾串毀屍滅跡的動作不過彈指之間，可見她十分熟練，只不過木架祭壇還在，一時不易毀去。

最後她拿下那張詭異面具，遠遠拋去，月光將她的面容照得一清二楚，只見此人玉容妖麗，神情卻十分深沉，竟是劉倍的生母、劉夫人！

她抱起沉睡的劉倍，神色陰晴不定，惋惜之中透著一股嫌棄痛恨，與先前呵護疼愛的模樣全然不同，更不是一個母親對孩子應有的神情。

馮道不禁有些錯愕：「這是怎麼了？難道陣法被破壞，她沒達成目的，把氣出在孩子身上了？」心中頓覺不安：「這女人是劉將軍的妻子，卻瞞著劉將軍偷練五星陰人陣，若是她心懷不軌，要對劉將軍不利，我可不能坐視不管。」

劉億趕上坡頂，下了馬，便俯身來看兒子，微笑道：「倍兒睡了？」

劉夫人輕輕搖晃沉睡的劉倍，臉上已換成慈愛表情，柔聲道：「睡得很香。」

劉億看著幼嫩的稚子，忍不住以手指輕輕逗弄那白胖胖的臉頰，一方面希望孩子醒來喚聲「耶耶」，一方面又怕吵醒了他，臉上盡是憐惜、歡喜的心情。

馮道雖覺得這對母子有些奇怪，但看劉億十分疼愛兒子，見到那座木架也不奇怪，心想：「虎毒不食子，劉夫人再怎麼陰狠，總不至於殘害親兒吧！更何況有劉將軍照看著，我又何必擔心？」他打算悄悄離去，卻聽劉億沉吟道：「洪隱已把兵馬安置妥當，明日的事很重要，妳說能不能成？」

劉夫人眼望木架壇，舉起手掌，姆指與食指捏在一起，好像捻著什麼東西般，道：「我方才已練好三道氣根。」

馮道見她指尖空空如也，並沒捏著什麼東西，但覺奇怪：「她在說什麼瘋話？她手中明明沒有東西！」

「只有三道氣根？」劉億沉吟道：「他們高手眾多，只怕不夠……」

劉夫人道：「普通氣根隨意就能發出，但明日的對手個個武功不凡，要對付他們，氣根必須十分細小，才不會被發覺，今日天時地利不對，我練了一整晚的氣根大法，也只練出三道細小氣根。」

馮道一愣：「氣根大法？難道我誤會了，她練的是氣根大法，並不是五星陰人陣？」思索一會兒，又覺得不對：「那明明是五星陰人陣……我明白了！她在撒謊！她對劉億說設置木架是為了修練氣根大法，其實是暗中佈下五星陰人陣，難怪她一點兒也不擔心木架被發現。」

「只有三道小氣根……」劉億微一轉思，道：「那也無妨，明日我們與他們定下三戰之約，輸者必須臣服對方，如此一來，也不必大動干戈、兩敗俱傷。」

劉夫人喜道：「不錯！這法子更好！一旦勝了，我們可是不損傷一兵一卒，就能贏得十數萬兵馬！」

劉億沉吟道：「對方定會派出最厲害的三人應戰，我擔心這氣根不夠輕細，會被發現。」

劉夫人自信道：「這氣根既不是毒藥，也不是暗器，就算被射中了，也沒什麼感覺，他們在毫無防備下，絕不可能發現！就算事後覺得有些蹊蹺，無憑無據，又能如何？」

馮道實在好奇：「這氣根無形無影、無毒無害，卻能對付高手，它究竟是什麼玩意兒，劉將軍又要對付誰？以他的身手，竟要花這麼的大功夫練製氣根相助？」

劉夫人又道：「這氣根只能維持半個時辰，時間一過，便會融入他們的氣脈之中，消失無形，所以你務必把握時間。」

劉億笑道：「放心吧！半個時辰已綽綽有餘，天底下有誰中了氣根還能與我過上十招？」

馮道愕然想道：「劉將軍好大的口氣！難道他用了氣根，就能勝過朱全忠和李克用？」

劉夫人指了指地上的黑白刀客，道：「這兩人是名震關東的黑白混元刀，今晚先用兩道粗的氣根在他們身上試試，熟悉一下明日的戰略！」

劉億蹙眉道：「這兩人武功太低微，和明天的高手比起來，相差太遠……」

劉夫人道：「匆促間也只能找到這麼一對活靶子，將就著練吧！」

馮道心中忐忑：「劉將軍真要拿活人當練功靶子嚒？倘若他為練邪功，真的草菅人命，我怎能扶持他？」他一方面想看劉億品性，另方面也想知道氣根大法，便聚精會神地看著。

劉夫人指氣一彈，點開黑白刀客的穴道，兩人甦醒過來，見周遭情景詭異，本能地拔出長刀護在前方，齊聲喝道：「你們是誰？抓我們來這裡做什麼？」

劉億道：「你們一起動手吧。」

黑白刀客一愕：「動手？動什麼手？」

劉億沉聲道：「只要你們能在我手底下使出第二招，便饒你們不死。」

黑白刀客心想這妖女武功已十分可怕，這將軍顯然比她還厲害，又如何敵得過？連動手也不敢，只跪地磕頭求饒：「小人不敢與您動手，只求將軍饒我們一命！」「從此我二人隱姓埋名，不敢再混跡關東。」

劉夫人冷聲道：「你們求饒也沒用，想活命的唯一方法是聯手殺了他。」

黑白刀客互望一眼，知道今日極難活命，猛喝一聲，同時拔出雙刀，揮舞得白如光、黑如影，的確繚亂眼目，讓人防不勝防。馮道心想：「這兩人即使各自出手，武功也不算差，合作起來，更是攻守俱佳、配合無間，只比田頵和安仁義的『四海八荒流星雨』稍遜一籌，難怪能橫行關東。」又想：「就算是朱全忠，也不可能在三招之內了結他們，劉將軍卻誇口說要一招勝出，難道他真比朱全忠還厲害？」

接下來的一幕，卻教馮道看得眼珠子都快掉下來，只見劉億身形一晃，雙掌行如龍蛇，倏然穿過交錯的刀影，猛拍至兩人頂心，這一出手不過眨眼之間，黑白刀客連忙將長刀高舉過頂，已來不及，劉億掌力微吐，兩人被壓得跪倒在地，雖想挺直身子，頂上卻如壓了一座萬斤山石，只緩緩萎頓在地，索性放棄抵抗，連連哀求：「大將軍饒命！」

「一招！」不知是興奮還是害怕，馮道全身不由自主地顫慄起來：「不……準確說來，只有半招！」

劉億不過出了一掌，便將兩人打翻，但覺無趣，道：「你們走吧。」黑白刀客想不到劉億會放過他們，嚇得連刀也不撿了，拔腿就跑。

馮道想不到世上真有人能勝過朱全忠，對劉億的神功簡直是匪夷所思，驚佩不已：「世人總說『天下武功，唯快不破』，但他出手並沒有李克用快捷，也沒有朱全忠剛猛，甚至比不上李茂貞的百變、楊行密的輕巧，為什麼半招就能打敗黑白刀客？就算我運用『明鑒』、『聞達』玄功，可以搶先猜出他們揮刀的方式，也沒法在一剎間就想好對策應付，難道氣根大法真比不老神功還厲害……」他越想越歡喜：「幸好劉將軍不是殺人魔王，我可以投他麾下，這一來，打敗朱全忠有望了！」他臉上笑容才剛展開，驚見一道紅影閃過，劉夫人瞬間飛去，雙掌分劈，擊中兩人頂心，黑白刀客一聲慘嚎，便軟軟倒下。

馮道險些驚叫出聲，連忙以手摀口，暗想：「這劉夫人好陰毒啊！」

劉億也有些不悅：「不過兩個渾人，妳何必殺了他們？」

劉夫人回轉身來，抱起放在地下沉睡的劉倍，冷冷道：「留下他們，萬一傳出咱們練功的消息，壞了明日的決戰，可就不妙。」

劉億沉聲道：「他們什麼都不知道，怎會傳消息出去？」

劉夫人道：「這兩人在關東橫刀為王，燒殺擄掠，也不是什麼好東西，殺了也不可惜！」

劉億道：「這種人殺便殺了，也沒什麼，只不過我方才已答應饒他們一命，君無戲言！」

「君無戲言？」劉夫人冰冷的臉上終於綻開了笑顏，宛如雪漠中透出一抹驕陽，格外明媚動人：「看來你真決定入主中原了，連說話都學個十足十！」

劉億微微一笑，道：「我既已下定決心，便不會更改，君無戲言！」

劉夫人看夫君鴻鵠高志、威武不凡的模樣，心中十分驕傲，美眸流露欽慕的神色，眽眽地望著他，毅然道：「無論你想飛多高多遠，就算是破天萬里，月里朵都捨命追隨！」

劉億挽了她的手，笑道：「走吧！回去準備明日之事，只有過了明日那一關，才有機會入主中原。」

馮道見兩人一起乘馬離去，便也飛奔趕回破廟，一路上心中忐忑、滿腹疑團：「氣根大法究竟是什麼？他們要對付誰？過了明日那一關，才能入主中原，又是什麼意思？入主中原……僅僅是攻破朱全忠嘛？」

過了一陣，馮道回到破廟，褚寒依見他安全歸來，總算放下心，關心道：「劉將軍救了兒子嘛？」

馮道見周玄豹和幞頭書生還昏迷不醒，道：「劉倍安然無恙，這事有些蹊蹺，我稍後再慢慢跟妳說，先救治他們。」

褚寒依對瘸腿莊稼漢被自己點穴爆成血粉一事，仍心有餘悸，不敢亂動兩人，道：「我不知如何救治。」

馮道一邊查看他們的傷勢，一邊道：「邪力已經解除，他們應該沒有大礙，只是受了創傷，神志又受到驚嚇，才一直昏迷。妹妹，我來照顧他們，勞煩妳去找一些乾柴回來升個火。」褚寒依答應後，便離開破廟。

馮道力聚指尖，點向周玄豹後腦的「風池穴」，緩緩輸了一些氣息，為他提聚精神，周玄豹甫一甦醒，還來不及看清四周，便嚇得臉色蒼白，雙手亂搖，驚聲叫道：「別殺我！別殺我！求求你別殺我……小人給你磕頭了……」

馮道溫言道：「周前輩別怕！那妖人不在這兒，你已經安全了。」

周玄豹終於聽清馮道的話語，一時回過神來，緩緩放下雙手，見到一張笑嘻嘻的青年臉龐湊到跟前，他臉色不禁沉了下來。馮道見他一臉鐵青，沉默無言，心想他還未恢復神志，又溫言道：「周前輩，您別擔心，那妖人已經走遠。」

周玄豹神色一陣古怪，僵硬鐵青的臉漸漸和緩，到最後終於微笑了起來：「小兄弟，你說妖人走遠了？」

馮道安撫他道：「不錯！那妖人本要施行邪術，幸好晚生及時趕到，將您救了出來，現在已經安全了。」

「你說……」周玄豹白眉一挑，打量著眼前這純樸青年，實在不相信他能破除邪陣，從妖人手中救出自己，又問：「真是你救了我？」

馮道不想洩露自己身負玄功，謙虛道：「這事只是運氣罷了，前輩不必記在心上。」

周玄豹動了動肩頸、手腕，但覺身子已經恢復靈動，便坐起身，一摸腰間卻摸了個空，急問：「我的拂塵呢？」

那拂塵原本插在周玄豹的腰間，馮道先前拿它對付黑薩滿，進了破廟後便隨意擱在地上，見周玄豹神色惶急，道：「前輩別擔心，在這兒呢。」轉身去拿拂塵，又遞了過去。

周玄豹見隨身寶器還在，終於放下心，接了拂塵柄，歡喜道：「小兄弟，多謝你的救命之恩。」

馮道微笑道：「前輩不必客氣，救人危難乃是俠義……」一句話未說完，陡然一陣煙粉噴來，卻是周玄豹按下拂塵柄上的暗格，對近在咫尺的馮道噴發毒氣！

「你……」馮道怎麼也想不到這位德高望重的修道人會忽施毒手，毫無防備之下，竟中了暗算，咕噥道：「我和你無冤無仇，你為何害我……」一句話未說完，已是頭昏眼茫，口舌麻木，不由自主地軟軟倒落，耳裡隱約聽到周玄豹的聲音：「小子，別怪老夫心狠，我也是被逼無奈！若是留你活口，我非但當不成神仙，還落個膽小怕死的臭名，一切便完了……」拍了拍馮道的臉頰，又笑道：「放心吧！你也不會死得太痛苦，至多昏迷半個時辰，便會死了。」隨即起身，向外走去，臨走前還狠狠踢了馮道一腳。

馮道但覺自己真是倒楣透頂，沒讓劉夫人殺死，卻糊裡糊塗死在救的人手裡，心想：「他想殺我滅口，肯定會用見血封喉、無藥可救的毒粉……我會不會一下子死了，連妹妹最後一面都見不到……妹妹待會兒回來，見到我屍橫就地，肯定以為我又裝死嚇她，她萬萬想不到我是被周玄豹暗算……唉！誰又想得到呢？」

他閉上雙眼，沉心靜氣，想以「解厄」玄功驅毒，但試了好半晌，內力都聚不起來，實在逼不出毒氣，更加心灰意冷：「上回中了李茂貞的『六寸斷腸丹』，解厄就不管用，師父什麼保命法子都留給我，唯獨少了解毒的東西，唉！」此刻他只盼能見到褚寒依最後一面，左等右等，等不到褚寒依，卻等來周玄豹的徒子徒孫。

廟外傳來一陣喧嘩人聲：「師父！師父！您在哪兒啊？」

周玄豹聞聲，一邊整理散髮、衣衫，一邊提氣呼喚：「我在這兒！」

一群人奔趕過來，歡喜道：「師父！」紛紛下馬，伏首跪拜，周玄豹立刻擺出仙風道骨的姿態，輕撚長鬚，微笑道：「都起來吧！」

眾道徒起身後，見周玄豹衣衫染血，道袍零亂，甚至破了十幾道口子，都甚驚詫，紛紛關心道：「師父，您怎麼了？」

周玄豹神色驕傲道：「本仙在客棧打退眾小鬼，誰知他們返回地獄，又帶女魔王來報仇，我方才與女魔王大戰數百回合，弄破了一點衣裳，但也把她打回十八層地獄了，袍上的血便是她的鮮血，她再也不會回來人間作惡了。」

眾道徒齊聲歡呼：「師父法力之高，天上地下，無人能比！」又是一陣鼓樂吹簫，極盡奉承之美辭。

馮道心想：「你們說錯啦！應該是：『周大仙臉皮之厚、心地之黑，天上地下，無人能比！』」

周玄豹享受一陣奉承後，問道：「你們怎麼不在晉陽城裡等我？」

領頭的道士恭敬答道：「盧推官聽說師父在這裡為民除妖，說什麼也要趕來拜見，弟子於是為盧推官領路，他應該快到了。」話才說完，便有一輛馬車緩緩馳來，眾道徒分開兩旁，馬車直直走近周玄豹面前才停下來，車裡走下一名青年，身穿金絲繡花綠袍，滿臉富貴俗氣，一見周玄豹便熱絡笑道：「大仙，晚生一聽說您在河畔大顯神威，便趕來見您，要求您加持福氣、指點明路。」

周玄豹微微頷首，吩咐弟子：「你們在外邊守著，我指點盧推官時，不要讓旁人打擾了。」眾道徒知道師父每次與盧推官會面，都要密談，特別指點，自動自發地站遠了些。

馮道暗想：「這盧推官是誰，周玄豹怎對他青睞有加？」稍一回想，恍然大悟：「他肯定就是被周玄豹預言會位及宰相的盧程！他們究竟要談什麼，神神祕祕的？」他心中好奇，又想自己中毒無救，索性不再運功逼毒，把餘力都聚到耳朵，運起「聞達」玄功，只聽盧程惋惜道：「晚生一路過來，聽說有幾十個百姓等在客棧，就為貢奉銀兩給大仙，可是您竟然推辭了？」

周玄豹笑道：「盧推官消息挺靈通的！」

盧程登時呼天搶地起來：「唉呀！那是白花花的銀兩啊！您竟然沒教他們多多貢奉，還往外推了？太可惜了！真是太可惜了！」

馮道回想起當時周玄豹沒有收取百姓銀兩，自己還挺佩服他的：「這周玄豹雖然恩將仇報，至少不貪財，沒有搜刮百姓。」

卻聽周玄豹冷笑一聲：「你懂什麼？那些百姓獻的一點銀兩，連塞牙縫都不夠，要來何用？我不收，他們必會將這美事傳揚千里，到時候晉王禮聘我入宮相問，我稍加點撥，晉王隨便給的一點禮金，都是價值連城，遠勝今日數百倍，如果我能把你捧上丞相高位，到那時你登上權力高峰，光耀門楣，前程遠大，我則以國師身分收供奉，財源滾滾流入，美人、金銀、奴僕，還不任咱倆予取予求？用百姓那一點碎銀作宣傳，換一世榮華富貴，你說值不值？」

盧程恍然大悟，越想越歡喜，豎起姆指大聲讚道：「值！」想到日後有這麼一位高人指點相助，前途光明燦爛，簡直笑不攏嘴：「大師，你果然非常人！難怪我父親一聽見您光臨河東，便讓我帶些薄禮過來，這段時日您先支用著。」說著捧上一袋銀兩。

周玄豹毫不客氣地收下，道：「搜刮錢財的壞人讓李克用做，只要河東庫銀流向咱們的錢囊，再佈施一點給老百姓，咱們是既得財寶，又是大善人、大神仙！這就是五鬼搬運的仙術！」

盧程哈哈大笑：「不錯！是仙術！大大的仙術！」

周玄豹道：「眼下河東的情況，你詳詳細細地給我說清楚，待李克用請教我時，我才不會漏餡！」

盧程笑道：「放心吧，有晚生在晉陽給您當眼線，肯定萬無一失。」

馮道聽見周玄豹的話，心中不禁激起一陣陣漣漪：「周大仙果然是高手，不只讓百姓拼命攢了錢供奉，還稱頌道謝活神仙，這等騙術不是仙術又是什麼？可憐百姓都快活不下去了，還把希望寄託在一個騙子身上！」

他義憤填膺，實在想衝出去斥責一番，但身子不能動彈又能如何？過了一會兒，那衝動勁漸漸冷卻下來，他也想通了：「就算我今日斥責他、拆穿他又如何？就算晉陽的百姓知道了真相又如何？不過是換個神仙膜拜罷了！周玄豹在這裡騙不成，難道不能換去別的地方再騙另一群可憐的百姓？根本上，是百姓心裡太苦了，他們需要一個精神指引、心靈寄託……」

周玄豹和盧程說說笑笑，交談一陣，都是河東之事，最後一群人策馬離去，四周頓時陷入一片寧靜，只餘風吹窗隙的狂嘯聲，馮道心想：「快半個時辰了，這毒藥不知會怎麼發作？我能不能等到妹妹回來，見她最後一面？」

他等得望眼欲穿、焦心難耐，簡直是度時如年，終於，褚寒依回來了，在門外遠遠見到馮道躺在地上，不由得吃了一驚，連忙奔近他身邊，關心道：「小馮子，你怎麼了？」

馮道睜開雙眼，苦惱道：「妹妹，我中毒了，幸好妳及時趕到，還能見上最後一面，妳親親我，好了了我平生之願。」

「什麼？」褚寒依大吃一驚，連忙為他把脈，卻覺得馮道脈搏跳動平穩，並無中毒跡象，用力擰了他耳朵，把他硬生生拉起，嗔罵道：「你弄什麼玄虛，又想裝死，騙人憐愛？」

「唉喲！我……我……妳輕一些！」馮道冤枉道：「我沒有騙妳！我真是中了周玄豹的暗算！」

褚寒依愕然道：「啊？周玄豹暗算你？」左右望望，見周玄豹果然失蹤，不禁嗔罵道：「這人自稱神仙，卻恩將仇報，太不像話了！」

馮道說道：「妳晚些再罵不遲，咱們先說說體己話兒，不然就來不及了。」

褚寒依想到兩人剛剛重逢，才過了一小段甜蜜日子，轉眼又遭遇橫禍，不禁紅了眼眶，扶起馮道，哽咽道：「怎麼會來不及？你哪裡不對勁？我想法子為你輸氣驅毒。」她先從懷裡取出小瓶，沾了一點粉霜點在馮道舌尖，道：「這是我煙雨樓的『煙花解毒霜』，能治一般毒物，但不能解奇毒，希望老妖仙的毒不是什麼獨門奇物煉成的。」餵完解毒藥，又伸掌貼住馮道後心的「至陽穴」，緩緩輸去一道內力，想助他驅除毒氣。

馮道倚著她柔軟的嬌軀，聞著細細甜香，心中十分滿足：「小馮子真是牡丹花下死，做鬼也風流。」道：「妹妹，妳也不用枉費力氣，妳只要親親我，喚兩句好老公，我便死而無憾了。」

褚寒依越施內力越覺得不對勁，「咦」了一聲，收回掌力問道：「你真中毒了麼？」

馮道說道：「周玄豹親口說我昏迷半個時辰就會死了，難道還有假？」

褚寒依插口道：「他說昏迷半個時辰就會死了，那你怎麼還醒著？」

馮道恍然發現自己確實一直清醒著，除了身子虛軟，一開始有些頭昏、左胸心口至後背處隱隱灼熱，其他地方卻沒什麼異狀，就連耳目也一如往常靈敏，支吾道：「可是我頭昏眼花、手腳無力……」一邊說話一邊舉起手臂，忽然發現自己力氣仍在，手臂抬得老高，不禁愕然，咦道：「奇了怪了！我剛剛還全身酸軟……」

褚寒依破涕為笑，道：「好人不長命，禍害遺千年，你果然沒那麼容易死！」

馮道啐道：「有妳這麼安慰人的麼？」連忙站起身，又蹦又跳、又扭又轉，仍然沒有半點問題，褚寒依笑道：「你可比猴子還靈活了！說不定你弄錯了，周大仙為報答你救命之恩，賜了你仙丹靈藥。」

馮道大惑不解：「周玄豹明明想殺我滅口，居然沒下死毒？難道他臨時良心發現，手下留情了？還是妳煙雨樓的解毒霜太靈效？」

褚寒依搖搖頭道：「煙花解毒霜最快也要半個時辰，才會慢慢生效！」

馮道不明白為何自己沒有昏迷至死，反而還恢復力氣，不禁又擔心：「難道這毒物是一陣發作、一陣停止，然後又一陣發作，一次比一次厲害？」

褚寒依道：「煙雨樓的任務常常會遇到各種古怪危險，因此我們身上都會帶些創傷藥、解毒丸之類的。這煙花解毒霜尤其重要，它雖不能解奇毒，一旦服下，還是會與毒性相沖剋，會讓中毒者舌尖或皮膚泛出黑紫，但我瞧你全身氣血紅潤，脈搏正常，實在不像中毒。」

馮道擔心許久，想不到又撿回小命，歡喜難已，忍不住親了褚寒依一口，哈哈笑道：「妹妹才是我的靈丹妙藥，我一見妳，什麼病也好了，什麼毒也解了！」

褚寒依冷不防被親了一下，雙頰飛紅，啐道：「不正經！有人看著呢！」

馮道尷尬一笑：「我太歡喜了，忘了旁邊還有人，幸好他昏迷著，什麼都沒瞧見。」

周玄豹因為自身有內力，才醒轉得快，這幞頭書生卻是文人一個，過了大半刻還不醒，馮道想了想，又道：「這裡離客棧不遠，咱們先帶他回去，要醫治也容易些。」遂揹起幞頭書生，和褚寒依一起回到河畔客棧，沿路上便說了劉億夫婦的奇事。

兩人將幞頭書生帶回河畔客棧，掌櫃正愁沒有客人上門，見到他們自是無任歡迎，不只準備了上等客房，還大方招待酒菜。

馮道將幞頭書生放在房間的臥鋪上，替他檢查狀況，用清水擦拭傷口，塗上煙雨樓的獨門金創藥，又輸入內力，忙了好半會兒，幞頭書生終於悠悠醒轉，「啊！」他一睜開眼，也嚇得驚呼坐起，但他不像周玄豹那樣求饒，反而鎮定許多，隨即看清自己身處客棧之中，馮道和褚寒依在旁邊照看，顫聲道：「你……是你們救了我？」

馮道安撫道：「兄台不必害怕，你已經安全了。」

幞頭書生鬆了一大口氣，拱手道：「多謝郎君和姑娘相救，這番大恩，藏明永誌不忘，日後必然圖報。」

馮道微笑道：「見人危難，本該義助，藏明兄不必客氣。」見他還心神不寧，時時怔忡，便讓掌櫃將酒菜送入房間，讓幞頭書生吃點熱食，壓壓驚。

幞頭書生心有餘悸，一邊喝著熱湯，一邊問道：「當時還有幾人也一起被抓，兄台可知他們如何了？」

馮道說道：「周玄豹已經無事，安全離開了，至於其他人……唉！我卻救不得。」

幞頭書生聞言，心中難受，又不知該如何訴說，便找了周玄豹撒氣：「當時我和老商販他們一起出了客棧，在道上遇見周玄豹，我忍不住嘲諷他兩句，雙方自是爭執起來，正當大夥兒都沒注意時，那妖鬼忽然來了，只三兩下功夫，就將我們全數抓起，周玄豹嚇得雙腿發軟，頻頻求饒，實在無恥得很！這周大仙明明是個騙子，偏偏他們都不肯聽我說！」

馮道苦笑道：「藏明兄性情耿直，非要辯個是非黑白，固然令人敬佩，但亂世之中，人命如蜉蝣，大夥兒心裡實在驚得慌，總要抓住什麼才不會害怕，這尊大仙哪怕是假的，也是他們的指望，你非要破滅他們的希望，就算周玄豹不找你晦氣，他們也要找你拼命。」

幞頭書生仍氣憤難平：「再怎麼說，也不能拿騙子當指望，做人應該憑自身本事，力爭上游才是。」

馮道婉言道：「藏明兄滿腹才學，自然有本事，你卻要那些沒機會讀書的人怎麼辦？每個人有每個人的活法，最要緊的是在苦難之中，還能努力活著，這並不是一件容易事。至於周玄豹，他是真有一些相術本事和才學，也不完全是騙子。」

幞頭書生聽了馮道這一番話，忽然有些明白了，道：「我出身官宦世家，自小有才學，因此一直懷抱凌雲志，從來也不覺得這是什麼難事，今日聆君一席話，真教人自慚形穢，就算我才學不比你差，卻比不上你悲天憫人的胸懷。」

馮道連忙道：「不不不！藏明兄折煞小弟了！我方才說了，每個人有每個人的活法，你出身書香門第，自然不瞭解底層小百姓的想法，我出身農家，常與他們相處一起，便多了幾分熟悉。藏明兄胸襟廣闊，不怪小弟胡言亂語，還立刻體會了百姓的苦處，足見是個仁人君子，將來躍登龍門，百姓可有福了！」

幞頭書生嘆道：「世道太亂，人人心底不踏實，便看輕了節操，只想奪取錢財、權力，但凡有一點本事的，都想榨取沒本事的，沒本事的原本已經可憐，再被一層層壓榨，更是只能淪為魚肉，任人宰割，永無翻身之日。」不禁輕聲一嘆：「這世上究竟有沒有一位英主懂得百姓疾苦？」

過了一會兒，酒菜齊備，三人圍桌而坐，馮道微笑道：「藏明兄是何方人氏？明早天一亮，我們送你一程。」

幞頭書生見馮道如此體貼，心中萬分感激，便一五一十地道：「在下韓延徽，字藏明，乃是幽州人氏……」

馮道驚呼道：「原來藏明兄就是韓延徽？我可聽過你的才名！」幽州、瀛州同屬劉仁恭治下，馮道離鄉多年，忽然遇到鄉親，一時歡喜難言，連忙報上名號：「在下馮道，字可道，是瀛州景城人。」

韓延徽也是意外驚喜，握了他的臂膀，喜道：「我聽兄台談吐不凡、見識精闢，便覺十分難得，原來你就是大名鼎鼎的河北才子馮道！難怪！難怪！」

馮道無意中救了鄉親，更覺得當初冒險萬分值得，笑道：「在下一點淺見，哪裡比得上藏明兄見聞廣博，對王師範軍情變化和各方形勢都瞭如指掌？」

褚寒依瞄了馮道一眼，心中也甚歡喜：「原來他是河北大才子，難怪這麼有學問！他平時樸樸素素的，從不恃才傲物，才讓人看不出來。」

韓延徽笑道：「馮兄，我瞧咱們年歲相仿，爾後我便不客氣，喚你可道了！」

馮道歡喜道：「好啊！咱倆親近些，我也喚你藏明。」

韓延徽見馮道和善可親，對自己毫不防備，在這亂世之中實屬難得，便又進一步，道：「可道，你是我的救命恩人，又是河北人，我也不瞞你了！我如今在劉守光手下擔任參軍，我們派了幾個探子在各藩鎮打探消息，自然比一般百姓瞭解得多，我說我有一個朋友在王師範底下當兵，其實那是我們盧龍的細作。」

馮道記起劉守光曾帶著孫鶴大搖大擺地登上河東船，想給李嗣源下圈套，卻被自己破解，鬧了個灰頭土臉，心想：「劉守光不學無術，只是命好一些，才當上大將軍；藏明是個有才之人，偏偏出生在盧龍，只能在劉守光底下擔任參軍，實在是委屈了，難怪他要問周玄豹當今英主在何方？這亂世，有才之士總是志氣難申，偏偏是無德之人霸佔高位，作威作福……」他替韓延徽不值，卻也是自我感慨。

只聽韓延徽續道：「朝廷下了除宦令，但我幽州監軍張公居翰是個守道執中、仁義愛民的好宦官，又與節帥交情深厚，因此節帥實在不想殺他，便讓我來河東探探情況，看李克用怎麼應對除宦令，唉！想不到會遇上那個妖鬼！」他說的節帥正是盧龍節度使劉仁恭。

馮道笑道：「原來如此！藏明不必去河東查探了，我可告訴你，李克用絕不會殺承業公公。」韓延徽微笑道：「我也這麼想。」

馮道心思微轉，已然明白韓延徽的用意：「就算我是他的救命恩人，又是同鄉，他也不該將軍機大事告訴我，他這麼坦誠，是想說服我回去輔助盧龍……」

果然韓延徽接著道：「可道是個聰明人，應該明白我的意思，以你的才學，想在盧龍求一官半職絕對不難，你沒這麼做，是瞧不上節帥？」

馮道尷尬一笑：「我想趁著年輕時候，好好看看這個天下，一時還不急於回去求官。」

韓延徽搖搖頭，笑道：「我不相信！你浪蕩四方，必是為了尋求一位明主。」喝了口茶又道：「今日盧龍在孫先生的謀劃下，形勢已不輸河東，你若想施展心中抱負，我可為你引薦，或者應該說，咱們志趣相投，何不一起努力保住河北鄉親，給他們一個安樂日子？」

這鄉親之情確實打動了馮道，他不由得想道：「我漂漂蕩蕩，一事無成，何不回去盧龍？至少離阿爺阿娘近些，保鄉衛民之際，還可事親至孝，我已多年不見他們了……」

褚寒依見馮道眉目微沉，知道他動了心，一時情急，插口道：「不行！」

韓延徽和馮道同時抬眼望向她，韓延徽笑問：「為何不行？」

褚寒依心想此時不宜勸馮道去南方，便道：「他與劉億已有約定！」

「劉億？」韓延徽身為盧龍參軍，能知道各藩鎮較隱密的軍情，卻未聽過劉億這號人物，沉吟道：「可道身負奇才，若是將自己的前程託付予小人物，豈不可惜？」

馮道心想：「皇上處境艱危，如果我撒手不管，就這麼回去盧龍，又有誰扶持他？」對韓延徽道：「多謝藏明好意，我確實與劉將軍有約，他此時雖沒沒無名，但我相信他是人中龍鳳，如果將來有一天，我真無處可去，必會回去盧龍，到時候還請藏明為我引薦了。」

「好！」韓延徽聽他許下承諾，笑道：「我耐心恭候。」

九〇三・六

平沙列萬幕・部伍各見招

翌日，風雪消停、暖陽融冰，河道已能行走，馮道寫了封家書託韓延徽帶回故里，雙方便在晉水渡頭分道揚鑣，韓延徽趕回盧龍報告情況，馮道則帶著褚寒依一起乘船進入晉陽城，他不知道李存勖是否已原諒自己，只好抓了一名橫沖都軍，換上對方服飾，簡單易容，再潛入李嗣源的軍營，準備伺機行動；褚寒依則留下來看守那名橫沖都軍，並打探城中情況。

馮道悄悄進入軍營，見士兵們忙著磨槍擦戟，一副躍躍欲試的姿態，似乎準備迎接什麼大事，他心中好奇，卻不敢隨意詢問，只靜靜跟著整理刀槍，過了片刻，外邊響起「嗚嗚嗚！」的號角聲，馮道曾在晉陽城待過，知道這是李克用召喚義兒軍的號令，連忙起身跟在隊伍後方，到了營帳外，李嗣源已整備待發，一聲呼喝，五百橫沖都軍俐落上馬、馳行如風，不到半個時辰，已抵達「雲中」草場。

此時，旭日初升、華光苒苒，將草原映照得生機勃勃，彷彿為這片歷經酷寒考驗的大地帶來無窮希望。李克用威風凜凜地領頭在前，六千鴉軍跟隨在後，大太保李嗣源、三太保李存勖分列他左右，二太保李嗣昭、六太保李嗣本和十太保李存賢也排列在側，眾人各率五百精兵助陣，再加上周德威麾下的一千鐵林軍，近萬人隊整整齊齊地列在草原上。

馮道見河東軍經過幾場硬仗，仍是兵強馬壯、神采飛揚，心中暗暗叫好，不禁也跟著昂首挺胸，緊握腰側佩掛的大彎刀，覺得自己威風十足，卻不知這一萬人隊已是河東軍千挑萬選的精銳。

「周將軍迎貴客回來了！」一名前哨兵急馳回來，大聲傳報。

李克用十分看重這貴客，派了文臣康令德、武將周德威前去迎接，聽到傳報，掩不住興奮之情，喝道：「擊鼓！」

「咚咚咚！」鼓號聲響徹雲霄、震撼山河，河東軍瞬間抖擻起精神，展現最威武的姿態，肅穆的氣氛中，瀰漫著刺激亢奮的較量意味。馮道站在後方看熱鬧，也跟著興奮起來：「究竟是何方神聖，讓李克用大禮相迎？」

遠處塵沙揚起，康令德、周德威帶領三名貴客緩緩出現在坡頂，馮道怎麼也想不到來人竟是在晉水旅店相識的英雄劉億，還有他的妻子月里朵和屬下洪隱，不禁愕然：「原來劉億不是來投效河東軍，而是李克用禮聘的貴客！」又想：「李克用視天下人如無物，連皇帝也不在乎，竟對劉億如此禮遇，他究竟是什麼來歷？」

「耶律兄弟！本王可盼到你來了！」李克用朗聲大笑，策馬搶上前去，幾位太保也跟過去拜見。

耶律阿保機見李克用豪爽熱情，也歡笑道：「飛虎子，許久不見，你依舊神采奕奕！」月里朵卻是神態傲慢冷漠，只微微頷首，並不怎麼理會眾人，李克用也不屑與女子計較，目光瞧向耶律阿保機身邊的洪隱，見他英姿煥發，滿臉精明強悍，用讚許的語氣問道：「這位高大威猛的英雄是誰？」

耶律阿保機道：「是我族弟耶律曷魯。」洪隱拱手道：「曷魯見過晉王。」

「耶律？」馮道聽到這番對話，驚得險些從馬上摔下去：「劉億……耶律億！他……他是契丹部落的大于越——耶律阿保機！那月里朵是威震契丹的女煞星述律平！還有洪隱大哥，根本不姓洪，而是耶律曷魯！」

原來耶律阿保機本名耶律億，字阿保機，契丹迭刺部人，因與劉邦同一族宗，又仰慕漢文化，因此取了漢名劉億，也為兒子耶律倍取漢名劉倍，如今契丹的痕德菫可汗病體虛弱，真正手握軍國大權者是耶律阿保機，他經過連年征戰，已在北方建立赫赫聲威。至於他的妻子述律平，小名月里朵，出身回鶻述律部的望族，與耶律阿保機是表兄妹聯姻，她文能共商國事、武能帶兵作戰，是契丹好漢敬畏、敵人聞之膽寒的女中豪傑；而耶律曷魯，字洪隱，是耶律阿保機的同族兄弟，最信任的心腹大臣。

馮道不由得感到一陣暈眩，連連痛罵自己：「蠢蠢蠢！枉你是天上地下唯一的隱龍傳人，連契丹人也分辨不出來，竟想投靠耶律阿保機，教他去解救皇帝？簡直是請閻王開藥帖！你可真是比豬還蠢、比牛還笨，鬧大笑話了！」此刻若不是已易容改扮，他真恨不得找個地洞鑽進去。

耶律阿保機一聲大喝，山頭上緩緩出現七萬精兵，個個錦袍鐵甲，左手執長矛，右手持弓箭，胯下高頭大馬，呼喝聲傳至千里之外，耶律阿保機笑道：「飛虎子，我這幫弟兄還入你的眼嚒？」

李克用邀請耶律阿保機到雲中相會，是想與之結盟共同對抗朱全忠和劉仁恭，見契丹軍容壯盛、槍甲犀利，十分興奮：「有這支強兵相助，何愁朱賊來攻？」

李存勖和馮道卻倒抽一口涼氣，李存勖想的是：「我沙陀軍原本是草原最鋒利的部隊，與汴梁軍幾場硬戰打下來，已經疲憊不堪，何時才能恢復往日雄風？」

馮道卻想：「若是耶律阿保機心懷不軌，中原除了朱全忠之外，沒人擋得住這支契丹軍。他們一邊是狼，一邊是虎，無論誰打勝仗，對中原百姓都是浩劫！」

李克用大喝一聲：「把贈禮拿上來！」

後方塵土飛揚，參軍郭崇韜坐在馬上揚鞭指揮，八名士兵策馬跟隨，手中揮動牧鞭，驅趕大批牛羊馬匹緩緩前進，過不多時，牲口隊來到近處，牛背上盡馱滿一箱箱木盒，不知有多少禮物。

郭崇韜策騎穿過眾人，來到耶律阿保機面前，恭敬呈上禮單，道：「這是晉王備上的厚禮，請于越過目。」

耶律阿保機接過禮單，笑道：「飛虎子費心了！」見禮單上列了長長一串：黃金千兩、白銀十萬兩、錦緞千匹、米麥各三千石、肥牛、肥羊、駿馬各千匹，此外尚有各式珍器。

述律平見到多不勝數的金銀錦緞，漫山遍野的牛羊馬匹，冰冷的臉上終於露了一抹驕傲笑意。

李克用出手如此豪闊，原以為契丹兵會歡聲雷動，豈料他們一動也不動，直到耶律阿保機下令：「來人，收下。」契丹兵才大聲歡呼。

馮道見狀，暗嘆：「沙陀紀律散漫，總是貪圖獎賞、歡鬧不休，可契丹兵即使財寶在眼前，也目不稍瞬，兩方相比，實是高下立判。」

耶律阿保機笑道：「漢書上說：『往而不來，非禮也。』飛虎子送我財寶，我也有兩樣禮物回敬。」對後方軍兵招手呼喝：「來人，推過來！」

後方軍兵推了兩輛推車上前，一輛車上放著一個高丈許、容千石、圓徑七尺的三足大銅鼎，鼎的周圍以陰陽紋飾淺雕中原山川為背景，再以黃金刻鑄九條飛龍旋騰其上，整座銅鼎金光輝煌、氣派雄偉，令人望而生敬。

另一輛車上放著一座披蓋黑布的大鐵籠，籠裡發出「嘶嘶」悲鳴聲，似有什麼小獸。耶律阿保機掀開黑布，竟是一頭全身雪白的公鹿，陽光下銀毛爍爍閃亮，實是稀世珍品，牠在籠中團團打轉，十分驚惶不安，一雙骨溜溜的黑眼四處張望，不斷尋找生路。

耶律阿保機打開籠門，將白鹿抓出來，高舉道：「九龍鼎、松花白鹿，飛虎子可喜歡這兩樣禮物？」

馮道心中「唉喲」一聲：「問鼎中原、逐鹿天下！他自比劉邦，送這兩樣禮物的意圖再清楚不過——」剎那間，他什麼都明白了：「耶律阿保機想入主中原，就是想搶中原皇帝當！那日他們夫妻說要用氣根大法對付絕頂高手，其實就是對付李克用！」

李克用見銅鼎雄偉、白鹿珍稀，不由得虎目發亮，歡喜道：「嗣本，你去接過來。」

耶律阿保機道：「我幫你送過去吧！」他取出大關弓，以末梢處往巨鼎底部一挑，整座巨鼎「轟地」騰飛而起，向李嗣本飛擲過去。巨鼎重逾千斤，耶律阿保機這手功夫實是內力深厚、勁道巧妙，眾人都看得暗暗咋舌，驚佩不已。

那銅鼎沉重得似一座山，又像陀螺般飛快旋轉，李嗣本知道自己若勉強去接，只會被龐大的旋力撞得粉身碎骨，他不及思考，只本能地閃向一旁，後方的河東軍眼看銅鼎重砸過來，嚇得魂飛魄散，但若是奔逃閃避，就讓契丹兵看笑話了，正當眾軍心裡七上八下，不知該逃避還是該當烈士，「我來！」忽聽得後方一聲大喊，只見空中一個肉塔和銅鼎一撞，雙雙滾落在地，卻是十太保李存賢，他距離最近，又力大無窮，更擅長角抵的借力施力，自信可接下這銅鼎，當下飛身搶出，大喝一聲，雙臂、肩背肌肉用力隆起，緊緊抱住飛鼎。

他生得肥壯，胸口纍纍都是厚實肌肉，銅鼎被這麼一抱，宛如被層層厚墊托住，豈料那銅鼎不只有千斤之重，還加上耶律阿保機的內力，他被重力撞得往後滾了幾圈，還停不住，情急之下，他不得不運氣於胸肌、雙臂，把銅鼎猛彈出去，再忍不住癱倒在地，吐出一大口血來。

那銅鼎轟地一聲飛了出去，眼看又要撞上河東軍，幸好李嗣昭及時趕上，長槍橫掃出去，他身形瘦小，無能接下巨鼎，便以巧力斜切巨鼎側邊，改變它飛行方向，「噹！」地一聲巨響，震得河東軍耳朵都聾了，銅鼎在空中受阻，向斜側方飛了出去，李嗣源倏地躍起，雙足站上鼎邊，凌空用力，硬是將銅鼎穩穩壓下，讓它分毫不差地落在李克用前方，李嗣源一個翻身落地，拱手道：「父王，您的鼎。」

河東軍見李嗣源成功壓下巨鼎，立刻歡聲雷動，李克用臉色卻沉了下來，一連三位太保出手，才將銅鼎穩了下來，即使最後落在他面前，也是技輸一籌。

李嗣昭搶過去扶起李存賢，河東軍見李存賢面無血色、幾乎站立不起，顯然受傷不輕，心中對契丹如此挑釁，十分氣憤，都緊緊握住兵器，目光望向李克用，只等他一聲令下，就要衝出去討回公道。

李克用雖然惱火，但想：「我此時和契丹狗翻臉，無論輸贏，損傷必然慘重，若是朱全忠嗅到機會，御尾而來，可就大大不妙，我需忍一口氣！」眼光瞄了李嗣昭一眼，李嗣昭會意，便策馬護送李存賢回營療傷。

李克用拍拍李嗣源的肩，朗聲道：「幹得好！回頭咱們用這九龍鼎煮白鹿肉，請于越嚐嚐！」

耶律阿保機笑道：「我早聽說大太保威名，今日一見，飛虎子，你後繼有人了！」李克用的繼承人乃是李存勗，這番話自有挑撥之意。

李克用卻不受他影響，反而哈哈大笑：「十三太保都是我的好孩兒，個個本事不凡，你可別輕易惹了他們，否則十三頭小猛虎，夠你受的！」又喊道：「嗣本，你過去接松花白鹿。」

「是！」李嗣本率了幾名軍兵一起策馬上前，耶律阿保機微笑道：「小心了！這鹿滑溜得很，要有本事之人才抓得住。」說話間似要將白鹿遞給李嗣本，忽然手一滑，抓拿不穩，白鹿立刻猛力一扭，躍落地面，飛也似地向北疾奔。

「這……」李嗣本頓時僵在當場，不知該如何是好。

耶律阿保機道：「我將上好的肥鹿雙手奉送，你們也接不住？」

李嗣本雖不知什麼「問鼎、逐鹿」的含意，也知道對方故意戲弄，他脾性火爆，如何忍得下這口氣？立刻策馬衝了出去，又呼嘯十多名手下一起追逐白鹿，但鹿原本跑得比馬快，這白鹿更比一般鹿快速，奔跑起來，宛如一團白光飛來閃去，儘管李嗣本騎術精湛、武藝高強，草原狩獵更是沙陀兵的拿手本領，十多個武士追來逐去，居然怎麼也抓不住。

李嗣本原本只是去接禮，並未帶任何捕獵的繩套，眼看雙方人馬都張大眼盯著自己，能不能成功抓到白鹿，實在關係到義父的顏面、河東軍的榮辱，他急怒之下，一把抓起掛在馬側的長槍，大喊：「畜牲！站住！再不站住，老子殺了你！」幾乎要射出手中長槍，豈料那白鹿極具靈性，見敵人威嚇，也不甘示弱，忽地一個閃電轉身，與李嗣本錯身而過，直衝入馬群之中，以鹿角撞刺馬身，一陣亂跑亂衝，弄得馬群驚慌大亂，兩名河東兵甚至摔下馬來。

一頭白鹿就將沙陀悍將玩弄於股掌，河東軍只氣得咬牙切齒，契丹兵卻哈哈大笑，李嗣本丟了大臉，氣急敗壞地策馬狂追，將長槍揮舞得呼呼作響：「畜牲！老子宰了你！」但除了發狠疾追，竟是一點辦法也沒有。

正當沙陀兵弄得灰頭土臉時，白鹿已從馬群縫隙間衝了出去，打算溜之夭夭，耶律阿保機道：「洪隱，他們抓不住，咱們不能失禮，去幫幫他們！」

「是！」耶律曷魯立刻率了百人隊加入追捕，述律平冷喝道：「我幫你掠陣！」吹起號角號召千人隊在草原上遠遠圍了一個大圈，不讓白鹿脫出範圍。

契丹兵分成十小隊，手中拿著繩套，在空中揮甩得嗬嗬作響，有時以繩套飛圈向白鹿，有時揮繩阻擋河東軍，分進合擊、來去如電，漸漸控制住場面。

李存勖心想：「契丹如此圍獵，可是有備而來！」

馮道更是憂心：「沙陀兵雖然兇猛，契丹兵卻更矯捷，鳳翔、朝廷軍與之相比，那是遠遠不如了。」

李嗣本見對方仗著人多，故意把河東軍排擠到外圍，氣得狂抽馬鞭，憑著一身武藝，孤身衝入敵陣，追向白鹿，忽見白鹿在逃竄間，向自己奔來，他心中大喜，一揮長槍，正要刺去，驀地一個人影從旁躍出，卻是耶律曷魯搶在他前頭，手中長鞭盪開他長槍，鞭梢一捲，便往鹿角套去，李嗣本若讓對方搶了鹿，可是丟臉丟到家了，怒想：「他奶奶的，契丹狗以多欺少，欺到老子頭上！給你顏色瞧瞧！」再不管三七二十一，長槍對準耶律曷魯後背，狠狠刺去！

耶律曷魯的長鞭變幻莫測，有「無法無鞭」之稱，驚覺對方殺來，顧不得套鹿，長鞭猛地回甩，捲住後方槍尖，冷笑道：「于越明明送一頭活鹿，你卻給晉王送回死鹿？」

李嗣本微微一楞：「他說得不錯！我給義父送回死鹿，不只輸了，還不吉祥！」這念頭只一閃而過，他忙要收槍，對方鞭梢已如毒蛇纏上槍桿，便在這一瞬間，白鹿也突圍而出，向東北方逃命。

李嗣本怒極，破口大罵：「契丹狗別擋老子的路！」他長槍被捲住，一個飛身跳起，長腿橫掃過去，耶律曷律矮身閃過，鞭子仍如附骨之蛆般緊緊纏住長槍。李嗣本穩穩落回馬背，卻瞥見東北方向，逑律平悄悄率了百人隊埋伏，等著白鹿自投羅網，李嗣本恍然大悟：「上當了！」他大力揮甩長槍，使盡九牛二虎之力想要掙脫糾纏，耶律曷魯的長鞭卻緊捲不放，雙方一邊策馬奔逐、一邊爭鬥拉扯，始終不分勝負。

耶律阿保機眼看己方勝券在握，笑道：「《漢書》上說：『秦失其鹿，天下共逐之』，不知哪位英雄能奪到這頭肥鹿？」

李存勖冷哼道：「這鹿既要送給我父王，怎能假手他人？」一邊說話，一邊揚弓搭箭，「咻！」一聲，對準白鹿射去。

河東軍知道李存勖百發百中，眼看厲箭如電，心中都歡呼：「三太保要為我們討回面子了！」

耶律阿保機道：「秦朝失了天下，群雄爭奪——」談笑間，舉起三百斤闢弓，一箭射出：「但最終是劉邦打敗楚霸王，得了天下這肥鹿！」

「嗤！」那闢弓箭十分沉重，竟然後發先至、分毫不差地粉碎了李存勖的勁箭！

李存勖臉色鐵青，冷聲道：「于越是什麼意思？想較量箭術嚒？」

耶律阿保機微笑道：「三太保莫誤會，我是為飛虎子好，松花白鹿的鮮血是療傷聖品，若是弄得鹿血枯竭，豈不浪費了？」

李存勖心頭一沉：「莫非他知道父王傷勢未癒，才處處挑釁？倘若真是如此，今日可不好對付了！」

李克用心想若不加派人手，肯定會失了白鹿，落成笑話，若加了兵力，耶律阿保機也會增加兵力，一個不好，弄成兩軍大戰，可就壞了結盟，一時間難以抉擇。

周德威策馬而出，朗聲道：「既是送大王的禮物，怎能勞動客人大駕？讓末將前去！」他是李克用手下第一大將，在河東武將中，輩分、武功、戰陣經驗僅次於李克用，十三太保都要尊稱他一聲「周叔叔」。

李克用遠遠打量了逑律平的身手，對周德威出戰十分有信心，朗聲道：「狩獵旨在樂趣，得不得綵頭，也不是那麼要緊，對方是個女人，還是于越的妻子，你下手容情些，小心別傷了人家。」

「是。」周德威領命後，為表示自己留手，只呼召百人隊攜帶繩索、鑼鼓上場，如此一來，李嗣本加上周德威的人馬不過一百一十名，而耶律曷魯和逑律平共領兩百人加入戰局，河東軍仍是以少敵眾。

周德威很快判斷了情勢：李嗣本和耶律曷魯打得難分難捨，暫且不必理會，只要搶在白鹿未奔進逑律平伏軍範圍內，先攔了下來，便穩操勝券，呼喝道：「跟上！」率隊飛騎直奔東北角。

馮道看出周德威的打算，心想：「白鹿速度太快，來不及了！」

李存勖也心中存疑，問道：「父王，您說周叔叔來得及嚒？」

李克用卻是哈哈大笑：「高明！你周叔叔最擅長利用戰場情勢，你瞧瞧他的手段，好好學習！」

只見周德威一聲大喝：「散開！」百人隊快速散開，呈現扇狀，片刻之間，已將四周高地盡數佔住，居高臨下，周德威又喝：「擊陣！」河東軍齊聲亂喊亂叫，拿出鑼鼓用力敲打，又揮動繩索，將塵沙激得蓬蓬飛揚，只有周德威鎮守的南邊沒有敲鑼打鼓。

逑律平哼道：「他們喊得驚天動地，想嚇退我嚒？」

頃刻之間，塵沙飛揚，四周紛亂，好似場中有千軍萬馬，那白鹿原本已衝到逑律平跟前百步遠，被這聲勢一驚，以為四方都有敵人，嚇得不敢再往前，稍稍停頓，便分辨出南方沒有聲響，掉頭疾奔。

周德威見白鹿落入包抄的低地裡，喝道：「包圍！」河東軍快速逼近，形成小圈，緊抓繩套在手，準備圍捕。

「套！」周德威算準距離，一聲呼喝，十幾條長繩從四面八方捲去，那白鹿雖然靈活，乍見眾多繩套飛來，不禁嚇得驚慌跳竄，不知該逃往何方。

逑律平眼看到手的肥鹿竟然丟了，既驚詫又憤怒，一聲長嘯，率軍直衝向周德威，兩百人隊這麼互相衝擊，情況登時大亂，白鹿自是趁亂逃逸。

周德威見逑律平領軍如電，來得如此之快，一下子就衝破了陣形，也不敢小覷：「傳說這女子練有一門邪功『氣根大法』，詭怪異常，我可不能輕敵！」拔起腰間血紅大陌刀，兩人策馬而過，瞬間大打出手。

周德威性情沉穩，試探了幾招，見逑律平的「氣根大法」雖然指爪凌厲、招式詭異，終究只是一雙肉掌，如何擋得住自己的精鋼大刀？心中有了底氣，想道：「嗣本以少敵眾，撐不了多久，我必須速戰速決！」再顧不得對方女子身分，瞬間將大刀耍得虎虎生風，每一劈都足以開山破石。

逑律平一開始不敢直攖其鋒，但見陌刀頎長笨重，周將軍來來回回只有旋斬、砍劈、刺牆、拍頂、橫削五種招式，心想：「只要我能攻入三尺之內，便穩操勝券了！」她生性好強，滿心想在男子爭鬥的沙場上佔據一席之地，好證明巾幗不讓鬚眉，如今可以在兩軍面前立威，自是戰力全開，她身法飄飛如織梭掠影，屢屢搶進刀圈五尺內，雙掌使得有如瀲灩水光，層層疊疊地拍向刀鋒。

李存勖見述律平仗著指勁凌厲、招式巧妙，一下子便佔了上風，低聲問道：「周叔叔能勝嚒？」

李克用道：「那契丹女子出手雖然狠辣，但要較量起真功夫，絕不是你周叔叔的對手！想當年，德威佔據延川，自稱鎮南將軍，見我大軍攻到，他一夫當關，橫刀立馬，以一手『阡陌刀法』與我紅紅火火地大戰百回合，我倆是英雄惜英雄、越打越過癮，到後來，一邊拼喝烈酒一邊較量，軍營裡什麼武器項目都比上了，什麼烈酒種類也喝上了，就這麼打了三天三夜！最後，我在酒醉之中，一箭射中雙雕眼睛，才總算折服了他。他從此甘心隨我征戰黃巢，屢立戰功！」後來李克用的烏影寒鴉槍再上層樓，兩人修為從此拉開了距離，周德威更是心悅誠服，竭心盡力地輔佐河東軍。

十三太保知道周德威武藝高強、自成一格，也知道他是被義父收服的，但不知兩人足足拼鬥了三天三夜才分出勝負，聽到這段往事，頓時豪氣激生，都覺得這一戰絕不會輸。

果然時間一長，高下已分別出來，周德威的刀法雖簡單，卻是招招相連有如行雲流水，氣勁厚重宛似泰山壓頂，形成一個氣場渾厚、毫無破綻的刀網，硬是把述律平擋在五尺之外。

旁觀的人只看見周德威每一刀都簡單樸拙，只有身在其中的述律平才能感受對方刀起刀落間，蘊藏著莫大力量，只要稍被勁力掃中，便是身骨破碎一途，女子力氣原本不如，述律平每接擋一刀都讓她劇耗內力，漸漸地，她身法不再輕盈，心中也開始生出怯意，周德威見時機成熟，「唰！」一刀橫削而出，這一招實在平凡至極，述律平一看便知他要橫斬自己的腰身，只要騰身而起、躍離馬背，就能避開，偏偏那澎湃的刀氣卻讓她胸悶氣窒，手足似被無形氣場束縛般，什麼鬼魅身法都使展不開，只能眼睜睜看著冷鋒掃向腰間！

述律平既無法閃躲，便雙掌齊發，硬生生去接這一刀，「鏘！」掌刀交擊，她悶哼一聲，被震得幾乎墜下馬去，幸好她騎術精湛，足尖一個勾蹬，身子又盪回馬背上，但周德威豈會錯失這一良機？「唰唰唰！」接連發動一串急攻，刀氣更一波強過一波，述律平被逼得連接幾刀，臟腑翻騰至幾乎吐出血來，到最後，她實在不堪負荷，只好策馬敗逃，如此一來，便離白鹿十分遙遠了。

馮道暗暗歡呼：「那日老妖婆逼得我東逃西竄，今日也有惡人治了！」

李克用見戰局逆轉，也是心花怒放，但不想破壞結盟氣氛，對耶律阿保機笑道：「于越放心，周將軍下手極有分寸，不會傷到夫人，讓他們去玩吧，咱們進帳喝酒。」又命軍士宰殺牛羊，準備大張筵席，款待盟友。

耶律阿保機卻另有打算，淡淡道：「太多了！」

李克用知道河東危在旦夕，有意結交，這次可是備足了厚禮，罄其所有招待，笑道：「不多！不多！招待好兄弟，怎麼也不嫌多！」

耶律阿保機道：「我是說北方英雄太多，才會打這麼多仗！」

李克用笑道：「這句話倒是不錯！天底下只你我二人才稱得上英雄豪傑，朱全忠那狗賊算什麼？咱們聯手將他打個落花流水！」

耶律阿保機目光幽幽，道：「還是太多了！」

李克用愕然道：「什麼意思？」

耶律阿保機沉聲道：「一山不容二虎！」

李克用強忍的怒火瞬間爆發，大聲道：「本王以財寶誠意相邀，你已收下禮物，難道還想背信棄義？」

沙陀未入大唐前，原以傭兵為生，傭兵的特點有二，悍猛還在其次，首要是必須信守對雇主的約定，確保不會臨陣倒戈，才能贏得雇主信賴，放心委以重任，因此沙陀人雖粗獷、愛享樂，卻十分重信義。李克用一直還保有傭兵習性，所以他是真心不想背叛大唐，另一方面他幫劉仁恭打下領地，也深信對方會信守承諾，卻不想屢遭背叛，從此他最恨背義小人，耶律阿保機今日的作為，實在是觸到了他的火雷。

面對猛虎怒火，耶律阿保機毫無畏懼，微笑道：「我不是以九龍銅鼎、松花白鹿回贈嚒？一來一往，公平得很，也沒什麼背不背信！」

李克用沉聲喝問：「你究竟想怎樣？」

耶律阿保機道：「兄弟結盟，實力應該相當，若是相差太過懸殊，只能一方臣服另一方，蒼鷹、麻雀怎能稱兄道弟？虎狼又豈會與牛羊交往？」

李存勖冷哼道：「這回咱們是引狼入關了！」

耶律阿保機精光一湛，朗聲道：「我契丹原本就是草原之狼，有肥鹿在眼前，侵吞掠奪，是絕不會手軟。」

李克用望向契丹七萬驕兵，心知這是一場硬戰，長槍一揚，喝道：「單憑這七萬人，想在飛虎子頭上撒野，只怕還不夠格！」

耶律阿保機微然搖首：「咱們談的是聯盟，兩軍大戰豈不傷了和氣？」

李克用聽他不是要大戰，心中稍安，不耐道：「你想怎麼樣，痛快說來便是！」

耶律阿保機揚起背後三百斤的大關弓，豪氣地指向草原上萬的河東兵，朗聲道：「你我雙方各派二百名軍士上場，只要有任何一名河東軍能生擒白鹿，便是真正的英雄好漢，有資格與我結為好兄弟，這七萬雄兵自會傾力相助，否則河東全軍必須臣服我契丹！」

李克用心想雙方只能派二百軍兵，必是精銳盡出，當然得包括最厲害的高手，但自己受傷未癒，萬一輸了，可是輸盡全軍，這賭注實在太大了，一時沉吟未決。

馮道心想：「這一場賭注，雙方高手必會全數上場，所以耶律阿保機一開始先逼退李存賢，李嗣昭也因此退了場，但沙陀還有五名頂尖高手——李克用、周德威、嗣源大哥、李存勖和場中的李嗣本，契丹卻只有三名將領，耶律阿保機怎敢如此誇口？難道那氣根真厲害到天上去了？就算是這樣，也只有三道氣根……」他實在想不出契丹如何穩贏不輸：「莫非那頭白鹿有玄機，一聽見耶律阿保機的哨聲，就會自動投懷送抱？如果是這麼低劣的手段，河東軍又怎會心服口服？」

只見白鹿十分機靈，趁著迭律平和周德威爭鬥時，在兩軍之間跳上躍下、穿來梭去，沙陀和契丹都是馬上英雄，騎術天下第一，但眾人雖熟馬性，卻不知鹿脾氣，每每快抓到白鹿時，牠就衝進馬群裡突刺一番，攪得雙方士兵大打出手，再一溜煙地跑了，雖逃不出大圈，卻也不易抓著。

耶律阿保機見李克用遲疑不決，挑釁道：「飛虎子，你敢不敢當這千萬軍兵面前，與我一起立誓對賭？」他將聲音遠遠傳出去，要讓兩邊軍兵都聽見，光是這份內力就足以震懾河東士兵。

李克用抬眼望去，見己方軍兵神色黯然，都怕了耶律阿保機的神威，若是主帥再畏戰，士氣可真要一洩千里了，心中暗暗盤算若是以周德威對耶律阿保機、李嗣源對述律平、李嗣本對耶律曷魯，這一戰也未必會輸，只是耶律阿保機的闢弓太厲害，必須提防，雖然李存勖的箭術能與之一拼，但他並不想讓李存勖上場，道：「要比戰也行，但我有一條件——雙方都不得用弓箭。」

耶律阿保機若有深意地一笑：「那是自然！幾萬支利箭齊發，豈不變成兩軍大戰，咱們可不能便宜朱全忠！」

《十朝・隱龍・卷三，群龍無首　待續》

國家圖書館出版品預行編目(CIP)資料

十朝. 首部曲；隱龍 ／ 高容著. -- 二版. -- 臺中市；
白象文化事業有限公司, 2023.01
　冊　；　公分. --
ISBN 978-626-7253-50-2 (全套；平裝)
863.57　　　　　　　　　112000289

高容作品集 14　十朝：隱龍・卷二，見龍在田

作　者：高容

作者 fb：www.facebook.com/kaojung.dass

策劃團隊：大斯文創

聯絡電子信箱：dassbook@hotmail.com

總 編 輯：李奕峰

責任編輯：李秀琴

文字校對：李秀琴　鄭鉅翰　高容

封面設計：陳芳芳工作室

發 行 人：張輝潭

出版發行：白象文化事業有限公司

地　址：412 台中市大里區科技路 1 號 8 樓之 2（台中軟體園區）

出版專線：(04) 2496-5995　傳真：(04) 2496-9901

經銷地址：401 台中市東區和平街 228 巷 44 號（經銷部）

購書專線：(04) 2220-8589　傳真：(04) 2220-8505

印　刷：漢斯國際印刷有限公司

地　址：新北市新莊區化成路 63 巷 6 號 4 樓之 3

電　話：(02) 2998-2117

ＩＳＢＮ：978-626-7253-50-2

訂　價：全套三卷 1200 元

2019 年一月　初版
2023 年一月　二版